美人瓷

苏末那 著

重庆出版集团 重庆出版社

图书在版编目（CIP）数据

美人瓷 / 苏末那著 . — 重庆：重庆出版社,2022.6
ISBN 978-7-229-16161-3

Ⅰ. ①美… Ⅱ. ①苏… Ⅲ. ①长篇小说—中国—当代
Ⅳ. ① I247.5

中国版本图书馆 CIP 数据核字 (2021) 第 233953 号

美人瓷
MEIREN CI
苏末那 著

丛书策划：李　子
责任编辑：李　雯　彭昭智
责任校对：刘小燕
封面设计：冰糖珠子

重庆出版集团
重庆出版社　出版

重庆市南岸区南滨路 162 号 1 幢　邮政编码：400061　http://www.cqph.com
重庆升光电力印务有限公司印刷
重庆出版集团图书发行有限公司发行
E-MAIL:fxchu@cqph.com　邮购电话：023-61520646
全国新华书店经销

开本：710 mm×1000 mm　1/16　印张：17.75　字数：400 千
2022 年 6 月第 1 版　2022 年 6 月第 1 次印刷
ISBN 978-7-229-16161-3
定价：42.00 元

如有印装质量问题，请向本集团图书发行有限公司调换：023-61520678

版权所有　侵权必究

美人瓷

目录

第一章	1
第二章	23
第三章	72
第四章	107
第五章	133
第六章	163
第七章	184
第八章	204
第九章	218
第十章	240

第一章

四月的明州，春意正浓，天气也正好。

临了休沐日，城门口满是出游的马车，上金桥附近的河道边上，人来人往好不热闹。

今儿的上金桥上格外喧哗。正值晌午，除了摆摊与闲逛的人外，东头那儿一长串的马车队伍，缓缓地朝着西边的城门走去。

"张家这下算是熬出头了，在这儿六年，再不往上升就要告老还乡了。"

"他那是运气好，要不是得了上头的喜欢，就凭他的本事，哪里还能再升官。"

赵小渔从巷子内出来时，正巧赶上百姓围观张家出城，十几辆马车上堆满了箱子，大有以后再不回明州的架势。

赵小渔小心护着怀里的黑布袋子，往前头挤了挤，饶有兴致地听着大家热议，视线偶尔从那些箱子上扫过，眼底透着精明。

"整天就知道吃喝玩乐，在明州六年也没见做出什么成绩来，要不是运气好得了件宁家十二器，他能有这机会？"

赵小渔扭头看去，边上说话的书生满脸不屑，话中充斥着对这种不是凭实力升官的人的鄙夷。

一说到宁家瓷，大家更感兴趣了。明州谁人不知宁家瓷，八年前一场大火将宁家烧毁，连人带瓷无一幸存，如今宁家的瓷器已经是有市无价。随随便便一件拿出来都能卖很高的价格，更别说他口中的十二器，是当年宁二老爷亲手烧制的，如今市面上所知的仅有五件，价值连城。

"十二器啊，那他寻到的是什么生肖？"

"猴瓷。"

周围众人哗然，痴迷瓷器的辽城侯——太后的亲弟弟，可不就属猴？

此时便有人叹道："十二器可不是宁家最好的，最好的当属八年前进贡的那件青瓷，只可惜啊……宁家再没机会登顶喽。"

周围人跟着叹息，也就是那件青瓷，为宁家惹来了大祸。

赵小渔瘪了瘪嘴，脑海中骤然闪过画面，话跟着脱口而出："谁说没有比青瓷更好的了？"

身边的人纷纷扭头看她，只一眼，这些人眼底就染了嫌弃：哪里来的小混混！浑身脏兮兮，样儿都瞧不出。

"去去去，滚远点！"书生驱赶着赵小渔，唯恐她弄脏了自己的衣服。

这时马车队伍快过去了，赵小渔瞧着后面就剩一辆马车，眼眸一转，故意朝前一步，待书生嫌恶地往后退时，喊了声："小心！"

围观众人人挤人的也不管是不是真的有事发生，慌了一阵后，书生从台阶上挤下去摔在了地上，险些让马给踢着。

"哎哟！死小子你给我站住！"书生站起来，气急败坏地要找那小混混，可此时人群里哪里还有赵小渔的身影。

"哎哎，还有件事儿，张通判回京上任的事儿定下后啊，他就把自己小女儿与李家的婚事给退了……"

书生找不到那小混混，拍了拍衣服上的灰尘，回头嗤声："有什么好得意的，别到时候像那韩家，弄了个赝品，最后反倒被贬职！"

马车队尾消失在上金桥时，街上的人散了一半。赵小渔已经过了桥来到渠巷。

这是明州最有名的瓦舍之一，大中午的巷子里没什么人，赵小渔熟门熟路来到了小卧窑后门，推了下木门没见开，将黑布袋子往腰上一系，踩着墙往上爬，利落地翻到了院内。

正巧屋里有人走出来，看到翻进来的赵小渔，冲着屋内喊："老六，我就说锁了没用，你就是把墙修了十丈高，那丫头也能给你推喽。"

赵小渔走上台阶，笑嘻嘻打招呼："四叔！"

刘老四瞥见了她腰间的黑布袋子，呵呵笑了声："又一个愣头青给你骗了？"

赵小渔想了下，睁着黢黑的大眼睛，认真给出了评价："长得还挺俊。"

"哈哈哈，就是运气不好，让你给看上了。"刘老四边说边带她进了屋。

小丫头机灵又可爱，大家伙愿意宠着惯着。说来也奇，这小丫头天生就运气好，半年前有一批瓷，怎么烧烧出来都是坏的，眼看着要误了工期，小丫头一来就烧好了，可不更得宠着她了吗。

昏暗的屋内，墙角砌了个烧窑，里面正烧着坯子。

赵小渔将黑布袋子放上桌，袋口松开，露出了里面的玉壶春瓶。她捏起袖子，冲着瓶口哈了一口气，宝贝似的小心擦拭着。

"你这元青花卖出了几回了？"刘老四在旁笑着揶揄她，半年前得的次赝，竟让她来来回回卖了那么多次，外乡人可真不识货。

赵小渔举起手示意了个"五"，桌边正在上釉的六爷搁下笔，抬起头，神情漠然道："图到手了？"

赵小渔坐下来往六爷身边凑，讨好着："六叔，我已经想到办法混进林家了，这回一定没问题！您答应我的，拿到秋张图就教我怎么上釉，可不能反悔。"

六爷"嗯"了声，提笔继续上釉。就在这时，屋外传来了小伙计的声音："掌柜的，外头来了位公子，说是来找人，看起来很有钱的样子。"

有钱人！

刘老四前脚出去，赵小渔心思就活络起来了，她收起春瓶，笑着与六爷道别："六叔，我先回家去准备准备。"

赵小渔溜到了前堂，趁着伙计不注意，猫身进了里屋。里屋有个暗窗，设计得十分精巧，从屋内往外，视角恰好可以从门口看到置物架，铺子里的人却看不到里屋。

赵小渔叠起了两张椅子，坐着往外看去。

有钱人好啊，要是个外乡人就更好了，凭她的本事，一定能再赚一笔，这样老爹的烟杆钱就有了，剩下的给三婶修屋顶。

赵小渔在心头打着算盘，在看到与刘老四交谈的人时，脸上的得意劲儿一瞬凝住。怎么是那个愣头青！

赵小渔不由扒住了窗棂凑过去想看得更清楚点，额头直接磕在了上边。她吃痛捂住，铺子内的声音随之传来。

"掌柜，我想问，昨日卖了我玉壶春瓶的人，您可认得？"

"你在哪儿买的？"

"昨日街内摆了个小瓷市……"

"你在那儿买的东西，怎么上我铺子里问？"

"昨天我看他进了你铺子，还与您打了招呼。"

摆架旁站了个身着云锦绸衫、通身贵气的年轻男子。他并不露富，却有着让内行人一看就明的尊贵气度。

刘老四乐呵呵道："我这儿每日进进出出的人这么多，公子说的人，实在是没什么印象。"

宋慕青眉宇微皱："还请掌柜的再想想。"

赵小渔看着暗窗外的人，勾了勾嘴角，缓缓晃悠着悬空的腿，脸上的笑意逐渐绽开。不算笨嘛，都知道找到这儿来，可有什么用呢。不过他长得还真好看啊，比娘娘庙里玉雕的小童子还好看！也正是他那长相，让赵小渔打他进城时就注意到了。

来明州的，不管是游玩的，还是路过的，走的时候免不得带点当地的特色回去，明州当地特产当属瓷器了。

赵小渔从小混迹市井，见人说人话，见鬼说鬼话，凭着一只赝品玉壶春瓶吃天下。瞅准了目标，就拿小破布头包着这只元青花去套"小肥羊"。什么病重的外祖，没钱下葬的母亲……配合她那一身破破烂烂的行头，在当铺门口踌躇当祖传的"宝贝"，还真能唬住人。更别说她坏心眼地把布头遮一点，露一点儿，让人觉着是从这苦孩子手里骗走什么稀世珍宝，买主大多是利索给了钱麻溜就走的主儿。

可她赵小渔是谁啊，只要这人没出明州城，甭管在哪儿她都能把她的生财宝贝给顺回来。唯一找上门的苦主就是里头那位了，问题老多，就差刨这件元青花的祖宗十八代了，给的钱也多，整整二十两银子这会儿正安安静静搁她钱袋里。反正这人是找不到自己的，到时候也会像前面那几个一样"抱憾"离开明州城。等人一走，她就又可以出去寻肥羊啦。嘿嘿嘿！

"小乞丐你在干什么？"

突兀响起的童声将赵小渔从走神中拉回，低头看去，半大的小娃娃站在凳子底下正仰头看着她，手里还捏着一串糖葫芦。

"嘘！"赵小渔忙从上边跳下来，捂住了他的嘴。

"你别想抢我的吃的……哎，小乞丐你手里是什么东西？"

铺子前与刘老四交谈的宋慕青蓦地朝里屋方向看过去，只听"咚"的一声，宋慕青快步过去掀开了帘子。

只见一个小娃娃坐在叠起来的椅子上，嘴巴胀鼓鼓的不知道塞了什么，正一脸无辜地看着他。

刘老四赶过来，看到这副情形哭笑不得："臭小子你干什么？"

小娃娃"啊"地张嘴想说话，一个糖葫芦从嘴里掉了出来，吧嗒落在地上，滚到了宋慕青的脚边……

宋慕青同刘老四告辞，随即追到了铺子后巷。巷子狭窄逼仄，四通八达，没过一会儿他又绕回了原地，只是前后两空，什么人都没有。

他站在原地，好一会儿才从巷子离开。

就在他离开后的半晌，赵小渔神出鬼没地出现在巷子里，站在宋慕青站过的地方叉腰，小瞧他了，要不是早有预料，这会儿真被他给逮着了。

随即一低头，她就看到了暗影中自己手中的元青花，叹了一声"阴险"，全然忘了自己才是坑冤大头的罪魁祸首。

赵小渔找了个地儿洗了手，才拍拍衣服回家。

一座小茅草屋坐落在市集北面最偏的一角，对赵小渔来说，远比孩童时跟着老爹风餐露宿强多了。

"丫头回来了？"刚进门，屋内就传来声音，透了一丝丝的心虚。

赵小渔的耳朵可灵，下意识就心头一紧："老爹你今儿个出门了啊？"

"啊？啊！"赵老头支支吾吾应了声，"就在附近随便转了转，你知道的嘛，老是闷在家里那是要憋出毛病来的。"

赵小渔眼皮子一跳："你上次出门转转，压垮了王婶家的鸡笼子，鸡飞狗跳的，可赔给了人家不少银钱。上上次出门上集市，说人家墙砌得不好，上去就把人家的墙给摁塌了，还有上上上次……"

"丫头啊，哎呀犯晕，老毛病，晕了晕了，我得躺着去。"前脚刚迈出屋门的赵老头转身又折回了屋。

就在这时，门口传来骚动。

住在巷尾的李婶拎着把四条腿长短不一的凳子，杵在门口，扯着嗓门喊："老赵啊，你要是不会修就别揽这活儿呀，我的凳子本来就一个腿不稳，你看你给我锯成什么样了！"

老赵尴尬地背过身，搓了搓手"嘿嘿"笑着。

赵小渔习以为常地一边从兜里摸出一把铜钱递给李婶，一边替自家老爹赔不是。

等李婶一走，赵小渔黑着脸转过身正要开口。老赵哧溜一下就进了屋，行动利索得简直不像个糟老头子。

"老爹，你不是答应过我了！咱家好不容易有点起色，可你要再这样，这点底子都不够赔人家的！"

"这事儿真怨不得我，唉，她找人修椅子，出十文钱，正好我以前学过点儿木工活儿，谁能想到呢！不对，死丫头你给人家那么多，哎哟！"赵老头捂着胸口喊疼。

赵小渔瞥了他一眼，这一回回的不见消停："今儿我运气不差，本来还打算给你打二两杏花酒喝，你要是难受就算喽。"

"酒！"赵老头立刻拉开门出来，"你不生气了？"

"本来那钱也是给你买酒买肉的，不过如今肉钱赔出去了。"

"有有有，老爹去割两斤蹄子肉来！"赵老爹一下来了精神，拎起烟杆子往外走去。

赵小渔看着他有些佝偻的背影，脸上笑意渐浓。她怎么会和老爹置气呢？她这条命都是老爹给的。

赵小渔是被赵老头捡回来的，捡回来那年她才八岁，发了场高烧，只剩下些模糊记忆。当时医馆的大夫嫌赵老头是臭乞丐都不肯给她看病，赵老头愣是一路求过去才终于打动了一位大夫，她才不至于给烧没了。

后来病好了，她跟着赵老头行乞，相依为命，再后来进了渠巷，跟着几位叔叔才过上了点安稳日子。

"你要是肯让我跟六叔好好学，说不准早就能让你想吃肉吃肉，想喝酒喝酒了。"待赵老头回来，赵小渔给他倒了酒，嘴里嘟囔了句。要不是得不到老爹的首肯，六叔那儿也不至于油盐不进的，死活不肯收她当徒弟。六叔那手艺，混渠巷的人见了都得叫他声"大师傅"，她要能学会以后可得多厉害呀。

赵老头大口嚼着肉，眼皮子都不抬，惯常强硬地拒绝："学瓷艺这事儿你想也别想。"又闷了口酒，"你一女孩子家家的，再怎么的，寻个安稳比什么都强。那不是你该走的路！"

"像前头黄花那样嫁人，就是女孩该有的好归宿？那是安稳日子么，嫁给那二傻子就是跳进了火坑里。没嫁之前什么都好，嫁了之后黄花娘俩天天抹泪。赌命一样地去博自己的后半辈子，我宁可靠自己！"

"混话！黄花，黄花哪儿能比，那……那不能混作一谈！一天天的打扮得不像个姑娘样，反正你要在渠巷那儿瞎混，你，你就别进家门！"

赵小渔瞪着眼，看着异常固执己见的老爹，同样不肯让步。

父女俩僵持着，陷入沉默。

她抿了下嘴角，良久道："老爹，我知道你是怕我跟着六叔他们，有朝一日出事会陷在里头，老爹，我有分寸的。"只是这分寸，若碰上官府的，怕就不能保证了。说完，她避开了这话题再也没谈，自个儿进屋了。

留下赵老头捧着酒碗的手紧了又松，最终搁在了桌上，怨起自个儿来。渠巷那是帮扶一把的恩情，可那东西，他是绝对不会让她再去碰的。

赵小渔到底还是心疼赵老头的，看到赵老爹在屋外坐了一宿，第二天态度就软和下来答应老爹去城外李家村绣堂学女红。那儿出来的绣娘都是要进李记布庄的，一月二两的银钱，还能博个好名声，将来许个好人家。

李家村在城外二十里地，住也是要住绣堂里的，赵小渔和老爹依依惜别。怀揣着老爹给的二两银子，赵小渔出了巷子拐个弯就往林府走去。父女俩皆大欢喜。

明州当地大大小小的窑坊有十几座，原来宁家占了四成。后来宁家没落了，元氏窑坊吞了几座小的，摇身一变成为当地首屈一指的大窑坊，一时间风头无二。

屈居第二的林氏因为家主没什么野心，踏踏实实守着林家的家业，对上元氏能让则让，倒也相安无事。

赵小渔早前就买通了人牙子，趁着林府招新仆，使了点银钱扮成小厮混进去，只要偷到林氏窑坊新瓷的图稿就撤。

在管事那儿领了衣服后，赵小渔跟着家仆到了外院，她一面听家仆介绍规矩，一面四处打量。

林府是靠做西域买卖发迹的，十多年前迁到明州，挣了钱得了高人指点在这儿开的窑坊。而林家窑坊每次出新瓷，必定是在这位高人离开后，显然那位和新瓷有关。图稿这么重要的东西，肯定由家主亲自收藏的，毕竟他那儿子可是明州有名的二世祖。这些消息是赵小渔早早摸过底的。

等那家仆交代她干活后，赵小渔便找了个借口，偷偷溜进了内院。

穿过郁郁葱葱的竹林夹道，赵小渔凭借过人的记忆力，摸到了书房。两名负责打扫的婢女正提着水桶离开，屋外无人，让她抓住了间隙闪身进了书房。

书房的陈设古板肃穆，和林家家主给人的感觉一样，有一回开窑，赵小渔老远看到过一眼。

赵小渔随即弯下腰，仔细搜摸每个角落。她身形瘦弱又动作灵活，悄无声息地穿梭在书柜间，这边摸摸那边敲敲，终于在博古架的暗格中找到了一份图稿。

"得来全不费工夫。"赵小渔脸上一喜，就在这时，门"吱呀"一声突然被打开了。

赵小渔飞快将图稿收入怀中，屏息贴着帘子后，那门又"吱呀"一声慢悠悠地阖上了，格外谨慎。

很快，赵小渔看到那道猫着进来的身影直奔木架上的青瓷碗，一手藏兜，一手掏出个一模一样的给替换上，动作一气呵成，异常熟练。

小偷？赵小渔的脚微动，那人猛一回头。猝不及防的四目相对，两人均是错愕。她下意识夹紧了手臂，却见他比自己更紧张，俩人僵在那儿谁都没敢动。赵小渔飞快瞄了眼身旁柜子上的花瓶，他敢声张就砸晕他！后者似乎是被她的眼神给吓着了，往柜子那儿挪了一寸，大有要开溜的架势。

"谁在里面？"突然，门外传来浑厚的男人声，门内的两人都从对方的眼神中看到了慌张。然而想躲已经来不及了。

门被打开，林常山的身影出现在门口。

"爹！"

"老爷。"

林常山看向自家不省心的儿子："你在这儿做什么？"

"我，我在……"林怀甫眼神慌张，喉咙干巴巴，感觉要晕过去。

"老爷，少爷来找制瓷的书籍，正难得起了好奇心，想多了解些。"赵小渔摸了摸预先塞进怀里的图稿，面不改色地抢话道。

林怀甫看着手上那一卷书，几乎是和父亲推门进来的同时，被眼前的小厮塞到手里的。随后视线从小厮身上掠过，对上了父亲打量的目光，面无表情地点了点头。

书房内的气氛一瞬凝滞。

良久，林常山才在两人憋气快憋死的时候开了口，带了一丝丝笑意："《君耀记事》，倒是挑到本好的，旁边还有两册简单的，也一并拿去看看。"

"哦，哦。"林怀甫木然点点头，拿着三卷书，带着一名"天降"小厮离开了书房。

竹林小径，林怀甫突然停住脚步。

赵小渔正跟在后面，想到他藏碗的画面，再看他身上毫无累赘，不由得盯住往下……

"你都看到了？"

赵小渔被突然逼近的俊脸逼出了一丝紧张感，张口就否认："我什么都没看到！"同时视线四处游走着，心思转得极快：在这里把他打晕应该不会那么快被发现吧？

不等赵小渔动手，她突然整个人往前倾，被他一把钩住了脖子。

好不容易踮住脚，就听他夸张大笑道："亏得你小子够机灵，也很上道。行啊，哪房的，以后跟着少爷我，包管你前途无量！"

赵小渔几乎被挟着往前走，讪笑道："我、我新来的。"

"那正好，省得我去要人了。"林怀甫突然停下，对她笑得愈发灿烂，"你就乖乖留着伺候本少爷，今天的事儿要是漏出去半点，你猜后果会怎么样呢？"

这什么倒霉孩子，坑爹就算了，还放出来坑人！

林常山总共娶了五房，可就林怀甫这么个独苗苗，严厉归严厉，说到底还是宠得过了些。就拿住着的东厢来说，占的是二等院子，使唤的下人也比旁的院翻了一番。

赵小渔被迫跟着林怀甫进了金鳞院，一路上都在想着怎么脱身。然而不等她想到法子，林少爷先发招了。

"行了，先去洗洗，臭死了，熏了爷半道了。"说着，直接把赵小渔给推了出去。

赵小渔心一惊："大少爷，不用……"

话音未落人就被林怀甫硬拉到了下人房，推进了一间小茅草屋内："这么臭，你还不想洗？这么恶心人的毛病可得给你改了！里面就是盂洗的地方，你赶紧的。"

赵小渔被推进了茅草屋，里头是一条凳子，上面架着个盆儿，边上不远处有水缸。那木板子门大概能遮住身体大半，一抬眼就能看到倚着门框等着的二世祖。

她捏了捏衣服内兜里的图纸叹了口气，在林怀甫的催促声中解开了自己身上的衣服带子，刚一挂上脏衣服，突然窜出来一只大黄狗咬住她的带子一拽，就把衣服从门板上拖走了。

"哎！我的衣服！"

"嚷什么嚷，这衣服臭得连啸天都看不下去替你扔了。"

赵小渔看着啸天神犬叼着她的衣服迅速埋在了树边的坑里，一阵无语。这位二世祖的心性奇特得很，就连他养的狗也这么"特别"……

林怀甫转过视线，看到了盂洗那昏暗地儿显得那小厮瘦瘦小小的肩膀白得过分。哗啦哗啦，两瓢急促的水声淌过，就看"他"要拿衣服换上。

"你好好洗了没有？"不知被什么蒙了心思，林怀甫说着走近。

赵小渔想也没想一手系上腰带，一手拿着水瓢就泼了过去，再重重砸下，一气呵成。

砸不晕你！

"少爷，少爷，你怎么了？！"猛然冲进来的小厮，看看赵小渔，又看了看躺在地上不省人事的自家少爷，"你，你……"

赵小渔忙捂住林怀甫额头上的包："少爷刚还说难受，怎么就晕了？你愣着干吗！还不赶紧叫大夫！"

"哦哦！"那人又慌里慌张去找大夫了。

赵小渔见附近已经没了人，赶紧扎紧了腰带收拾好图纸准备开溜。可刚迈出一步她脸色就僵住了，扭头看去，昏迷过去的林怀甫竟然拽住了她的裤脚！

不行，必须得赶紧走，被这二世祖缠上可不得了！赵小渔咬牙，抬脚想再给这少爷来上一脚，小厮回来了。于是赵小渔被一道给带回了主屋。

几个姨娘跟在大夫身后匆匆赶来，瞧见赵小渔后纷纷瞪眼："你是什么人？"

"回夫人们，小的是今天新来当差的。少爷嫌小的身上味大带去洗洗，结果中途中暑昏过去了，小的也是情急才泼水救人……"

赵小渔抹干净了脸，看着是挺实诚、招人喜欢的。

"……是这样？"不等姨娘们做出反应，床上的人悠悠转醒。

"少爷，都怪小的不够机灵，你磕地上小的都没能给你垫上把手。少爷您可要多保重身体啊！"赵小渔赶忙低下头认错。

"本少爷身体好得很……"林怀甫被那诚恳的大眼睛一盯，也开始怀疑自己底子虚起来了，"可能是最近读书累着了。"说完和大夫一对视，后者立马很上道地开了一堆补药以及安神大补丸。

赵小渔看着什么参，什么鳖的，露出微妙的表情。

林怀甫："本少爷不虚，姨娘们真是太过了！"

赵小渔没管他，心里想着这家伙醒了，自己得找什么借口离开。

"少爷……小的突然想起来小的有事要……"

"少爷，老爷说今儿个你还得去窑场，现在这样还能去吗？"

赵小渔："当然能！"

林怀甫头疼："唉，不是，没听他说我现在这样需要静养吗？"

听到去窑场的赵小渔，不愿意错过这么好的偷学机会，努力鼓动林怀甫："少爷忘了在书房说过的话？老爷对少爷有期许，这节骨眼儿当然得好好表现，怎么能躲懒不去？"

林怀甫被这一提醒，就想起了偷碗的事，脸色倏地一收，顿时抽了下那小厮的脑门："蠢蛋，我就是这样被你们给影响的！滚滚滚，还不快去准备马车。"

半刻钟后，赵小渔跟着林怀甫上了马车，前往林家的窑场。

林家的窑场在城南近郊，坐上马车得出了城才能到。此时的天色将近傍晚，天边坠着的晚霞如被窑炉烧红了的烟丝儿，飘荡摇曳。空气中弥漫着炉火燃烧的味道。

赵小渔放眼望去，这儿可抵得上十来个六叔那小作坊大小了，而且一切看起来井然有序，随着林怀甫的到来，伙计一个个同他打招呼"少爷"。

"那个方方长长的是……"赵小渔应接不暇，看什么问什么，对什么都好奇。

"匣钵。烧瓷用的玩意儿，用上之后能让烧瓷的时候不再受火焰阴阳面、烟灰、窑渣的影响，烧出来的瓷釉色纯净。明焰直烧虽然好，不过需要投入大量的本钱，匣钵的造价不菲。"林怀甫挑了下眉，"那钱老二不就会这点活计，就敢跟我狮子大开口，惯得他。"

赵小渔有些意外地看了一眼二世祖，嘴边夸人的话利索往外蹦："少爷您知道的好多！"

林怀甫嘴角一扬，大受鼓舞。一边走，一边说："喏，他们摞起来是为了上下叠烧，壶、瓶口不用上釉，就在它口沿上直接放一只底部无釉的碗；还有托泥叠烧、砂堆叠烧，都是在底部垫个物件隔开，就能让瓷器底部充分烧结。"

赵小渔有些走神，不是的，还有覆烧法，口沿上无釉，胎体则必然轻薄……是六叔说的，还是四叔？

林怀甫一撩发，却没等到应有的"哇"声："咳、咳咳！"

赵小渔回神，立马夸道："少爷你好厉害！"

"这种三岁小儿都知道的事，也没什么了不起的。"

"不如三岁小儿"的赵小渔无言以对。

林怀甫走了不到二里地就喊累了，赵小渔也不得不跟着他回去。上了马车，她仍恋恋不舍地回头看，她还想偷师呢！

视线落在大门口，猛地就看到一道熟悉的身影，吓得她一激灵连忙拉上了帘子。

"你下去。"林怀甫皱起鼻子嗅了嗅，狐疑道，"你刚才是不是趁我昏了没洗干净？"

赵小渔抬胳膊怎么都闻不到味儿，但她确实没洗，有点心虚。

"你果真没洗干净！"林怀甫一看她那样子，脸色一变，作势要把她扔出去。

赵小渔生怕被丢下去，被外面那个愣头青发现，猛地抱住他一路滚进了马车里。

"咚"的一声，林怀甫的脑袋磕在了车身上。

他推开了赵小渔呵斥："臭死了你离我远点！"

生怕被发现的赵小渔想也没想就拿起一旁的软垫子，摁住了林怀甫的脸。

马车晃晃悠悠经过宋慕青的身边，他正站在路边，让家仆拿着画像问人，偶瞥见马车被吹起的帘角里混乱的画面，立马收回了目光，暗道：世风日下。

差点把林怀甫摁昏过去的赵小渔努力爬起身，装出一副要昏过去的模样："这马车晃得太厉害了，少爷，都是我太没用，站都站不稳，您不会怪我吧？"

林怀甫刚想发怒，对上那双诚挚的眼，咬了咬牙强撑道："呵，就你那点小身板，怎么可能伤得了本少爷？"

赵小渔找了个最边上的角落，瑟缩着，瞧上去就可怜兮兮的。

林怀甫坐回去，瞟了"他"一眼，无端想起那副硌"他"骨头的小身板，干咳了一声，却也没再说什么。

等到回到林府，林怀甫哼着曲儿刚进大厅，就看到大厅里堆着一摞行囊："爹？

这是干什么?"

林常山一扬眉,声音洪亮:"来人,把少爷捆下!"

林怀甫大吃一惊,以为自己偷东西的事被发现了:"爹?!你听我解释!"

被一起捆上的赵小渔心道:……倒霉孩子。

明州城外,向南二十里地,绕过一段山路后有一片依山的湖泊,名叫岐山湖。

每年的春秋二季,这儿几乎每天都有前来游玩的人,马车络绎不绝,也引来了不少前来做小买卖的,在岐山湖下形成了个小小的集寨。

正值晌午,集寨内特别拥挤,马车经过最热闹的位置,吆喝叫卖声传入马车,宋慕青放下书抬起头,一旁的小厮及时拉开了帘子。

"少爷,到时辰进食了,夫人吩咐过您可不能饿着。"

宋慕青点点头,目光落在一间挂着"天下第一瓷"牌匾的铺子门口,客人三三两两进出,还能瞧见里面的掌柜在极力推荐花瓶,而那两位客人,看起来似乎还挺中意的样子。

"天下第一瓷"自然是假的,里面的花瓶十有八九是赝品,骗骗外来客,这在明州地界很常见。

宋慕青想到了什么,不由眼神一暗,长指缓缓地抚过书页,露出了一幅图画,上面画着一只玉壶春瓶,旁边写着出产年号:永林四年,明州宁窑出。与昨日他看到的那只一模一样,莫说外行人,内行的都难分真假。但真正宁家出产的玉壶春瓶,半年前他在元江王府才看过。他们又是如何仿得的……

"少爷,过了集寨往前,再有两刻钟就到了。"

小厮的声音打断了宋慕青的思绪,他"嗯"了声,再抬头看出去,马车已经驶出了集寨,驶过一段田间小路后道路逐渐宽阔,在看到岐山湖的同时,也看到了湖边山林里露出的飞檐。

片刻后,马车到了岐山书院外。这是除了制瓷技术之外,另一项盛名在外的明州特色。

"天下言书院者,首岐山",岐山书院得天下书院之首,自创立百年来,在此客居的名士无数,"十二名士"名动天下。就连近年来素有"书画神才"之称的秦霜鸣也客居于此处,多少人盼着能有缘得其指点一二,却无缘山门。

"少爷,小心。"小厮正在把车凳搬来,他们后方忽然传来急促的车辘轳声,一辆马车飞快地从他们身旁经过,在前边急刹车停下。

"咚"的一声,隔着老远宋慕青都听到了马车内的撞击声。随后,两道身影从马车内被丢了出来。

"你们反了不成！"林怀甫扶着被赵小渔撞疼的腰，指着从马车内探出身来的管事呵斥，"谁让你把我丢出来的，绑了我一路不说，还敢堵我的嘴，信不信……"

迎面扔下来一个偌大的包袱，赵小渔倏地避开，"砰"的一下砸在了林怀甫的怀里，直接把他砸坐在了地上。

"少爷！"赵小渔夸张地喊了声，赶忙上前挪开了包袱。二次落地的林怀甫摔蒙了，直到马车扬长而去才反应过来。

他颤抖着手，被赵小渔扶起来后，指着马车的背影，气得话都说不利索："他……他……他刚刚说什么？"

"林管家说，少爷您之后就在岐山书院里念书学艺。"

"不是这句。"

"这里是老爷为您准备的东西，其余的都已经和山长打好了招呼。"

"不是……他刚刚说的那句。"

"少爷要是不好好念书，敢偷跑回城，老爷就昭告明州城，和你断绝父子关系，把您屋里床底下藏的三大箱东西都烧了。"

林怀甫用力捂了下胸口，疼痛过后一脸的桀骜："别以为这样就可以让小爷屈服，我们现在就回去！到集寨换马车！"

赵小渔指了指已经看不到头的路："少爷，步行到集寨得一个时辰。"

话音刚落，林怀甫的身影已经消失在她眼前，随后声音从她身后传来："咳……我们先休息一下，休整好了再回去，东西别落下，跟上！"

赵小渔看着某人不再桀骜，将地上的包袱拎起来追了上去，脸上是掩不住的兴奋。

身后不远处，宋慕青看着进了山门的两人，目光落在后面一个身上，神情深了几分。这背影，感觉有些熟悉。

"少爷，是韩公子他们。"

小厮在旁提醒，宋慕青定神，早他几天到的好友正与两位同学一起走过来迎他，宋慕青神情缓和了几分："邵钰。"

"你说要在城里单独逛逛，一下耽搁了好几日，再不来我就要去找你了。"韩邵钰笑得爽朗，拍了拍他肩膀，招呼着，"进去再说。"

这厢赵小渔跟着林怀甫，已经走到了书院内，过了回廊就是学生住的院舍，一路来赵小渔忙着到处乱看，再多一双眼睛都忙不过来。

岐山书院……这可是岐山书院啊！赵小渔心里乐开了花，脸上如何都掩饰不住。

岐山书院里有全明州最好的画师，有全明州最大的书馆，还有专门教授瓷艺的课。从这儿出去的学生，除了走仕途的，在经商和技艺方面也很出色。

然而想进这书院，不仅要支付高额的学费，还得有清白的家世，赵小渔对这里向往已久，可哪个条件她都不符合。所以昨天，在林老爷开口要她陪林少爷到岐山书院念书之后，她高兴了整整一晚上！

"这里离城里这么远，明日恐怕来不及赶上芸儿姑娘登台。"走在前面的林怀甫一个急刹，扭头瞪着赵小渔，"你想办法去弄一辆马车，本少爷今天下午就得走！"

赵小渔好心提醒："少爷，咱没有银子。"

林怀甫脸一黑，出门前被搜身搜了两遍，这会儿身上别说是银子了，一个铜钱都摸不出。

"少爷，老爷这回是铁了心要将您送到这儿，您若半天都待不住，他说不准会派林管事他们来盯着您，那您可就真连山门都出不去了。"

林怀甫依旧黑着脸："那也关不住本少爷！"

"少爷您想啊，老爷无非是想您待在这儿，那您就待着，等回去以后老爷觉得您收了心，可不就想要什么有什么。"赵小渔凑上前去，压低了声，"少爷，那集寨也有玩的地儿。"

末了那一句才勾起了林怀甫的兴趣，他逐渐露出笑意，用力揽住了赵小渔的肩膀："不错不错，本少爷带你过来果真是明智之举。就让老爷子瞧瞧，什么叫进取心！至于那集寨，改日再去瞧，不着急，啊，不着急……"说罢，脚步分外欢快地朝着学生院舍走去。

赵小渔揉了揉脖子，"喊"了声："还搞不定你！"她来都来了，绝不会毫无收获地回去。

收拾整顿后，已是黄昏了。

休沐日，学生院舍内很安静，赵小渔端着水盆往林怀甫住的单间走去，前面走廊里传来说话声。

"这里就是学生院舍，我知道你喜静，请人给你安排了里侧的屋子，单独一间，比两人间小一些。"

说着几道身影出现在了走廊中间，赵小渔看到他们的衣着后忙退到一边，却不想那个穿着岐山书院制服的学生，直接指向了她身后的屋子，对着他身旁的人道："就是那间！"

是他！

目光掠过来的刹那，赵小渔急忙侧过身去，垂下头恨不得用水盆来捂住自己的脸，从他们身旁快速经过。

"哎！水洒了！"韩邵钰好心提醒，却不想那身影走得更快了，过了拐角后进了一间屋子，"砰"的一声关上了门。

韩邵钰看着那一路洒出去的水，脸上即刻恢复了笑容，上前推开门让宋慕青进去："你先歇会儿，晚些时候我带你去找姜师傅。"

宋慕青"嗯"了声："多谢邵钰。"

"你我之间谢什么，你本来就是来帮我的……"韩邵钰没再往下说，拍了拍他肩膀往外走去。

宋慕青看着走廊斜对侧那扇合上的门，片刻后，转身进屋。

这边屋内，赵小渔背靠着门，端着水盆用力喘着气。真是冤家路窄啊，怎么到哪儿都能遇到他？

"哎，你取个水用了这么久，本少爷饿了！"瘫在床上的林怀甫抬了抬脑袋看她，大爷似的下命令，"还不快去给本少爷取食盒。"

赵小渔没理他，快步到了桌边，从箱子内翻出镜子仔细看了看自己的脸，当时她头上还裹着布巾，浑身上下脏兮兮的，他肯定认不出来。

"本少爷快饿死了！"

林怀甫喊到第四遍，赵小渔终于转头看他，笑眯眯问："少爷，您刚说什么，想吃东西？我这就去给您拿。"

林怀甫扬了扬手："快去——"

赵小渔跑到门口，偷偷拉开缝隙望出去，确认对侧那儿没人，这才飞快地出去。

片刻后，瘫着的林怀甫猛地起身，盯着门的方向嘀咕："怎么跟做贼一样？"

出了学生院舍的赵小渔把取食盒这件事扔在了脑后，直奔藏书之处——四珍馆。凭着来时的记忆，绕过了小池塘后她看到了四珍馆的主楼。即使之前远远望见过，此时近距离看到，赵小渔仍旧惊叹，真大啊。

岐山书院的四珍馆，其名声甚至超过了书院本身。一座主楼并着两座副楼，其中藏书不计其数，还有许多在外已经被炒到了天价的珍品。那些孤本手札，就算是弄个拓本出去，她也赚翻了啊……

这一趟来值了！赵小渔仿佛能看到自己往后的巅峰人生，走往楼后的每一步都感觉踩在了满地的银钱上。

一刻钟后，赵小渔绕了四珍馆外半圈，站在主楼侧后方仰头看，窗户的位置几乎有小两层楼高，不是那么容易爬得上去。

五年前发生过盗窃案后，副楼的几扇门都给关了，如今只能从主楼进出。

但从主楼进去需要令牌，这得在入学半个月后才能领得到，要仰仗那二世祖的话恐怕半年都进不来。只能找人"借一借"了啊。

赵小渔寻思着进去的办法，在走廊下四处观望，不多时，前面有了声响。

"慕青这人最喜欢书了，一定会喜欢这地方，我先早早将通行令牌给他准备好了，定能给他个惊喜！"

"公子先是让了自己朝南那屋给人住，又是给人张罗腰牌，您对宋二公子可真好。"

"你懂什么！"说着，韩邵钰将腰牌收起。

两人说着往学生院舍走去，过拐角时，前边一名不起眼的小厮飞快从他们身边路过。

待到了尽头，赵小渔掂着手中的腰牌，笑眯眯目送着那主仆两人走远。

踏破铁鞋无觅处，得来全不费工夫！还得谢谢这位公子与宋二公子的兄弟情。

赵小渔转身进了四珍馆。馆内和外面给人的感觉一样，又大又空旷。整个墙面全是到顶的巨型书柜，木梯盘旋而上，如巨龙般十分壮观。

赵小渔站在正中央，仿佛看到满天落下的金币，在耳边发出清脆的碰撞声。等她回过神，立马按着书柜上的标记往制瓷书籍的方向找去。心中不由懊悔没记得带纸笔，这么多的好书，她哪儿记得过来。

赵小渔踮脚往上看去，只能先记住这些书在哪儿，下回要了那二世祖的牌子再来誊抄。

边走边看，赵小渔掩不住惊讶，这儿的藏书比外界传的还要多，更遑论左右副楼里藏的。只不过，副楼的钥匙只有掌院才有。听闻里面的镇馆之物乃是一件宁家十二器之一的虎瓷，别提勾得人有多心痒痒了。

赵小渔看得全神贯注，不自觉往副楼的门那儿走去。

宁家十二器之一的虎瓷，是当年宁家没出事时，赠与岐山书院的。入了四珍馆后就没再拿出来过，见过的人不多，所以瓷市上，仿的没一个像。四叔夸她对瓷器过目不忘，要是能让她看一眼，说不定就能仿呢。只是能进副楼的人寥寥无几，林怀甫肯定是不能的，偷入这法子也行不通……

正想着，赵小渔已经走到了左副楼的门口，过柜子拐角时，迎面撞上了个人。

"对不……"

"哪里来的鬼东西，躲在这儿吓老子，四珍馆什么时候收留起阿猫阿狗来了！"来人看到赵小渔这身打扮，顿时黑了脸，眼底的嫌弃之意丝毫都不掩饰。

赵小渔被劈头盖脸一顿数落，尚没反应过来。那人一眼看出了她身上的衣服制式是下人的，越发看不上眼，只觉是污了这地方，嘴上越不留情。

"你是哪个院里的人？这是你能来的地方？"

"谁带来的下人这么不懂事，别污了这里的书，赶紧滚出去！"

这里不是渠巷！不能惹事！赵小渔心里默念了三遍，这才忍着没有揍人。赵小渔正要转身，换个地方去看，眼前忽然横出了一只手："把腰牌拿出来！"

赵小渔握紧拳头，腰牌她有，可这人纠缠不休摆明了要给她难堪，就算她拿出来他也会找别的茬儿。吵起来引来刚刚那位公子可不好。要不先把人引出去？

正想着，前边传来了一道熟悉的清润声音。

"出去。"前方立柜边，男子侧身而立，浮光将顾长身影笼罩出一层晕黄光圈，朝着两人站着的方向投来冷冷一眼，"要吵出去吵，馆内不得喧哗。"

赵小渔蓦然抬头，又瞬间低下头，真是冤家路窄，怎么会是那愣头青！穿的还是跟林怀甫一样的学生服！

赵小渔身边的学生愣了愣，随即恼怒："你算什么东西？让爷……"声音突兀地戛然而止，就连身上的气势都跟着弱了很多。

赵小渔悄悄抬起头，余光里瞥见愣头青亮了块四四方方的小黑牌。再看那骂人的学生小心翼翼地退出去的模样，仿佛是见了什么不得了的大人物。而那宋慕青，待人走后接下来就没了响动，好像那人的辱骂当真只是打扰了他看书而已。

赵小渔心底顿时一个咯噔，令牌！她顺来的那一块是褐色的木牌，而他刚刚拿出来的……赵小渔忍不住打了个哆嗦，她好像惹到什么不该惹的人了。不能被认出来！赵小渔连忙低着头转身离开。

"站住。"背后传来声音。

赵小渔僵直身体，回身郑重弯腰道谢："方才……多谢公子解围。"

宋慕青又只看到了"他"的头顶，落了个微小谨慎的印象，只道："明州林家的，你家公子想要的书应当在右副楼。"

原来只是提醒，赵小渔暗暗松了口气，可也不敢再多待一刻，一边道谢一边往后退着跑了出去。

可才不过几步路，迎面又是一张熟人脸孔朝她直奔而来，赵小渔的呼吸猛然一紧。

"慕青，可算是找到你了！"韩邵钰仿佛没看到赵小渔，直接从她身边经过朝宋慕青走去。

"原本我还给你准备了牌子的，谁想你已经有了。"韩邵钰说着往自己腰间摸去，神情一愣，"牌子呢？"

下一刻，身旁飞快地挤过一个身影，等他看清时那人已经从宋慕青面前经过，飞快地离开了他的视线。怎么感觉这一幕有些熟悉？

"牌子不是在吗？"宋慕青指了指他右侧的腰间。

韩邵钰伸手一摸，还真是，可他刚刚明明放的是左侧啊？

"可能是我记错了。"韩邵钰呵呵笑着，拍了拍他，"走，我先带你去吃饭。"

宋慕青"嗯"了声，视线往刚刚赵小渔站过的位置定了定，莫名有一种感觉：并非是这小厮胆儿小，而是这小厮怕自己？自己刚才……很凶吗？

至于他会开口，完全是因为那人太吵，还有就是那小厮看书时拿衣角垫手指，生怕弄脏书页的举动，博得了他一丝好感。

难得"他"地位卑微，却是个爱书之人。

而一口气跑回学生院舍的赵小渔稳了稳心神，马上就拿起笔默记了起来。在逃过一劫后，她满脑子想的都是这些拓本卖出去财源滚滚而来的画面。

那个公子说的宋少爷居然是那个愣头青，他也进书院了的话，往后这低头不见抬头见的，难保她不会被认出来。这地方不能久留，她要速战速决。

等到她默完那些书名，天都已经黑了。赵小渔张开手臂伸了下懒腰，神情微怔，好像有什么事儿给忘了。她下意识去主屋找林怀甫："少爷？少爷？"

"你……还……记得……你家……少爷……"林怀甫气若游丝，完全是饿的，蔫蔫趴在桌上，怨气十足地盯着她，"你死哪儿去了，本少爷的饭呢？！"

"……书院太大，小的迷路了。"

"算了，指望不了你。"林大少难得大度不计较，慢悠悠地起身，"那我们就出去吃吧！"

她听出了一丝丝兴奋是怎么回事？！

岐山书院外的集寨有个很出名的面摊子。两人要上二两面，面端上来冒着腾腾的热气，浇上一勺油亮亮的呛葱花，食物的香气瞬间迅猛地席卷味蕾。

赵小渔最喜欢吃的就是渠巷口李婆婆做的面，那面汤是猪骨头熬上半宿，吊出一锅浓浓的高汤。

婆婆总怕她长不高，偷偷把筒骨给她埋在碗底，那骨髓吸溜一大口，透骨的鲜。

两个人都饿狠了，呼哧两下，面碗就见了底。

面摊子老板送上了茶，淡得没味。赵小渔捧着茶盏，有些意外二世祖什么也没说，他就着茶远远看着明州城的方向，一副深沉惆怅的模样。

就在赵小渔以为他会说出什么感性的话时，他啐了声："这鸟不生蛋的破地方！"

果然不能对他寄予期望。

明州城方向，往细了看，隐约能见着些灯火，那是城里入夜最热闹的地方。

和林怀甫惦念的那些脂粉姑娘不同，赵小渔想的是老爹和渠巷里的人。

老爹一定以为自己在李家村学绣花呢，不知道有没有想自己，也不知道听进自己的话没有……算了，照老爹的性子，肯定是闲不住的。闲不住啊……那必定要常去赌坊……突然之间她想要赚钱的念头更强烈了。

"当当——"山林间突然响起的撞钟声回荡，惊起鸟雀无数，扑簌簌往天空中飞去，也把两人给惊回了神。

"这是什么声儿？附近有寺庙？"林怀甫问。

赵小渔觉得不是，方才走来可没见过，反而心底涌上一股不妙的预感："少爷，我们该……"

面摊老板瞥了他们一眼，狐疑道："这个是书院的撞钟声，马上要宵禁闭门了，你们这是要进城去？可城门也关——"

不等他话说完，两人均是变了脸色，朝着来时的路拔足狂奔。书院大门一关，还真得露宿野林了！

好在一通紧赶慢赶，两人赶在守门人关门的间隙到了书院。

二世祖塞了点碎银，原本凶着脸孔的守门人脸色顿时和善了许多，放他们进来时还好心提醒他们书院里巡夜的时辰。

果真是有钱能使鬼推磨。

赵小渔走街串巷跑惯了，这么段路脸不红心不跳，呼吸平稳。

旁边的林怀甫却累了个半死，半个身子的重量都搭在了她身上，气若游丝："走，扶本少爷去洗澡。"

"啪嗒"一声重物落地。

摔在地上的林怀甫揉着腰呵斥："你造反呐！"

赵小渔回了神赶忙把人扶住，讪笑："少爷，小的手滑，您没事吧？"洗澡？这书院里可是大澡堂子！

林怀甫打量着她突然发红的面庞，灰扑扑的小脸透出来的红，让人一直有种把"他"洗干净的冲动，话也是脱口而出："你也洗洗，等我洗完，把自己刷干净点，否则给爷睡外头去。"

"这——公子们洗浴的地方，小、小的怎么能？"赵小渔连连摆手，心里想弄死二世祖的念头都有。

"你是我林怀甫的人，在明州地界，我说一，谁敢说二！"

不等赵小渔反应，林怀甫直接搂住了她的脖子，半身压在她身上，往洗浴的地方走去。

一路上遇到的人不少。是以，赵小渔的拳头迟迟没法落下去。

"小鱼，你爹怎么给你起这么个名字？"林怀甫随口闲聊，"贱名好养活，小鱼这名字还是挺上口的。"

"是有三点水的渔。"赵小渔听不下去他一嘴混话，想起老爹说的如鱼得水。算命的说她命里带点水好，不过这些话就没必要和这二世祖说。

林怀甫"哦"了一声，有没有三点水的，跟他也没什么关系。

两人到了澡室，时间已经不早了。看着稀稀拉拉走出来的人，赵小渔暗暗屏气，恨不得里面的人全走完了才好。

"这地方还成啊。"没注意到她的神情，林怀甫看着里面的浴池颇为满意。

跟进去的赵小渔也看到最里面的那一池温泉，氤氲着朦胧雾气。这是另外的价钱，所以连澡具都是另外准备的，而不像外面那一间间间隔开的澡堂。

偌大的温泉池子，空旷得只能听到两人的响动。

"喏，拿好，等会儿给我擦个背。"林怀甫甩了她一块搓澡布头，就开始宽衣解带了。

赵小渔不是没进过澡堂子，也不是没见过那些光膀子的汉子，瓦舍里什么样儿的人都有不算稀奇。可林怀甫这油面小生样，到底和那些粗汉子不一样，加上刚刚他还说要自己也一块儿洗。赵小渔心里一紧张，踩着湿漉漉地面的脚跟着跟跄退了两步，却撞到一个温热的胸膛。

不等她回头，那人比她反应还激烈地退了一大步。而此时赵小渔也瞥见了那人的脸，如遭雷击。还说要避着走，这是什么天杀的缘分，又撞到一起了！

见赵小渔一脸的惊恐，宋慕青眉头微皱。

这厢林怀甫裸着上身打量来人，样貌气质都属上乘，不，可以说是上上乘了。听一块混的人说，来了好几个从京城来求学的。这人看着像，不过大老远跑这破地方来，怕是个傻的。

林怀甫心底暗忖，不无恶劣地想着。再一看自家随从见了人那一副鹌鹑样，莫名不爽。于是他板着脸孔呵斥："还不过来搓澡！"

"啊？"赵小渔只想快点逃离这地方，被林怀甫这么一叫，心不甘情不愿地磨磨蹭蹭靠过去，双手拿起搓澡布巾看都不看直接搭在了林怀甫的后背。

林怀甫看得更来气，时不时甩宋慕青一个眼刀子。

敌意来得莫名其妙，宋慕青分外无辜。他知道林怀甫是林家的独苗，在四珍馆开口帮忙也是看在林怀甫的面上，毕竟林家……他的视线无意识地停在了赵小渔身上。

被这么注视着的赵小渔一阵头皮发麻，也没注意手下的力道，一使劲，耳边传来了"嘶"的一声，赵小渔忙松手，对上了林怀甫的目光，悻悻笑道："要不轻点？"

林怀甫瞪了她一眼，警向宋慕青："他什么情况？"

赵小渔敏锐地捕捉到了他的敌意："之前碰到过，看着挺冷淡，但是他好像知道少爷是林家的，连带对小人都有点上心。"

"上心？"

"嗯，好像挺关心少爷的！"

关心？该不是……林怀甫倏然打了个激灵。

"林公子……"宋慕青开口。

"还是外头敞亮。走，去外面。"林怀甫撂下人，迅速带了赵小渔离开。

赵小渔巴不得走，只觉得自己想到这招十分机灵，让林怀甫误会宋慕青有断袖之癖，往后都不会凑一块儿。

正高兴呢，又被林怀甫一把提溜住："你又想不洗澡！这是劣习，必须改了！这块澡巾本少爷赏你了！"

声音飘到了里面，宋慕青深深皱起了眉头。

托林怀甫的福，赵小渔在隔间里迅速地冲洗了下。就这样，又被嫌弃了一番。

等回到院舍，已经是深夜了，忙累了一天的林怀甫倒头就睡。

赵小渔看着原封未动的课业书，想了想，坐在桌子边标起注释来。

林怀甫睡眠浅，睡得迷迷糊糊之际看到烛光照着那小脸格外认真的模样。林大少爷满意地翻了个身，再一次感觉自己这小厮选得挺不错的。

翌日，晨起撞钟响了三声。学生们去往授业堂。

整个书院的授业堂有四处，甲乙丙丁，以甲为最上乘。学生入学前必过学试，依照学试所得评级而分到各堂。

林怀甫打着瞌睡被赵小渔拖进授业堂，勉勉强强地睁开眼。

两人一进，万籁俱寂。

明州当地人谁不知林家大少爷是个草包。这样的人出现在了甲子堂，顿时让一部分人坐不住了。

备受瞩目的林怀甫终于驱散了瞌睡虫，有了精神，来回打量那些看他的人，脸不红心不跳，将这甲子的身份坐得牢固。怎么……你们有意见?

"林二狗子你怎么会来这儿?"安静的授业堂内忽然响起突兀的声音。

林怀甫脸色一僵，看也没看那人脱口道："元大头，你自己怎么来的心里没点数?!"

被叫"元大头"的年轻男子"唰"一下站了起来，青着脸吼道："你说什么?"

他身边立马跟着站起了三四个壮汉，加上元少康那健硕的身躯，一下震慑了全场。

赵小渔默默往后退了一步，元家和林家是明州当地制瓷的两大头头，一直和平共处，但两家小的可不对付，是一见面就掐的主儿。

元少康跟林怀甫是半斤八两的货色，一个是草包，另一个是升级版草包。但元大当家觉得儿子是可塑之材，谜一样的自信让他一直对外标榜自己儿子是人中龙凤。为了维持住形象，元大当家给自个儿子备了一个军师团。这在明州也不是什么秘密。

林怀甫十分鄙夷他的行为："你大爷我凭自己本事来的，不服来咬我啊!"

"你还要不要脸了?"

"能有你元家不要脸?上个学带那么多人，少了他们你恐怕连字都不认识!"林怀甫怼完转头就冲赵小渔飞快交代，"赶紧去找掌院，我会撑到你来，弄不走他丫的!"

"吵。"

一道从角落里发出的声音，带着与云淡风轻的语气截然不同的威压，扫向看热闹的一众。

赵小渔被推着往外走的脚步一顿。

林怀甫眼看着元大头忽然灭了气焰，一看说话的竟然是昨天温泉碰上的那个男人，对上他的视线后，顿时蹙起了眉头。京城里的风气他是有所听闻的!他……该不会真看上老子了?林怀甫怒瞪了回去。

元少康一副看白痴的眼神，仿佛在笑他不知天高地厚。

他林怀甫长这么大还没怕过谁!林怀甫甩了元少康一个鄙夷的眼神，拎了自家看起来傻傻的小厮找地方坐下，却看到赵小渔直勾勾地盯着那"温泉变态"。

他手上的坠子。拇指大小一个，像是个瓷葫芦。赵小渔飞快摸了下腰间，瞪宋慕青的目光更显眼了。那是她的!

第二章

林怀甫不甚痛快地坐下没多久,一位先生走入了授业堂。这是负责他们这一班的老师——严莚先生,过去是山长的学生,曾在京城松林书院教过书。

本来注意力一直在宋慕青那儿的赵小渔,在得知眼前的教书先生叫严莚后,视线猛地回转。

严莚啊,六叔说过,在点青上极具天赋,是仅次于宁家三爷的厉害人物!

"原来是钟先生负责你们班,但他临时有事,我代他一段时间。"严莚望着堂内这些学生,视线落在了宋慕青身上,微微点头后,又从林怀甫与元少康他们这儿掠过,给他们扔下了个重磅炸弹,"按岐山书院的规矩,入学半月后,会有一场考核,不合格者,会从甲子班分出去。"

刚才还姿态懒散的林怀甫猛地一下坐得板正,考核?什么考核?他进了甲子班还不够?

几乎是同时,林怀甫与看过来的元少康对上了视线,两位草包破天荒有了同样的想法:不合格被分出去,等同于丢人。

绝不可能!

赵小渔此时才顾及不到林怀甫的心理阴影,她全神贯注地听着严莚说的那些授课内容,心中胀鼓鼓的感觉洋溢到了脸上,神色分外憧憬。除了正常课程外,竟还可以去学点青,更不用说那些关于制瓷的课。

赵小渔的小算盘打得精细,四珍馆内的拓本拿出去卖,那也是一次性的,就算给六叔他们,大头也不是自己的。要是学会了这些,可就是她指哪儿是哪儿了,财源滚滚呐!

于是乎,半刻钟前"要尽快离开书院"的想法,被延后了。

"这几日正午，你们可以去四珍馆外看看……"

赵小渔听得正认真，被林怀甫用力拉了一下，赵小渔倏地瞪他，干什么！

"你听那么认真干什么？"林怀甫"喊"了声，和元少康打了一会儿"眼架"后，越发觉得书院生活乏味。

"少爷，半月后有考试呢，我自然得听认真些，不然怎么帮您，咱绝不能输给元少爷。"赵小渔收了神色赔笑。

"用得着你操心，本少爷早就有办法了。"嘴上说着，林怀甫对赵小渔的恭维还是颇为受用，洋溢着小得意道，"几张银票就能搞定的事。"

在赵小渔心中，这二世祖头上写着"财大气粗"四个大字。

第一堂课的时间并不长，主要是为了让学生了解书院，所以上午的下学时间也特别早。

待先生走后，授业堂内的学生也陆陆续续离开了，林怀甫坐在那儿，与不远处的元少康对峙，两个人谁也没动，眼刀子互相甩得特别狠。

"半个月后不合格的就要从甲子班出去，我说林二狗，你是打算使银子啊。"

"我可没那本事，叫三五个人给我作弊，你干脆叫他们给你写得了！连动手都省了。"

元少康脸一绿，林怀甫哈哈大笑："让我说中了？哎呀我说元大头，字都懒得写，你是怎么坐在这儿的，小爷我好歹是自己写的！"

"你！"

走出学堂的几个学生听到这番说辞，连连摇头，五十步笑百步，他们竟然要和这两个草包做同学……

不一会儿，授业堂内空了，林怀甫瞥了眼元少康身后的壮汉，书院内谅他也不敢动手。

伸了一把懒腰后，林怀甫习惯性地要去拎自家小厮。手一伸摸了个空，林怀甫扭头，身后本该是赵小渔站的位置空空如也。人呢？

这厢赵小渔早已经出了授业堂，一路尾随着宋慕青往四珍馆方向走去。

宋慕青与韩邵钰同行，身后还跟着随从，赵小渔也不敢跟得太近，只得走两步躲一躲，视线紧盯着宋慕青手中漏出来的旧红线。

什么时候掉的呢？

从林家来这儿的时候还在的啊，难道是在澡堂子里丢的？

昨晚一惊一乍的，回去又给二世祖写了课业，的确没注意上。

"我过去一趟，你在这儿先逛逛，我看棋社不错，你也擅长。"韩邵钰与宋慕

24

青道别离开，走廊里就剩了主仆两人。

宋慕青看着院内那些支起的牌子问随从："客栈那边查得如何了？"

"客栈那儿回话，那天下午交办的师傅里的确有个眼生的，我已经找人去问了，只要找到了介绍的人就能晓得是谁到过楼上，送茶的伙计说看背影年纪不大。"

廊下柱子后边的赵小渔脸色微变，这愣头青还不肯放弃。

"如是惯犯，必定还会回瓷市，叫人盯紧渠巷，还有那间铺子。"

"是……"随从低头，声音放轻了许多，"公子，那边也来信儿了，皇……长公子得知您来了明州，有事托您。"

赵小渔铆足了劲听他们说话，嘴角微扬，不笨嘛。

换作以前她偷了后再卖，可能真被他在瓷市里逮着了……不过京城人的名字可真奇怪，叫什么黄长公子？有这称呼法子？

思及此，赵小渔的眼眸倏地一亮，她看到宋慕青摩挲她的小葫芦，那只手修长好看，骨节分明。随即她的目光又黯淡下来，冤家路窄啊，东西竟然在他手里。她贴身的瓷葫芦……

走了！

赵小渔飞快跟了上去，跟着宋慕青到了四珍馆外的场地。

这儿就是之前堂上严莛先生说过的社团，好些桌椅前立了纸糊牌子，上头写着各种社团的名字，就跟集市一样，学生招揽学生，喧嚣入耳，好不热闹。

宋慕青样貌出众，气质不凡。那些招揽的学生瞧见后，都冲上前来问他要不要参加，跟在后边的赵小渔越发显得不起眼。

好机会啊！赵小渔盯着宋慕青的手，快速挤上前，想趁着那些学生热情招揽时从宋慕青那儿偷回来。

就在她要抓着吊绳时，不知打哪儿横出来的一只手握住了她的手腕，将她猛地拉了过去。

赵小渔撞到了宋慕青的手，可却怎么都没力气去抓她的小葫芦。

赵小渔怒瞪拉她的人，哪个不长眼的敢坏她的事！却不料对上了一道更为恼怒的目光，她心里猛地一阵咯噔，呀，又把他给忘了！

林怀甫瞪着他这随时随地能把自己丢下的小厮："本少爷都没走，你上这儿做什么？"

"少、少爷！"也就用了几秒的工夫，赵小渔恢复了恭敬，"严先生说要你们参加社团，我先来替您打探打探。"

"打探？本少爷用得着打探……"话说了一半，林怀甫的声音忽然收住，赵小渔抬起头，刚被他撞着的宋慕青就在他们旁边看着。

"少爷……"

"林公子，你……"

"打探！走，我们现在就去打探看看！"林怀甫骤然拔高了声音，佯装没看到宋慕青，拎起赵小渔逃似的离开了。

话都没能说完的宋慕青站在原地，一脸的不解。林公子看他的眼神，为何有种唯恐避之不及的感觉？

"少爷，林公子在明州城内的风评不是很好。"随从说得委婉。

宋慕青低头看向手中的瓷葫芦坠子，看着虽古旧，做工却是罕见的精细。这是昨日在山门口，他途经林公子下马车的地方捡到的，刚刚想问的也是这个。

"无妨，以后有的是机会问。"宋慕青将小葫芦收入怀中，朝前走去。

不远处，反抗无果的赵小渔看着越走越远的宋慕青心痛不已："我的……"

林怀甫将人拎远了，松了一口气："你的什么？"

飞快调整了心态的赵小渔指着前面的诸多社团说："少爷，您打算加入哪个？"

"本少爷当然是去打马球了。"

赵小渔看了眼远处的牌子，尽职劝说："少爷，选瓷艺吧，老爷送您过来可不就是为了让您学这些，您要是只报了马球也不好交代啊。"

"本少爷留在这儿就是最大的恩赐了，不去！"

赵小渔眼珠骨碌一转："我刚刚听元大少爷说，他要报瓷艺社团，您要是不去，岂不是输给他了……"

"小爷我会输给那个绣花枕头！"林怀甫炸了，他平生最听不得自己输给元少康那个草包。

"您当然不会输给他了啊，可您要不去的话，他一定会到处宣扬说您的不是。"

林怀甫气哼哼地指挥赵小渔："去，把他报过的都给小爷我报上！"

"好嘞！"赵小渔脆生生应道，脚下抹油似的，飞快朝着瓷艺社团那儿奔去。

傍晚回了学生院舍，赵小渔手中已有了四块牌子，除了林怀甫要报的马球社团外，其余都是赵小渔感兴趣的。成功进了瓷艺社团后，赵小渔看林怀甫也顺眼许多，没忘了要给他取食，拎了食盒往外走去。

此时天色稍暗，回来的路上赵小渔遇到了几个行色匆匆的学生。

"快走，真是要命，昨天夜里竹馆又闹鬼了！"

"但今天轮到我们值守啊。"

还没来得及听清楚他们说什么,这几个学生就已经消失在了赵小渔面前。她好奇地抬起头朝他们说的竹馆望去,昏沉沉的天色中,靠山侧的竹馆在遍布的竹林映衬下,显得格外孤冷。

"这世上哪有鬼?"赵小渔嘟囔了声,拎了食盒回到学生院舍,谁知到了晚上,还真闹出事来了。

大半夜的,安安静静的学生院舍被几个人的鬼哭狼嚎声惊醒,一向睡眠浅的赵小渔开门出去,两个学生一边往院舍里侧慌张赶去,一边嘴里嚎着:"有鬼、有鬼啊!"

不少人被惊醒,纷纷推开门看,这就看到其中一个学生直愣愣撞在了柱子上,竟然晕过去了。

"快扶起来!"

"怎么回事啊,闹什么鬼?"

"晕过去了,赶紧去请院里的大夫。"

赵小渔刚想出去凑个热闹,身后传来了懒洋洋的声音:"怎么回事儿啊,外面那么吵?"

"外面说闹鬼。"

"闹鬼啊。"半梦半醒中,林怀甫"哦"了声,下一刻,他猛地坐了起来,瞪大眼睛看着打开的门,声音中带了颤,"哪里闹鬼?"

"外面……"赵小渔扭头,神情一顿,快速捂住了嘴,这才没让笑声漏出来。

眼尖的林怀甫还是察觉到了,揪着被子瞪赵小渔:"你笑什么?"

"少爷,外面有两个在竹馆值夜的学生,说那边闹鬼。"赵小渔端正了神色,给他点了灯,"应该是被什么吓着了。"

"就是说……"一听是竹馆,林怀甫这才躺了回去,嘴里嘟囔着别人胆小,却让赵小渔别把灯吹熄。

半个时辰后外边的动静才小下去,学生院舍再度恢复了安静。

隔天上课时,大家又议论起此事。赵小渔支着耳朵,有一茬没一茬地听着,偌大个岐山书院,在外没听说过里面有闹鬼的事,在书院内也没听过先前的学长提及。不少人的反应都和她一样,只当昨晚值守的学生胆小看岔了。

可第二天夜里,闹鬼的事再度发生。睡得好好的,又是在竹馆值夜的学生跑回来说有鬼。

第三天……第四天……接连好几拨人被吓着,往后都是要轮着值守的,当下就有学生忍不住,这天在授业堂内向先生问及。

严蓙直接否认了这件事："竹馆乃学生静修养性之处，何来闹鬼一说？让你们去竹馆值夜也是为了锻炼心性。"

还未轮到的学生点点头表示赞同，这两天他们也问过学长，都说是子虚乌有，可那八个已经值过夜的却不肯信。

"先生，我们不会看错的，真的有鬼，就站在竹馆走廊里，披着长发看不清脸，穿着白衣，连脚都瞧不见，是……是飘着的！"

"对对……我们是在竹馆内看到的，他蹲在角落里。"

"我们是在馆外竹林里看到的，他、他、他还追我们！"

分到甲子班的学生，除了那两位二世祖外，都是有真才实学的，可这会儿说起来脸都绿了，七嘴八舌的，授业堂内顿时热闹了起来。

这回，宋慕青倒不嫌四周嘈杂了，反而是一脸若有所思地望向竹林方向。

跪在林怀甫侧后方的赵小渔一脸兴致，视线从宋慕青身上飞快掠过，看着前面的学生听得脸色渐变，心中萌生了个赚钱的念头。

那二世祖也怕鬼来着。

赵小渔看向林怀甫，后者却全然没听堂上在说什么，只顾着与旁边的学生说话。

"真的漂亮？"

"我骗你做什么，比画舫六艺还美，你是没见过，书院里多少学生都爱慕她，只可惜她平时极少来书院，就住在山长院中。"

"安静！"堂前高声。

授业堂内骤然安静，学生们面面相觑，不敢再出声音，惧怕的，担忧的，一个事不关己的，还有一个莫名兴奋的。

"我在岐山书院数十年来从未听闻过这样的事。在你们之前，每一届学生来此，都会在竹馆轮值，苦心志，练胆识，这是山长亲自定下的规矩。往后还有冬跑夏猎春耕秋收，读书不是作乐，岐山书院更不是养闲人的地方，若是连这点都忍不了，谈何考取功名？"

严蓙的声音不大，却透着威严："不过是几个时辰的值守都受不了，干脆卷铺盖回家。"

可事儿毕竟发生了，堂上无人吱声，待下了学先生离开后，几个正要轮到的学生开始担忧起来。

赵小渔跟到屋外时，他们正在说起值守的事。

"马上轮到我们了，怎么办？"

"张子栋昨晚是被抬回来的。"

"这么多人看到，肯定不会有假……"

"五两银子一个人，我替你们去值守。"几个学生回头，赵小渔倚在柱子边上，笑眯眯地看着他们。

是夜，昏月缺缺，天色昏沉。

四月里的晚上还带着春冷，尤其是山林里，比城中还要冷上几分。

位于岐山书院北侧的竹馆，白天人不多，到了夜里，就只有两个值守的新学生在这儿守到子时才能回去。

今夜更少，只有一个。

赵小渔拿着烛台走在廊里，脚下的木板发出轻轻的咯吱声，附近竹林内风呜呜作响，在一片漆黑中平添了几分恐怖。

怀里揣着十两银子的赵小渔一脸平静，莫说心慌了，就是眼睛都没多眨一下。

值守的任务是检查竹馆的十来个屋中的烛火与窗户，以防夜里起风吹倒台子引起火势。

赵小渔一个人走在被黑暗笼罩的竹馆中，仅她周身被烛火照亮，烛火微弱地照着，将她衬得小小的，好像随时会被吞噬。

"啪嗒"一声，前方传来似是滴水、又似是什么东西掉下来的声音。

赵小渔抬起头望过去，走廊深处漆黑一片什么都看不清，声音来源好像是最里侧的一间屋子。

换作别人，怕是先吓了一跳。可赵小渔的第一反应却是别是什么东西被吹倒了才好。她快步赶过去，手中的烛台火光渐弱，她周身的光圈变得更小了，仿佛是进了哪个血盆大口，下一秒就要被吞噬掉。

赵小渔走到了有响动的屋子门前，发现门是打开的。

迈过了门槛，她将手中的灯往里探了下：这是一间书屋，里面存放着不少供学生阅览的书籍，照理说天黑前应该是已经锁起来了的。

赵小渔扶着门框走进去，灯光照亮了她脚下一片，光亮中突兀地多了块阴影。

嗯？赵小渔看到书桌上的笔架倒了。

她上前扶正，小心检查了烛台，不烫，应该是早就掐灭了的。

这时她身后传来极其轻微的摩擦声，像是什么东西从地上蹭过，声响在寂静中被无限放大。

赵小渔捏紧了烛台，转过身准备给来人当头来一下，她对上了一张被长发覆盖的脸。

一袭白衣，盖住了脚面，及腰的长发遮住着脸孔，隐隐约约透出底下的苍白。就这样安安静静地站在赵小渔面前，从那长发中，有一双眼睛在直勾勾地盯着她看。

风从屋外吹进来，烛台上的火苗猛烈晃动，将要熄灭。

有鬼！

下一秒该是石破天惊的尖叫声和趔趄奔跑离开的脚步声。

可赵小渔她不信这些，站着没动。

就在火苗要支撑不下去时，她的手从烛台上方掠过，利落而干脆地将遮住鬼脸的长发给拨了开去。

烛火熄灭的刹那，赵小渔看到了她这一生见过的最漂亮的脸。遗憾的是时间太短，她都没来得及看清楚。

于是，片刻后，赵小渔将这个鬼拉到了屋外，就着微弱的月光，仔仔细细地欣赏起这张比画舫六艺还来得美的脸。

那身白袍子是雪绸缎子，绣着银丝暗纹，光影变动间恍若缓缓流动的水纹。乌黑发丝如泼墨般散在身后，月光下愈显冷清苍白的面庞如同蒙上了一层浅薄的釉色。

他的眼神极为清澈，不沾染一丝烟火，她在这人身上看到了一种黑白分明的纯粹。

凉风拂面，赵小渔看了好一会儿，感慨道："你长得可真好看啊！"

回应她的是一段悠长的咕噜声从"鬼"的腹部传出来……

"你饿了？"

后者想了下，点点头。

赵小渔朝四周看去，依稀听到了竹林间的声音，顿时有了主意："你等等，我去看看有没有可以吃的。"

赵小渔钻进了竹林，站在廊内的那"鬼"思忖半晌后，跟着赵小渔的身影也进了竹林。

半刻钟后，偌大的竹林里，突兀传出一阵哭嚎声："啊——鬼啊！"

赵小渔拎了只兔子从树丛中钻出来，昏暗中，那"鬼"一身白衣站在那儿，颇为惹眼，略显不知所措。而他身边，躺了个莫名眼熟的人。

"少爷？"

林怀甫是被冻醒的，醒来闻见山林间的土腥味混着清冽的竹叶香，蒙了好一会儿。

这是哪里，发生了什么？怦怦跳动得异常激烈的小心脏提醒着他忘了什么事。

林怀甫一片空白的脑袋里这才缓缓有了记忆。他的美人！

得知山长有个貌美如花的女儿时，林怀甫就抑制不住自己蠢蠢欲动的心。

为了一睹芳容，他白天踩点，谋划了一条去山长后院最近的道，想趁着夜深人静、空闺落寞时，来一场浪漫邂逅。可谁想夜里视线不清，中途出了岔子走错道儿了，明明是一样的林子却不是记忆中的路。

他又是怎么昏过去的？随着最后的画面回笼，林怀甫脸上荡漾的表情渐渐僵住。一晃而过那白莹莹的？今天授业堂内他们似乎在说起竹馆闹鬼的事……林怀甫的眼眸突然瞪大，所以他刚才是……撞鬼了！！

"能吃了吗？"

林怀甫的耳畔传来声音，有些低沉沙哑，带着一丝急切。

随之是耳熟的声音："再等等。"

很快的，声音又传来："现在能吃了吗？"

"还得再等一会儿工夫呢。"

"我饿了。"

"那……我先扒个腿给你吃。"

林怀甫听着对话，"咯啦啦"转过脖子，就和自家小厮撞上了视线。赵小渔抓着木棍蹲在那儿："少爷您醒了！"

林怀甫张了张嘴，还不等说什么，余光里看见了另外一个身影，白衣长发，记忆深处烙印般熟悉。

两道视线齐刷刷地看向他，别提有多诡异。他两眼一翻，连声儿都没有又昏了过去。

"他怎么了？""白衣男鬼"接过赵小渔手中的兔腿，无辜地看着昏厥过去的林怀甫，"地上不冷吗？"

"他不冷，睡得很开心。"赵小渔连个正眼都没给林怀甫。

当她不知道是怎么回事吗？就白天他那股劲儿，保准是打着什么蔫坏主意。她再看了看林怀甫出现的那条小路，这和通往山长院舍的路交叉而过。天一黑，确实容易看岔了。哼，出息。

不等她低头咬一口肉，一道眼神投了过来，赵小渔看到白衣男子手里就剩下根骨头了，正眼巴巴地盯着自己手上的。

赵小渔扛不住那眼神攻势，老实地把手里的肉给递了过去，自己则用木棍从火堆下面扒拉出个番薯。

煨熟的番薯表皮有些焦，烫得她连连换手，一撕开，浓郁热腾的香甜气息扑鼻而来，吃起来软软糯糯的，一下暖了五脏六腑。

赵小渔吃着番薯，很难忽视旁边传来的炙热视线。这怕是个饿死鬼呢，她叹了口气，又从底下扒拉出一个番薯，忍不住问："你没吃晚饭？"

他迅速拾起，被烫得摸了下耳朵，这才小心翼翼地撕开了点番薯皮，尝了一口，眼睛又再一次亮起。等发现赵小渔在看他时，耳廓微微有些泛红。

"吃了，但是这个很好吃。"他道，"兔肉也好吃……你很厉害！"

这夸奖发自肺腑，他看着她逮兔子，还能在这林子里挖到东西，最重要的是……这些都能烤！烤出来还很好吃！

"看不出来你还挺能吃辣的。"她随身带的小瓶子里装的是辣椒面，到哪儿都不离身，刚才落到他手里就没松开过。

"好吃。"他舔了下嘴角，意犹未尽，不知从哪儿摸出一只吱吱乱叫的灰团子，提溜着尾巴问赵小渔，"这个能烤吗？"

赵小渔直勾勾盯着那只灰老鼠，对方大概已经崩溃，四脚并用地想要逃离，奈何尾巴被人死死攥住，隔着老远都能感受到它的绝望。

在他一脸期待的神色中，赵小渔咳了声："那个……肉少又不好吃，算了吧。"

男子一脸可惜地放了手，灰团子"哧溜"一下没入黑暗没影了。

此时林间微风吹过，火苗晃晃荡荡。

胃里垫了点食物，整个人就有些懒洋洋的。

男子正吃着最后半个烤番薯，因为是最后一些了，他吃得很认真，都能看出舍不得的神色来。

赵小渔靠在树旁，盯着那侧脸惊艳着，尤其当那双眼睛就那么望着你的时候，很容易冲动答应他的一切要求，譬如她刚才就忍不住张罗吃的。而能和这人样貌相媲美的，大概就只有书院里的那个愣头青。

赵小渔的脑海里猝不及防浮现出宋慕青的身影，接下来就想到自己那只瓷葫芦以及那人摩挲的动作……那物件又是自己从小贴身携带的，她无端泛起一丝耳热来。

"什么混账？"他扭头过来，认真地看着她。

赵小渔才惊觉自己把心底的话说出了口，对上那双澄澈的眼，转口就问："你住在这里？"

他点了点头。

"也是学生？"看着年岁不大，可她记得书院没这号人啊。

男子摇了摇头，指了指不远处隐约可见的木屋："我住那儿，自己一个人。"

赵小渔略扬了下眉，想到靠采食果子果腹的山间野人，但又看他穿着还算精美……不会是偷学生的吧？加上这几日的"闹鬼"传闻，这么一想，很有可能。

他吃完了红薯，就那么安静地坐着，赵小渔走神，他就在旁候着，十分乖巧。

等赵小渔回神，脑海里就一件事：他是什么人不关她的事，反正她也不是什么好人就是了，何况还指着人家挣银子呢！

"咳、你每天都在这个地方这么转悠吗？书院里的学生碰到的是你吧？"

"嗯，他们很怕我。"男子说来，神色有一丝显而易见的委屈。他想跟他们交谈，每次都被甩在身后，"你不怕我。"

"你长得那么好看，一点都不可怕。"

男子愣愣看着她，乌黑的瞳孔里泛出光亮来："那你以后还来吗？"

"你在这儿，我应该能天天来。"赵小渔渐渐弱下了声音，自觉有些不厚道，这眼神真是不得了，她还没觉得这么亏心过呢。

男子眼底的光亮更甚："那还能烤东西吃吗？"

赵小渔更觉得他可怜了，点了点头："我明天给你带烧鸡。"

得了她承诺的男子很是高兴，笑得眉眼弯弯的。

看着他那模样，赵小渔张了张口，原本想说这儿要是待不了，就和她回渠巷，照老爹什么都捡回家养的性子，多一口人也不算什么。可一想她在书院还有许多事没做，这话就哽在了喉咙里又咽了回去。还得指着人家赚钱。于是赵小渔嘱咐他藏好，小心坏人，又背负着那么一点歉疚，往回走。

竹林里，白衣男子一直遥遥看着赵小渔离开的背影，眼里的光一点一点暗了下去，看了一眼她熄灭的火堆，捡了根烧了一半的柴火回木屋。

此时明月高悬，偶有两颗星星忽闪忽灭，将等候在木屋外的身影拉得颀长挺拔。

男子径直走过。

"秦先生。"来人站在台阶下作揖，带着几分骄矜又分寸有礼，正是宋慕青。

秦霜鸣看着他，打了个饱嗝。

宋慕青看着传闻中谪仙般的人物突然染上了人间烟火气，一时失语。

秦霜鸣也等了他半天，没等到他后话，直接道："我困了。"

宋慕青哑了半晌才道："那学生不打扰先生休憩。"

秦霜鸣"哦"了一声便进屋去了。

门一关，留下宋慕青独自在院中思绪万千。书画圣手秦霜鸣果然如传闻般性格孤傲，难以接近。听说客居在此，只是因为喜欢这片竹林，向山长提的唯一要求便是不准闲人打扰。自己今日还是冒进了。

屋舍里的秦霜鸣将小木棍摆在地炉旁，临了睡前看了一眼，心底就生起一<u>丝丝</u>

的小欢喜。他这个人习惯独居，也不大会说话，这阵子以来，连山长派来送吃食的人，都是个哑巴。他已经好久没碰上个能和他说说话的。今天真有意思。

夜色越来越深，月亮躲进云层里。竹林深处的木屋唯一烛火熄灭，整个林子陷入一片安详的氛围中。

一道身影被孤零零地撇在地上，蜷缩起身子，流下一行鼻涕。

宋慕青披着一身寒露回了院舍，子时已过，韩邵钰那屋的灯却还亮着。窗户上映照出屋里那人静坐的身影轮廓。

他叩门而入，潜入的风吹得书桌上的油灯猛地晃动不止。

"慕青？"韩邵钰有些意外地看着来人，"这么晚了找我是有急事？"

"只是路过，看到你尚未歇息。"宋慕青的目光落在桌上的信笺上，也看到他桌子底下堆满的纸团子。

韩邵钰收了收桌面，勉强撑起一丝笑容："回一封家书都这般……让慕青见笑了。"

"伯父伯母可好？"当时父亲送别韩伯父一家离京，宋慕青也一块儿去了。于韩伯父而言，路上舟车劳顿尚是其次，只怕被贬这件事受的打击更大些。

"刚来了书信，说一切安好，永州民风淳朴，父亲说闲时与人对弈垂钓，颇有自在乐趣。"韩邵钰顿了顿，半晌叹了一声，"尽是些宽慰我的话。"

父亲冒犯了太后被贬至永州，举家搬迁，临了还是托了关系才让他得以至明州求学。如此一来，天高路远，对双亲照顾不及，韩邵钰心中颇是内疚。

宋慕青的手搭在他的肩膀上，轻轻拍了拍说："伯父胸襟广阔，在当地又有好友照拂，你不用太过忧心。倒是学业一事，是伯父期冀，不可懈怠。"

韩邵钰看着一向话不多的好友，感受到他的关心，心中一暖，郑重地点了点头。

"多说些你的近况，在书院里如何，好叫二老宽心。"

"我只消说你在，他们便能放心了。"韩邵钰打趣说道，心情已然好转了些。

宋慕青则一副本是如此的正经表情，又惹得韩邵钰捶了一下他肩膀，全然没了方才的愁绪。

"对了，我方才去找你，你家小厮说你出去未归，你去哪儿了？"韩邵钰皱了皱眉，"最近这几个晚上闹得不太安生。"

天天晚上鬼哭狼嚎的，今儿个晚上倒是消停了。

韩邵钰对鬼神之说抱有敬畏之心，但平生不做亏心事，夜半不怕鬼敲门，白天授业堂上学生们说的那些，他不甚在意。

他如是，宋慕青亦是。

"你可知秦霜鸣？"宋慕青问。

韩邵钰一愣，随即道："自然知道，十岁作《云鹤图》，技惊四座，造诣极高。不过此人年少成名，脾气也生得古怪，行踪低调且不可捉摸，先前外头还传他隐居在岐山书院。可入院这么久连个影子都没见着，想必是谣言，抑或是我们错过了？"

"我刚才见了。"

"见谁？"韩邵钰听他冷不防道一句，还有些转不过弯来，等明白过来眼睛睁得圆鼓鼓的，"秦霜鸣？！他当真在此？！"

宋慕青颔首。

韩邵钰显得比见着本人的宋慕青还激动许多："那他是高是矮，是胖是瘦？长得模样如何？年方几何？可是真如传言所说，有天生助力？"

传言道秦霜鸣比旁人多只手，否则那《七阙》仅三日完成，可不三头六臂才能行！

"阿钰。"宋慕青有些无奈地打断，"他与我们一样。"

要说不寻常，大抵是世外之人的气质不同。气质……想到那一股若有似无的烤肉香，宋慕青神色微顿，没有继续往下说。

韩邵钰有一丝丝失望，随即又重新燃起兴奋之光："那慕青可有机缘得其指点一二？"

"未必。秦先生隐居在此，山长也未曾提起，想必是有缘由。"宋慕青要说的是另一桩，"当年宁家三爷宁嗣朝与他结缘，点青技艺日渐精进，声名远超元家与林家。后来宁家进贡凤瓷祝寿出了事，太后彰显仁慈，仅罪责一人，事情未过去一月，一场大火令宁家满门覆灭。要说这世上最了解宁家瓷器的，除秦霜鸣外无二。"

韩邵钰也随之回想起年少时，父亲得了一件宁瓷时的欢喜，直说宁家有这等精湛技艺却落得如此下场，可惜了。

他当时远远看过一眼那瓷器，精美繁复，却不记得具体模样。

"那件瓷器已经被摔了。"想到韩家因为那件宁瓷最后落得的下场，韩邵钰有些落寞。

太后喜瓷器，搜罗天下美瓷，最中意的还属明州宁家，宁瓷被选为贡瓷，在宫中大肆铺用。

宁家覆灭后，父亲机缘巧合得了一件宁瓷，小心收藏不料却还是走漏风声，被选入宫赏瓷。太后最初也和父亲一般欢喜，以物换物，用一件稀世美玉换了宁瓷。

却不想不久后瓷褪了釉色，是件赝品，太后震怒，将父亲暗贬至永州。瓷器早就在那日就被摔了。只不过传闻仍在，太后宫里有件父亲进献的"真宁瓷"。

而宋慕青此行便是为了"真宁瓷"而来。为了韩家也为了宋家，宋慕青都得找到那件"真瓷"背后的仿主。

"赝品的源头在此，但明州之地你我毕竟不熟。原是想与林家公子一道学习，能够结识他，在当地能予些方便，怎料他时时避我。"说起这桩事宋慕青就觉得古怪，那是一种超脱自己控制的感觉，而他很少碰到自己束手无策的时刻。

韩邵钰闻言倒是想起见过这样一幕，闹不清缘由，只能摇了摇头："许是排外，晚些我邀他一块喝酒。"随即他一皱眉，"那元家的已经来过几回，倒是知道你过去是太子伴读的身份，消息够灵通。无非是想拉点京城的关系人脉，重复宁家当年的贡瓷之路，盘算得好着呢。"

宋慕青神情未变，眼神微微幽暗了下去："我已有了些线索，不过仍需确认才可，制假一事，圣上也颇为关心。"

韩邵钰颔首："有什么要帮忙的你尽管开口。"

翌日清晨，晨钟未敲。院舍里还静悄悄的。

"阿嚏、阿嚏——"林怀甫一进门又连打了几个喷嚏，淌着鼻涕，好不狼狈。

赵小渔在屏风后听到动静就起身了，一出来就看到脸和鼻子冻得红红的林怀甫，正在倒隔夜的凉茶喝，一喝就连呸了几口茶叶渣子。

赵小渔看到他后才想起来还有这么个大活人给落在竹林里了，顿时生出一丝心虚。

林怀甫扭头看她，不像往常那样恼怒，眼红通通，看上去十分可怜。看到她忙开口道："阿渔，我昨晚看到你被鬼捉了……"后来大概觉得气势太弱，林怀甫板正了下身子，"我去救你，要不是你少爷我英勇神武，喝退了那鬼，你肯定吓死了！"

心知肚明的赵小渔："……少爷，我去给你熬驱寒汤。"

林怀甫往床上一瘫，带着些许鼻音："你快点回来。"

赵小渔麻溜走出了屋，往院内的烧水房赶去。

烧水房内只有几个炉子，不如厨房的东西齐全，赵小渔好不容易找到了搁在橱柜中的姜汤包，等她熬好汤药回来，躺在床上的林怀甫没动静了。

"少爷？"赵小渔凑近喊。

林怀甫低"嗯"了声，整个人无精打采的，连瞧她的力气都没有。

赵小渔伸手往他额头贴去，惊人的烫。

清晨的院舍内响起一阵急促的脚步声。片刻后，赵小渔拉来了书院内的大夫，给林怀甫看诊。

林怀甫这一病，折腾了四五日才好些，经竹林那一遭，他心里蒙了阴影，连找山长女儿的心思都歇了，蔫了好些天都缓不过来。

然而这一晃，离考试的日子也近了。

赵小渔看着林怀甫那烂泥扶不上墙的样子心里急得不行，要知道，若是考得不好会被赶出甲子堂，那四珍馆就更别想进去了。

"少爷，你当真一点书都不看？我看元家那个可放话了，说你要得了倒数第一，要邀甲子堂的学生们吃酒庆祝呢。"

"白日做梦，你且看着谁倒数！"林怀甫吃着自家小厮剥的橘子，"酸，换个枣儿。"

赵小渔暗暗磨牙给他递枣子，脑袋划过一道灵光："少爷是有法子了？"

林怀甫嘿嘿一笑："就没你家少爷搞不定的事！我连莺莺的面儿都没见着，绝对不可能离开书院的！"

莺莺是山长女儿的闺名！

五毒俱全的林怀甫，撇开读书外，其实也有长处的，譬如人脉。

常年混迹烟花之地的他，三教九流的人认识得颇多，而在书院内，为了便于自己能够随时溜出去，这些天林怀甫使银子打点的关系，在这会儿派上用场了。

考前一夜，天色黑下时，林怀甫带着赵小渔来到了先生们住的院舍。

岐山书院北边辟出的另一块地，除山长院外，还有不少供给书院先生住的院舍，未成家的住大院舍，已经成家有孩子的，会分个单独的小院子。

这次半月考的主考官，就住在单独的小院内，后头挨着林子，左右院都是空的，分外安静。

赵小渔看着屋内窗户透出来的光亮，隐约有人影，再看旁边极度自信的林怀甫，颇为怀疑："少爷，这能行吗？"

"你家少爷什么时候不行过？"林怀甫瞪了她一眼，敢质疑他！

赵小渔呵呵笑着，不忘恭维："自然不是，但这位先生，是出了名刚正不阿，绝不可能被收买。"

"这世上就没有钱买不通的事，所谓的刚正不阿，不过是钱没到位罢了。"

林怀甫给了她一个"你太天真"的眼神，朝那屋努了努嘴："更何况我做了两手准备，双管齐下，还怕他不被拿下？"

赵小渔努力看着窗户，还是没能看明白他所说的"双管齐下"是指什么："少爷，里面是谁？"

"画舫的春娘。"

赵小渔愣了下，怕不是疯了，把画舫的春娘带到书院里来，他是想被山长直接丢出去吗？！

"他不仅贪财，还好色，我叫人打听过，每逢初一十五，他就会进城一趟到画舫喝花酒过夜。这个叫杜鹃的春娘，是他这阵子叫作陪的人，送了不少东西，喜欢得紧。"林怀甫对此胜券在握，"今晚值守的人我已经买通了，张先生的媳妇昨天带了孩子回娘家，要明日才回，等后半夜将那春娘送回去，考试的事包管万无一失。"

话音刚落，张先生回来了。

俩人压低了身子，看着张先生进屋，赵小渔这才在开门之际看到了那春娘的模样。四月的夜里一袭薄纱盖身，水粉味儿都快飘到她这儿，进院时还一本正经的张先生，这会儿表情也是荡漾得很。

赵小渔心中暗暗唾了声"色坯"，转眸看林怀甫，呵，这也是！

林怀甫却还在得意地说起明州几处烟花之地中的名角，谁家的姑娘最好看，谁家的琴艺最好，谁家有新人登台，就没有他不知道的。

一阵冷风吹过，夹带着隐隐约约的调笑声，林怀甫不再说话。

四周安静下来。

"你讨厌！"

"哎，猴急个什么劲儿！"

"轻点——"

万籁俱寂的四周，屋内传来的细碎声越发清晰。

赵小渔等得有些无聊，还有些冷，便想离石墙远一些，后退时撞到了林怀甫的身上。

"少……"

"嘘！"

林怀甫快速喝了她一声，赵小渔没再动，视线在小院中游离，偶尔从那窗边掠过，伸手扒拉了下墙，逐渐不耐烦。

屋内的声音越发显得突兀。赵小渔身后的林怀甫，神情开始变得不太对劲。

他原是撑着墙的，在赵小渔后退撞到他后，他就靠到了树上，从他的角度，总能看到赵小渔的脖颈。林怀甫不由想到了那日赵小渔在小厮院中洗澡的情形。

这家伙脸看着黑，人倒是挺白的啊。也不知道是不是自己太久没去潇洒，竟受了屋内的影响，觉得眼前的赵小渔，挺养眼……林怀甫你是疯了吗！浑身一个激灵，林怀甫骤然清醒，背后竖起一片寒毛。

"少爷，我们还要在这儿待多久？"赵小渔终于忍不住问，难道要等送走了那春娘？

林怀甫轻咳了声，正欲回答，他们两个人的身后传来了脚步声，伴随着女子的疑惑："灯怎么还亮着，还没睡？"

躲在暗处的两个人惊呆了，赵小渔瞪着林怀甫，口形问着："师母？"

林怀甫摇了摇头，不是去娘家了吗？可这大半夜进院的，除了她也没别人。

已经预知结果的赵小渔，在看到妇人进入院舍后，闭上了眼不忍继续看。

片刻后，她就听到了震天的怒吼声："张树远你个臭不要脸的！"

林怀甫的"贿赂"大计随着张师母的提前归来，彻底泡汤。

在吵醒了附近的老师后，林怀甫带着赵小渔狼狈溜走，来不及看后半场的赵小渔，只能在第二天从学生口中得知此事。

张先生趁着师母带孩子回娘家的空隙，竟将画舫春娘招到了书院内，被提早回来的师母直接逮个正着，在先生院舍内闹了一整宿，最后由山长与山长夫人出来劝说，事儿才暂时告一段落。张先生也因为被挠花了脸，缺席了第二天的考试。

原本这样的八卦消息，赵小渔最乐于听，可眼下有件火烧眉毛的事，考试怎么办？

昨夜回到学生院舍时所有人都歇下了，第二天一早就要开考，根本来不及再做准备。

林怀甫倒是想再收买考官，可是事出突然，他们根本不知道谁会被换过来给他们监考。

无计可施的林怀甫，只能硬着头皮进了授业堂，在对上元少康挑衅的目光后，内心越发焦躁。他被分出甲子堂不要紧，被元大头这草包嘲笑，可万万不能忍！

怎么办？

监考的先生说了什么，林怀甫压根没有听进去，待纸卷下发，他整个人都是蒙的。

一个时辰过去后，林怀甫看着仅写了三分之一的纸卷，有了最后的打算。交了卷子得审核三日，届时再去找人！想到此，林怀甫下笔才没那么沉重。

正打算掏空自己再写点什么，侧后方的椅子微动了下，有人起身。

坐在上面的严楚看到起来的人，微微一笑很快低下头去。

就在这时，提早交卷的人经过了林怀甫的身边，极轻的声响，拂袖间，一个纸卷落在了林怀甫的桌上。

一个字没写、等着枪手给自己答案、全程就关注林怀甫的元少康猛地瞪大了眼，他看着已经走到最前方的宋慕青，紧握着拳头，额头都快爆青筋了，但还是忍了下来。目光死死地盯着林怀甫的后背，快要烧出个洞来。

这时，翻开纸卷的林怀甫，看着上面写满的内容，呆愣地抬起头看着宋慕青。他为什么帮他？林怀甫的身体狠狠一颤。那宋慕青该不会……真的看上他了吧！

宋慕青会出手相助，着实让人惊掉下巴。

赵小渔看着一路打飘走出授业堂的林怀甫，默默跟了上去。在这一瞬间，赵小渔对这人的运气有种一言难尽的感觉。

两人走出了一段路，林怀甫突然回头："阿渔，你家少爷是不是过分英俊了？"

赵小渔看着那张冲自己挤眉弄眼的脸无言以对。

不等她回应，那人已经站在廊檐下举目远眺惆怅上了。这么英俊的脸，莺莺却看不到自己！

赵小渔也格外惆怅，跟的什么人呢！

至于宋慕青会帮这个二世祖的缘由，赵小渔心底也有那么一些揣测，毕竟几次示好她也看出来了。比起林怀甫担心的那桩事，她倒更怀疑愣头青是对他背后的林家有所图。

赵小渔可没忘记那日在四珍馆内，那学生看到愣头青手中牌子时的反应，加上元少康对他的忌惮，这人的身份肯定不一般。

赵小渔又看了眼林怀甫那没心没肺的傻样，突然觉得不管愣头青图什么都不重要了……

三日后，是学试放榜的日子。

这次考试是他们这批学生入书院以来的头一次，大家都很看重。是以一张贴出来，小小的布告栏前就围满了前来观榜的学子。

红纸上拢共十数列，若名字不在其中，便要为自己的学生生涯捏把冷汗了，毕竟先前有传言若是垫底许是要被劝出甲子班的。

不睡到日上三竿不罢休的林怀甫难得起了个大早，拉着赵小渔一块去看榜。

然而一看前头黑压压一片，莫说看榜，连布告栏的边角都摸不到。林怀甫眉一皱，手一扬，抛出去个物件："哎呀，谁的钱袋掉了？"

话音刚落，刚还堵在布告栏前的学子们四下找寻。

赵小渔也想矮身去捡，却被林怀甫一把拉过站到了布告栏前。

忍着捡钱的冲动，赵小渔默念着"败家玩意儿"，抬起头望去。

那红纸上的第一毫无意外是宋慕青，紧随第二的是今年新招、颇受关注的学生，与宋慕青交好的韩邵钰位列第四。

赵小渔一目十行，在林怀甫还嘟囔着找名字的时候就看到了他，出声提醒："少爷在这儿！"

林怀甫的名字在末列，不偏不倚，正好压元少康一头。

原本还不满意名次靠后的林怀甫一下就乐了："哈哈哈，死元大头，哎哟真逗！之前说什么来着，也不看看，这么多帮手，考的什么玩意儿！老元家的脸都给丢完了！"

他这厢抱着肚子笑得肆意，旁边的赵小渔被林怀甫身侧的杀人寒意逼得毛骨悚然，拽了拽林怀甫："少、少爷！"

林怀甫自顾着乐，压根没注意到旁边充满杀气的目光："这叫什么，叫狗随主子，都是一帮酒囊饭袋，哈哈哈哈！"

"姓林的，你说什么！"元少康瞪目怒瞪，喝道。

林怀甫扭头，这才看到人，笑眯眯打了个招呼："元饭桶，听我的，不是这块料就别勉强自己，也勉强跟着你的这些——"

那放肆笑音戛然而止，怒极了的元少康一把提溜起林怀甫的衣领子，手背上青筋暴起。他忍林怀甫很久了，要不是宋慕青，这人这回就该彻底滚出书院了！

"给爷、咳咳、松手！"林怀甫的那点力道跟元少康比起来一点不够看，被架得老高，一副气短模样。可偏生他还是个不怕死的，都这副样子了，只要有口气就能憋出一两句怼人的话。

赵小渔原本就在头疼两人对上，这下可好，看林怀甫被掐得面色青紫，当即顾不得许多上前救人，严声警告元少康道："书院内禁止斗殴，元公子不怕被赶出书院吗？！"

然而还没等她靠近就被元少康一把挥开了。她整个人踉跄往后，猛地撞上一个温厚的怀抱。只不过一触即离，那幽幽的沉木香格外熟悉。赵小渔脸色微变，差点就想扔下林怀甫遁走。

"元公子。"宋慕青一开口，元少康的脸色就变得很古怪，不过举着林怀甫的手却是慢慢松开了，脸上是怨愤却不得发作的凶狠隐忍。

宋慕青也不着急，平静地看着他，眼尾微微上挑，铺天盖地的气势陡然席卷。

两人僵硬地对视，四周一片静谧。

赵小渔担忧地看了眼快要被捏得岔气过去的林怀甫，却也不敢出声。

片刻后，元少康侧头阴恻恻地瞥了一眼林怀甫，撂下一句"给我等着"，就一身煞气地带人走了。那些围观的学生们都被吓得四散。

布告栏前，赵小渔赶忙扶住林怀甫，后者白着一张脸，搭着赵小渔的肩膀，嘴还不肯歇："莽夫！那就是个光长力气不长脑子的野蛮人！粗鄙！"

赵小渔只想翻白眼，心说你也没好到哪里去，关键还蠢得特别理直气壮！

等他缓过了劲儿，一抬头发现宋慕青竟然还在，险些就脱口"你怎么没走"，随即想到刚承了人家的情，愣是给憋住了。

欠下两次人情了……

尽可能减少存在感的赵小渔往旁边靠了些，看着面对面站着的两人，视线落在了宋慕青的腰间，目光一震。她那丢失了好几天的瓷葫芦，竟被他与玉坠吊在了一块儿。赵小渔飞快看了宋慕青一眼，这家伙到底在想什么？

耳畔忽然响起了林怀甫略带别扭的声音："……多谢。"

他说得快，宋慕青还是听清楚了，颔首问道："林公子可还好？"

"挺、挺好的，不用关心。"

这像极了小媳妇样儿的回答是怎么回事？

赵小渔倒是挺希望两人能多聊会儿，正好能给她机会让她把瓷葫芦顺回来，然而正等她瞅准了机会要出手，就听二世祖一句硬邦邦的"告辞"，而后领子又被人拽住拖走。

赵小渔再一次眼睁睁看着她的瓷葫芦远离自己。

"你说同样两张卷子，一个得魁首一个才倒数第六，这个人是不是发挥不稳定啊？"

赵小渔点点头，本着对宋慕青敬而远之的心理附和："少爷，这人靠不住，咱下回还是找别人。"

林怀甫和赵小渔咬耳朵的话轻飘飘地传到宋慕青的耳里，他陷入悠长的沉默，同时，难得的也对林怀甫身边的小厮分去了一点注意。平日里瞧着闷不吭声，但看"他"在林怀甫和元少康掐起来之际站出来警示的模样，倒有几分气魄。

宋慕青不由想起"他"看到自己时的怯懦与紧张，看来此人并非真的胆怯，那惧怕自己一说……是有别的内情？宋慕青轻轻摩拭着指腹，若有所思。

"慕青？"韩邵钰前来找他，看到他的习惯动作，笑问，"你这又是对什么感兴趣了？"

这头的赵小渔怎么都想不到，因为自己随意附议一句，就被某人给惦记上了。

拿不回瓷葫芦，又进不去四珍馆的赵小渔一天天的很惆怅，唯一值得高兴的，随着值夜的次数增多，她藏在角落里的小陶罐内攒的银子越来越多。

还算是有所收获。

随着学生熟悉书院，竹馆闹鬼的传闻暂时告一段落。

而惦记着山长女儿的林怀甫一天天跟打了鸡血似的又开始往外跑。

这日入夜，用过晚膳，山长带着夫人沿着竹林散步消食。

"一晃几十年，若父亲还在，一定很欣慰你将书院打理得如此之好。学子奋发向上，桃李遍天下。"

"夫人过奖了。"陆山长身材有些发福，对待身边娇弱的夫人格外温和，"老师将你和书院托付于我，自不负所望。"

"听闻这次还有从京城来的学子，到底是托了秦先生的名声。而今天天气还寒凉，秦先生住那竹屋到底有些寒酸了，不若请他……"

"秦先生喜欢那地儿才一直住着，喜的是清净。夫人无需操心，且有我呢。"

陆夫人笑笑："你又相中谁了？"

被看穿了心事，陆山长呵呵笑着："这一届么，倒是有几个出色的，不过还是得随莺莺她自己。"

一般姑娘家留到了十五六岁，做父母的都该着急了，可陆山长不这么认为，挑女婿归挑女婿，最后还是得女儿点头。

陆夫人摇了摇头："听说不光是京城来的，还有林家和元家的，没少给你添麻烦吧？"

"一山容不得二虎。"陆山长顿了顿，望向远处，目光微闪，"这天也是要变一变的才好。"

"要是宁家还在，那一位也该是这样的年纪，他与莺莺说不定……"

说话间，就听院舍外面传来隐约的痛呼声和重物落地的响动。

陆夫人回头，但望墙头那儿黑黝黝的，看不真切，月辉落下才看到折射出琉璃的光彩："那亮闪闪的是什么？"

"这两日托人装的琉璃片儿，白天夜里只要有光就瞧着好看。"陆山长顺着她看的方向望了过去，皮笑肉不笑，"还能防些阿猫阿狗的。"

小兔崽子！还不信收拾不了你！

赵小渔扶着"哎哟"直叫的林怀甫回了学生院舍。

烛火下，赵小渔小心地给林怀甫包扎手掌，见他仍旧是一副不肯歇的模样，劝道："少爷，明儿要去画堂。"

"这不有你么?"林怀甫不甚在意赵小渔给他报的那些社团,满心都是那努力了半个月都未曾见着面的莺莺,这是他如今留在书院内的最大动力。

赵小渔用力拉了下纱布,引来林怀甫一声痛呼,她"呀"了声:"少爷,疼吗?"

"去去去。"林怀甫不耐烦摆手,大大咧咧地躺下,屁股刚碰着床就给疼得蹦了起来,扶着腰侧身躺下,谋划着下次要怎么避过那些琉璃片儿。

屏风后熄了灯的赵小渔,却想着明日去画堂的事。

社团活动半月一次,会有专门的老师负责指点教授。描绘是她一直以来想学的,以前老爹拦着,现在怎么都不能让那二世祖给搅和了。

还有制瓷……

黑暗中,赵小渔的眼眸蹭地一下亮了,从这儿出去后,发家致富,指日可待啊!

这般想着,赵小渔身下仿佛躺着的不是薄薄的席褥,而是银钱铺成的床,被其包围着,做的梦都是香甜的。

卯时过半,早读钟声响起,学生书院内已经没了人影,各个授业堂内书声阵阵,正午后,赵小渔跟着林怀甫去了画堂。

到了画堂后,对上元少康,隔着一张桌的距离,两个人又用眼神掐上了。

直到宋慕青出现在门口,画堂内的气氛才有了变动。看着朝自己走来的宋慕青,林怀甫一把揪住了赵小渔低声:"他怎么也在这儿?!"

她也想知道啊!赵小渔努力减低自己的存在感,小声回:"少爷,我去给您报名的时候,没瞧见他。"

林怀甫登时瞪大了眼:"他该不会是冲着小爷我来的吧?"

话音刚落,他身旁就响起了宋慕青清悦的声音:"林公子,你也喜欢描绘?"

林怀甫整个人僵直着转过去,呵呵干笑:"一般一般。"

瞪眼术用到了极致的元少康,高声嘲讽:"他会个屁,他只会在女人堆里喝酒,醉死了的时候,女人和狗都分不清。"说罢,他周围那些狗腿捧场跟着嘲笑。

"读了这么多书,还像个三教九流,我看元老爷倒不如再生个儿子从头教起,也好过在你这废物身上砸钱。"

"那也比你这废物强。"

"你是比我强,要不怎么会给人玲珑姑娘砸了一个五进院儿的钱,却连人的手都没摸着。"

隔着宋慕青,俩人又怼上了,碍着这是画堂不敢动手,吵得不可开交。

粗鄙之言入耳,听得宋慕青眉头轻蹙,便停了与林怀甫的交谈之心,从他们之中走过去，在赵小渔身后的位置上坐下。

终于能和元少康正面相对的林怀甫却不再说话，头一扭，一副"我不与傻子"多说的表情，转过身后悄悄松了一口气，可算把那宋慕青避过去了。

"这绘画课往后我不来了！"

"少爷，那哪儿成啊，这也是算考核分的。"

"不是社团么，还算什么考核分？"

"课业里有啊，您不想比元少爷落后吧。"

林怀甫瞥了眼元少康，收回视线刚好从宋慕青身上掠过，身子不由得一颤，抗拒心超越了好胜心："不行，马上就走！"

"少爷……"

赵小渔还待劝，画堂正前方传来了声音："明日休沐，由严老师带队外出写生，去的地方是集寨以东的枫桦林，可有要报名的同学？"

"我！"

迎面一阵风，赵小渔面前的人忽然站了起来，气宇轩昂地报了名。

对上赵小渔无语的目光后，林怀甫还挑了下眉。

赵小渔无话可说。

这是入学以来第一次出游，林怀甫对此报以了极大的热忱。卯时就起来了，还催促提拎东西的赵小渔快一些跟上，等上了马车，便开始一路说起集寨内的好去处：酒楼、赌坊，好似还有个有歌女的茶坊。

大半个月没离开过书院的林怀甫兴奋至极，以至于他对宋慕青也在出游队伍中这件事都不太在意了。只要能出去饮酒作乐，不打紧，都不打紧。

集寨以东，岐山湖的西侧有一片枫桦林，风景宜人，相较于游客诸多的南侧，更为安静些。

下马车后大家跟随带队的严琵往林子内走去，约莫一刻钟看到了几间木屋。

不过膝的篱笆墙，粗陋的石凳木桩，屋檐上郁郁葱葱的青苔，除了门口挂牌上好看的"枫桦舍"三个字，这里无处不透着简陋。

就连赵小渔也迟疑了，这确定是写生？

"这是学院安排的地方，这两日我们就住在这里。别看屋子简陋，厨房内吃食都是备足的，只不过要你们自己来烧……还有啊，这里一共六间房，二至三人一间，奇闻你分配一下……半个时辰后我们去观湖台，大家准备一下。"

除了几个老生外，林怀甫这帮新生都惊呆了，就住这儿？

墙角倏地窜过了一只灰溜溜的东西，有学生当即忍不住："先生，我们为什么不住客栈啊？来的路上集寨中就有客栈，离这儿也不远。"

林怀甫跟着道："我可以自己出银子住客栈。"开什么玩笑，住这么偏，怎么溜出去喝酒？

"这是山长定下的规矩，为了锻炼你们的意志力，就算你们平日里养尊处优，也得有吃苦耐劳的精神，这是山长的一番苦心。如今只是四月里，十二月里让你们来，也得这么住。"

这莫名熟悉的话语啊。赵小渔看了眼严莛身后的屋子，之前让学生值守，也说是锻炼意志力。这位山长先生，确定不是为了省钱？

林怀甫当下就想走了，不等他开口，这边负责分房间的李奇闻已经走到他们面前，他看了眼册子又看了眼林怀甫："你们两人都带了小厮，那就分在一屋。"

"两人？"林怀甫看了看赵小渔，这不就只有他和小渔？

这时他们身后传来声音："好。"

主仆两人扭头看去，看到站在那儿的宋慕青，林怀甫失声："你怎么在这儿！"

"林公子，请指教。"宋慕青微微颔首，言罢便带着小厮进屋去了。

留在原地的林怀甫如遭雷劈："阿渔，马上走，我们马上走！"

回过神来的赵小渔忙拦住林怀甫，她也怕啊，可要是林怀甫就这么离开，这画堂以后肯定是没法进了。而且还有她的瓷葫芦，同住一屋，岂不是难得的机会？

"少爷，我们回去得步行……"

林怀甫往外走的脚步顿了下，但依旧坚决。

"少爷，今天休沐，南面好多出来游玩的人，听说明州城的闺中小姐很喜欢来岐山湖。"

林怀甫离开的身影又缓慢了些。

"再说元少爷也在这儿，您要是走了，不是会被他笑话？"

林怀甫停下脚步，看背影有些忧伤。

赵小渔了然于心，下最后一剂猛药："四人一屋，少爷有什么好怕的？"

猛地，林怀甫转过身来，冷哼了声："去，把床铺了，给小爷泡壶好茶。"

看着简陋的院子，屋舍内尚算干净，赵小渔简单收拾后，借着要给林怀甫准备吃食，逃离了被宋慕青关注的视线。

厨房就在几间屋舍的后面，里面如老师所说，备齐了吃食，但没有柴火，得学生自己想办法。

赵小渔看了一通，准备去林子里捡点现成的柴火回来，屋外传来了说话声。

"看清楚了没？"

"看清了，那林公子朝南边方向去了，小厮没跟着，来厨房了。"

赵小渔脚步一顿，听声音越来越近，即刻转身朝灶台边上的窗户走去，翻到了外面。

"人没在厨房啊。"

"肯定是捡柴火去了，那林少爷嚷着饿。"

"你快去找找。"

人声远去，窗外挨着墙角的赵小渔拍了拍衣服上的灰尘，眼珠骨碌一转，有了主意。

片刻后，赵小渔故意在院门口露了脸，让元少康的随从注意到她后，飞快往枫树林内走去。

随从赶忙去告知了元少康。

"看我不弄死他！"那声音透着一股阴狠劲儿。

从屋内出来的宋慕青，恰好看到元少康气势汹汹带人离开院子的画面。

宋慕青望向远处，隐约还能看到有个身影钻入林中越走越远。

小厮端了吃食过来："少爷，您该吃饭了。"

宋慕青收回视线："看到林少爷了？"

"林少爷早早就出去了，也不知去了哪儿。"

岐山湖由来已久，多年沉积下，周围的树林往深处的路本就不好走，还容易迷路，所以在出发前老师就嘱咐过，让大家不要走得太远。

元少康带着几个随从，跟着赵小渔的身影进了树林，走了约莫一刻钟后，他们把人跟丢了。

"分开找，我就不信他还能躲到哪里去。"迎面一个树杈，险些划到了元少康的脸，他满脸阴霾地扫开树枝，冷声吩咐，"抓到人后就把他绑起来。"

身后的随从出馊主意："少爷，咱可以把他吊在林子里……"

元少康眼底闪过狠辣："吊在林子里哪够？林怀甫动不得，贱命一条的小厮有何可惧，死在这儿都不为过。"

他们脚下的路，已经没有人走过的痕迹了。两个随从分散开去找，元少康带了两个继续往前，依照地上被踩踏过的痕迹，越发小心谨慎。

"少爷小心！"

话音刚落，元少康脚下一个打滑，趔趄了下朝后仰倒，摔坐在了地上，慌忙来扶他的随从也被拖倒，三个人齐刷刷摔在了小坡上。

随从手忙脚乱地把人扶起来，元少康的身上沾满了灌木丛中的毛球扎子，手还伤着了。他越发不快，冲着随从抬手就是一巴掌："人去哪里了，为什么还没找到？！"

随从捂着脸不敢说话，另一个连忙解围："少爷，听说岐山湖周围的山林里还出现过熊瞎子，说不准都不需要咱们动手……不正好是死无对证了？"

"你小子倒是有点脑子。"

"那都是少爷教得好。"

随从阿谀奉承，元少康的脸色这才好了点，三个人从这片灌木丛走过，树叶微动，仿佛因风而起，并未引起他们的注意。

悄悄地，在元少康经过树下的时候，茂密的树叶间探出一只手，缓缓拨开遮挡在脸上的藤编帽，一双清澈的眸子里，满是狡黠。

想置她于死地，元少康的心狠手辣，果真是名不虚传。碍着林家的关系不敢对林怀甫动手，就想拿她出气，还想赖给熊瞎子，真够下作的。赵小渔看着他们三人往前面看似平坦的地方走去，脸上的笑意越盛。

下一刻，赵小渔就听到了"啊"的叫喊声，刚刚还在视线里的三个人一下消失不见，他们所在的位置，出现了个偌大的坑洞。

大约是掉下去的人还没缓过劲来，许久赵小渔才听到一声"少爷"，紧接着就是元少康夹杂着痛呼的叫骂声。

她盯着那坑洞上方的一大团，拍了拍手直接从树上跳了下来。只听见一声短促低呼："小心！"原本空无一人的树下忽然多了一个人。

这让赵小渔有些失措，尤其是在看清楚脸后，她恨不得自己这一刻能凭空消失。

从两人高的树上跳下来能用多少时间，连个避让的动作都来不及摆，赵小渔就直接扑在了来人身上，将人扑倒在地上。

赵小渔刚好撑着他的胸膛，隔着布料感觉到他的心跳律动，强而有力。怦怦，怦怦，仿佛又叠加了自己的，在耳边嗡嗡作响。

而被压在地上的宋慕青，在那一抹温和的柔软触及嘴角时，整个人都狠狠一震。

随即他对上了一双惊慌失措的眼。赵小渔捂嘴看着他，猛地直起身子，眼神糅杂了错愕等复杂情绪呆愣愣地看着他，随后耳朵上漫开的一抹绯红一直扩散至脖子后。

"你……"

宋慕青刚张口，赵小渔飞快地从他身上起来，拍了拍自己的衣服，想伸手拉他，又倏地收了回去，欲哭无泪地看着他："宋公子，对，对不住！"这何止是冤家路窄，简直是阴魂不散！宋慕青怎么会来这里？他不好好在院子里待着，上树林做什么？而且他那形影不离的随从呢！

宋慕青站起来，轻轻掸了下衣服上的叶子，就在此时，不远处的坑洞内传来元少康随从的声音："少爷，您踩着这里上去。"

赵小渔脸上微变，朝宋慕青鞠了一躬后飞快朝那坑洞方向跑了过去。

随后，她找到了藏在树上的绳子，用力一拉。

"噗"的一声，坑洞上方的树叶间掉下来个偌大的枯叶包，在元少康的惊呼声中，轰地砸在了坑洞中，将踩着随从后背的元少康，生生砸了回去。

看着一瞬间被填满的坑洞，赵小渔嘴角一咧，冲着坑洞扮了个鬼脸。

她赵小渔在瓦舍混的时候，他元少康还要人抱呢，想阴她，没门！

闷哼的叫骂声从底下传来，赵小渔正准备开溜，想到了还在这儿的宋慕青。她脸上的笑意猛地僵住……糟了，太得意忘形了！

而宋慕青也没想到这个小厮竟还有这样的手段，不但保住了自己，还反设计了一把，让元少康吃了苦头。

他的目光有些微沉，睨着赵小渔，那瘦弱的身板好像风一吹就会倒，可他偏偏记得"他"身姿有多灵活，抱在手上的感觉有多——宋慕青的思绪戛然而止，变成了一言难尽的异样。他刚在想什么……

"别走，混蛋！别让我知道你是谁，老子非弄死你不可！"

坑洞内的声音越来越清晰，眼看着元少康要踩着随从爬上来，赵小渔快步冲到宋慕青身边，提醒他："快走。"

宋慕青还在看坑洞，赵小渔跺了下脚，直接抓住了他的手，拉着他往外跑。

四月的树林里，满是茂密的青草香，风的气息沁人，还有一股来自宋慕青身上独有的檀香。

在跑了一段距离后，赵小渔快速地松了手，低垂着头，小心谨慎："宋公子，您怎么会在这儿？"

赵小渔盯着脚底，担心他会觉得自己熟悉，怎么都不敢抬头看他，可等了许久都没等到他回话，赵小渔慢慢地抬起头来，对上了一道幽暗的目光。

宋慕青直觉领会了"他"深一层的意思，如果自己不出现，大概是一次完美的计划，却偏偏让他给撞上了。

他说不上来心底那股异样感觉是为何，和浑身脏兮兮的赵小渔保持着点距离，可下意识还觉得这距离不够远。而刚刚被握住的手，似乎还残留着温度和软乎的触感……

这陌生的心绪浮动令他不适应，更因为某一种缘故，身上的寒气更重了。

赵小渔一震，他的眼神看起来好可怕。她连忙低下头去，满脑子都是"怎么办"，又不能像对付元少康那样对付宋慕青，又让他抓了个正着，最重要的是，他现在看起来好可怕啊。要不装晕？

正当赵小渔一筹莫展时，她的耳边飘来了奇怪的"咕噜"声。

赵小渔蓦地抬头，宋慕青的目光还是那样冷漠，仿佛她是幻听了一样。

很快，又一声"咕噜"传来，赵小渔睁大眼睛看着他，后者却并没有因为从胃里传来的这饥饿声而改变神容。

第三声"咕噜"传来时，赵小渔先发制人："宋公子，您是不是饿了？"

半个时辰后，枫树林内的一个小河滩边飘起了烤鱼香。

两根树枝插着鱼架在火堆上，旺火底下还埋了几个地里刨来的山药蛋，一个身影端坐在旁，另一个身影正忙着看火。

赵小渔拿出随身带的作料罐，上料后将鱼小心递给宋慕青："宋公子，小心烫。"

宋慕青拿着树枝，低头看了眼被树枝抹脏了的手心，转而看向冒着香味和热气的烤鱼，在两刻钟前它还在小河里活蹦乱跳，被林怀甫的小厮徒手抓上了岸。

这么吃东西，不斯文。可到底抵不住胃里传来的绞痛和情绪上的阴郁，宋慕青慢慢抬起了树枝。一口咬下去时，眼神有了变化。

"啪嗒"一下，赵小渔将山药蛋从灰堆里扒拉出来在地上滚了滚，抬头看向对面，不由一愣。

宋慕青的手指生得好看，修长匀称又骨节分明，明明是狼吞虎咽的速度，在他那变得云淡风轻……席卷而过。人长得俊，连吃东西都这么好看。

视线从他嘴角划过，赵小渔忽然想到了刚刚跳下树的那一幕，心没来由地快跳了下。

"你知道元少爷带人跟踪你，所以将他们引到了林子内。"

宋慕青略清冷的声音传来，已经解决了一条鱼。赵小渔回了神，低头滚动着山药蛋装傻："没……没有啊，是他们自己不小心。"

"掉下来的东西也是不小心？"

"我就是碰巧看到，是元少爷他们运气不好。"

"是么？"

赵小渔头皮发麻，低着头"嗯"了声。

宋慕青淡淡道："那看来是元少爷自己不小心，不走灌木丛，挑着平坦的地方走也会掉到坑洞中。"

赵小渔手一抖，偷偷瞄到了他系在腰间的坠子，"是……是啊，我也不清楚。"

四周安静下来，宋慕青不说话，赵小渔也坚决不作声，她连抬头看他都不肯，心里筹谋着怎么找机会把瓷葫芦拿回来。他们身后的林子中，传来了元少康随从的奉承声："少爷，前面有水，我这就去给您打水洗洗。"

赵小渔起身，看到了好不容易从坑洞中爬起来的元少康。一身书院服上沾满了泥灰和枯叶，头发上还有没摘干净的，十分狼狈。

元少康此时也看到了赵小渔和宋慕青，可他这会儿心中满是怒意，顾不得宋慕青在这儿，也不想卖他面子，就要抓住赵小渔出口恶气，他直接下令："抓住他！"

比他反应得更快的赵小渔，这会儿已经站在了宋慕青的面前，一脸正直地呵斥元少康："元少爷你要干什么？！"

这话一出，就像是这些人要对宋慕青做什么一般。

而说话间，赵小渔的手已经借势悄悄往宋慕青的腰间摸去。

元少康一声冷哼，他要是到这会儿还没想到是谁搞的鬼，那就真的蠢透了。那脸色阴沉得能滴出水来："给我拿住他！"

几个随从立刻领命逼近，对那始作俑者可是恨得牙痒痒，当即没管宋慕青，凶神恶煞地去抓赵小渔。

一脸无所畏惧的赵小渔仰着脖子，手碰到瓷葫芦时心中已然窃喜。偷完就跑，凭这几个酒囊饭袋怎么可能追得上她！

就在这时，一只手拉住了她，快速地将她拉到了自己身后。

她的瓷葫芦！

再度和瓷葫芦失之交臂，失重下赵小渔撞到了他的后背，听到他说："我看谁敢动。"

赵小渔也被那气势镇住了，刹那忘了瓷葫芦，呆呆地望着挡在前面的颀长背影。这一幕像极了话本里英雄救美的桥段。"呔，大胆蟊贼，放开那美人！"赵小渔的脑海里不合时宜地跑出这样的画面。

"美人"赵小渔看着那"蟊贼头头"元少康像个鼓气儿的蛤蟆，光瞪着眼，瞪了老半天才从齿缝中漏出几个字来。

"姓林的小厮不懂事，我替他家主子管教管教，宋公子难道连这种小事都要插一手吗？"

"吃人嘴软。"宋慕青简明扼要，未见退让。

元少康循着视线看到了灭掉火堆旁的鱼骨头，好半晌才找回自己的声音："你……好，好！"尾音里携着咬牙切齿的狠劲儿，元少康甩袖走了。

他对宋慕青的忌惮，不单是因为宋家在京城的势力，还有其背后靠着的那位。

父亲的来信中写了，除了要和宋慕青结交外，还要他与什么人来往。但看他对林家那小子的态度，连他家的小厮都回护，这样上心，倒让元少康难得嗅到了一丝不对劲。

"公子，咱们就这样放过那小子了？"那随从话音刚落，脑门就重重挨了一记。

"难道你还能去跟宋慕青抢人不成？"元少康眉眼闪动了下，啐了口，"等着，来日方长！"他就不信，在明州地界还有他元大少动不了的人！

这头的赵小渔凭着直觉笃定元少康不可能和宋慕青杠上，躲过一劫，然而对上宋慕青清冷的眉眼，这劫应该是还没渡完。

她双手作揖："多谢宋公子，宋公子大恩大德，小人没齿难忘！"

"然后呢？"

"嗯？"赵小渔被他这话问得一愣，谦谦君子，翩翩公子，不应该说"小事一桩何足挂齿"？事了拂衣去，深藏功与名？

大概是她眼神里透出的意思太过明显，宋慕青冷不丁对上那双滚圆带着些憨厚的眼睛，忽然语塞，稍稍撇开了视线，左手掩唇轻轻咳了一声："他不会再找你麻烦，只是需得私下防范。"

赵小渔被岔开了注意，点了点头，心底暗忖这愣头青看人的眼力还挺行。

元少康被她设计了一遭，又在人前跌了面子，八成要憋着劲儿找补回来。不过想和她斗哪有这么容易，明着来她许会吃亏，可要是玩阴的，那她可是他祖师爷！

两人相顾无言。

赵小渔生怕这人察觉出点熟悉感来，借着拾柴的由头溜了。

被撇在原地的宋慕青登时觉得这情形有些熟悉，随后便觉得自己放在林怀甫这名小厮身上的注意过多了，自己还有更重要的事要做，于是便没再想那一丝熟悉和异样。

回小屋的路上，赵小渔暗自庆幸，能这样糊弄过去，好运是一部分，另外跟她行事反其道而行之也有关，宋慕青这样的公子哥儿，看着翩翩风度，实际心气儿傲得很，才不会把心思浪费在一无名小厮身上。只是幸运归幸运，赵小渔心里念的还是早点偷师成功回家去。眼下走一步是一步。

等赵小渔抱着一捆柴火回到枫桦舍住处，林怀甫还没回来。想了想他能去的地儿，她果断就把柴火堆在了厨房那儿，那家伙今晚想不想回来还两说。

中午的饭，在河边垫过底后赵小渔一点不饿。

倒是那些个学生们一个个肩不能挑，手不能提的，光是生火都耗费了半天。

赵小渔坐在台阶上，看得直摇头。

这一幕落在本就因生不起火而窝火的孙德才眼里，大声道："哎！你在这儿看热闹，林怀甫呢，都是一组的，赶紧让他出来生火。"

眼看火烧到了自己头上，赵小渔机灵地一掩屋门："我家公子肚子疼，也不知道是不是水土不服，脸上还起红疙瘩，就别劳动他了。公子们缺个打下手的，尽管使唤我呀，挑水劈柴生火抓鱼什么都能干，二两银子一回，不亏！"

孙德才一噎，想到林怀甫这仆从为了钱敢在闹鬼的竹馆待十天半月的，果然担得起"死要钱"的名声："给给给，赶紧弄，快饿死了！"

赵小渔见钱眼开，立马忙活起来。短短半个时辰就进账了二十两。小钱袋胀鼓鼓地别在腰上，别提多快活，就连元少康在旁阴恻恻盯着的目光都不在意了。

赵小渔自个儿弄了锅番薯粥，用了厨房内的铁锅，临时架起来焖煮而成。

一颗颗米粒都软化了，撒两颗乌梅，再配上特意带上的萝卜干，酸甜可口又开胃。

有把米饭烧焦了的，来她这儿要一碗，她也都客客气气给了。

平常不见得有多美味的食物，因为此时的环境和氛围，突然变得美味起来，众人对赵小渔这个伙夫也亲切了几分。

严莛是闻着香味出现的，看着大家都自力更生很是满意："你们用过午饭就一道出发去观景台，届时我领路，不能告假。"

赵小渔突然想到了林怀甫那厮，一阵后槽牙痛。

"老师，林怀甫吃坏东西了在房里休息，告个假！他那小厮可以代他听课！"

说话的是孙德才，正好帮了赵小渔，不枉费她从刚刚就一直营造一心陪少爷好好上学的好仆从形象。

严莛在小事上不拘小节，允了赵小渔一道去。

不同于学生们背着画架子，她就两手空空地到了观景台。

整个岐山湖被一片红枫林围绕着，四月里，枝条舒展，叶似层云，那样鲜活似翡翠的绿意，似新芽上的露珠，嫩得要滴出水来。何况是这样一大片，美不胜收。

岐山湖右侧有一块辟出来的空地，摆了十几张竹木桌，露天敞摆着，一如授业堂里。

学生们取出笔墨纸砚，听严莛讲说。

"山水之画，水墨着力需拿捏得当，这是初次习作，且让我看看你们画功如何。记住，山水意在共情，融情于景……"

赵小渔就着盘根交错的大树根坐着，拿着一根细长的树枝，一边听严莛讲，一边在地上比画。

那些深的她没听懂，依样画葫芦她还是会的，只不过水平在那儿，描得歪歪扭扭的，竟还能描出些轮廓来。

严莛朝她走过来时她没发现，等一片阴翳落在了头顶才仰头，看着严莛打量自己的"画作"，一颗心无端提到了嗓子眼，虽说她连个像样的笔都没有，但若能得两句指点……她已经想美了。

而这头严莛被学生问及画韵，一边随口说着，一边用一把尺子在赵小渔的头上轻轻点了三下，然后倒背着手转过身去了。

赵小渔愣了半天，又挠了挠头，渐渐浮现出一丝喜色来。

到了夜半三更，赵小渔偷摸起身摸向严莛的那间屋子。一边靠近木门一边低声喊道："老师，老师？"

半响，从那扇木门里传出"呼呼呼"震天的呼噜声响。

点三下拜师，那不是美猴王学艺的故事，难道……是她意会错了？！

赵小渔因为振奋睡不着的眼睛在黑夜里透着亮，可要就这么放弃就不是赵小渔了。

咚咚咚！

"老师，老师开门呐！"

锲而不舍的一阵拍门声响，把严莛惊醒了。

醒过来的严莛睡眼迷离地开了门，一看门口站着的一个黑咕隆咚的身影，把门一甩，差点撞掉赵小渔的鼻子。

"老师，您白天拍我三下脑袋，不就是让我夜里来拜师么！我知道我是给人当下人的，让您收我当学生怕损了您面子，可不是有句话叫什么为人师者……什么天地来着……"她焦急地挠着脑袋一时半会想不起听说书的讲过的那句话了。

"为人师者，德以配天地。"严莛醒了七分，板着脸道。

"对！"

赵小渔故意哆嗦了下，进了屋："您点我三下，可是觉得我是可塑之材，我也不奢求师父真能收我当徒弟，我只求您能教授我一点点，有您的一点点本事，您就是我赵小渔人生道路上的指路明灯，您让我做什么我都愿意做！师父！"

严莛面无表情问："你是因我白天点了你三下？"

赵小渔一阵点头，满脸希冀。

"哦，当时想事儿走神，错当作教案了。"

赵小渔一哽，嘴一瘪就像是要哭出来一样，"您不是觉得我画得好？"

严芷愣住，瞧着"他"睁着无辜的大眼直勾勾盯着自己看，跟圆核桃似的，纯粹诚挚，而此刻眼底的光黯淡下去，仿佛被伤了心……回想"他"在地上描的，似乎是有些模样的。

"对于你这样毫无经验的初学者来说，也不是……"说完后，严芷全醒了，再细想这小厮画的，目光有了些许变化，倒真是有些天赋。

赵小渔人精儿一个，直接就给严芷跪下了，不卑不亢："若是老师您不嫌弃，还望您能指点我一二，我虽出身低微，但也想有所学成。"

那带着几许奶音的声音忽而变得铿锵有力起来，再看"少年"唇红齿白的清秀面庞此刻透着坚定冷静的辉光，因执着信念而勇往直前无所畏惧的眼神，多少年不曾见过，令严芷瞬间有所触动。

然而听着隔壁起了的响动，严芷落在"他"身上的目光微微转深，见"他"还执拗跪着，干脆握住"他"肩膀，把人往门外一带："今日夜深，明日再议。"

被关在门外的赵小渔无言以对。

回到枫桦舍住处，四周都黑影幢幢的，"失魂落魄"的赵小渔冷不丁撞上个人。

那人连忙一把捂住了她的嘴："嘘，别喊，是我。"

"少爷？"赵小渔听出声儿来了，就着月色看清楚了林怀甫那张肿得像猪头的脸，"你这是……怎么了？"

元少康又下黑手了？！

林怀甫一副被戳中了痛脚的爹毛样子："不提了，这一路倒霉透了！"他才走了十几里路，就跌坑里滚了一身泥浆，还不小心捅了马蜂窝，美人没看到，逃了一路……搞成这副样子，唯一能安心的，大概是和宋慕青一块住却依然留住的清白之身了。

"对了，宋慕青呢？"

此时，被主仆俩惦记的宋慕青正趁着夜色出现在岐山湖下的集寨中，这会儿还未打烊的，除了挂着牌子的赌坊，就剩下一家不起眼的客栈。

宋慕青踏进客栈，柜台里打瞌睡的伙计闻声抬头："不好意思客官，本店已经客满了。"

不等他话落，一名男子飞快从二楼下来冲着宋慕青抱拳道："公子楼上请。"

伙计看了看那给出两个大银锭的主顾对来人如此恭敬，立时就转了态度："公子可要点什么？茶水吃食？"

"不必。"宋慕青说完便漠然上了楼。

男子冲客栈内的伙计使了个眼色，伙计随即将客栈的门板放下，闭了店。

客栈楼道狭窄逼仄，空气里弥漫着一股陈年旧木头的味道，木板踩着也是嘎吱嘎吱作响。

起先去迎宋慕青的男子在前头引路，推开了其中一扇门，就看到屋内从桌子到地上摆满了大大小小形状各异的瓷器，无一例外都是瓷胎细腻、光泽盈亮的上等品。

"这是明州城内所有带有云弧印记的瓷器，从上城、九安、临县、江县各地的当铺瓷铺搜罗，费了一些时日，好在查出些眉目。"那人禀道。

宋慕青随手拿起桌上的瓷器，依次看了几个，确实都带有宁瓷独有的云纹标记，可惜也都是赝品。

这些瓷器无论从胎质、纹理、质地哪一方面而言均须反复推敲几次方能鉴别出真假，让他想起初到明州被骗的那只元青花，颇有几分神似，却因被偷没有机会仔细验证。

"看来这些赝品的源头就在此。"宋慕青微微敛目，漠然的神情里隐隐浮起一丝兴味。

"正是！"那人接着道，"这批仿瓷虽分布各地，且中间转手几重，但也并非毫无痕迹，有心细查之下，有二成或倒卖或批售出自渠巷的刘记。"

"刘记。"宋慕青猛然忆起他追踪那骗子的所到之处，匾额上硕大"刘记"二字，做一些售卖瓷器瓦罐的小本营生，但那掌柜的世故圆滑令他印象深刻。

那日套话，掌柜说的话就像是滑不溜手的泥鳅，问不出丝毫有用的消息来，而今看来越发古怪。

仿瓷制作并非能凭空而来，像这般仿得如此形神兼备的，定是对真迹研究透彻，兴许还能问出真迹下落……

宋慕青的眼神更沉："让人盯着那铺面，但凡有何异动随时禀报，监视铺子里进出的人，但不可惊动。"

"是！"

事情终于有了些进展，宋慕青眉梢稍展，目光扫过这一屋子瓷器，如此大批量的产出，定不是个小小作坊能做到的，在其背后兴许还有别的势力。而这几年来其中有一些瓷器已经到了以假乱真的地步，就像真的是宁家烧制出的。若不能查至源头彻底断绝，时间一久将会更加棘手。

"属下在查探过程中碰到了元家的人，意图探我们的底，不过并未得逞。"男子顿了下，"一直有传元家也有参与其中，属下已经安排了人混入其中，相信不日就能有消息。"

"元家若真参与其中，那便不是这么好查的。明州城内，勾栏瓦舍最掩人耳目，那刘记如此，别家也如此。你派几个人盯紧码头，下月初三是出瓷的日子，假瓷出运一定会混在其中。"

"大人可否还要与元家联络？"

宋慕青端详着手中的元青花："元家那边，不必我上门，元老爷就会来找我。"他现在更想与林常山联系上，于林家而言，合作一事也是百利无害的。就是那位林少爷，行事作风颇不好捉摸。

夜半，窗外响起风的呜呜声，屋内烛火晃动，飘起了一股灰烬的气味，宋慕青点燃了手上的纸，目光微沉，果真是瞒不过那人的眼睛，这么快就派人过来了……

郊外，夜色凄凄，岐山湖四周静悄悄的。

赵小渔生火烧水忙活了一通，伺候着林少爷洗了个澡才闲下来。

公子们睡一屋，各有一张床。随从就没那么好的待遇了，外间通铺一连，能容得下两三个人。赵小渔占了通铺的左边角，一卷被子就睡下了。

约莫过了一个多时辰，宋慕青主仆回来了，外间里赵小渔的那团被子动了动。

等到身边有重物压床的响儿，那随从打着哈欠倒头就睡。可不就倒头睡，她在旁边的枕头上抹了足够分量的迷药。还有里屋的熏香，自然也是掺了的。

此时屋子静得出奇，只能闻见她轻促的呼吸声。

黑暗中，她瞄向了宋慕青那屋，轻手轻脚地摸了过去。

就如她想的那样，宋慕青身着里衣，双手压着被褥，就连睡觉都睡得一板一眼的周正。余光里再瞥见四仰八叉打着呼的林少爷……一对比，惨不忍睹。

只是一岔神，她就想到自己来的正事儿，她的瓷葫芦！

她的小葫芦是挺招人眼的，让宋慕青这家伙最近一阵天天随身戴着，她之前来摸过一遍没找到，肯定他是带在身上。

眼下夜深人静、宽衣解带，是个好机会！

她屏息靠近。

走近的时候还能晃神想，宋慕青这张脸醒着的时候就板得跟寒冬腊月里的冰河似的，睡着了的模样比平日里英俊更甚，也更让人移不开眼。渠巷小院儿里姚妈妈养出来的清倌儿都没他好看……

扑通，扑通。赵小渔的心跳加快了许多，也不知是因为要偷瓷葫芦还是因为别的。正当她打算快刀斩乱麻，直接上手之际，对上了一双甚是清明幽冷的眸子。

"你想作甚？"宋慕青的嗓音带着一丝丝的沙哑，在清幽夜里显得格外震慑人心。

赵小渔被人当场抓包，去掀被角的手被他牢牢钳制着，疼得她差点飙出了眼泪，当下的反应是木着张脸，内心早已崩溃了……

他为什么没被迷晕过去？！！

许是等回应有些久了，宋慕青有些不耐烦，打量赵小渔的目光更为犀利："你想从我身上得到什么，又或者该问你是什么人，受什么人指使？嗯？"

赵小渔被那尾音的威势压得当下腿软，脑子里飞快转动，险些憋出一脑门汗。

"砰——"原本就挨着床边睡相奇差的林怀甫摔到了地上，猪脸着地，却依然没醒。为什么同在一屋，宋慕青一点事都没有！赵小渔灵光一现，抿住了嘴角，神情渐渐有了改变。

宋慕青直觉不妙，却说不上来，就听耳畔传来："既然被宋公子发现了，那小人也无法再隐瞒了。"

那双清澈湛亮的眼飞快和他对视了一下，却似是有什么奇怪感觉击中了心脏一般。

赵小渔没察觉到对面那人忽然晃神，依然沉浸在自己的表演中："宋公子是谦谦君子，温润如玉，如琢如磨……是小人这辈子都只能仰望不敢企及的日月光辉，又……又承蒙今日搭救，就、就想着夜里怕您着凉给您掖个被子……"

宋慕青再看"少年"突如其来的"娇怯"，猛地意识到什么，甩开了"他"的手。修长的手指松开又攥住。可以从那张没有表情的脸上察觉到震撼，甚至有一丝滑稽的可爱。

赵小渔的目的达到了，当然这反应属于意外收获，让她能弥补没偷到瓷葫芦的遗憾，而且这招，接下来很长一段时间都能避免他注意到自己！

宋慕青突然欺身靠近，赵小渔当即身体反应先行跟跄退了一步，稍后对上了一双幽邃的眼："你也是用这招让你主子那般防备我？"

赵小渔木着脸，迎着宋慕青那寒飕飕的冷气。她扶着床沿，木着的神情下心思飞转。元少康都避讳不及的人，她自然也是怕的，可她绝不能表露出来，更不能承认是自己的原因才让林怀甫防备了他。

窗外一阵山风呜呜，屋内林怀甫的鼾声还在继续。

忽地，宋慕青的腰被人抱紧，赵小渔连人带脑袋埋在了他怀里，一个重心压制，将他压倒在床上。

"你!"

"宋少爷,我……我真的很喜欢你,可我也,我也知道自己配不上你,更不敢肖想什么。"

闷闷声从他胸膛那儿传来,带着怯意,带着娇羞,支支吾吾像极了少女怀春的表白,就连声音都是像极了的。

"放开!"宋慕青登时黑了脸,故伎重施。

"宋公子,我对你绝对没有非分之想。"赵小渔抬起头,楚楚可怜地看着他,眼眶里还莹莹闪烁着泪光,双手死死抱着他的腰身,还想着往上攀附。

"住口!"宋慕青抬手握住了赵小渔的腰,想直接将人甩出去,可双手碰上时,他自己都先愣了下,手下的细腰分外柔弱。

紧接着耳畔便传来赵小渔低声轻吟,电闪雷鸣般的速度,宋慕青放开了手。

已然是破罐破摔、要逼他不再追究的赵小渔,在察觉到他松手后,大着胆子往上攀去,眼看着额头就要抵到他的下巴,宋慕青整个人都僵了。

还不怕?赵小渔一狠心,直接要往他脸上冲撞而去。一阵天旋地转,她被宋慕青拦腰直接给掀翻到了床的另一侧。

赵小渔眨巴了下眼,坐起来,对上了宋慕青冷冰冰的目光,她嘴微瘪,"宋"字才出口,就被宋慕青呵止:"立刻下去!"

求之不得呢!赵小渔面上委委屈屈地下了床,末了还添了一句:"宋公子放心,这件事我不会说出去的。"

说完后赵小渔飞速溜到了自己的地铺上,盖被闭眼,利索得就像没有醒来过。

隔了许久,赵小渔才悄悄睁开眼,她也不敢闹出大动静去观察宋慕青是否睡了,更不敢再去偷一次。但她不明白的是,这愣头青怎么没中招呢?她用这迷药可从没失手过……想着想着,赵小渔迷迷糊糊睡过去了,并不知道里屋的宋慕青坐了半宿,思量半夜。

再醒来时天已蒙蒙亮,通铺的另一头已经空了。

赵小渔一个鲤鱼打挺,发现屋内除了四仰八叉的林怀甫外,就只剩她了。

收拾过后她奔去了厨房,天亮时,严雎带着学生出去,待到下午他们回来,赵小渔都没与宋慕青打上照面。

中途在集寨的茶摊歇脚,赵小渔四处看了看,没瞧见宋慕青,这才松了一口气,在林怀甫的催促下给他倒了茶。

"你们知道吗,四珍馆又被盗了!"

"你听谁说的?"

"刚刚经过几个人，说一早书院里传出来的，昨儿半夜有人溜进了四珍馆。"

赵小渔忙放下茶盏竖起耳朵听，一旁的林怀甫不满道："你在干什么！"

"少爷，他们说四珍馆被盗了。"赵小渔指了指边上的桌子，忙不迭给他满上一杯，"也不知道丢了什么？"

林怀甫哼了声，对四珍馆丢失物件一事毫不在意："回去你替我备几本书。"

"少爷您要什么书？"

林怀甫想了想："嗯……就那些什么，文人墨客写情话的书，多找几本来，小爷要给莺莺每天写一封信。"

忍住了拿茶壶摔他的冲动，赵小渔的注意力被边上的讨论声吸引，几个学生因为担心四珍馆失窃的事正在问老师严楚。

"早前就有过一回。"

"要不让学生夜里值守去？"

"这倒是个不错的主意。"

"夜里值守好！"

众人齐齐看向后面，才说了"夜里值守好"的孙德才见这么多人看他，粗声道："我是觉得不错，老师不是常说天将降大任于斯人也，必先苦其心志，劳其筋骨……夜里派学生值守两全其美。"

"敢偷四珍馆的肯定不是什么普通人，我们可没护院有用，几年前那一回还闹出过人命。"

有人赞同却有人反对，孙德才对此十分不屑："要是四珍馆出了事，你还能进去看书？这点责任心都没何必来岐山书院！"

被他这么一说，刚刚提反对意见的学生顿时闹得脸色通红："孙德才，你这话说得严重了！我并非不在意，只是就事论事罢了！"

眼看着几个学生要吵起来，一直旁观的严楚反而笑道："那些不过是谣传。"

众人安静，面面相觑，片刻后才有人问："老师的意思是……四珍馆没事？"

"确实有许多人，听信传言来书院一探究竟，不过南楼中设有严密的机关，又岂是等闲之辈能随意破解的？"严楚给自己倒了杯茶，抿了口后才缓缓道，"至于失窃一事，集寨上不时会说起来，大都不是真的。"

学生们恍然，又对严楚口中所说的机关充满了好奇："先生，什么样的机关这么厉害？"

"你们可听说过机关师匡离。"

"听说过，他设下的机关无人能解，堪称一绝！"

严莛点点头，若有似无地抬了下眼眸："南楼中的机关就是他所设，至今无人能解。"

赵小渔听得全神贯注，还在感慨先生口中神龙见首不见尾的机关大师，一旁林怀甫早就不耐烦了，瞥了眼孙德才方向："那厮今天怎么这么多话！"

赵小渔这才将视线落在孙德才身上，仔细想了想，好像的确是这样，昨日分组一起的时候也不见这么活络。

"兴许是他关心书院，毕竟若是四珍馆内的书籍被盗，影响颇大。"

林怀甫"喊"了声，伸了个懒腰起身，忽然凑近赵小渔坏笑："兴许他是想了解机关去偷东西！"

赵小渔顿时想到了那日与这二世祖的初遇，忍不住翻白眼，果然是只有这个连自己家东西都偷的人会想出来的事儿。

讨论结束后众人启程要回书院，赵小渔跟着林怀甫往马车方向走去，正准备上去时，身后传来了宋慕青的声音："林公子。"

扶着林怀甫的赵小渔顿时身体僵住，林怀甫则快速"噢"了声钻入了马车，独留下赵小渔在外面。

莫说回头去看，赵小渔直接僵在了原地不敢动，直到宋慕青从她身后经过，上了后面那辆马车。

赵小渔利落上了马车，坐在车夫的右侧，离宋慕青那一边远远的。

宋慕青从撩挂着的车帘那儿看去，正好看到人半个后脑勺，扎着书童的两个鬏鬏，颠得一晃一晃的，后脖颈又细又白。宋慕青心神兀然一凛……

这小厮绝对有问题，又自作聪明，在搞清楚之前且让"他"那样自得吧。

夜幕降下时，学生院舍内灯火点点，赵小渔替林怀甫上过药后，走出屋子，不由看向远处的屋门。

灯是熄的，他这么早睡？今儿上马车时他是故意打招呼的吗？夜风一阵，赵小渔忍不住打了个哆嗦，昨夜过后他一定有所警惕，拿回瓷葫芦的事儿还需从长计议。但昨夜，他身上的气味好奇怪啊，就好像是从瓷器堆里出来似的，身上沾染的味道和四叔他们放赝品的库房一个样。

昨夜的画面又一闪过，赵小渔双手抱住了自己往屋里退去。当务之急，是先生那边……面对自己想要的，赵小渔从来不会退缩，能厚着脸皮半夜去找人，自然也能再去拜访。

回到书院的第三日，趁着林怀甫去了蹴鞠社，赵小渔来到了严莛所住的院子。

推门进了院子，赵小渔喊了声"严先生"，无人回应。她打量着院内，主屋门虚掩着，院内还摆了画架子，便又喊了声，院内安安静静。

"不应该啊。"赵小渔小声嘀咕，昨儿她就打听清楚了，无课时严先生会待在自己院内。

走到画架前，看着空白的画纸和调好的墨汁，赵小渔更觉奇怪，难道是临时有事儿？

风拂面而过，还传来簌簌的树叶声，墨香沁人，赵小渔心念一动，目光落在搁在小桌上的笔上。

下一刻，她就执笔在纸上画了起来。

赵小渔没学过绘画，看得最多的就是六叔给瓷器上釉，那日严莛带学生出去写生是她第一次正儿八经地接触绘画。

但她拿到笔触及纸张时，忽然有种异样的熟悉感袭上心头。

那是看六叔上釉时从未有过的感觉，仿佛她早就握熟了这支笔，对它对纸张都有了奇异的亲近感。

墨汁的香，笔尖的轻触，划过宣纸时那声响……

不远处传来犬吠声，赵小渔骤然清醒，目光扫过画板时，整个人怔了下，险些抖掉了手中的笔。刚刚还干净的画纸上，赫然画着一棵墨松。这是她画的？

赵小渔不敢相信，小心搓了搓手想去摸摸，确认一下自己是不是在做梦。她身后的门忽然开了，严莛走了出来。

严莛习画数十载，却不是因天赋入门，而是幼时贫苦被卖给老师作仆役，耳濡目染加之每日私下苦练，才有机缘转作了学生。

老师膝下无子，早早就抹去了主仆之称，收他作义子，倾囊相授，才有了他今日这番成就。

如今看着门前的少年郎，令他一下想起陈年往事……

那时老师还在，就常常感慨曾遇到过一名少年，下笔如有神助，画意传神，有一股寻常人难得的灵巧劲儿，亦称作天赋。

眼前的麻纸上墨松凛然，傲立于峰，无惧寒霜风雪，鲜活意动。虽显粗糙，且画锋不稳有错落，却极富灵气。

他识得少年，是书院里林怀甫那厮的随从。自然也想到岐山湖那次教学时，那人深更半夜找上门拜师那茬。

赵小渔刚就想唤"老师"来着，可看着严莛只盯着她的画一副走神的模样，下意识就闭了口，心里还有点打鼓，可又觉得他看这么许久，兴许真能入了眼，就怀着一副既紧张忐忑又期待的心情等着他先开口。

可等了老半天,愣是没等到回应。

赵小渔也就没那个自信觉得自个儿瞎猫画得好了,难道是被丑到说不出话了?

"老师,是我错了,我不该乱动您的东西,就是,就是平日里没有机会碰这些个,又十分喜欢,才没忍住动了纸笔。我保证再也不敢了!"赵小渔最擅长的就是察言观色,果然她这么一说,严茞严厉的表情趋于一丝柔和。

她可记得严茞那日所说的"明日再议",但凡有一点机会,她都会死死扒住。

严茞转头看她:"这是你第一次作画?"

赵小渔点头:"小时候家里穷,养不起孩子,爹娘就把我卖了,得亏跟着少爷才能有进书院的机会,每回听老师授课心中总是特别激动,老师您画得特别好,说得也特别好!您说'外师造化,中得心源。又曰意存笔先,画尽意在'。我都记着的,作画从心再从意……"

"你明日便去松鹤堂报到。"

嗯?赵小渔本还寻思着没夸够,冷不丁听到他同意还反应不过来,还有些呆呆的。

"还杵着做什么,不需做准备?"严茞总觉得碰到这小子耳边就有成千上百只野鸭子在聒噪,故趁早打断。

"哦、哦!"这会儿反应过来的赵小渔连应两声,脸上是掩不住的惊喜雀跃,往外冲的身子又折回来,转着滴溜溜的眼往严茞身上瞟,"准备那什么之前,要不老师还是留个什么的,给学生当、当个信物?"

一下看穿她所想的严茞被她那眼神弄得哭笑不得,佯怒道:"我严茞说话向来作数,搬出老脸收你一个学生当当还是什么难事儿?"

赵小渔当即一敛嬉笑的神色:"老师在上,请受学生一拜。"说着就跪在地上实实在在磕了个头,又抱着磕红的脑门欢天喜地地走了。

严茞看了一会儿,才觉得耳根子终于清净了。

他这院子甚少有人来,他不过是书院里一个教画画的,是辅业,少有人当身家性命看。毕竟读书对于这些学子来说才是安身立命之根本。

也只有这孩子,心地实在。

正好路过的宋慕青撞见了一幕拜师大戏,从外边看,更像是赵小渔胡搅蛮缠,可偏偏这样无理又冒失的人却真的让严茞收了当学生。

宋慕青看着那欢快奔远的小身板,想到"他"那晚猛地一扑,那股异样的感觉随之而来,当即被他摁下。

呵，岐山书院里还当真是卧虎藏龙了。

第二天去松鹤堂报到的赵小渔领了一套学生制服，不过却不是正式的学生，毕竟能进这里的都是天之骄子，要么就是像林怀甫、元少康之流。

她赵小渔要才没才，要钱没钱，有个编外就是天大的好事儿了，再不用跪在后头等使唤，而是正正经经有张桌面能旁听老师们讲课了！

赵小渔穿着这身制服，正琢磨怎么和林怀甫开口要和他做同窗了，没想到那二世祖先拉着她上元少康那地儿转了圈儿："哎呀，要不怎么说，嫁鸡随鸡嫁狗随狗，你看看，我的人就是不一般啊！"

跟在后头的赵小渔一时不知道是该反驳他的"嫁鸡随鸡"还是"他的人"，这人怕是不知道低调保命这四个字是怎么写的！

林怀甫这厮横行霸道，书院里对于赵小渔旁听入学的事没什么反应，顶多怀疑林怀甫那厮怕是自个儿学不来，拉小厮当垫儿呢。这不有前车之鉴元少康在，他带来的那些人不也坐在这儿？

宋慕青听着四周低声讨论，神情淡淡地翻着书，看起来情绪并无波澜。

直到林怀甫从元少康那儿炫耀回来，经过他的桌子时，宋慕青抬起头喊了声："林少爷。"

林怀甫怼过元少康的得意劲还未散去，笑着道："宋少爷。"

宋慕青合上书，瞥了眼他身后的赵小渔："林少爷何事这么高兴？"

"我家小厮有出息了，让严先生收作学生了，哈哈哈。"林怀甫用力拍了拍赵小渔的肩膀，与有荣焉。

赵小渔低头咳了声，不敢看宋慕青，愣头青忽然叫住他，该不会打什么主意吧？

"这的确是件好事。"说话间，宋慕青手中多了块青色的薄玉，"下月休沐林公子可是要回城？"

赵小渔蓦地抬起头，却见林怀甫盯着宋慕青手中的薄玉两眼泛光，她暗道不好，这不是画舫春娘的初登台访客牌，宋慕青怎么会有？

只听一旁二世祖说了句"是要回城"，赵小渔就料到了结果。

下一刻，林怀甫丢弃了"宋慕青可能对自己有意思"的想法，上了一同回城、顺道可以去画舫一游的船。

"少爷，您真的要和宋公子一起回城？您就不怕他……"

回到自己座位上，赵小渔还试图努力一把，但林怀甫无论如何都听不进去了。

此时，授课的先生进来了。

书院里共设四学，另有四艺——瓷、画、棋、琴。瓷艺为首，乃是因明州青瓷盛名在外，而学生中不乏涉有经营者，故特意分作一艺。而瓷艺之下又分四类：拉坯、雕花、调釉和烧制。这些是赵小渔最感兴趣的，偏生授课的老师生病，也不知什么时候能好，课便让四学的几位老师给瓜分了。

赵小渔白日里上学，等下学后借着林怀甫的牌子进四珍馆，一趟趟的，等到了五月末，房里多出了二十余本手札，每一本都是心血凝注，将来都能变成白花花的银子！

她把这些手札藏在床底下，就跟枕着银票睡觉似的。

这一日，和往常一样，林怀甫那厮写了十几封"人约黄昏后"，然后独自吹着日落晚风凉飕飕回来，回来还不忘嘲笑她的字跟螃蟹舞大爪子似的。

赵小渔也对这点没辙，尤其是碰到四学之一的宋老师，说见字如人，须得体面，每每她递上课业，就要被批。

她还嫌老头子念叨烦了呢，故此苦练上了。

最主要的一点，还是怕她抄的手札没人看得懂，贩作盗印又得费一番功夫。

林怀甫睡下没一会儿就响起了鼾声，赵小渔习惯了后早就将其无视。

不一会儿，外面传来了些异样的响动。

这时辰照理说外面安静得很，对声音一向灵敏的赵小渔竖起耳朵听了会儿，忽地站了起来跑到屋外。随即她就听到风声中夹杂着隐隐约约的呼救声，四珍馆方向火光大亮。

赵小渔想到馆里的藏书，当即大喊救火，朝着火的地儿飞快跑去。火是顺着风起的，几乎一下把主楼笼罩其中，看起来分外恐怖。

"走水了，快救火啊！"赵小渔快心疼死了，喊得声嘶力竭。

等听到兵刃交接的声音，她才发现自己横冲直撞已然到了火势下，场面并非她一个学生能控制。

几个黑衣蒙面人正和十数名书院护卫交手。身影交错，看得人眼花。

赵小渔就地掩藏身形，不小心和藏在角落的人撞上。对方受惊不小，直接一把推了她出去，赵小渔飞出去的时候只来得及看到那人惊慌的眼神，觉得分外熟悉。然而下一刻，就陷入刀光剑影里……

"啊啊啊啊啊——"

烧着的门扉轰然倒下，压垮了正要冲赵小渔砍去的蒙面人，火直接在他身上烧了起来。

他旁边的同伙正要发难，赵小渔已经看到晃到眼前的寒光，只能尖叫着闭眼，却感觉身子被一带,"当啷"金属落地的声响伴着一声骨裂,就看到先前要砍自己的黑衣人已经跪倒在地。

而宋慕青站在了她的身前,衬着火光,宛如天神。

余下的一名黑衣人冲了上来,赵小渔"小心"二字刚出口,身前的人提手一把断刃挡住了黑衣人刺过来的剑。

"砰"的一声,看着摔出去几米远的黑衣人,赵小渔张了张嘴说不出话来。

愣头青的身手……

宋慕青回头看她,赵小渔下意识紧了下身体,脑海中飞速闪过自己作死的画面,更是不敢在这个时候对他下什么手。

此时一声哨响,在场的黑衣人喝了声"撤",围在旁的几个人飞快撤退不见。

赵小渔眼看火势要不可控制,不管会不会被人猜着什么,冲着那些护卫提醒:"快,快用引线,拉那儿,你去那儿!"

救援的护卫即刻奔向几个引线点,那是四珍馆的灭火装置。顷刻,水龙如天降,不多时就把主楼的火灭了个七七八八。

外沿的书籍焚毁了一些,好在大多数留存,南楼烧了一部分,山长赶到亲自带人去查验。

不到一刻,山长就从南楼出来,脸色无虞。

站在宋慕青身后的赵小渔不敢动,她朝南楼望去,对里面的宝贝不禁有些好奇,余光里发现宋慕青也一直望着那方向,目光隐晦。

赵小渔心中腾起个猜测,他是和自己一样听到动静才过来,还是早有察觉。

不由得,赵小渔的视线往他手间瞥去,断刃的刀柄上还镶着宝石,在这夜色火光中,异样闪亮。

宋慕青似乎有所察觉,朝她这儿侧身,赵小渔连忙背过身去,嘴里叨念着"少爷呢?少爷!"边喊着边往外走去,脚步越来越快。

陆陆续续赶到的学生里有被人抬着的,也有喊大夫喊救命的,原来是碰到了撤离的黑衣人,受了刀伤。

如此深更半夜,想找大夫需得费些时辰,平日里这些学生又哪里见过刀光剑影,一时间哀嚎声遍起。

"小事小事,我来我来。"这时,一名妙龄少女蒙着面纱匆匆赶来,身侧还背着个大药箱。

山长一见来人,顿时脸色一变:"莺——"

少女蒙着面,却有一双让人难以忽视的明亮双眸,直勾勾盯着受伤那人的伤口处,清洗处理,撒药包扎,动作那叫一个利落。

受伤的学子不曾和女子这般亲近,顿时有些脸红:"多、多谢姑娘。"

"区区小事何足挂齿。"

"姑娘大恩大德小生没齿难忘,敢、敢问姑娘芳……"随着那声询问,学生周围低低响起笑声,挤对得他只敢飞快说了声,"日后姑娘若有需要,小生定倾力相助!"

"那你下次被砍的时候,换个腿伤什么的,我没试过。"

"什么?"书生怀疑是不是自己听错了。

姑娘起身,背起医囊,声音清亮:"没什么,公子安心养伤才好。"接着去救治下一位伤者,等到受伤的全部得到了包扎,她挥袖便要离开。

林怀甫是最后一个赶到的,看到少女离去的背影,突然大喊:"莺莺——"这个背影,他朝思暮想,绝对不会认错!

陆山长当场黑脸。

跑到林怀甫身边的赵小渔赶紧捂住了他的嘴:"我家,我家少爷,以为他的小宠物鹦鹉在里面,少爷没呢,我把鸟笼子搁屋外了。咱们回去啊。"

当着人家老爹的面儿,喊人家姑娘闺名,一副你俩有一腿的样子是嫌命长么!她还怕被赶出去呢!

"等等,山长,这名小厮乃是除护卫外最先赶到四珍馆的,有何事可先问他。"

扶着林怀甫正要离开的赵小渔看着拦路的护卫,僵硬地扭头看向云淡风轻开口的宋慕青。原来是在这儿等着她呢!

站在林怀甫身后的赵小渔一下成了焦点,这使得她想躲都无法,于是她垂着头站在那儿,看起来一副胆小怯懦的样子。

林怀甫先反应了过来,眉头一皱,护犊子道:"这和我家小厮有什么关系?"

陆山长看了眼四珍馆方向,视线落回到瘦小可怜的赵小渔身上,语气有所缓和:"今日书院遇袭,事出突然,你也不必紧张,就是有些话问问你。"

赵小渔连忙点头,声音磕磕绊绊:"山、山长您请问,我一定,知无……知道的都说!"

"你是何时到这儿的?"

"我,我来的时候火已经很大了,护,护院和那些人打斗……"

"有人告诉你这儿出事了?"

"我在屋内练字,听,听到外面有响动。"

练字?

67

陆山长打量着赵小渔，正要继续问，那边护院抬了几具尸首过来，是今夜本该在这里值守的护院。

入夜后书院内各处都会有护院看守，四珍馆这儿每两个时辰轮一批，人还会比白天多安排几个，几年来都是如此。

要是从外面入内偷盗，早在有打斗时就引起注意了，但今夜，大火烧起来时山长那边才得知情况，实属防备不及，同时也说明了一件事，偷盗的人早就埋伏在了书院内。

原本值守的几个护院被杀，入夜四周没人，直到大火燃起来才引了附近的护院赶过来，此时已经来不及了，所以才显得异常混乱。

陆山长面色微凝，心中有了计较。

赵小渔见气氛沉重，偷偷抬起头来，恰好看到那些尸首，她又倏地垂下眼眸。这一幕落入到宋慕青眼中，后者看着"他"相绞在身前紧张的双手，几乎是很肯定地确认，"他"不是在惧怕。

"他"不过是因为自己开口留了"他"在紧张。比起地上这些尸首，或许自己才是"他"现在这般的原因。

想到之前种种，宋慕青越发觉得林怀甫身边这个小厮不简单……

火把的光把四周照得透亮，空气里充满了烟尘气味，围观的学生被拦在了外面不得入内，现场除了山长之外就是几位平日里主事的先生，大家低声说着话。陆山长没再问赵小渔话，她也不敢吱声，就怕那个愣头青坑自己。

须臾，陆山长又喊了赵小渔："你来时可有看到异常之人？"

赵小渔一怔，即刻想到了刚到这附近时撞上的蒙面人，当时只觉得眼神分外熟悉，可怎么想都想不起来是谁。

赵小渔的脑袋转得飞快，愣头青将她留下，可能是怀疑她和这些闯入者有关，而她信息不全，这件事说出来也不能代表什么。

四珍馆起火这么大的事，但凡她身上有一点疑点，抑或是这个愣头青想做什么，无足轻重的她都会被赶出书院。

于是，赵小渔抬起头，露着满是怯意的双眼，抬手指向宋慕青："山长，我来的时候看到好多蒙面人，他们想要闯入南楼。要不是宋公子出现得及时，我恐怕也要被杀了。"说罢，赵小渔的眼泪就滚下来了，一副怕极了的样子。

林怀甫一愣，随即分外嫌弃地瞪了"他"一眼："怎么像个娘们，哭什么！"

赵小渔努力克制住，双手揪住了林怀甫的衣角，干脆嚎哭上了："少爷，多，多亏了宋公子，要不然我可就见不着您了，呜呜呜。"

赵小渔哭得上气不接下气，任由林怀甫怎么嫌弃都不松手，看样子是被吓坏了。

林怀甫有些尴尬，看了眼宋慕青："我这小厮胆子小。"

陆山长本就对赵小渔没抱多大期望，加上她这副样子，就更没什么可问的了，于是摆了摆手："夜深了，你们先回学生院舍。"

林怀甫倒还想望一眼自己的梦中情人，赵小渔暗中用力掐了下他的胳膊，看着像是被林怀甫架着，实则是她推着他离开。

宋慕青站在那儿目送两个人走远，直至消失不见，视线这才收回到四珍馆这儿，南楼外几位先生进进出出，里面隐约可见未被破坏的机关门。

陆山长还在与人商议后续事宜，安顿受伤的学生，明日赶早还得去城里请大夫来，之后这四珍馆估摸要关上些日子修缮一番。

待嘱咐过后，正准备进四珍馆，他看到了站在台阶上的宋慕青。

"陆山长，在下宋慕青，宋柏州之子。"

夜深，四珍馆内尽管火势已灭，空气里的烟火味依旧浓郁，主楼内数人进出忙碌，通往南楼的一条道上却只有两个身影。

陆山长负手站立在南楼门前，看起来并不起眼的门上，四方角上有肉眼不能分辨的暗器机关，除了用钥匙开启之外，别无二法。

"你父亲身体可好？"

"出发前父亲就嘱咐我要向陆伯伯您问好，说自多年前你离开京城就再没见面。"

"是有许多年没见了。"陆山长转头看宋慕青，眉眼是思及故人的淡笑神情，"今天的事你可有预料？"

"宁家十二器的传闻，自八年前开始就没间断过。而岐山书院内所藏的瓷兽，更是引起了不少人的注意，这些年来明里暗里总有人来探寻。今夜这样的事，往后恐怕只多不少。"宋慕青的声音显得分外清冷，仿佛是在阐述与自己无关的事，字字句句间又透着利害关系。

"你倒是看得通透。"

"学生也不过是尽所知之言。"

陆山长觑着他，略略挑眉："依你所见，此事应当如何解决？"

"事情起源，可由我带回京交与圣上。"宋慕青不卑不亢的声音须臾后响起。

四周静谧片刻，陆山长笑了："这一点不像你父亲。若是他，必定是要迂回上一阵，继而说上一番大道理。"

宋慕青不予置否："山长既已知我来意，慕青自应诚心作答。"

"诚不诚心另当别论。"陆山长脸上的笑意在侧身面向南楼时倏然淡去，凝视片刻，从怀里拿出一块牌子，也不遮掩，直接嵌在了门上一处，只听机关声咯咯一阵，偌大的门从中分开，缓缓朝两侧移开。

"跟我来吧。"陆山长先行入内。

宋慕青没有犹豫，快步跟了上去。

与主楼不同的是，南楼中并没有很多书架，而是一间间暗格。

若不凑近瞧，大都不清楚放的是什么，但宋慕青还是看到了几样在书籍中见过的器物，岐山书院四珍馆内所藏之物，远比传闻中更多。

"岐山书院立院百年之久，院中所藏之物，除了当初立院山长留下的，其余皆是这百余年间别人所赠，先帝在世时还赠过两幅画，如今就放在那儿。"

陆山长指了指一处墙上所悬暗格，宋慕青看得不是很真切。

再往里走，宋慕青看到其中一个暗格内所藏之物用了个偌大的檀木罩，罩子上虽有镂空但根本瞧不清里面放的是什么。

宋慕青停下脚步："山长，其中之物可否一看？"

陆山长回头，看了眼宋慕青所指，神情淡然："南楼内的东西，从放下之日起，就没有被打开过。"

"这是宁家十二器。"

四周静谧片刻，陆山长乐呵呵笑了："宁家十二瓷之说，也是传闻，你可见过？"

"并未见过。"

"那便是了，宁家十二器，传闻是当年的宁三爷所制，宁家出事后十二器下落不明，说有一件在岐山书院内，也只是传闻罢了。"

宋慕青目光微凝："山长的意思是，书院内没有十二器。"

对上他的视线，陆山长神情未改，走到了暗格内，亲手把檀木罩取了下来，露出其中偌大的青瓷花瓶，回答他："岐山书院内没有宁家十二器。"

十二器如何模样，来之前宋慕青早看过图册，绝不是眼前这敦圆的花瓶样。他自然也不信陆山长的话，在他面前亲自取下罩子不过是为了打消他的疑虑。

于是宋慕青试探："那便让慕青把这件带走，交与圣上，也好有个交代。"

陆山长小心翼翼放下罩子，落下时手轻抚了下罩面，拒绝了他："既是他人所赠之物，陆某自然无权做主把它交给别人。"

宋慕青打量四周，心中有了决断，陆山长既然愿意带他进来，就做好了他会看的准备，所以，十二器绝不在南楼。

"山长可知睿亲王世子已在来明州的路上,届时太后娘娘要借,这法子可就行不通了。"

第三章

翌日晨钟，肃穆庄严。

钟声足足响了七日，是为哀鸣。

而书院自第二日起便多了许多官兵往来，到处张贴着缉凶的悬赏告示，窃贼人数有百余人。

四珍馆闭馆修缮，百米之内均有官兵把守，修缮期间学生不得入内。

读书的地方多了兵戎之气，令书院里的学生们都有些不适应，何况还有人命案子在前，一时间人心惶惶。

接下来的几日里书院里隐隐流传，杀人的窃贼团伙在书院内有里应外合之人……不过这说法传得再有板有眼，也不见书院内的掌院有所行动，不过多传召了赵小渔几回，未见后续。

赵小渔是第一目击者，指不定真能提供点有用线索。

"好了，你先回去上课，若还想起什么再来找我。"负责的先生看着面前鹌鹑似的缩着的小身板，不由放缓了口气。

"学生知道。"赵小渔乖顺应是，从方圆堂退了出来。

赵小渔还是藏了底的，那天夜里撞到逃走的黑衣人很有可能就是书院里的内应，可若是这么跟先生说，之后又没个所以然，反而容易让自己陷入麻烦。要说起来，她还有个最大的麻烦。

正午的日头猛烈，赵小渔眯了眯眼，感觉前面不远有一道身影掠过，再看就看到了廊檐下站着的麻烦来源——宋慕青。

她磨了磨后槽牙，嘀咕了句"冤家路窄"。

那人已经走到了跟前，眉目清冷却依旧俊逸如风。

赵小渔笑脸一扬，热情洋溢："宋公子，又见面了！"她说着就故意往他身侧撞去，按照往常这人一定是避开，她便能借道溜走，孰料这回直接被人提溜住了后衣领子。

"故伎重施？"耳畔传来宋慕青低沉沉的声音。

赵小渔耳朵一热，无端打了个激灵，就被提到了角落树荫下。

"宋公子，这光天化日的，您究竟想对人家做什么呀！"赵小渔豁出去捧住脸，矫揉造作，就连着男装的身份都放弃了，恨不得用这半男不女的样子直接把他吓退，从此不敢靠近自己。

可却因为那近在咫尺的俊脸险些晃了神，赵小渔心底叹着，真是无可挑剔的神颜啊。

宋慕青的手略有僵硬，只是一瞬，并未松开手，冷冷看着她："你瞒了什么？"

迫于他的气势，赵小渔不禁往后退了退，这一退就抵靠在了树干上，眼珠骨碌一转，幽幽启了口："我能有什么秘密，能瞒得过宋公子啊……"

宋慕青额际青筋轻跳，就听她突然点着自己胸口满脸娇羞道："人家的秘密就是宋公子您呀！讨厌啦，这种秘密怎么能让先生知道。"

宋慕青的额际青筋一阵狂跳，"嗖"地一下收回手，看着赵小渔那模样，恨不得立刻回去搓洗两遍。

就连赵小渔自己也被恶心到了，趁着宋慕青被震慑住，打算从旁偷溜，命中注定般又一次被人提住了后领，重新按回了树干上，她怔怔："你……"

"别同我耍花招！"从未见过这样厚颜无耻的人，棘手又狡猾，宋慕青的眼神中透露出一丝罕见的凶狠。这一来，宋慕青发现也没有预想中的难以忍受，反而瞧见了对方眼底一闪而逝的惊慌与错愕。

果然如自己所猜想那样！

宋慕青冷声："你可以不说，宋某不介意在此与你多耗些时间，抑或是……再请山长来一趟，看看你这个学生还适不适合留在这里。"

赵小渔握紧拳头，威胁她！

可真与他眼神博弈上，赵小渔本能地心虚，她从来不曾被人这样靠近，近到连那人脸上细腻的绒毛似乎都清晰可见，眼睫过分纤长，令人生羡。

赵小渔盯着他的脸……走神了。

空气中维持了一刻的静默。

宋慕青提防半天，却被她痴痴的目光惹得头皮发麻，索性直道目的："你和盗窃那伙人打过照面，可有什么线索？"

"那伙人都蒙着脸，我和你看到的一样。"

"那日夜里，你对山长说的话有所隐瞒。"

"我当时吓坏了，知道的全说了，哪敢有隐瞒？再说宋公子出现得这么及时，难道早知有意外？"

宋慕青眼觑着她，赵小渔稍稍收敛，垂了眼帘："宋公子，我还要去上课，您要是真想帮山长找出内应，三五百号人的书院光揪着我有什么用啊？"

"你进书院，另有目的。"

赵小渔心底暗抽了口气，面上笑靥如花："这不是垂涎宋公子美——呸，是敬仰宋公子才华，一心想追随公子！"

想追随于我么？宋慕青眼眸微闪："那我便给你个机会。"

"哈？"

"只要你能揪出内应，我便允你一件事。"

赵小渔愣了下反应过来，她的瓷葫芦！但赵小渔忍住了，宋慕青绝不是自己能招惹的人，和他有牵扯是危险之举，应该离得远远的才是。

正要开口，耳畔传来他悠悠的声音："若不能，你在四珍馆所抄的临摹本皆是草木灰。"

赵小渔顿时怒目而视，又威胁她！

"那只是我做的一些笔记手札，宋公子好生绝情。"

"三十余本一字未差，你也好生勤快。"

赵小渔有种自己养大的姑娘被人惦记上还看光了的暴躁感，然而对上宋慕青那副了然的神情，她怂了："你想怎样？"

"查。"

"让我一个当小厮的去查，您就别拿我寻乐子了，这么多官兵都没查出什么。"赵小渔苦着张脸，一副求大人饶过的模样，"我那天确实撞到个黑衣人，蒙着面没武器，慌慌张张跑掉了。"

她憋着劲儿又想了想，补充道："那人跑的姿势有点奇怪，像是磕碰过的样子，后来你及时赶到救了我一命，大家看到的都一样，我怎敢多嘴旁的？万一不是，岂不是更给书院添乱？"

"受伤？"

"嗯，扶着屁股跑的。"

剩下的不用她多说，宋慕青那脑瓜子也能转过来，该怎么做。

赵小渔也不敢多说，怕露出破绽，一副胆小怕事的模样提了告退，还没走出宋慕青视线范围，突然又被唤住。

她直挺挺地站住，背着身，脸上表情纠结万分。

"我那话依然有效，不论是你抓到内应抑或是协助旁人抓到，我都能允你一件事，只要是我能办到的。"

"那就先谢过宋公子！"

赵小渔头也不回跑出老远，吁出一口气，跟宋慕青打交道真是处处都得提防。

等到匀过了气，赵小渔咧开了嘴角，这一笑，笑得满是阴险狡诈，君子报仇十年不晚，这不就来了机会。

想想宋慕青要从几百号人的屁股蛋里找出她瞎诌的"内应"，赵小渔"哧哧"乐得两眼眯成了一线，保不准还会被扣上骚扰同窗的变态之名……

赵小渔幻想着那画面，笑得更是止不住。敢在山长面前整自己，活该！

这一夜，赵小渔枕在她誊抄的本子上，睡也睡不香了，比起人家那摸底的本事，自个儿的就有些不够看了。还有宋慕青抛出的饵……但从猛虎手中讨要东西，自己怕也是会掉二两肉出去，可是真的好诱人啊……她陷入了是去是留的挣扎中，思绪万千，恍惚过了一夜。

翌日，瓷艺课的老师终于病愈来上课了，作为空有理论知识从不曾实际操练过的赵小渔顿时把一切抛诸脑后，硬拖着林怀甫上课去。

"奇怪，今天怎么上课的人这么少？"赵小渔左顾右盼，都快到课点了，堂上只有稀稀拉拉七八人。

林怀甫打了个哈欠："昨晚喝到子时，又不是人人都像小爷这样久经风月的。"说着又往桌上一趴，眯眼遐想，"说起来，京城来的就是阔绰，包了集寨那儿的十三连座温泉池给同窗们安神疗养，姑娘们一水的好手艺，这捏起来……比你捏的可舒服多了。"

她说怎么感觉昨夜院舍空了一半，原来不是错觉，宋慕青好生卑鄙，居然利用春娘！

一说人就到，宋慕青踩着云锦靴子踏进了授业堂。眼光瞟到赵小渔，愈发高深莫测。

随着老师最后进门，学生们各回座位，赵小渔去往后墙经过宋慕青的课桌时，听到熟悉的低语声，倏然一僵。

等她僵着身体回到自己座位，就看到后列侍候的宋慕青随从一脸怨愤地瞪着自己。

她立时眼观鼻鼻观心，假装一点不知道这人跑去澡堂看了书院里余下没去泡温泉那些人的屁股蛋子。

她好像……玩过火了！

"制瓷工艺由来已久，早年是用高岭土烧制而成，用以日常生活，经过长期的改进，才有了我们如今所能看到的青瓷，而青瓷之中又以我们明州的瓷器最负盛名。

"同一堆瓷土，同一种类型的坯体，只要装烧时在窑炉位置不同就能烧制出不同色泽的器物。自古陶重青品，晋曰缥瓷，唐曰千峰翠色，柴周曰雨过天青……

"你们看我手上这一只酒壶，便是出自百年前的柴窑，青如天，明如镜，薄如纸，声如磬，是为上上品。"

课上，赵小渔望着先生手中的酒壶，眼神熠熠闪光，这可是古董啊，百年前的东西，一点不逊于现在的瓷器。

值不少钱……

"到二三十年前，青瓷之后又有了白瓷，以青花、五彩为主，明州的三大窑你们可知？"

赵小渔蠢蠢欲动，已经有学生提出疑惑："先生，明州不是二窑？何来三大窑？"

"如今是林元两家，八年前还有宁家啊。"

"那是八年前，如今可是元家为首。"

"要是宁家还在，哪有元家什么事？"

"你再说一遍！"

元少康腾地站起来，瞪着那个说宁家的学生，后者缩了缩脖子不敢招惹，元少康瞥了众人一圈冷哼："宁家再厉害现在不也没人，我们元家才是明州之首。"

永远有精神怼人的林怀甫大笑："宁家再没人，留下的瓷器还是受人争抢，更有传言那十二器，有市无价，你们元家有什么？有你元大头啊，捏泥巴？"

"啪"的一声，堂前先生用戒尺拍了下桌子，刚刚还在和颜悦色地讲课，如今黑着脸看着他们："再要争执，我的课你们不必来了！"

元少康坐了下去，看林怀甫的目光越加狠厉，"爱屋及乌"顺带也给赵小渔拉了些仇恨。

但这会儿赵小渔谁的目光都感受不到，一心扑在先生的授课上，尤其是听他提起宁家瓷窑时，心里头都跟着胀鼓鼓的。

先生又恢复了和颜悦色："宁家虽然不在了，但依旧能名列三大窑之一，你们可知为何？"

学生们纷纷摇头，这些人在八年前也不过才十来岁，只知道宁家出事，更多关于宁家的了解，就是瓷市上昂贵的宁家瓷，谁家有个几件藏品都能拿出来炫耀。

"早期的青花瓷不比甜白、脱胎的精致，后来宁家加入了於苏泥渤青钴料，又不断改进，方有了釉色纯真均匀、质地类玉的宁瓷。也是自那之后青花瓷盛名，其中就有了对画工的要求，我们谓之点青。

"说到点青，还得提一位宁家人，叫宁先朝。他的点青之艺，能与如今的秦霜鸣并论。只可惜，宁家两位天纵之才……"

先生的语气里充满了遗憾，是对宁二爷与宁三爷的可惜。这等天赋之人，若是没有当初那件事，如今就算是十个元家，都赶不上宁家。

赵小渔的鼻子猛然一酸，等她反应过来，伸手抚过脸颊竟是湿润的。

她怔怔看着指尖上的眼泪，心口上拥挤着的那一块，难受得她呼吸困难，她这是怎么了？

"昼间白烟掩空，夜间红焰烧天，说的就是明州窑内的场景。岐山书院从立院第三年开始就开有教授学生制瓷的课，如今各大窑内的许多师傅都是从这儿出去的。"先生特意看了林怀甫与元少康一眼，"你们更要用心地学。"

"先生，那您见过宁家十二器吗？"坐在窗边的一个学生忽然提问，赵小渔跟着望过去，坐在这个学生前面的孙德才吸引了她的注意。

那家伙耷拉着右手做什么？

很快，先生的回答转移了赵小渔的注意力，她全神贯注地听先生说着，在那些关于宁家的字眼里，仿佛是有什么吸引着她，如何都听不够。

半个时辰后，讲述了一部分理论后，先生带他们到了学堂后的窑房。

瓷艺课不仅仅是讲授，更重要的是让学生们亲身去接触制作，这也是赵小渔非来不可的缘由。

这会儿的人已经比半个时辰前多了不少，宿醉的学生纷纷前来，窑房外的几张桌子旁很快站满了人。

每个人前面都有一块坯土，因为是首次前来，以感受为主，做得好坏不论，最后都会送去窑房烧制。

对赵小渔来说这是极为珍贵的机会，过去因为老爹的关系六叔从不让她碰坯土，所以她很珍惜。脑海中想着要制作的雏形，双手捧着坯土，一种熟悉的感觉，从手间传递开来。凉凉的触感中，赵小渔甚至能感受到它的愉悦，无形中又好像有一个声音在指导着她。

"这里要用力，往上……对，虎口收紧，圆润些，不易过急，等等它……"

先生在不远处给学生讲解的声音还时不时传来，赵小渔蓦地睁大眼睛，看着双手间略有些粗糙的瓶子造型，自己都惊叹了。莫非我是个天才？

"不错不错，初次就能做成这样。"先生来到赵小渔身边，看到她面前的瓶子，想了下才记起这原来是破格收下的学生——林家少爷的小厮，末了笑道，"想必在林家时，你有跟随去过窑场吧？"

说着先生看向林怀甫那边，接下来要说的那句话硬生生地给堵在了喉咙内。林怀甫面前的那坯土，从刚刚圆圆一堆，变成了长长一堆，似乎还少了一半……还不如他那四岁半的儿子捏出来的好看。

反应过来的赵小渔急忙给少爷找补："先生，我平日里确实常跟着少爷去窑场，少爷跟大师傅学的时候，我就在旁瞧着。这瓶子就是少爷教我的，但我愚笨，学得不像。"

满脑子美人的林怀甫心不在焉"嗯"了声，半点不觉得自己面前的这一坨坯土丢人。先生也没多追究什么，对赵小渔点点头，继续指点别的学生。

赵小渔轻轻舒了一口气，察觉到有人看自己。抬起头，对上了宋慕青的目光，赵小渔倏地低下头去。

宋慕青嘴角轻扯，对这个小厮刚刚说的话，半个字没信。林家少爷那样的人，莫说教他，就是自己学都不可能，他的实力就是他面前那一堆坯土，没半点私藏。一个不学无术、只知吃喝玩乐的少爷，贴身的小厮又怎么可能有机会去林家窑场学？

识字，还让严先生破格收作学生，她的手艺……

宋慕青想起了她适才课堂上认真听讲的模样，自是看出她是真的喜爱瓷艺。

又想到那些临摹本。

宋慕青的眼底倏地闪过锋芒。

这种种行径，倒像是个贩子，而说起贩子，明州城内的渠巷里这样的人不少……

直到那目光消失，赵小渔才抬起头，发现宋慕青正与韩邵钰说着话，她飞快转身，捧着自己做的瓶子往窑房走去。

因为只顾着躲避宋慕青，没注意到四周，待赵小渔反应过来，已经撞上了孙德才。

"你长没长眼睛！"孙德才捂着手臂面目狰狞，看赵小渔的眼神仿佛是要掐人。

赵小渔怔了下："对……"道歉的话都没说完，孙德才就转过身离开了。

赵小渔看着他捂着右臂的姿势，仿佛是直接给撞断了的样子，轻声嘟囔："只是轻轻撞了下，至于这么夸张么？"

倏地，赵小渔眼瞳一缩，紧盯着孙德才的背影，不对劲。

刚刚在课堂上他好像也没用过右臂，还有现在……别人双手捏坯土，他左手操作也就算了，还遮遮掩掩，生怕别人发现什么似的。

"手臂……"赵小渔瞪大了眼，他受伤了！

赵小渔很快想到了那日四珍馆着火时遇到的黑衣人，撞到她后匆忙逃离时，就是捂着手臂的。到底是不是，试一试便知。

赵小渔拿着坯子故意走到孙德才旁边，小心道歉："孙公子，刚刚的事真对不住，是不是撞疼您了，要不我给您看……"

说着没等孙德才反应过来，赵小渔就朝他伸出了手。

孙德才慌忙避开去，刻意把身子侧向左边，对着她怒道："你要干什么！"

这一吼直接引起了众人的注意，孙德才很快意识到，指着赵小渔的双手嫌弃："别用你的脏手碰我！这衣服你可赔不起！"

俨然是孙德才怕赵小渔弄脏他衣服的模样，赵小渔神情委屈："我只是想看看有没有撞伤您。"

赵小渔再伸手试探，唯恐被她碰着的孙德才果然避得更远，从赵小渔的角度看，他的右臂藏得很好。而他两度慌乱的神情，与她那晚撞见的黑衣人，如出一辙。果然是他！

"说谁脏，你也不看看你自己那熊样。"林怀甫前来护犊子，看着孙德才嗤鼻，"往后少与这种人说话，小渔，我们走！"

"好嘞，少爷！"赵小渔恋恋不舍看了眼孙德才，此时他在自己心中的分量，价值百两呢。

然而不等赵小渔这边先下手，窑炉那就先出了事儿。

由于学生操作不当发生爆炸，若非老师有经验及时处理，就不是伤几个人这么简单。

五六名学生陆陆续续被人抬了出来。

赵小渔和一众没进去的学生站在门口瞧看，直到看到被炸昏迷的那个人，她的脸色陡然一变。就在刚刚这人还理直气壮地抢了自己的号牌，害她从第八变成了垫底，现在却衣衫破烂，生死不明……

"纪兄他们这运气，撞上了万分之一的概率。"

"不应该啊，是不是老师没检查好？要是这样危险，这门课就该取消了！"

"拿学生的性命当儿戏，我是来求学的，又不是来当师傅的，胡闹！"

众人七嘴八舌，被这次事故激起不满，纷纷要找老师讨要说法。

赵小渔看着最后从炉窑出来的孙德才，看似受伤被人搀扶着，两人四目一对，她的神情逐渐凝重，一只没来得及拿进去烧的半成品小碗失手掉在了地上，赶紧转身跑开。

那碗辘辘转了一圈，险些被一只墨锦靴子踩上。

宋慕青捡起了赵小渔掉的碗，目光落在被人扶着离开的孙德才背影上，多了几分思量。

这厢，赵小渔好不容易在松鹤堂找到了掌教，一脸神魂未定地把窑炉爆炸还有孙德才像黑衣人的事说了八九成。

"他一定是做贼心虚，怕我和掌教抖搂什么才迫不及待地想要杀我灭口！"

掌教不住点头。

"可疑，此人当真是十分可疑！山长已经开始调查，不管是炉窑爆炸，还是孙德才，相信很快就会有结果。"

"山长？"赵小渔愣了愣，山长果然对这事很上心，消息也很灵通啊！不过她最关心另一件事，眼巴巴地盯着掌教盯了半天，只好自己开口问，"掌教，那奖赏的事儿？"

"奖赏？"掌教被盯了半天也有些愣，这会儿反应过来，笑呵呵道，"在你之前，宋慕青已经同山长禀明此事，奖赏自然也归了他。"

"宋慕青？！"赵小渔愣愣瞪大了眼，一口恶气郁结胸口。

禽兽！不要脸！

更过分的是，休沐的日子，宋慕青带着林怀甫一块回了明州城。

留下她，写三人份的课业！

用林怀甫压她，嗬，就要承受得起后果！

赵小渔在宋慕青的课业本上画了一头猪，再点上标志性的媒婆痣，像极了这一门课的任课老师，交上去就……嘿嘿嘿！

因着书院休沐，整休三日，竹馆值守自然也告一段落。

赵小渔念着勤勤恳恳"扮鬼"的秦霜鸣，决定带他去集寨好好玩一圈。等到了秦霜鸣的小竹屋才发现这里面应有尽有，只是他自己不会束发才一直这么"吓人"。

她把秦霜鸣按在凳子上，替他梳发，也不知平日里是怎么保养的，竟然比姑娘家的头发还顺滑！

姑娘家——赵小渔。

胜于姑娘家——秦霜鸣。

还有令人羡慕的惊人发量。赵小渔颇是艳羡地拿起一缕在自个儿胸前比画了下，自己要是有这样的绝色姿容，老爹就不会愁她嫁不出去，砸手里了吧……

"阿渔，既是休沐，大家都回家了，你不回去吗？"

"回去也是讨嫌。"赵小渔仔细给他固定住了发冠，不甚在意道，心想自己要是回去，去学刺绣的谎一定会被拆穿，回去便意味着一堆麻烦，还不如把钱挣够了，挨打的时候多垫两层。

秦霜鸣却是误会了，他记得阿渔说过自己是被卖进林府的，回去必然是不高兴，忙局促地借着出去玩的由头，岔开这话题。

离开之际，赵小渔后知后觉发现小竹屋里有许多画纸，大多是半幅，少有整幅的，倒有些像是习作。

"你也喜欢作画？"

秦霜鸣轻轻哼应了一声："我们快点走吧。"

"有人送食送衣，起居都有人看顾……"不像是山林莽夫啊。

"都是山长安排的。"

"山长？"赵小渔愣了愣，捕捉到一丝不寻常，"这衣料不菲，吃穿用度都挺好……他和你有什么渊源？"

秦霜鸣想了想："他只问我要了几幅画。"

画？赵小渔想到了刚才看到的，愈发觉得有猫腻。

依照山长平素行事，绝不可能有如此善举，等看到秦霜鸣以不喜人多为由，拿出两锭银子包下秋山居吃饭，脑海里倏然划过一道灵光。

这怕不是山长私生子！怕孩子单纯在外吃苦，奈何惧内，只好放在眼皮子底下，偷摸照顾。她的脑袋真是灵光！

"山长说我的画值当满京楼的琼华宴，若你要赎身，应该也够。"秦霜鸣思量道。

赵小渔一副你说什么是什么的怜爱表情："我赎不赎身的不要紧，最重要是你过得开心。"

秦霜鸣闻言点头："和阿渔在一起就很开心了。"

"想吃什么就点，不用省着。"反正是山长的钱。

在赵小渔的关爱眼神中，两人点了全集寨最贵的菜，听全集寨最贵的曲儿，胡吃海塞祸祸了一通。

等到尽兴已经是第二天一早，秦霜鸣吃多了酒起不来，赵小渔便把昨个去置办的几身夏衣装了个匣子，把私房钱藏在了匣子夹层里，做上记号，去到驿站托人送去，老爹收到匣子便能知道自己安好。

天还未亮，集寨里除了早市热闹，往远了去就没什么人。

赵小渔往回走，隐隐约约听到什么响动。从声音来源处看，好像是从集寨挨着的林子传出来的。

然而她不想惹麻烦，麻烦却主动找上了她，仿佛认准了她身上的衣裳似的。从林子里飞出来的人二话没说就把一个鼓鼓的布囊塞到她手里，夺了她的衣服包裹撒腿就跑。

赵小渔眼睁睁看着一伙黑衣人追逐那"偷衣贼"飞快奔去。心魂未定之际，摸到了布囊里冷硬的器物，布包的一角露出青瓷色。

赵小渔瞪着那一角许久，那陈年旧色仿佛在她眼里扎了根，她恨恨咬了咬牙，喊上还迷瞪的秦霜鸣就往书院的方向赶。

两人走到半路，看到了淌了一地的血迹。

"阿渔，你看地上有血！"

赵小渔半闭着眼，只想快点走过去，一边拽着秦霜鸣飞快奔走。

"阿渔，你看有剑！"

"阿渔……"

"闭、嘴！我还看到死人了！"赵小渔忍无可忍，看着横在前面的尸体，简直是走了大运，这都能碰到事儿！

许是让偷衣贼引开了人，这一路两人有惊无险到了书院。

赵小渔把那布囊偷偷埋在了秦霜鸣的小竹屋后，假装什么都没发生，连看都没胆子看。不管是什么，必是会招来杀身之祸的，但富贵险中求……

赵小渔回到院舍，就听说四珍馆又遭窃了，这回失踪的，确确实实是瓷兽，连模子都上画像张贴出去了。

赵小渔想起布包里的一角，心脏开始扑通扑通跳。她浑身是泥地站在院舍门口，久久回不过神。

孙德才稍后路过，发现是她，猛地顿住脚步："赵小渔，我劝你做人要惜福。"

赵小渔定定地看着他那张脸，倏然笑靥如花："我也觉得呢，大难不死必有后福呀！"

孙德才撂的狠话没收到半点威吓效果，像看傻子似的看着赵小渔。

而赵小渔看到了一窝蜂拥进来的护院们，包围住孙德才，笑得更灿烂了。

"山长有令，拿下窃贼孙德才！"

入夜，因为休沐的关系，加上白天才刚闹了一场抓捕行动，到了戌时便没什么人在外走动了。

学生院舍内更是安静，偌大的地儿只有一两间屋子点了灯，其余人都回家了。

赵小渔身着黑衣，在走廊里快速穿过，几乎融进了夜色里。她猫着身子来到了宋慕青屋子的后面，静等了片刻，一个竹片轻轻地从窗户缝隙间插进去，窗户应声而开。

爬窗，进屋，这对赵小渔来说已是驾轻就熟的事，更何况宋慕青还没回来。

赵小渔从怀里摸出火折子，吹了吹，漆黑的屋子有了一丝亮光，赵小渔顺着书桌摸到了架子，又从架子摸到了柜子，一通找后，皱起了眉。

不在这儿……但她明明记得，宋慕青和林怀甫离开书院时，身上并未系着瓷葫芦。

白天孙德才被抓的事给赵小渔敲了记警钟，但对于瓷兽失窃的事，一向奉行"撑死胆大，饿死胆小"理念的赵小渔，决定啃下这块大肉，遂才有了现在的行动。在宋慕青这儿找到瓷葫芦后，她就带着瓷兽和临摹本子离开书院，到时候谁也找不着她！

赵小渔瞥向床铺，那儿收拾得干干净净，比寻常人还要整洁许多，不像是能藏东西的样子。

可万一呢……

赵小渔轻手轻脚摸到了床边，伸手触摸到褥子，嘴角微嗽，大户人家啊，这么好的料子来当褥垫。枕头底下，被褥中，床的四个边角，甚至连床顶上方的房梁她都瞧了，还是没有。

赵小渔有些沮丧，一头倒在了床上，仰头盯着房梁，睁大着眼睛想着，那愣头青莫不是个变态，将她的瓷葫芦贴身带着？如果是这样的话，要从愣头青手中拿回瓷葫芦几乎是不可能了，可那是她从小戴到大的东西，几年前她不小心掉过一次，就差点被老爹拆了骨头。

"该死的宋慕青！"赵小渔翻过身，用力捶了下床，"叩"的一声轻响，赵小渔愣住了。

"叩叩……"赵小渔尝试性地在刚刚的位置敲了敲，脸上顿时露了笑意，找到了！

她飞快掀开了被褥，被褥底下还铺着层厚席，难怪她刚刚躺下的时候没感觉。

火折子凑近，赵小渔在床的右侧轻轻敲着，找到了松动的那块木板，取开后，一个不大的木匣子藏于其中。花那么大功夫藏在这儿，就算不是她的瓷葫芦也是宝贝。

赵小渔抱着木匣子到书桌边上，细细打量这看似普通的匣子，在底部找到了插片，轻而易举地破了匣子的锁。

"这是什么？"

火折子微弱的光亮下，匣子内静躺着锦帛卷轴，赵小渔将其在桌上摊开，展露在她面前的，是一幅她觉得新鲜又眼熟的瓷器画——龙瓷。

赵小渔也是第一次如此清晰地在锦帛卷轴上看到这个，画的精致程度，与瓷器一模一样。

而实际上，她偷偷带回藏到秦霜鸣那儿的龙瓷，她自个儿都来不及仔细瞧。

"他怎么会有这个？"赵小渔心中暗暗吃惊，要知道这宁家十二器的图纸，就是四叔他们都未曾见过，更何况是如此细致的，就好像是正对着龙瓷画下来的。

更加令赵小渔觉得异样的是，从这幅画中感觉到的熟悉感：她似乎以前见过这个……

但当她细想时，记忆里这所谓的熟悉感，只沉在了茫茫白雾中，又化为了陌生。

京城来的，还有画了龙瓷的锦帛，难道他也是冲着龙瓷来的？

赵小渔瞪大了眼，随即扫过匣子，在其中发现了一封信。

信早已被打开过，背面还是官印火漆，而信的内容，恰好证实了前一刻她的猜测。

这是一封带着使命的密信，那愣头青果真是冲着四珍馆内的龙瓷来的！

吃惊过后，赵小渔脸上顿时绽开了笑意，甭管他与那些黑衣人有没有关系，有了这两样东西，还怕他不把瓷葫芦交出来？

赵小渔迅速地将信与锦帛放入匣子内，正要把匣子抱起来，窗外一阵风无端刮进来，"呼"地一下将她手里的火折子给吹灭了。

屋内骤然漆黑。

极其轻微的响动从赵小渔背后传来，一直处在紧绷状态的赵小渔想都没想，抄起桌上的烛台往后砸去。

手举至半空时被捏住了。

赵小渔的反应也是灵敏，抬脚就往来人裆口处踹，但后者似乎已经料到了，将她用力一拉，连手臂带人朝前跌了过去。赵小渔一头蒙在了床上，头磕着床铺，嗡嗡作响。

"唔！"一只手桎梏了她的脖子，从她的手中夺过了烛台后，在赵小渔抬起另一只手时，迅速地掐住了她的手腕。

这时，被风吹熄的火折子又幽幽亮了起来，微弱的光从赵小渔的手中衬出，照亮了两张脸。

赵小渔瞪着宋慕青，身体动弹不得，就只能奋力瞪着他："咳咳咳……你，松开！"

宋慕青面色沉凝，在看清是林怀甫的小厮后手松了些，但未放开："你来我屋做什么？"

"咳咳，你，你先松开，我，说，不了话！"

宋慕青见她一副不能呼吸的样子，松开了桎梏她脖子的手，才刚一离开，前一秒要死要活的赵小渔，骨碌翻了个身，快速从他身侧翻出去，朝窗边冲去。

脚不过迈出去两步，"咚"的一声，赵小渔又被拉了回来，重重摔在了床上，震得她浑身疼。

赵小渔怒了，可这凶巴巴的样子在对上欺身过来的宋慕青时顿时僵住。在看到他为了防止自己逃跑，支腿在自己的双腿之间后，赵小渔的脸一瞬通红，连声音都结巴了。

"你、你、你、你想做什么？！"

凶恶的狼崽子突然一下就蔫了，宋慕青瞥了眼她环抱住自己的双手，神色古怪："你来我屋做什么？"

"你你你先起来！"

"不跑了？"

"我我我保证，不跑，你你你先起来……"

"不行！"宋慕青想都没想否决了她，沉着眼眸，"你不说，我就告知山长，夜入他人屋舍行偷窃之事，会被立即赶出书院。"

"你要敢去我就把你对龙瓷有图谋的事告诉山长，你来书院就是冲着龙瓷来的，说不定和那些黑衣人还是一伙的！"

宋慕青看了眼掉落在地的匣子，目光幽暗："你看了里面的东西。"

赵小渔扬了扬脖子，故作镇定："宋，宋公子，我们来做个交易如何？"

宋慕青看着她没作声，赵小渔缩了缩身子："你把瓷葫芦还给我，今夜之事我不会告诉任何人，如何？"

瓷葫芦……

宋慕青未露声色："外出写生那晚你也是为了这个？"

赵小渔点点头："你把它还给我，我保证守口如瓶！"

"你如何证明那就是你的？"

"瓷葫芦上面的红绳有四个结，系口处磨损得厉害，用了另外一段红线相接，葫芦底部还刻了一朵牡丹。"

有别于刚刚的结巴，这一段话赵小渔答得飞快，宋慕青的眸色却是越发深沉。

那瓷葫芦看着不起眼，却比如今市面上的大部分瓷器都来得精致，最令人惊叹的就是底部刻着的牡丹。这样的东西，一个小厮怎么可能拥有？而且"他"的身份存在太多疑点。他这一趟去林家拜访，打听过后得知，林怀甫的这个小厮是今年新招的，刚进林府没两天就跟着林怀甫来了岐山书院。如此说来，"他"那日在瓷艺课上所展露的，就不是在林家窑场所学的。

"宋，宋公子，你现在把瓷葫芦还给我，我出了门就什么都不记得！我保证！"赵小渔见他迟迟不应，再行劝说。

宋慕青却显得很从容："我来书院的目的，并未隐瞒，陆山长知晓。"

"但山长不知道信的内容！"

宋慕青眉宇微动，赵小渔抓了他停顿的空隙快速道："信中所说让你不惜一切代价将龙瓷带回去，难道你也是这么告诉陆山长的？如今龙瓷失窃，山长如果看到这封信，难道你能脱得了干系？我是不怕被赶出去，但你堂堂京城来的官家公子，参与偷盗，不知道传出去会有什么样的影响，你……"

"你说出去我就把你床底下所有的临摹本烧了。"

屋内一片死寂。

赵小渔怒瞪着宋慕青，他竟然拿临摹本要挟她！无耻！

宋慕青与她对视，看着那双圆滚滚的眼睛里反应多变，唇角难得勾起一丝微小弧度："再告诉山长，你从明州渠巷而来，那是制贩假瓷之地。"

是可忍孰不可忍，赵小渔猛地坐起身来，抱住了宋慕青，脑袋在他身上用力地蹭了蹭，一面高喊道："宋公子，你不要这样！啊！不要！"

那声音清丽中带几分颤意霎时击中宋慕青，他整个人僵住，旋即厉声呵斥："放手！"

"宋公子，你怎么可以这样……"赵小渔干脆扯了嗓子，"宋公子你别……唔唔唔！"

赵小渔怒瞪着宋慕青，张嘴狠狠地咬了口他捂着自己的手。

宋慕青委实没有料到"他"会这样，疼松了口，而掌侧濡湿的异样感受令他有一瞬失神，却给了赵小渔空隙，撒开腿往门口跑去。

身后的宋慕青追得很快，赵小渔心急如焚，根本没有停下的意思。

后面宋慕青抓了下她的衣服，手滑没揪住；赵小渔跑得更快，没注意脚下，只来得及迈出去前脚的她，后脚悲催地被绊住了，直接飞跌了出去。

"扑通"一声，赵小渔直接掉进了走廊外的池塘内。

"出了什么事？"

学生院舍内仅留的几个学生，这时都出屋子了，睡眼蒙眬地看着池塘中央冒出来的人："有人落水了？！"

"救……命！"她不识水性啊！

赵小渔在水里扑腾着，快要呛死过去，明明脚踩着底了却愣是站不稳，身体一个劲儿往后倒。

忽然一只手抓住了她，将她从水里拎了起来。

赵小渔睁开眼，看到了宋慕青暗沉沉的脸，她急忙抱住了他，后者身体一僵，眼底闪过锋芒。

这人……

感觉是一个世纪那么漫长，脚落地时，赵小渔终于松了一口气。

但当她低头时，她也僵住了，这愣头青抓的是哪里！

"你松开！"赵小渔用力推了他一下，没把人推开，自己反倒后退了两步，还在发虚的脚直接滑了下，又要掉进池塘里去。

"啊啊啊啊啊啊！"一只手迅速抓住了她。

赵小渔被拉了回去，重重地贴在了他的身上。

胸前那一抹柔软的触感，令宋慕青神情微变。

"啪！"巴掌声清脆，响起的同时惊住了两个人。

此刻赵小渔发丝挣扎散乱，紧贴着身体，而那张小脸上的伪装痕迹悉数被洗去，白皙的面庞晕着嫣红，双目羞怒地瞪着宋慕青。

下一刻，赵小渔扭头就跑。

这一次宋慕青并未去追，沉浸在那一刻的心悸中。

那小厮竟是个……女的。

"宋慕青？原来是你，刚才那黑乎乎的人影不会是黑衣人吧？你没事吧？"有两名学子不放心赶了过来，只来得及看到黑衣人逃走的画面，并未看到之前发生了什么，此时不免担忧地看向宋慕青询问道。

宋慕青此时回神，掩唇轻咳了声："许是同伙，此事我会上报山长，加强书院内护卫，你们先休息吧。"说罢匆匆离去。

余下两名学子敬仰目送："宋公子当真是神勇无比，单枪匹马就敢同匪徒搏斗！"

"每次总在危急时刻挺身而出，好英俊哦！"待察觉到旁人投来略微异样的眼光，一人才讷讷解释道，"体、我是说体格，完全瞧不出这样俊、俊挺。"

解释完，另一人离他更远了。

"钱兄等等我嘛，别走那么快，我一个人怕黑！"

已经奔逃回院舍的赵小渔心绪起伏难定，原计划得好好的，没想到宋慕青突然杀了回来，更可恶的是那人竟然……竟然……

赵小渔抓挠了下乱糟糟的头发，虽然她平日里都是以男装示人，平素也是同这些公子哥儿相处，可本质上还是个女儿家，知道男女授受不亲的理儿，他对自己那样子是要负责的！

随即就被脑海里的这想法骇住，她猛地晃头想把那念头甩出去："赵小渔，你是脑袋进水了吗？！"

自己把自己吓得一哆嗦。

可宋慕青跳进水里救自己的一幕却在她脑海里牢牢生根，那人身量修长，气质冷峻，模样真是好看至极，湿身后邪魅见长，无端叫人腿肚子打颤。

直到她闻到自己身上那一股池塘底的泥沙腥味，想到：这对宋慕青那个有过分洁癖的人来说绝对是灾难！

赵小渔把自己泡在水桶里，沉到了水底，落水时那熟悉的感觉又回来了，禁不住脸颊发烫。

她捧住脸，勒令自己不准再想宋慕青那硬邦邦的胸口……他可是个练家子。

短短一瞬工夫，赵小渔已经想到了被灭口的一百零八种方式，陡然惊出一身冷汗，猛地从水里钻了出来。

正在这时，屋子的门"吱呀"一声开了。

赵小渔飞快从屏风架子上拿了衣裳裹住，一转出来就对上了宋慕青，陡然睁圆了眸子——来灭口的！

宋慕青只是回房后缓过了震惊，才想起赵小渔偷看自己密信一事，觉得不妥才找来。不想进门又一次受到了视觉冲击。

时间太短，赵小渔压根来不及缠上束胸，只裹着里衣，暴露了胸前那微小的弧度，此刻随着急促呼吸而剧烈起伏。宋慕青曾触碰过那一处柔软的手心微微发麻，喉间滚动几许，生出几分急切的干咳之意来。

赵小渔随着他的视线同样也看到了这一幕，猛地双手环抱住，羞恼得连耳朵尖都红了，一直延续到白皙的后脖颈，透出一片细腻的粉色来。

宋慕青霎时转开了眼，不知怎的，竟想起在岐山湖那时她为盗取瓷葫芦而编的胡话来。"宋公子是谦谦君子，温润如玉，如琢如磨……是小人这辈子都只能仰望不敢企及的日月光辉……"便无声无息地红了脸。

赵小渔整个人若惊弓之鸟，准确来说是敢怒不敢动，反而看着一动未动的宋慕青，心里有着越来越不着底的惶恐。她旋即秉着敌不动我不动的姿态，待他挪动步子，飞快地往后退了一步。

她心一横，抱头蹲下："大侠饶命啊！"

宋慕青眉梢轻挑，几乎一瞬就料到了她的主意。

果然，赵小渔一个矮身，便想从他身侧空隙钻出去，然而又一次被擒住了后脖领子。

一个提起，四目相对，空气仿佛凝滞住了。

两人都感觉到了尴尬，而这样近的距离连彼此错落的急促呼吸都清晰可闻。

月上中天，银辉洒落进房。

赵小渔的小脸干净白嫩，没了那一点点的麻子，双眸湛亮，因着洗过澡的缘故沾染上些许水汽湿润，此刻显得异常乖软无害。

宋慕青揪着衣领的手指擦过里衣领口，就像是被烫着一般，火速松开了手，然而下一瞬就直接跳到了门边，截断了赵小渔的逃跑路径。

"别跑。"略显沙哑的醇厚嗓音低低传来，带着些许莫名的克制，猛地叫赵小渔察觉到一丝危机，想跑却在那双黝黑深邃的眸子注视下僵住了步子。直觉她如果跑一下，后果不是自己能承担得起的。

"大家都是互相有对方把柄的人，有什么话不能好好说！"赵小渔微笑，乖乖坐回了桌旁倒茶，释放出最大的和谈诚意。

宋慕青审视着她："你来自渠巷。"

"我这就是混口饭吃，怎么着都算是小打小闹，比不得宋公子深入书院野心勃勃！"

宋慕青微微眯眼，赵小渔立马就怂："大家留在书院都有自己想做的事，互不影响，完全可以各自安好嘛！"

"各自安好？"宋慕青重复，眼角微抬压住了眼底的潋滟光华，"你张口就是谎话，两面三刀，说的话不足以采信。"

赵小渔被实实在在噎了一把，气得鼓起腮帮子，从齿缝挤出几个字道："爱、信、不、信！"

两人僵持之际，门突然从外面被大力推开。林怀甫大咧咧地走了进来，才看到里面一幕："你们……"随后他指向了宋慕青，"你怎么会在我房里，你和我小厮做什么呢？"

赵小渔二话没说就哧溜蹿回了屏风后，拿着束胸一顿乱裹，又抹了一把墙上的灰往脸上涂。

林怀甫："你不是听闻书院失窃才赶回来……"

正好出来的赵小渔一僵，旋即幽幽瞥了一眼宋慕青："少爷，书院确实瓷首被盗，你不要误会宋公子。"只是那幽幽怨怨的调子又分明在说两人有什么。

林怀甫的表情从怔愣逐渐转为痛心："宋公子都是春娘的座上宾了，怎还、还搞那些个事儿，再说搞就搞了，明州城的小倌要什么样有什么样，你也不能随便挑下口——嘶！"随着脚背上传来剧痛，林怀甫龇牙咧嘴瞪向赵小渔。

"哎呀，公子对不住！"赵小渔"后知后觉"地挪回了脚，一副胆小乖顺模样。

始终旁观的宋慕青朝林怀甫作了一揖："瓷首被盗事关重大，先前黑衣人和你的小厮照过面，怕这次是寻仇而来，故来替你看看。"

赵小渔瞪圆了眼，心想这人睁眼说瞎话的本事与自己相比不遑多让！

然而林怀甫却信了，不仅信了还十分感动："下回去我家，我一定请你喝我爹珍藏的'七仙醉'！"

"一言为定！"

宋慕青离开，余下赵小渔留在房里心思惴惴。

"少爷，宋公子跟你回的林府？"

"是啊，去拜访我爹的，送了老爷子两幅画儿，我爹笑得跟花儿似的，就差当场认干儿子，当然也就我爹单方面想想而已，宋慕青的那个宋家咱们攀不上。"

"那个宋家很厉害？"

"皇上都想把公主嫁给他，你说厉不厉害？"

赵小渔喃喃脱口："尚公主有什么好的？"像宋慕青那样的人，怎么甘心走那条路子？

林怀甫不以为然："公主天香国色啊！"

赵小渔幽幽凝视着他："原来少爷见异思迁，吃着碗里又瞧着锅里的！"

"我这不是都没吃上！我呸！"林怀甫狐疑打量她，"你今儿个吃炮仗了？"

赵小渔是真没心力再应付他，蔫蔫应了声，就甩了个背影走了。

林怀甫愣愣地瞧着，那乌黑的发丝柔顺地垂在她身后，空气中还残留着一丝丝果味的清香，仿佛是他常用的那块皂角的香气。这家伙偷用自己的皂角，原是该生气的，可此时林怀甫的心里就像是被猫爪子轻轻挠了一把般痒痒的，以至于许多"他"一颦一笑的画面，都格外生动起来。

跟个娘们似的。

赶路回的书院,又是半夜,原本就喝了酒的林怀甫倒头就睡,做起了梦。

他梦到了自己身处在山谷中,雾气环绕,水声潺潺,鸟语花香格外清新。

脚下是生了青苔的石板,一块块朝前叠着路,石板间有清流涌过,水清澈如泉,还能见到小鱼儿欢快游过。

前方白雾更浓,像是沉在谷底所致,但闻着清新,还带了一股暖意,沿着石板往前,不远处两侧郁郁葱葱,生机一片。

轻灵笑声传入到林怀甫的耳中,他猛地抬起头,来自迷雾深处的这一声,勾起了他满心的好奇。

声如其人,这必定是个绝佳美人啊。

林怀甫加快了脚步,脚踩过青石板,发出"踢踏"的踩水声,笑声越来越近,徘徊在他耳边,指引他前进。

终于,林怀甫不再只看到迷雾,前方的雾气中,一个小水潭出现在他眼底,上方的泉水冲刷下来,溅起水雾,盘旋在水面上。

林怀甫的呼吸猛地一紧,就在他正前方,一个女子背对着他,正在戏水。

她从潭里捧起水,滴滴答答,双手高举过了头,缓缓倾倒而下。

水从她的脸颊流下来……

林怀甫的心脏一震,面红耳赤,呼吸紧促,这梦来得也太真实了些。

美人在笑,戏耍着,水波在她身边荡漾开,林怀甫恨不得自己就是那水。

林怀甫咽了口唾沫,两眼直勾勾地盯着,嘴边喊出了一句:"美人……"

女子顿住,脸朝林怀甫这儿微侧了下,林怀甫的心快怦怦跳出来,说话都不太利索:"美人你别怕,我,我不是坏人。"

话虽如此,林怀甫心里早乐开了花,宋慕青不解风情,大半夜从画舫离开,害得他也被请了出来,如今梦中会美人也好……也是极好!

女子转身得很慢,还又躲回去了些,似乎是害羞了,每每当林怀甫要看清时,她就又转了过去,但她那姣好的身姿,快把林怀甫的魂儿都给勾出去了,恨不得自己跳进那水里去。

可他不识水性。

柔情似水的声音传来:"官人会不会嫌弃奴家?"

"不会,绝不会……"

女子轻轻叨念了声"好",等到将林怀甫勾得受不了时,女子才又转过头来,这回转得干脆而利落。就在林怀甫以为她又要害羞地摆弄上一阵时，她的脸就这么出现在他眼前，林怀甫蓦地瞪大了眼睛，一口气上来险些把自己厥过去。

泛黄的脸颊，脏兮兮的还似是有泥，笑着喊官人时牙齿还缺了一颗，矫揉造作的姿态，与背对着他时完全不一样。更更重要的是，这张脸，居然和他那便宜小厮长得一模一样！

"官人……少爷……"顶着赵小渔脸的美人朝林怀甫缓缓拨水而来，她一会儿没了头发戴了个小厮帽子，一会儿穿了书院的学生服，一会儿又是这露肩的模样，看着旖旎却有一张违和得不忍直视的脸。

"你你你，别过来！"林怀甫后退了一步，险些踩进水里，堪堪稳住了自己才发现身后的石板子都不见了。

他哀号了声，天要亡我啊！

一扭头，刚刚还在远处的人居然已经到了他脚下，一手抓住了他的脚踝，大力把他给拖下了水。

"啊啊啊啊啊啊啊！"

清晨的学生院舍内传出一声尖叫，林怀甫猛地坐起来，抱着被子先是上下左右摸了自己一通，继而抱着被子喘着气，瑟瑟发抖，太可怕了！怎么会有这么可怕的梦！

赵小渔端着水盆进来就看到了他一副被轻薄了的样子："少……"

"啊！"林怀甫抬头看到她，又是一阵激动，抱着被子往床内缩，无法消化这个梦带来的心理阴影。

"是不是生病了？"赵小渔想到他连夜赶回来，放下水盆走到床边，想要给他试试额头的温度。

"啪"的一声，林怀甫拍开她的手："你别碰我。"

赵小渔收回手："少爷，你……"

"小爷是你永远不能肖想的人！"林怀甫终于缓过些神，哼了声。

赵小渔收回了手，嗯，看来病的不是身体是脑子，唯一的治疗办法，就是拿起凳子一通乱砸。

一上午的功夫，林怀甫都对赵小渔一副避讳的模样，靠得太近都不行。

赵小渔也懒得搭理他，直接把人丢在了院舍内，自己去了四珍馆那儿看情形。

今日是休沐的第三天，回家的学生陆陆续续回来了，四珍馆附近却依旧安静。昨日张贴出来的龙瓷画像还在，又多了好些官府的人，这边看看那边查查，逮着学生还要问话，在查龙瓷失窃的事。

等快到中午时，官府的人又逮了几个学生离开，大约是孙德才招供出来的同谋。

赵小渔给林怀甫送去了午食后又离开了学生院舍，借着向掌教提供线索的机会，到了四珍馆旁的堂内。

"对，和孙德才关系近的学生还有他，不过也不确定，我就只见过一次。"

"你做得很好。"掌教满意点点头，"还有什么？"

话音刚落，堂外传来山长他们的声音，其中还有赵小渔熟悉的，她的身体突然一紧，是他。

想罢，陆山长与宋慕青一起走进了堂内："老陈啊，这位就是宋公子，你与他说说昨日的事，我还得去一趟衙门。"

陈掌教起身，神情里多了客气。一旁的赵小渔更紧张了，别人是掌教问话，宋慕青这个愣头青居然还要山长他们告知他发生了什么。

身份的高低之别一下就体现出来了。

赵小渔猛地想起那封密信，京城来的，不择手段要拿到龙瓷，他父亲又是朝中官员，以山长对他的客气程度，只要他说自己是女儿家，这书院她就别想待了。还有她的临摹本！怎么办怎么办！

赵小渔如坐针毡，见宋慕青要坐下，猛地站了起来，对陈掌教方向鞠了个躬："掌教，那学生就先回去了。"

她才抬起头，就和宋慕青来了个对视，他眼神淡漠，只是那矜冷的气息霎时侵袭而来。

赵小渔落荒而逃……

接下来的几天，赵小渔不太好过，她总是撞见宋慕青，且频率比平日里还高，就是去领个食盒，都能在过道里遇到他和韩同学。

宋慕青的表现很平静，仿佛那天的事没有发生过，只是看她的眼神里，总是多着一抹深意。赵小渔却是越发不安，因为她清楚，那厮绝不是什么心胸宽阔的人。

如此过了五六日，赵小渔因为这个连夜里都睡不安稳，将临摹的宝贝换地方藏了又藏，最后甚至都藏到了小竹屋那边，神经衰弱，连最喜欢的瓷艺课都无精打采。再这样下去，崩溃的肯定是赵小渔自己。

这天入夜，赵小渔在从四珍馆回学生院舍的路上拦住了宋慕青。

宋慕青低头看这个拦住自己的小厮，视线落在她脸上，脑海中竟冒出一句：今日涂得厚了些。

待回神，后者仰头看着他，似是鼓足了好大的勇气，声音还刻意压沉："你会履行我们那日所约定的事吧。"

"那日说了什么？"

"我们各管各的，你在书院查什么、要什么，那封信的内容我装作没看到，绝不会泄露给别人，你，也不能将我的事说出去！"

"你的什么事？"

明知故问！赵小渔压着脾气，笑呵呵道："你我心知肚明，有些事拼个鱼死网破，对谁都划不来，现在龙瓷失窃，宋公子难道不想查？"

宋慕青眉宇微动："不会是鱼死网破。"

赵小渔眼骨碌一转："宋公子，您尚未定亲吧？"

宋慕青没有回答，赵小渔大胆往前一步，笑眯眯道："你要是告诉山长我是女儿身，将我赶出去，那我就告诉他们你轻薄我！虽然我只是个普通人，未必有多少人会信，可流言飞语传开去却不得了，您是京城来的贵公子，与我这样的小人物扯上关系，实在不值。"

宋慕青眼眸一沉，喉咙内发出轻呵："宋家院舍，倒是不介意多添双筷子。"

"你！"赵小渔瞪着眼睛瞪着他，这都威胁不上，这人是没有破绽的吗！

不对，他很在意那封信！

"那就不必了，万一我在面对山长时一紧张，就将信的事儿说出来，怕是不好。"

"你大可以试试。"

"那天夜里来的黑衣人也是为了龙瓷，与孙德才一伙，但与你不是一伙的，也就是说，这书院内，说不定有好几伙人都盯着龙瓷。但你拿的既是密信，想必不想让别人知道你从京城来是为了这些，让山长知道是无妨，可要是传出去让那些人知晓，不就打草惊蛇了？"

赵小渔见他不作声，讪笑："宋公子，我不会在书院留很久的，学会如何制瓷我就离开，期间绝不会打搅到你，更不会将你的事说出去，你看……"

话音未落，宋慕青忽然靠近，赵小渔下意识后退了一步，后背抵着柱子，眼底闪过一抹紧张，笑声打颤："宋公子……你觉得如何？"

宋慕青向来情绪波动甚少，此时那双眼眸里却泛起了一丝兴致，声调却依然没有丝毫起伏："若不是我在这儿，你说的这番话，足以丢了性命。"

他靠得太近，气息环绕，赵小渔缩了缩脖子，思绪跟着乱了，她想到了老爹喝醉时曾念叨的一句话：知道得太多，容易惹来杀身之祸。

"不过也不是没有机会。"宋慕青亦是觉察到，不着痕迹地拉开了两者间距离，清了清干涩的嗓子的同时很快从赵小渔身上移开了视线。

赵小渔蓦地抬起头。

"你带我去一趟渠巷。"

六月天光亮得早，连晨风拂面都是微微漾漾，仿佛搔过心头的酥软。

渠巷巷子口的矮小围墙里，两株桃树并排，树上挂着满当当的果子，外面用网兜罩住，跟防什么人偷似的。

赵小渔暗暗撇了下嘴，正如桃子树主人抗拒她一般，全身心地抗拒着跟前面两人来到渠巷这件事。

"别拿你这脸冲小爷。"林怀甫还是接受不了赵小渔那张黑锅一般的脸。

这趟被迫带出来，赵小渔自然是作了一番乔装改扮的，一咧嘴，露出沾了煤的牙，凭空少两颗，一笑别提多磕碜："在进林府之前，我爹要把我卖去挖煤，我这不是怕被我爹发现么，少爷体谅！"

"小爷跟这地方不对付，我就不去了。"林怀甫看向渠巷深处，皱起的眉心里有一丝嫌恶，"你们要有事你们忙去，不用管我，日落之前在天香居碰头。"

林怀甫不喜欢渠巷的缘由，赵小渔能理解，毕竟林家是正经瓷商，自然看不上他们这些"歪门邪道"，可他抛下她单独应付宋慕青就过分了！

见色忘义，没有人性！

彼时宋慕青打量渠巷的目光渐渐转到了赵小渔身上，自然也看到了她脸上极是恋恋不舍林怀甫离去的表情，眉心微动："林怀甫在也帮不了你什么，还是你在怕被我发现什么？"

"呵！"赵小渔干笑一声，挺直腰板，"你不就是怀疑渠巷制假售假？我这就带您这位京城来的大少爷看看，什么叫民间疾苦！"

宋慕青觑着她，比起书院里时看着还是个正常之人，这会儿的赵小渔……他有些不忍直视地移开了视线。

赵小渔此刻对自己的样貌乔装十分有自信，几乎掏空了伙房的灶灰，缠上幞头，跟黑蛮子像了个十成！这样就不会有人认出她来了吧！

可转眼就打脸了。

"小渔啊，你回来了，哎哟瞧着都瘦了，阿婆刚煮出来的鱼丸子，这一大清早的，来垫点肚子。"陈阿婆热情地端出来两碗，热腾腾地冒着热气儿，三四颗胖乎乎的白丸子漂浮着，映着嫩绿色的小葱花十分可口喜人。

赵小渔连忙接过，一碗很是顺手地递给了宋慕青，一边趁着阿婆忙着出摊，跟宋慕青凑近嘀咕："陈阿婆年纪大了，记性不好，对谁都这样。"

宋慕青扫了她一眼，没做声，待她出手去帮老婆婆搬弄桌凳时，搭了把手。

赵小渔自个儿心虚得很，愈是想低调，就愈是有人上前来跟她打招呼，关心她的同时纷纷表示快管管你爹吧。

赵小渔汗涔涔的，特别想告诉这些街坊，不要和她打招呼，就装作不认识她，求求你们了！

也有人发现了她旁边跟着来的宋慕青，打量过后，拉着赵小渔到一旁："夭寿哦，你该不是拐了主人家的少爷，不是这少爷是被什么猪油蒙了眼了，怎么看得上你哦……"

"大婶，您哪位？我们不认识，我和他什么关系和你有关系吗？"赵小渔听着一溜替宋慕青不值得的话，一声嘶吼完，就对上了宋慕青看戏的眼神。

过分了！

赵小渔气鼓鼓地往前，从巷子口往里走了数百步，就快到刘记时，她目不斜视地径直走了过去。

"等等。"宋慕青唤住了她。

"做什么？"她扫了一眼里头的土陶，"这用惯了金器玉盘的，能看得上那些个？"

宋慕青沉吟道："上回追查一名售假的贩子，曾追到此处。"

售假贩子本人赵小渔嘴角僵笑："什么人吃了熊心豹子胆，居然敢坑您！"

宋慕青的目光落在了她身上，以她坑自己的频率来说这话一点也没说服力。

而原本就做贼心虚的赵小渔还以为他发现了什么，心底打着鼓，面上还得赔着笑，异常卑微。

"哎，你们两个，在我家铺子门口嘀嘀咕咕干什么呢，老半天了。"一个咬着糖葫芦的小孩儿走了出来，一脸防备地打量两人，只是那视线到了赵小渔那儿就停留得久了些。

"买陶碗呢，小屁孩儿你家大人呢？"

"我爹跟六叔出门去了。"小孩儿啐了一口，"你骂谁呢小乞丐，你那德行是中毒了吗？"

小屁孩嘴毒的性子不知道随了谁，赵小渔却在得知四叔和六叔出了门后心底暗暗松了口气。

只是平日里在她那儿占不到丝毫上风的小孩儿看着赵小渔吃瘪的样子，来了劲儿："小乞丐，你带野男人回渠巷，你爹知道吗？"

赵小渔抽了抽眼皮子，按住了蠢蠢欲动想抽小孩儿的手："小孩子天真一点不好吗？你再吃糖葫芦，隔壁阿花就要嫌弃你一口烂牙移情别恋了！"

"哼！"小屁孩脸一僵，怒而摔门。

"你不是渠巷的人？"宋慕青挑眉，眉眼清冷，仿佛在等解释。

"你也听到他叫我什么了，小乞丐，我是孤儿，被我爹捡了，两个人靠着乞讨为生，走街串巷，见得多有什么稀奇的。"赵小渔没好气道。方才给小屁孩使了眼色，晓得跟着自己的是官家人，早通风报信去了，这才彻底放下了心。

宋慕青拧眉脱口："抱歉。"

这下轮到赵小渔诧异了，那一脸"你跟我道歉做什么，你有什么所图"的表情太明显，以至于宋慕青难得起的一丝善意被祸祸了个干净。

赵小渔扒拉了下头发："嗐，也没什么，家里孩子多养不活，把女娃娃丢了的多了去，倒霉的是丢尼姑庵去的。你说一出生没头发就算了，这一辈子就得在庵里当尼姑多憋屈。"

宋慕青听着她絮絮叨叨，在旁衬得他愈发沉默寡言。

"明州是制瓷之地，家家户户都有点瓷器底儿。元家那样专横跋扈，霸了市场……你说制假售假，有买才有卖，何况，你怎知道有些人作假不是为了一口饭的营生？"

"两者不能混为一谈。"

"哦。"赵小渔怏怏应了一声，继续领着宋慕青在渠巷走走逛逛。

没了她说话，两人之间更显安静。

整条渠巷老旧破落，宋慕青盯着前面那道瘦弱身影，难得一见的低落沉默，抬着胳膊似是偷偷抹泪……他抿住了唇角，整个人显得僵硬了几分，甚至看到路边都是年幼时的赵小渔一身褴褛彷徨失落的虚影。

走在前面快了半步的赵小渔伸手抓了抓脸，脸上涂抹太厚，痒痒的，好难受啊！

彼时，相距渠巷二三里地，林怀甫进了花楼，掏出两锭银元宝，要鸨娘把楼里最好的姑娘都给叫过来。

莺莺燕燕一排站了七八个，在屋里挤挤当当的。

"公子真是大清早的，就这么有雅兴。"鸨娘收了银元宝塞自个儿胸襟子里，一面笑吟吟道，"你们啊，可给我伺候好林公子。"

林怀甫扫过去一眼："你，你，还有你留下。其他都走。"随即不耐烦地摆了摆手。

鸨娘立马给房里留下的姑娘们一个眼神暗示，领着其他人走了出去。

一炷香过后，一名花娘"噔噔噔"跑下了楼。

又一炷香过去，第二名花娘也跑了出来。

最后那个坚持得最久，鸨娘在大厅里屏着气都打算亲自出马了，结果看到林怀甫从二楼房里走了出来，满脸煞气地出了花楼。

那被留下的最后一名花娘开门走了下来，脸上同样点了麻子，换了男装胸前却大片敞着，这会儿拢着衣襟啐道："什么人呐，居然嫌弃老娘胸大！我呸！"

"这林公子是读书读傻了吧，又让我们换衣裳，又让我们抄书，还把我们脸折腾成那样！"

"妈妈，可得给我们几个姐妹多点银钱安慰安慰。"

迎面一阵风，出了花楼的林怀甫忍不住打了两个喷嚏，和赵小渔、宋慕青两人一碰面就一言不发地上了马车。

他和宋慕青坐在马车里面，赵小渔则和车夫一人坐了一侧。

赵小渔早就闻见他身上的脂粉味了，青天白日的，真不要脸！

马车一个颠簸，林怀甫险些摔了个狗啃屎，立马掀起了帘子，正对上了赵小渔鄙夷的目光："你……好好驾马车！"

赵小渔奇道，这突然怂了的气焰是怎么回事？

车厢里的宋慕青看着林怀甫红红的耳廓，若有所思。

待回到书院，林怀甫就一脸嫌弃地让赵小渔把脸洗干净，但等她处理好了回来，他却又一副不愿多看的模样。

对于他的不正常，赵小渔直接选择了忽视。

龙瓷失窃的事尚未查清楚，四珍馆外还是有衙门的人看守，但不再限制学生出入。赵小渔闲暇时候就钻在四珍馆内，尽可能地抄写拓本。

宋慕青不信任她，赵小渔对他也提防得很，留在书院的日子不是她自己能定的，自然是得抓紧时间，把握一切机会。

如此过了有六七日，兴许是书院内的气氛过于凝重，学生们看起来都无精打采的，山长决定，举行一场蹴鞠比赛。

有没有活跃到所有学生赵小渔不知道，但林怀甫肯定是被鼓舞到了。得知要比赛蹴鞠，他整个人都精神了许多。

组队训练了一整月，又经过几轮比赛，决出了两队定在了七月十五正式比赛。

这一个月，赵小渔被林怀甫钦点当替补绑在球场上，白白浪费了大把时光，看着一群人追个球跑，实在无聊透顶。

好不容易熬到了比赛的日子，天气格外晴朗，书院的比赛场周围搭了好些临时的帐篷用作观赏，底下是两支比赛的队伍，分别穿着红蓝两色的比赛服。

赵小渔拎了一桶混了冰块的水到帐篷内，听见林怀甫在与队友道："你们俩等会儿堵住元少康，你，跟在我后面！"

"老大，他们好像请了外援，我昨个儿看到有人偷摸进书院，看着就不像是学生！"

"怕什么，他们有我们也有！"林怀甫一甩额头上的束带，元少康的那点伎俩他还能不清楚，"人我已经找好了，你们记住，他们要使诈的话，你们尽管打，千万别客气！"

这群来自末等班的队友，其中有几个还是林怀甫在明州的酒肉好友，说着说着就已经商量好赢了比赛去哪儿玩。赵小渔瞥了眼他们的身形，再对比一下对面元少康那里，默默地放下水桶，打算再去弄一桶冰块来，免得等会儿一群伤残人士没得冰敷。

从书院的伙房内取来冰块时，比赛已经开始了，球门三丈高，中间留有约一尺宽的门，结成尺二风流眼。对抗的两队哪队能将球踢过风流眼，且不被对方接住就算赢得一筹，最后以筹数多少定胜负。这一开始蹴鞠场外便是学子们的呐喊助威声，掀起了一片气氛热潮。

赵小渔看着赛场中央，场上那人意气风发，红衣束袖，束住乌发的红缎发带随风而起，但凡他把身上"老子天下第一"的嘚瑟劲儿收一收，也属能迷倒万千少女的主儿，可惜……太蠢了。

她抽了抽嘴角，耳畔传来轻微响动，扭头看去，一早都没见着人的宋慕青，出现在了旁边。

"宋公子……"

宋慕青微微颔首，站在她身边看向赛场，忽然问了一句："你觉得谁能赢。"

"元少康。"

"为何？"

"他够卑鄙。"

帐篷里安静了会儿，赵小渔直率戳了他的目的："宋公子前来，不会只想与我讨论这些吧？"

宋慕青视线未动，神色如常："你很聪明。"

赵小渔一愣，干笑："宋公子，突如其来这么夸我，我受不住。"

"小乞丐的说法是不错，但连口饭都吃不上的人，怎么会识得这么多的字？"

"我在私塾偷听的。"

"据我所知，明州的几个私塾，并不适合爬墙偷听，你若进院子，恐怕会被赶出来。"

"那也不能证明什么，我可以从别的地方学到。"

"那证明，你的乞丐生活，过得并非你所说的那样苦，你爹应该很疼你。"

赵小渔瘪嘴，她的那些话，蒙骗二世祖还行，眼前这个人自然是骗不过去的，她也没指望他会信那些，不过是为了当下蒙混过去罢了。

"那日，你是提醒刘记的人。"

话音未落，周围传来一阵欢呼，有人进球了。

赵小渔赶忙起身喊了声："少爷加油！"末了回头冲宋慕青咧嘴一笑，"宋公子您说什么，我刚才没听见。"

喧哗声中，赵小渔身着替补的赛服，衬得她那身板瘦瘦小小，偏一笑又明艳万分，脸上还写着偌大的四个字：装傻充愣。

宋慕青未做声，将视线转到了主台上，已经来了有一刻钟的陆山长，神色一直不大好。

"你说，那东西究竟会到哪儿去了？"陆山长皱着眉头，想不透这么周密的计划，怎么就出错了呢？

一旁的掌教宽慰："至少没有落到他们手中，更何况宜君他们不是粗心之人，就算遇到了埋伏命在旦夕，也不会随随便便将那东西交给别人。"

那东西就是宁家十二器之首——龙瓷。当年宁家赠瓷，是以宁陆两家的交情，本着书院立名、广招门生、发扬明州瓷艺之用。孰料尚未公布宁家便出了事，龙瓷便成了宁家遗物被藏于南楼。

这些年书院内藏有宁家十二器的传闻不绝，起初只是揣测，后来便有上门打探、盗窃之事屡屡发生，甚至如今连京城里头那位都……

陆山长不得已才用偷天换日的法子，趁着失窃这桩，将龙瓷暗中转移，怎料还是出了差错，护送龙瓷的人无一存活，龙瓷也不知所终……急得他生了满口的水泡，夜夜不能成寐。明面上还需得应付官府日常询问，不能表露。

"计划如此周密却仍然走漏了风声，此事蹊跷。"

"那张栩自宜君他们出事那日起告假离开，一直未回，我想来觉得不对，后在他房中找到了一封未燃尽的信，应是与外人勾结，早留好了后路。"

说到此事，便是陆山长心头之痛，虽有预感是被出卖，但不及亲耳听到来得难受，叹了一声："日防夜防，家贼难防。"

掌教亦不多言，也不曾料到会是胆小惧内的张先生。如今人死物失，说什么都无用了。

"错失故友遗物，我心难安啊！"更遑论这些时日来的损失不可估量，陆山长心气儿一上来，疼得龇牙，身后的人拍了下他的肩膀，肃声提醒："爹，别乱动。"

陆山长扭头看到了亮晃晃的银针，心里犯怵："莺莺啊，爹没事，不用扎针。"

话音未落，陆莺莺在他肩膀一处穴位用力按下，陆山长顿时面如菜色："丫头！我可是你亲爹！"

陆莺莺从银针包里抽出一根银针快速插入陆山长脖颈的穴位："爹你别乱动，不然会瘫。"

陆山长僵硬着脖子朝旁边掌教那儿瞥了眼，后者默默将椅子往旁边搬动，与这父女俩保持距离。

"乖女儿，你要学医爹不反对，但你怎么就专门研究如何针灸呢？"陆山长绷着身体，看着场上踢球，远远看着感觉人像是被什么东西吊着。

陆莺莺一言不发，一双眼睛静澈如水，看着底下的学生，想到了什么，淡淡道："爹你还没想好怎么奖励他们吧？"

"是啊，这阵子书院内太过于紧张了，衙门里的人进进出出，学生们哪里见过这阵仗。"

"赢的人，我送一套宣花瓷给他们。"

陆山长一愣，想转头看看乖女儿，可扎着针拧不过身去，眼骨碌转着，连掌教都看不下去了，替他挪了下椅子的方向。

"你在想宁家那小子？"

"嗯。"陆莺莺没有否认，抬手轻轻捋了耳鬓的碎发，望着赛场陷入回忆。当年的他是何等的意气风发，在这场上，赢了一场又一场。所以她从未想过，假若有一天他再也无法踏足……

"哎……"陆山长叹了声，语气里满是惋惜，"宁家遇难，无一幸免，我记得宁家还有个小丫头，如果她还活着，如今也快嫁人了。"

陆莺莺眼神微闪："嗯，叫绥绥。"

"对对，绥绥，宁三爷带她来这儿的时候，她才三岁大，呵呵，很机灵的小丫头。"

"爹。"

"嗯。"

"你少说话。"

场上比赛进入了白热化，异常激烈，林怀甫进了一个球后，元少康就将他盯得很紧，于是林怀甫将球传给了前方的队友，听到边上有人兴奋："是陆山长的女儿！"

"果真是个大美人！"林怀甫快速抬起头，看到了陆山长身后站立着的女子，白衣飘飘，宛若仙子，眼眸噌地一亮。可也仅仅是惊艳了一下，对于这个他追逐了快两个月的女子，竟是没有更多的念头。这也就算了，他居然想到了赵小渔！

林怀甫猛地一抖，这边元少康恶意冲撞了他一下，朝他扬眉，下一刻，他就进球了。

场上又是一阵喧哗，跑动时林怀甫朝帐篷那儿瞥了眼，看到宋慕青与赵小渔坐在一块儿，莫名觉得不爽。

心不在焉时，从他身边带球掠过去的元少康也盯上了场下的赵小渔，眼底闪着阴狠。

赵小渔感觉背脊发凉，抬起头，只看到林怀甫在看她，在接触到她目光后又匆匆躲开，赵小渔嘀咕了句："怎么跟做贼一样？"

话音刚落，一根细红绳子出现在她面前，赵小渔猛地转头，牢牢盯着宋慕青手中之物，飞快地抬眸看了他一下。

"这是你的贴身之物。"

"宋公子你又想用这交换什么？"

"还给你。"

赵小渔一愣，以迅雷不及掩耳之势抓住了瓷葫芦拽到自己手中，顷刻间就藏怀里了，嘴里还不忘碎碎念："这本来就是我的东西，你别想又威胁我什么。"

宋慕青嘴角勾起弧度，未等开口，场上一声惊叫，余光处瞥见什么朝这儿飞过来，宋慕青眼神一厉，快速把眼前忙着藏瓷葫芦的赵小渔拉了过来。

赵小渔只感觉到有什么从自己脑袋后擦过，紧接着她就撞到了宋慕青的怀里。

"砰"的一声重响，身后的一张凳子被蹴鞠球砸倒，正对着赵小渔刚刚所在位置的后方。

赵小渔看着那蹴鞠球受不住力骨碌打转滚到了角落，再看凳子中间砸出的凹痕，一双圆滚滚的杏仁眼当即愤怒地瞪向始作俑者——元少康。

他是想要她的命，要是被这球砸中，她不死也得残！

"踢不过也不能耍赖，公报私仇你还要不要脸了！"赵小渔只蒙了一下，反应过来的当下就冲元少康吼了回去。

宋慕青挨得近，险些被她给震聋，不过投向蹴鞠场上的目光幽然了几分，元少康的手段，还真是日渐下作。

林怀甫自然也看到了，不仅看到还来不及救，差点就看到自家小厮被砸成个坑："元少康你脸上长的那是俩黑窟窿，玩不起就别玩儿，尽跟小爷使这些虚的阴的，也不能因为你们家缺德事儿做尽就没皮没脸、豁了底儿作恶吧！"

"林怀甫你是光长年纪不长记性，手下败将还敢叫嚣，成天到晚一张臭嘴说个不停，怎的跟你那娘们兮兮的小厮学的，光会嘴皮子功夫了？"元少康阴沉着脸，一脚踩住了队友捡回来的备用球，一边斜眼看他。

"踢球误伤也有，他要怕，让他躲远点看就是。"

"就是，怎么着林少，莫不是看这次头筹的奖品是宁家那套宣花瓷，一个失误也值当这样放大，莫不是您想耍赖？"

跟着元少康的几人你一言我一语，众口一致往误伤上靠。

管理秩序的裁判见状走了过来，众人这才熄了火没打起来，可两方互相都瞧不顺眼，摩拳擦掌，恨不得把球往对方脑袋上摁。

退开时，元少康又对林怀甫挑衅道："林二狗，你要不想玩，那就大家都没得玩，我无所谓。"

林怀甫本就是个禁不住激的性子，要不是被旁边人拦着早上去揍他了，这会儿咬牙切齿地应了个"好"，跟上来询问情况的裁判说了句"继续"，便是默认了这次"意外"，且等着待会儿加倍讨回来！

这一插曲很快过去，看台那边，陆莺莺微微蹙了下眉，却什么话没说，只私底下摸了摸药箱，带了一丝异样。

陆山长僵硬着身体呵呵笑着："年轻气盛。"

掌教却有些担心："林少爷和元大少一直如此，怕是要闹事。"

"打个球受些伤也无妨，若真要闹，书院也不是他们来去自如的地方。"陆山长神情一凝，本是端起了山长威严的，可牵动经脉，又疼得龇牙，凤凤地问闺女，"莺莺啊，差不多了吧？要不给爹拔了？"

这边赵小渔隔着老远听到有人说奖励，后知后觉地看向主台上摆在红绸箱上的宣花瓷，眼睛一下就直了。

场上喧嚣，她都仿佛听不到一般，耳畔恍惚响起少女童稚的询问声。

"哥哥偷摸做什么呢？"

"爹爹说了釉上点彩，以点带状为主，云纹造型要规整，分布对称是重点，墨色浓淡皆是讲究。哥，你描的是大鹅？"

103

"……鸳鸯。"

赵小渔身子不由自主地凑近彩绸台子，想看清楚那瓶身上所绘，然而当真看到两只笨重大鹅时，眼前无端起了一些水雾，仿佛是看久了眼涩一般。

就在这时，场上突然爆发出一阵喝彩，赵小渔循着声音来源看了过去，就看到林怀甫高兴地在场上连翻了两跟斗，原来是踢进球了。

赵小渔跟着拍手叫好，要知道，她在开始之前私下可是摆了赌局的，目前押元少康的占三成，押林怀甫的占二成，毕竟整个书院要挑出擅长蹴鞠，且能认真比试的也就这两人带的队了。

如今一球已进，赵小渔瞄着是到了下赌注的时候，正打算押上全身家当，就看到元少康紧别着林怀甫撞到一起，接着林怀甫便一脸痛苦地抱着腿躺在了地上起不来。

同一时间，她要缩回来的手被后方轻轻一撞，二两银子骨碌一下掉到了红方的赌盘上，被坐庄的学生揽了过去。

"我的……"命根子啊！

与此同时，原先押林怀甫那边纷纷跑了票，投了元少康那一方，余下赵小渔那二两银子孤零零的，势单力薄得和场上的局面一般。

"一比一平，不过林怀甫负伤，影响颇大，眼下局面对蓝方有利。"宋慕青陈述道。

赵小渔抽了抽嘴角，不用他说自己也看得到。她拧着细眉，老远和林怀甫对上一眼，看着后者仍然挣扎着要下担架，结果一扑腾摔在地上，眉头皱得更紧。

"就是那王八羔子暗算老子，嘶——"林怀甫骂骂咧咧的，此刻连身子都在微微颤抖，不知是疼的还是被气到的。

赵小渔看不过眼，按住了他肩膀："吵什么，现在是你逞强的时候吗？再说不是还有替补？"

林怀甫愣了一下，在赵小渔朝自己飞奔过来的一瞬间盯着走了神，随即反应过来："你？还是算了。"

赵小渔不理会他泼的冷水，直接让人把林怀甫抬到陆莺莺那儿去。这种时候还不忘给人拉红线，林怀甫回头得给她包个大红包表示感谢才行。

"要钱不要命。"宋慕青在一旁凉凉道。

赵小渔一摸脑门上的额带，笑得格外财迷："赌金和宣花瓷，我都势在必得！"

宁家真迹我来啦！

好歹陪练了一个月，不多时赵小渔和其他队员便默契配合起来，对面多是身材魁梧之辈，踢球用的是蛮力，赵小渔这方硬碰只能受伤，但她胜在身姿灵活，带着一个球满场跑，耗的是对方的耐力。

果然在元少康进过一球之后，就再没能进第二个。赵小渔捣乱似的踢法也彻底惹毛了元少康，几个铲脚下来，赵小渔灵巧越过，带球入门，将比分追平了，一时风头无二，引得场上阵阵欢呼。

也正是刚才那一铲，她看到了元少康鞋底下那一排细钉子，难怪林怀甫临走前叫她小心元少康，原来是这阴招。她一面谨慎防着他下脚，一面想要快速结束这赛事。

可元少康对上赵小渔，就像盯上鱼的恶猫，光压着她一人打。赵小渔被七八人围堵，渐渐觉得有些吃力。

在外人看来格外激烈刺激的比赛，在赵小渔眼里可不同，以元少康那记仇的性子，丢的有可能不是球，而是命了。是以，她不敢有一丝懈怠疏忽。因此体力消耗过快，方才被踢中的腰腹部隐隐作痛，不多时，连嘴唇都有些泛白。

宋慕青是头一个发现她不对劲的，就在赵小渔突破体力极限要最后一搏远程射门之际，从天而降一人，将她一拽一推，送出了蹴鞠场。头上的额带，同时被人扯去，缠在了那人的手腕上。

"宋……"慕青？

"我来替她。"

那声音如玉石轻击般清冷，云淡风轻下透着坚定。

赵小渔有些怔怔地看着那道背对她的颀长身影，在这一刻，心仿佛像是沉在后山温泉池子里，酥酥麻麻，又有些热热的。

"就凭你。"元少康嗤笑，来的是韩邵钰他还忌惮点，宋慕青？呵呵……

"再换几个，也注定是输！"

场外，对宋慕青的球技有诸多猜测，就连赵小渔都不知道那人到底会不会蹴鞠，可莫名地相信那个人。

他那么聪明一人，应该没什么不会的吧，而且他身手很好啊！

于是赵小渔大喊："宋公子，攻他下三路，他虚得很，多攻两次就废了！"

元少康一个趔趄，表情险些失控，可就是这么一会儿工夫，便让宋慕青占了先机，带着蹴鞠球连过三人，卡在比赛结束的敲锣声里踢进一球，干脆利落，一气呵成，仿佛狠狠刮了元少康一耳光子。

赵小渔一朝恢复元气，蹦蹦跳跳到了宋慕青身边，夸赞的话如倒豆儿一般往下蹦："宋公子不鸣则已，一鸣惊人，身姿潇洒来去自如，球技高超，简直非一般人所能媲美，更遑论这些阴险小人！"

　　元少康黑着一张脸在嘘声中阴郁离去，赵小渔达到了气死人的目的，转头就奔向赌庄那儿。

　　方才她都听见了，林怀甫这方的赔率都是一赔十，她那二两银子，起码得有二十两。哎呀呀，赚翻了赚翻了，赵小渔笑得嘴咧到了耳根子后。

　　前方掌教站在了那名开庄的学子旁，旁边是罚没的赌纸和一应无人认领的银钱，掌教执着教鞭严肃地看着众人："要不是有人举报，我竟不知你们竟然习得这样的风气，如此败坏师门，真是不幸！"

　　赵小渔紧急刹住脚步，心痛地错身望向台子上的奖赏，她的宣花瓷，被一只修长的手捧住。

　　宋慕青冷清谦和："笑纳了。"

　　赵小渔伸着两只手，不敢置信。她竟然，什么都没捞着！

第四章

　　林怀甫被送到了陆莺莺那儿，看着已经被血浸透的裤子，陆莺莺皱着眉头，利落下手剪开了布。

　　待看到小腿上那一整排的伤口时，跟随而来的掌教也跟着沉了脸，蹴鞠比赛难免会受伤，但不能这般恶意下黑手。

　　"忍着点。"陆莺莺擦过伤口周围的血迹，看那处还在往外冒血，从药箱内取出几个瓶子，"我先替你止血，会有点痛。"

　　林怀甫早在被抬进来见到心中美人时就开始神游了，心心念念数月，终于近距离地接触到，莺莺果真是美啊。

　　这白皙细嫩的脸蛋，水盈盈的眼睛，手可盈握的腰肢，还有那纤细葱玉的手指……

　　林怀甫瞬间忘却了疼痛，原本煞白的脸色，这会儿居然都浮起了红晕。

　　于是乎，也忘却了美人说的什么，直到那止血的药粉洒下来，林怀甫一张脸瞬间崩裂，骤然袭来的痛令他浑身颤抖，险些从那躺椅上翻滚下去，哆嗦着嘴唇幽幽喊出："啊！"

　　陆莺莺眉头都不带动一下，快速地按住了他的膝盖，又倒了些药粉。林怀甫紧咬着牙关，为了不在美人面前丢人，愣是没再发出声来，一双手揪着衣服，险些挖出洞来。

　　赵小渔走进来时，就看到了这一幕。

　　"少爷您怎么哭了？"

　　林怀甫张口，话还没说出口就先是闷哼，随即瞪向赵小渔，眼神杀气腾腾：你纯粹来给少爷我拆台的是不是！

赵小渔觑了眼他旁边的女子，当下就反应过来了，走上前捏着衣袖给林怀甫擦汗："少爷，您看您，流了这么多的汗，刚刚在场上真的是英勇神武。"

林怀甫哼哼着，示意她别在自己跟前碍眼。赵小渔退到了陆莺莺身后，见她准备磨药，就上前搭把手。

如此，林怀甫的视线里，便是陆莺莺与赵小渔。美人加个小厮，注意力自然在美人身上，更遑论这是自己追求多时、日思夜想的人。可林怀甫的视线却一直往陆莺莺身后的赵小渔身上扫。磨个药粉都这么磨叽，想疼死小爷不成……那姿势怎么看怎么不对，嘿，他擦了汗的手竟然直接磨药！他脖子上系着的红绳是哪里来的？

当赵小渔将药粉从药槽内取出交给陆莺莺后，林怀甫的视线才又回去，可彼时再看陆莺莺，林怀甫心中却没有了刚才那样的兴奋悸动。

就在这时，帐篷门帘子那儿传来动静，宋慕青过来探望，顺便带来了那件宣花瓷。林怀甫抬眼皮扫了一眼，端着架子感谢他："宋兄，多谢你啊。"

"举手之劳，奖赏是大家的。"宋慕青关心他的伤势，"林兄还好？"

"好着呢，小伤，没什么问……题！"话音未落，陆莺莺不打招呼直接把调好的伤药盖在了他的伤口上。林怀甫的声音不由得拔高，用力抓着衣服，嘴角的笑僵着一抖一抖。

宋慕青像是没瞧见："那便好。"说着走到正盯着宣花瓷的赵小渔面前。

赵小渔挪了挪身体，以实际行动告诉他，他碍自己眼了。只是没挪过去片刻，她又倏地回来了，眼眸直勾勾盯着他手中的银子："这是哪儿来的？"

"掌教那边扣下的赌资。"

话音未落赵小渔飞快伸出手去抓，宋慕青快了她一步合拢了手，于是她怒瞪着他："这是我的！"宣花瓷也是你拿的，赛场上风头你也出了，难道银子也要扣吗！

"是你的银子没错。"

"那你还不还给我！"

宋慕青眉头一动，赵小渔立马转换了脸色，笑嘻嘻讨好："宋公子，您把这银子拿回来，一定是想到小的缺钱，不能没了它，您真是个大好人啊。"

"听闻好人有好报。"

赵小渔笑意凝结在了脸上，二两银子就想让她听他差遣，未免太便宜了。

宋慕青像是瞧出了她的心思，淡淡又添了一句："救命之恩……"

"救命之恩无以为报，下辈子小的一定给您当牛做马……"

赵小渔心中预感不好，银子也不要了，决意要溜。

"不必等下辈子，还是早点报了安心。"宋慕青将银子直接抛向她，赵小渔下意识接住，同时听见他道了一句，"晚上到我屋里来。"

赵小渔捏着二两银子，木愣愣看着他离开，直到林怀甫在身后叫唤她。

赵小渔赶忙把银子塞回去，"哎"地应了声后，忙过去扶他："少爷，您小心点。"

"你们说什么呢？"林怀甫盯着她，从头到脚细细打量，"他为什么给你银子？晚上为什么要你去他屋里？你们刚刚背对着我说了什么？"

赵小渔低头一看，见林怀甫伤着的腿都着地了，他居然没反应："少爷您不疼吗？"

林怀甫这才后知后觉反应过来，"哎哟"了声，瘫坐回了躺椅。

赵小渔无语："我去喊人来抬您回去。"

回去的路上，林怀甫仍旧在不断追问，直到回了学生院舍都没消停过。

"陆大夫说了，您这腿至少要休养上半个月才能下地，这半个月你课堂去不得，要不回家休养一阵子？"

"你还没回答我刚刚的问题。"林怀甫一脸"小爷岂会这样被你糊弄过去"的神情，非要追问出她和宋慕青说了什么不可。

"宋公子还我的银子是我下赌注用的。"

"你居然拿本少爷下赌注？！"

"我赌少爷赢，一赔十呢，但是被掌教给发现了。"

"这还差不多……嘿，掌教发现了，为什么是宋慕青还你银子！"

赵小渔看着忽然变聪明的自家少爷，视线往他那伤口瞥去，莫不是疼痛刺激的，开窍了？

林怀甫又追问："那他为什么要你去他屋子？"

赵小渔烦了，将他扶上榻，起身给他找垫子靠肩："少爷，您问这些做什么，我平日里去四珍馆您也没问。"为了去看美人对小厮死活不管，怎么这么会儿关心起来了？

林怀甫一下被噎住，再看此时近在咫尺的赵小渔，整个人不由得绷了起来。这距离太近了，近到他能闻到"他"身上淡淡的皂角气味，一抬眼，还能看到"他"胸前坠着的瓷葫芦，一晃一晃，晃到了他的心底，搅得他不能安宁。

等赵小渔给他放好了靠背，就看到他一副呆愣愣的模样："少爷？"

林怀甫猛地回神，微红着脸："你，你不能去他屋！"

"为何啊？"赵小渔发现二世祖的反常期过于长了，而且还越发严重，难道刚刚在球场上摔坏脑子了？

"他宋、宋慕青在画舫内对春娘都不为所动，先前、先前你不是还怀疑他有断袖之癖，不，他定是有断袖之癖！"林怀甫咳着声义正词严，"你，和他独处一屋，不合适！你既然是我小厮，本少爷自然要保护你，不然你哭都没去处！"

　　要换作之前，有林怀甫做挡箭牌，赵小渔肯定是一百个愿意，宋慕青那人心思深沉不好招惹，牵扯多了吃亏的总是自己。

　　可现在赵小渔却有些犹豫。

　　他救了自己，两次。

　　拉她躲了元少康的球，又将她从球场上及时拉出来，若是要算，四珍馆遇袭那晚，也是他从黑衣人的刀下救了自己。

　　赵小渔虽然混得很，三教九流什么场合都见过，不肯吃亏心肠也够硬，除了老爹之外不会为任何人拼上自己性命。

　　可她也知道要感恩的……至少，先去听听他说什么。

　　"哎！小爷我饿了，你先去给我弄点吃的！"

　　赵小渔走出屋子，朝宋慕青那边望了眼，罢了，还是等天黑林怀甫睡了再去……

　　可到了晚上，林怀甫伤口越发疼得厉害，一直睡得不踏实，"哎哟哎哟"一直叫唤赵小渔的名儿，直到她去陆莺莺那儿讨了药回来喂他服下，才缓缓睡过去。

　　此时已是深夜，赵小渔推开屋门，外面一片漆黑。

　　多云的天，月牙被藏入云中，中央的池塘里水面平静，一丝涟漪都没有。

　　赵小渔顺着走廊过去，到宋慕青屋门前时，心没由来地紧张了一下，她的脑海中先是闪过了林怀甫的话，继而是那天她落水的画面……

　　正犹豫着要不要敲门，面前的门忽然开了，宋慕青一身白绸宽袍站在她面前，男子的五官本就精致，眉眼清冽，气质出尘，如悬空明月，难分清辉。

　　赵小渔跟着他走进屋子，只在窗边点了灯的屋子格外幽暗，她踟蹰着没有往前，直到屋门口有风灌入，赵小渔愣了愣，后退把门给合上，合上后又觉得这样不太合适，遂愣在了门边，有些不知所措。

　　"过来看看这个。"宋慕青没回头，只在桌上摊开了一幅画。

　　赵小渔凑近，蓦地睁大了眼："这是——"十二器全图！

　　"看来你之前见过。"

　　赵小渔倏地收了神色，指了指上面偌大的"宁家十二器"五个字："这不写着呢？"

　　宋慕青眼睑轻垂，反应自如："那日黑衣人来袭，都没发现龙瓷藏身之处，之后却忽然失窃。你觉得现在龙瓷在谁手里？"

赵小渔咳了声："谁偷的，自然在谁手里了。"

"睿亲王世子已经到明州了，不日就会来岐山书院。"

赵小渔抬头看他，猛地意识到了什么，扭头就往门口跑！

宋慕青一下拉住了她的衣领，将她拖了回来。

赵小渔怒瞪他，亏她想着要报恩，告诉他一些渠巷的事也无妨，谁想他居然要拖自己下水！

"找到了龙瓷的话，有千两赏赐。是黄金。"

赵小渔从宋慕青那儿回来，整个人都发虚得厉害。

和宋慕青对弈让她感觉自己会短命很多年。

那劳什子世子同她有什么关系，非得让她知道这皇室中人有多霸道凶残，私下造了多少杀孽，吓得她小心肝扑通扑通地跳，合着是连蒙带吓，想套她话。

照实说，宋慕青的思路是对的，得了龙瓷势必要在黑市寻路子销赃，在追查盗贼的同时，关注黑市瓷器交易动向，兴许能比官府捉贼还快。

只可惜，龙瓷还被她埋在后山竹馆后头。

但赵小渔还得配合，配合宋慕青的思路去查，反而是最好的掩护。

两人各怀着心思，赵小渔被迫"一拍即合"，白日里侍候伤患林怀甫，晚上还得应付宋慕青，偏生这两人对她都不甚满意，一个白日里使唤这使唤那，一个夜里趁着人混混沌沌，刻意套话。

短短几日，赵小渔都觉得自个儿的圆脸肉眼可见地小了一圈，下巴尖都瘦出来了。

"不可能，你不可能有下巴尖这玩意儿，再说了，你又不是姑娘，要什么好看。"林怀甫对她这行径嗤之以鼻，"过来，扶我去小解。"

赵小渔依言去搀扶，说起来这还是头一回，前面几次，有同窗照料，也没轮上赵小渔，不过她自个儿倒是觉得没什么。毕竟林怀甫行动不方便，就是洗澡擦身子这事她都做好了准备，孰料，林怀甫自个儿别别扭扭的，偷摸擦了。

这茅房离院舍不远，赵小渔一路把人扶了过去，还没到门口，便有瞧见主仆两人给让了道儿。林怀甫当日在球场上的英勇形象倒让他摆脱了几分草包名声，硬气男儿汉还是颇得书院内学生好感的。

"你，你就在这儿候着。"

"啊？少爷你自己可行？"

"让你站外头就站外头，哪儿那么多话！"林怀甫脸皮子有些臊，一边自个儿费力往里头挪，奈何腿上的伤伤得正是地方，一牵扯就疼得龇牙咧嘴的，只不过硬挺着没吭声。

宋慕青路过时，瞧见的便是赵小渔在茅房外不远的地儿蹲着逗蚂蚁玩，一边玩还一边说道："少爷，时久是身子虚，若还有断断续续之症状，那就得小——"

"少给爷胡说八道的！"

赵小渔看着从茅房里翘着脚跳出来的林怀甫，正要搭手去扶，却被人抢了先："宋公子？"

林怀甫也是一脸意外地盯着他，只听见他冷淡抛下"顺道"二字，令人无法反驳。只是那一贯面无表情的脸，在他看来莫名觉得有一股冷飕飕的寒意。

赵小渔省了体力活，在边上没心没肺地跟着："少爷，讳疾忌医可不好，正好这回陆姑娘帮您看伤，要不我再替您私下讨个方子……"

"你、闭、嘴！"林怀甫不可思议地瞪着她，耳朵根都快红透了。

几乎是同时，林怀甫身侧的方向传来某人凉凉且意味深长的一句："你还懂得挺多的。"

"不多不多，哪比得上您！"赵小渔立马就老实了。

原本要呼喝她的林怀甫突然有一种小厮成了别人家的感觉，顿时觉得不爽："难为你有这份替我思虑的心，不过你家少爷我没那方面的问题，你就不用操心了。"

赵小渔顶着宋慕青那边传来的视线压力和林怀甫那眼皮子跟抽筋似的模样，左右想了想，还是和人八字不合的缘故。一个个都是专来克她的！

不过林怀甫的腿伤足足养了个把月都没见好起来，倒是陆莺莺来的次数勤了点儿。总拿着他受伤的那条腿摆弄，每一次都让赵小渔有一种她想把它剖开来研究透彻的错觉。

"少爷的伤可还好？"赵小渔是想问林怀甫什么时候能下地，这按理说伤筋动骨才要养上百天，之前明明没伤着骨头，可也休养了那么久还不见好，感觉不对劲。

"养得不错，不日便会痊愈。"

上次来也是这么说的，又隔了十天半月，不见起色，也不见恶化。就是还得细看。

"我上次用的药较之上上回感觉如何？"陆莺莺问林怀甫，"你且仔细回我。"

"敷上的话有些凉，药性似乎更猛些。"林怀甫老实回答，眼看着赵小渔出去熬药，不知怎的，挺想把人留下来的，毕竟陆莺莺那发亮的眼神看得他有些心底发慌。

随后陆莺莺又把着他的腿热情了许多，多问了几个问题。

林怀甫这个病患为了快些好，自然是配合，只是等一问完，腿就被一搁，陆莺莺便又恢复了冰山美人的模样，一言不发地走了出去。

在外头熬药的赵小渔一心念着林怀甫能快点好，能少差使她当苦力，是以一看到陆莺莺出来，问的头一个问题便是林怀甫的伤势。

在里头的林怀甫听见，歇了把人叫进来的心思，一个人在床上傻傻咧着嘴笑了起来。

陆莺莺睨着赵小渔，在林怀甫身边当差的小厮，她见过有几回了，甚至在头一回碰到时，觉得那双眼有些眼熟。只是实在想不起，便作罢了。

"他腿上的绷带是你绑的？"

赵小渔点了点头："不会是我绑得不对，害了少爷吧？"她陡然一心慌，连忙问道。

"倒不是。"陆莺莺轻轻勾唇，宽慰一笑，"只是觉得你包扎的手法不错，用药也恰好。你以前学过？"

"以前在渠巷讨生活免不了会磕磕碰碰，久了自然就会了。"赵小渔随口道。

"渠巷乱吗？"

"三教九流的地方，要碰上不对付的，棍棒就上了，总之不是什么好地方，也一点不好玩，不适合陆姑娘这样的去。"赵小渔又不放心地补充了一句。

陆莺莺若有所思地点了点头。

两人说话的工夫，外面突然飘起了绵绵细雨。

这时节天气多变，就跟小娃娃的脸似的，赵小渔看向外头，第一反应便是回去给陆莺莺找把油纸伞。

等她回到陆莺莺身边，却听见她低声嘀咕了一句："他的腿该疼了。"

"谁的？"赵小渔无意识地接了一句，就看到了陆莺莺莹润的双眸，仿佛有泪珠下一刻就要掉下来一般，顿时就惊住了。

陆莺莺看着的，是赵小渔的方向，透过那把撑开的油纸伞仿佛看到了从前的那一幕。

"莺莺，从今往后便忘了我吧。"

"陆姑娘？"赵小渔小心地唤了一声，瞅着她那模样不由心生揣测，莫不是那二世祖终于打动了冰山美人？

陆莺莺方才回神，再瞧着她，眼底渐是清明，她忽然问："你可曾有被世道逼迫，不得不放弃的东西？"

"啊？"

"世事多舛，有些东西是要靠自己去挣的。"陆莺莺没头没脑地扔了一句，接了她的伞便走进了雨中。

赵小渔愣住，摸着她临别赠予的小纸方子杵在原地半天，才讷讷反应过来。

世道逼迫不得在一起……

那可不就是她和她的宝贝龙瓷，明明都已经得手，却不能销赃，心情瞬间就沉痛了。

七月盛夏，明州的天越来越热，依山傍水的书院内，到了中午也晒得发慌。

趁着林怀甫午睡的空当，赵小渔来到四珍馆附近的亭子内偷闲看书。

亭子依着一棵老榕树，铺开的枝叶遮挡着阳光，洒落一地的阴凉，廊间一阵风吹过，吹得人分外舒适，比起几米远处晒得发光的砂砾，此处宛若天堂。

赵小渔跳坐在栏杆上，背靠亭柱，书枕着膝盖，怀里还放着一兜从竹林后边摘的青梅。

酸甜清爽的滋味在嘴里四溢开来，赵小渔翻着书页，看着上面一个个的瓷器，仿佛已经能看到它们被烧制出来后自己赚得盆满钵满的画面。

卖赝品果然还是宁家瓷器赚！

拿起青梅在袖口擦了擦，赵小渔又往嘴里送了一颗，翻书的空隙手还忙着掐算价钱，将来在渠巷自己弄个小窑至少得几十两银子，现在倒是有了，但后面还需要不少打点的钱……

卖掉那些临摹的拓本就够了。

赵小渔心中的小算盘正打得噼啪响，四珍馆方向传来了笑声，赵小渔转头看去，一尊金光闪闪的鼎冠映入她的眼帘，险些将她双眼闪瞎。

纯黄金的发冠，上头镶嵌着上好的蓝宝石……赵小渔的视线在那发冠上足足停留了好一会儿才将视线往那发冠的主人身上挪，呵！金丝缕衣，玉石扣腰环，两串巴掌大的玉佩坠子，硕大的宝石戒，还有那象骨折扇。简直将金山穿在身上了，行走的宝库啊！

赵小渔咽了下唾沫，喉咙有些干，前方的光环已经让她无法看清那发冠主人的脸是什么模样，她只看到了他身上"我很有钱"四个字，以及那些宝贝对她发出的呼唤。

直到那声"世子"传到自己耳朵里，赵小渔才顿时清醒过来，看到了那人身旁跟随的人，竟是山长。

"世子？"赵小渔叨念着，眼眸猛地张大，瞪着那位陆山长客气相对的人物，脑海中悠悠地飘过几个字：睿亲王世子。

京城来的大人物！宋慕青说的人！

"你在这儿做什么？"

身后忽然传来清冷的声音，让赵小渔吓了一跳，直接从扶栏上摔了下来。

一只手飞快地抓住了她，拎了一把让她站稳，又不着痕迹地收了回去。

赵小渔心有余悸，瞪着来人："你怎么连声儿都没有？"飘过来的不成！

"我来了有一会儿了。"宋慕青觑了眼她手中的书，"在你看睿亲王世子的时候。"

那岂不将她盯宝贝的样子都看去了？赵小渔脸颊一红，往前时不小心踩到了洒了一地的青梅，顿时心疼不已："你赔我！"

话音刚落，一角碎银抛向了她，赵小渔飞快接住藏到了怀里，态度立刻就变了，对着宋慕青笑脸相迎，谄媚至极："宋公子，您喜欢的话，我可以再去摘一点给你。"

赵小渔见钱眼开，宋慕青对她善变的样子连眼睛都不眨一下："他身边那几个侍卫，都是五品高手，你两招都抵挡不过。"

赵小渔笑意一顿，嘀咕了声："变态。"带大内高手来明州，确定只是来商量，不是来抢的？

"京城中，若是有粉面男子像刚才你那样看他，会被直接关入大牢棍杖责罚。"

赵小渔反应过来他的话，登时怒了，骂她娘娘腔！

宋慕青嘴角微扬，很快掠过："他半个月前到的明州，今日才来岐山书院，你可知为何？"

赵小渔飞快看了眼四珍馆，当然知道，肯定是在暗中调查啊，毕竟龙瓷失窃的事闹得满明州都知晓。

可她又没说要和宋慕青合作，这浑水她不蹚。

"不知道！"

宋慕青像是没听见似的："他暗中查了半个月，甚至派人将孙德才一行人从衙门内带出暗中提审，若非线索不全，那几个人此时已经没命。"

赵小渔听出些意味来，偏装不懂："宋公子，我家少爷该醒了，我得去伺候。"

"他查了书院内的所有学生，包括林少爷与你……"

赵小渔的脚生生顿住："但这和我没关系。"

"我去过林家，与你们来往甚密。"

四目相对，在赵小渔的错愕中，宋慕青从容不迫，轻挑眉梢，平添了几分轻佻：

"这就有了关系。"

硬拖死拽要拉她上船，她不肯，就用黄金诱惑，再不肯，居然用这威胁！

赵小渔是贪财没错，但她更惜命："宋公子，我人微言轻，充其量只是个小乞丐，知道得再多，也比不过官府衙门。"干吗非要拉上她？

"你比他们好用。"

话音刚落，从四珍馆内出来的陆山长发现了亭子这儿的宋慕青，"移动金库"随即发现了他们，隔着不远的距离打招呼："原来是宋公子。"

遁逃未果的赵小渔不得不跟着宋慕青前往四珍馆的门口，试图用宋慕青的身影遮挡自己，减少存在感。

"宋公子，别来无恙啊。"睿亲王世子李叡敲着手中的骨扇，一双丹凤眼满是兴致地看着宋慕青，分外和气，虽然是在笑，却无端让人不由自主地绷紧了身体，头皮发麻。

在场的人，饶是赵小渔这个对李叡半点不熟悉的都能感觉得到他绝非善类，更何况是与他打过无数次照面的宋慕青。

宋慕青面色沉静，淡淡恭敬："世子。"

"半个月前我到明州时就想来书院看望你，但明州的风景太好了，我这一流连，时间竟过去得如此之快。"李叡呷着笑意，骨扇一顿，话锋也直接跟着转了，只是那眼底里透出的阴鸷如鹰隼般伺机而动，"我听说宋公子来此，是奉了圣旨的，你来时这龙瓷还未失窃，你可有线索？"

赵小渔悄悄看了眼睿亲王世子，见面不过三句话就直接冲着来了，还当着陆山长的面。能把密令说得这么直白，可见他真的没什么惧怕的。

"宋某并未奉旨，只是前来求学。"宋慕青面色无异，"不知世子此次前来，游玩得可尽兴？"

"求学？哈哈哈哈。"李叡打量了下四周，最后问陆山长，"堂堂宋参御，五品的官，前来岐山书院求学，陆山长，莫不是除了龙瓷，你们还藏有别的好东西？"

陆山长万般无奈："除了龙瓷外，还丢了好几件东西，追查至今都没有线索，说来惭愧。"

"你的确该惭愧，连个龙瓷都藏不住。"李叡眸色一黯，很快又恢复了笑容，"不过无妨，我带了些人来，正好帮你们查龙瓷的下落，在这之前，我会留住在书院内。"

说完后，李叡径直朝下走去，在经过宋慕青身旁时，毫无征兆地忽然伸手朝赵小渔抓来。

等赵小渔反应过来时，宋慕青的手臂已经挡在了面前，近在咫尺的距离，她看到睿亲王世子的骨扇落在宋慕青的手腕上，利如刀锋的骨片在他手上划出了血痕。

赵小渔心中狠狠一震，顿时面露惊慌，半真半假地低垂下头去，看起来是吓惨了的模样。

李叡看到赵小渔这副样子，眼底闪着厌弃："刚才在亭子里一直盯着我瞧的人，是你吧？"

赵小渔脑海中骤然响起宋慕青的提醒，将原本要夸人的话吞了回去，连忙摇头："我……不敢。"

李叡收回了骨扇，笑出了声："宋公子找了这么个小厮，兴致倒也不错。"

宋慕青缓缓放下手："世子请。"

李叡"啪"一下打开了骨扇，适才赵小渔没看清，这会儿正对着阳光，将那骨扇上的锋利看了个仔细。这哪是什么扇子，就是杀人的利器！

"既然在这儿了，我在集寨摆上一桌，宋公子今晚可别缺席。"李叡在赵小渔身上扫了两眼后，转身带着侍卫离开。

陆山长朝宋慕青匆匆点头，跟在他们身后，要去安排院子给睿亲王世子。

四珍馆外登时安静了不少，赵小渔见看不着人了，连忙转身抓住宋慕青的手腕，挽起袖口，手腕上的伤竟比刚刚又深了许多。

"这睿亲王世子真是个疯子！"这是赵小渔第一次接触所谓皇亲权贵，比起睿亲王世子，愣头青瞬间变得无比亲和。

宋慕青看着她往自己手腕上缠的帕子，眼神微黯："怕了？"

"等会儿还是得让大夫看看，谁知道他那骨扇有没有毒。"赵小渔将帕子打了结，心有余悸，"忽然那一下是怕的。"

赵小渔想起刚刚世子的话："你晚上要去集寨？"

宋慕青"嗯"了声，将袖子放下，也将她的帕子给藏在了里面，见她还全神贯注在他伤处，面色仍是被吓得苍白，纤长的眼睫毛乌黑浓密，轻轻扇动，仿佛两把绒毛的小刷子扫过心尖，陡然勾起一阵酥麻。

他清了清嗓子："这几日你留在学生院舍内照顾林公子，没事不要在四珍馆附近走动。"

就算宋慕青不提醒，赵小渔也绝不敢去招惹这样的人物。老爹就曾说过，当官的掌握人的生死跟捏蚂蚁一样，一不留神就把人给捏死了，还没说理的地儿。

是以，千万别和官家人作对。

不过宋慕青就是官家人，但不知何故，赵小渔就觉得他和睿亲王世子那样的官

117

家人不一样。人确实是薄情寡性了点，也没有同理心，总是我行我素，还蛮不讲理，孤傲自大……赵小渔这一数，就能数出一箩筐他的缺点来，而且宋慕青的直觉准得可怕，逮着自己不就等于逮着了问题的关键？

可那人——

"他调查过书院里所有的学生，包括林少爷与你……我去过林家与你们往来甚密，这就有了关系。

"你比他们有用。

"这几日留在院舍里，别四处走动。"

赵小渔自小在渠巷摸爬滚打长大，最会的就是察言观色，她能感觉到宋慕青是真心为她好，虽然这份好带了目的。

她的心思不自觉转到了宋慕青身上，之前对上睿亲王世子那遭清晰浮现，要不是他帮自己……那忽然浮现的陌生情愫因着睿亲王世子当时的一个眼神，彻底被搅了个散。还不自觉打了个激灵，只觉得浑身都寒飕飕的。那位要知道龙瓷在自己手里，绝对会把她扒皮抽骨，挂书院山门口那儿晾晒风干的！

赵小渔心虚得很，老老实实窝在院舍里，只等风波过去寻机会逃离书院。

因伤只能卧床的林怀甫觑她半天："抹个桌子，一会儿跟思春似的荡笑，一会儿又跟见了鬼似的，你成日里都瞎捣鼓什么呢？"

捣鼓你呀。

赵小渔没胆子回嘴，也是这会儿才发现林少爷闲得发慌，只能对自己下手："少爷，你有没有觉得自己最近怪怪的？"

林怀甫盯着她迫近的脸，最近一看那张麻子脸就感觉不对劲，甚至这天色幽暗，油灯轻晃，如给那张脸蒙上了一层朦胧柔光，紧张地又咽了咽口水。

此时嗓子眼发紧："怪、什么怪？"

"怪想陆姑娘的呗。"

自那天闲聊过后，陆姑娘已经许久没来过院舍，林怀甫的伤反而一天天见好。

只不过腿上的伤是好了，人却害了相思病。赵小渔在心底吐槽道。

林怀甫被逼得一口气哽在喉咙里，悉数化成了满腔恼意。

他也不知道自个儿恼什么，只觉得满心不快，没好气地用好的那条腿蹬了下床头："去外头瞧瞧，吵什么？"

赵小渔："还能是什么，不就是世子爷带来的那些人。"

换作平日里，赵小渔也就去了，这个点儿明显是要出么蛾子的。

睿亲王世子在集寨设宴，除了山长，掌事的还有不少优异学生，而书院里留下的都是睿亲王世子的人，专程保护。说得好听，谁知道背地里打着什么主意。

林怀甫单纯看着赵小渔头疼："让你去探探你就去，哪儿废那么多话！"

赵小渔委实不大情愿地磨蹭到门口，回头又眼巴巴地瞧了一眼林怀甫，活脱脱一副"柔弱小厮"的模样。

林怀甫一时不知道该捂眼，还是捂脑袋，只那么灵光一现，突然问："你刚想哪家姑娘笑那么荡漾呢？"

"姑娘？"赵小渔须臾就想到了宋慕青，一时脑子犯抽抽，戏瘾上身，"我相上我们村的小翠了，我俩两小无猜，正打算筹够了银钱回乡娶小翠呢。少爷，看在我尽心服侍的分上，要不少爷成全……"

"滚！"林怀甫瞥着她脑瓜子都疼了起来。

小气！被赶出门的赵小渔也只敢在院舍附近溜达。

"那位睿亲王世子可是太后面前的红人，这些年光是替太后搜罗的珍奇美物就数之不尽，手段也是了不得的。"

"京城里的谁不知道睿亲王有名无实，手段再了得不就是个采买的命。"

"嗝，普天之下也唯有钱兄这榆木脑袋会这么想了，你们可还记得数年前宁氏一案？"

赵小渔不由支棱起耳朵听。

"都说宁家进贡的贡瓷凤眼无珠，实则不然，那瓷器是好的，可瓷身上抹了毒粉，你们想啊，依照太后欢喜青瓷的劲儿，势必把玩，这时日一长自然就……"

"贡瓷须得层层甄选，万里挑一，哪容得这样轻易动手脚的？你这分明是谣言。"

"那还用说。太后这些年所做藏污纳垢之事，证据便藏在贡瓷里，事情败露，才导致宁家灭门。"

"斯人已矣，你们在这争论个不休有何意义。那位世子爷摆明了是冲龙瓷来的，可笑就可笑在，当年灭人家满门，而今还要打着幌子霸人家东西。"

有人搭茬感慨："宁家在时的盛瓷之景怕是再看不到咯。"

赵小渔跟着点了点头，以元家称霸一方的做派，确实容不得百家齐放，是以，她还曾想过要是在那时代，仿瓷不那么猖狂，宁家的老爷们人善心慈，兴许能让她吃上口手艺饭。

正当她走着神的工夫，外面的响动突然扩散至院舍了，一伙官兵直接冲了进来，二话不说便押着人往外走。

赵小渔眼看不对，偷摸往后走，没等进门就被官兵架住，她顺腿一踢门："各位官爷这是做什么，书院里出什么事儿，把我们抓起来干什么呀？官爷，我们就是本本分分的读书人，这是做什么！"

她扯着嗓子喊，想着里头的林怀甫能听见躲起来，不想这二世祖直接推了门出来，一把把赵小渔拽了回来："打狗还得看主人，要说起来家父还和曹大人有几分交情，我看你们敢！"

下一刻，被刀柄架起来的就换成了林怀甫，赵小渔是捎带的，只见看似为首的官兵冷笑："区区五品的官员和世子比算得什么，就凭你也敢瞎叫唤，带走。"

赵小渔拽了下林怀甫，看着从院舍里头被提溜出来的学生们，不由放低姿态讨教问道："官爷，这深更半夜的还不得休息，委实是辛苦，也不知是出什么要紧大事，抓我们这些学生做什么？"

"做什么，自然是你们犯大事儿了！"

那人哼了一声，就把所有人都聚集在了授业堂外面的空地上。

等赵小渔一行人被推搡过去，整个地儿都挤得满满当当，黑压压的人头一片，约莫整个书院的学生们都被聚在此处。

赵小渔的小身板被挤来挤去，胳膊被撞了一下，正揉着就被人一拽，正正好落在一青衫男子身侧。

"宋慕青？"赵小渔轻轻呼了一声，但看他也在这些人里头，心底莫名定了一些，只是再打量四周情形，悄声问身旁的人，"怎么回事？"

这儿站着的不单是书院的学生，左侧以山长为首全是书院的师长。山长脸上血色全无，依靠着掌事搀扶才勉强站着，再往外一圈是一个个凶神恶煞的官兵举着火把，将整个书院照得通明。

"鸿门宴。"宋慕青回了简单的三个字，目光凝向了睿亲王世子所在之处。

那人坐在酸枝木圈椅上，火光之下，一半面庞被掩在了阴影里，明明是在笑，却让人感觉不到半分被火照着的温暖，相反寒意渗骨。

赵小渔觉得冷，抱住了胳膊。

拿着设宴做幌子，真正要找的是书院里的龙瓷，可龙瓷藏的地方……赵小渔眯了眯眼睛，十分有自信，打死他们也找不出龙瓷所在，最后只会让孙德才背锅，怎么都和学生们无关。

可眼下阵仗，赵小渔心底多了几分不确定。

"世子，在后山竹馆发现的，是秦霜鸣。"其中一人朝着山长那方向示意了道。

而在山长身侧站着的正是一袭雪白长衫的熟面孔，一出现便引得一众学子惊呼"鬼怪"，如今却被告知是秦霜鸣，所有人的表情都显得古怪异常。

其中以赵小渔为最。

她揪着身边人的衣服袖子,不断叨念着"秦霜鸣"三个字,情绪逐层递进,能让人切实感受到此时的心绪有多复杂懊悔。

而秦霜鸣的出现也如昙花一现,随后就被睿亲王世子的人"请"了去。

宋慕青瞟了秦霜鸣的方向一眼,目光落在了被攥紧拧巴的袖子上,不掩嫌弃地拂开了她的手:"说归说,别乱碰。"

"你一定无法想象我做了多丧心病狂的事。"赵小渔说着都快哭了。那些被她拿来垫桌角的纸,当柴火烧的那些画儿……银子啊……她的银子啊……赵小渔胸口抽疼得险些要昏过去。

她"柔弱"地向身边倚靠,宋慕青比她动作还快,而旁边自宋慕青出现就一直被无视的林怀甫默默往赵小渔身边凑近了点。

就看赵小渔板正了身子,突然双眼直勾勾地盯着前方,表情有些古怪。

"那是什么臭东西!"林怀甫捂住鼻子,满脸嫌恶地看着地上的一窝死老鼠。

就连宋慕青都皱起了眉头。

"唯一可疑的就是后山有泥土松动过的痕迹,不过属下掘地三尺发现一窝老鼠,也找到了那只叼老鼠的野猫,挠伤了我们两个人,跑了。"

李叡呵呵笑着,轻轻晃动手中的骨扇:"找到,扒了皮,不知道能不能做一个猫皮手捂子。"

赵小渔瞥了一下就恶心地移开了眼,半点多余的神情不敢表露。

狡兔三窟,她事先早做了防范,拿死老鼠转移视线罢了,只是在听到猫皮手捂子的时候,还是忍不住打了个寒颤。

这位京城来的睿亲王世子,简直是个变态。

接下来一幕,远比死老鼠给人的冲击更大。

被扛上来的,像是一团血肉模糊的东西,只有微弱的呼吸声,"呜呜"地呻吟不止。在场的有半数的学生受不住那冲鼻的血腥气转头呕了起来,余下一半脸上褪了血色,浑身发抖地瞧着。

"张、张老师……"有人唤了一声,声音像是染上了哭意。

而宋慕青等参加过宴席的,早在饭桌上就见过了这人被割下来的耳朵、手指和舌头,用盘盛着,已经呕过一回。

"陆山长教书育人在行,抓叛徒的功夫怕是不如我,所以我如何都得帮你们。可是啊,这窃贼竟然是陆山长自己,在我来之前便想好了计策转移龙瓷,真是煞费苦心!"睿亲王世子咬到最后一个字时,脸上笑意犹在,神色却如地狱阎魔,在这七月天里，生生将人逼出寒意。

赵小渔也被吓得不轻，她下意识抓紧了宋慕青的手臂："你说是张先生告诉睿亲王，龙瓷失窃的事是山长自己策划的？那怎么……"

赵小渔咽了口唾沫，委实被眼前的场景震惊到了，既是睿亲王的人，为什么会被折磨得这么惨？

坐在那儿的睿亲王世子已经代为回答了她，他笑盈盈看着陆山长："山长手下出了这么个叛徒，实在可恶，所以我就擅自做主，替你惩罚了他。"

陆山长苍白着脸回道："世子此举，就不怕引起公愤？我岐山书院建院百年，饶是当初张康之变，也未波及至此。今日世子在这里大张旗鼓拿人恐吓，难不成太后娘娘也是这么吩咐你的？"

"太后娘娘让我把龙瓷带回去。我为人臣子，自然要把事情办妥。"李叡缓缓摸着指间的戒指，看向底下众人，"所以，只要山长将龙瓷交出来，自然不会对书院有什么影响。"

"龙瓷已经被盗！"

话音刚落，躺在地上的张先生"啊啊"地叫着，满口血沫，将几个学生直接看晕了过去。人潮往后退了退，挤得林怀甫这个伤残病患连连后退。赵小渔忙去扶他，跟着被挤退，在宋慕青的扶持下才得以站稳。

"谢谢。"赵小渔低声道谢，忧心忡忡地望向陆山长那边，"山长会不会因此没命？"

"会。"

赵小渔蓦地抬起头看向宋慕青，他的脸色是她从未见过的沉凝，几乎脱口而出："交出来就可以保命？"

宋慕青低头看向她，撞见了她眼角的湿润，里面满是担忧。

他的语气软和了些："就算是丢了性命，山长也不会将龙瓷交出来，否则他不会安排这一出，更何况……现在龙瓷可能真的下落不明。"

赵小渔的心咚咚咚地乱跳，说话都有些结巴："不，不是说是山长自己策划的，怎么会，会下落不明？"

"原来是计划，中途可能出了意外。"宋慕青摇了摇头，"我也只是推测。"

赵小渔抬手抹了下额头的冷汗，愣头青的直觉，准得可怕。

"从今日起，查封岐山书院，直到找到龙瓷为止，诸位，请吧。"

抬头看去，陆山长与书院内的老师都被请出了书院上了马车，学生们则被留在了原地，各处走廊里满是看守的官兵侍卫。

他们要被赶出书院了。

每个学生只被允许收拾几件衣裳，门口的官兵会盯着人拿东西。赵小渔也不敢将藏在屋里的临摹本拿出来，草草收拾了几件衣物，主要是林怀甫的家当，出去时还被官兵翻了好几遍，确认没藏别的东西才肯让他们离开。

瘸着腿的林怀甫几度要冲上去和官兵争执，被赵小渔死死拖住："我的大少爷，您这会儿要是再出点什么事，老爷非打死我不可！"

"欺人太甚！"林怀甫瞪着不远处的官兵，在赵小渔的搀扶下离开了学生院舍。

等要出书院大门时，身后忽然传来了元少康的声音。

赵小渔转过身去，瞧见元少康的阵仗，心中暗道不好。

一旁的林怀甫此时却憋了劲没出言讽刺，低声道："快走！"

赵小渔连忙扶他迈出门去，却被元少康的随从拦住了："林少爷，走这么快做什么，东西都查过了？可别带了书院的东西走。"

赵小渔捏紧着包袱，林怀甫一只手阻挡了她，淡淡道："官兵已经查过了，你要再查自便。"

元少康扬手，随从从赵小渔这儿夺了包袱，解开后哗啦一下全倒在了地上，衣服、书本、银两，还有陆大夫早先配的药，一目了然。

可元少康却一脚踩在了药包上，一下踩碎了药包，里面的药材撒了一地，他眼底闪着恶劣："这里是不是也藏了东西！"

转眼几包药被踩散，与地上的泥糊在一起，元少康又用衣服蹭了蹭自己的脚底，啧了声："搜身！"

赵小渔蓦地瞪大了眼，太过分了！

"元少康你疯了吗？官兵都没这要求。"

"这么热的天，你这小厮还穿得这么多，身上肯定藏了东西。来人，搜！"元少康打定主意要用赵小渔来羞辱林怀甫，叫随从直接拿人。

林怀甫尚且有伤在身，被两个随从一拿就动弹不得了。赵小渔往后退了两步，不行，绝对不能让他们搜身！

可她根本逃不出去，四五个人围过来，一下就被拿住了。

"元少康你敢动我的人！"林怀甫怒斥，识时务者为俊杰，在这节骨眼上拿他包袱出气这都能忍，可要再过分就绝不能忍了，"你别以为傍上睿亲王世子就能在这里嚣张跋扈，我林家也不是这么好欺负的！"

"老子动的就是你的人。"元少康用力捏住了赵小渔的下巴，在这小厮手里吃了不少亏，他非要好好收拾"他"一番不可。

"我不仅要搜他的身,还要把他吊在这书院门口。"元少康拿出匕首,照着赵小渔的衣襟就要割。

　　忽然一柄剑横到了元少康的面前,近在咫尺的距离,剑尖挑了下元少康的手背,停在了他脖子半寸的位置。

　　元少康当即疼得扔了手中的匕首,看着手上的血,却不敢动弹。

　　他歪了歪脑袋看执剑之人,声音微颤:"宋慕青,你,你可看清形势了,我现在是睿亲王世子的人!"

　　"上一个这么说的人,现在还躺在授业堂前。"宋慕青的剑直接贴在了元少康的脖子上,稍一动弹就会触碰到剑锋,随时会割破他的喉咙。

　　"你,你不敢杀我……"元少康呵呵笑着,在剑割破脖子上的皮肤时,笑意骤然僵住,"你就不怕得罪了世子。"

　　"他奉太后之命到这里来,你可知我奉命于谁?"

　　元少康瞪大着眼,却不敢有大动作。宋慕青觑了眼赵小渔被拉开的衣领,眼神一沉:"你觉得他会为了你这条命,来与我计较?"

　　"我,我放人。"元少康抬起双手,往后退了一步,那剑跟着贴近一步,他压着怒意,冲着那些随从吼,"还不松手!"

　　随从这才慌慌忙忙放了林怀甫和赵小渔。

　　赵小渔趔趄后退了一步,直接坐在了地上,脸色苍白,大口地喘着气。

　　宋慕青这才收了剑,看着元少康带人逃开,走到了赵小渔身边,朝她伸出手:"还起得来吗?"

　　"起,起得来。"赵小渔伸手,颤抖着抓了两次都没抓住他,被宋慕青一把握住拉了起来。

　　她依旧腿软,站不稳,抱住了他,再也掩饰不住慌乱,豆大的眼泪无声地往下掉。要不是他来……要不是他及时出现,她,她就要被元少康扒光衣服了……

　　宋慕青心中暗叹了声,大手紧紧扶着她:"没事了。"

　　赵小渔小鸡啄米一样,下意识点点头,又点点头,可眼泪还是控制不住。

　　身后的林怀甫看着这一幕,心里四处透着不痛快,他咳了声……

　　他们没反应。

　　林怀甫又重重咳嗽了几声,还是没反应。

　　林怀甫干脆大喊了声:"赵小渔!"

　　赵小渔这才猛地反应过来,从宋慕青怀里挣脱,急忙去搀扶他:"少、少爷!"

　　"像个娘们似的,这有什么好怕的,不就是脱衣服?都是男的,大不了小爷回去给你多买几身。"林怀甫叨念着，视线不住往赵小渔身上瞟，扫过她脸颊时愣了愣，不太对啊，她乌黑黑的脸上那白皙皙的是什么？

随着赵小渔抬手这一擦，呵，白皙皙的地方怎么更多了！

林怀甫正想伸手去擦，自己整个人从赵小渔这儿被韩邵钰给扶着了，壮如牛的韩邵钰扶一个林怀甫轻轻松松，他还乐呵呵道："这些天要叨扰林公子了。"

"哎！"林怀甫眼看着自个儿小厮离自己越来越远，等上了马车才反应过来，"什么叨扰，你们要干什么？"

负责驾车的韩邵钰朝马车内望了眼，憨笑："我和慕青都不是明州人，书院被封无处可去，只能去林府叨扰你了。"

"被迫接受同窗情谊"的林怀甫瞪着眼："我什么时候答应你们了？！"

话音刚落，自家小厮就已经向宋慕青道谢："宋公子，刚才的事多亏了你，要不然元少爷肯定还会刁难我们。"

"不必客气，林公子也算是我来明州结识的第一个朋友。"

林怀甫噎着一口气，什么朋友？谁要收留你们？喂，你们有没有问过我的意见？

赵小渔和宋慕青一道挤在马车里，临上马车前，还不小心被宋慕青碰了下脸。

之所以觉得是不小心，是因为宋慕青连一个多余眼神都没分给自己。

就当他是不小心吧，赵小渔腹诽着，没有再理，只抬手抹了下脸。

殊不知小脸沾上的灰经她一抹，又将那裸露出来的白皙盖了过去。

坐在去往林府的马车上，赵小渔仍是皱着眉头舒展不开，之前慌乱顾不上秦霜鸣，这会儿想起相处种种，再想想秦霜鸣落在睿亲王世子手里可能的处境，她越想越于心不安。

"世子不会为难秦霜鸣。"宋慕青的声音从旁传来。

"你怎知他不会？"赵小渔反问，这反应便是叫宋慕青猜中了心中所想。

就连林怀甫都看了过来："那真是秦霜鸣？"他方才也就远远看了眼，就被身边鬼哭狼嚎的给岔开了，谁能想到那行踪不定几乎隐匿的秦霜鸣居然会在岐山书院。

先前还有传言说他最后露面是在宁家做客，后来宁家出事，秦霜鸣不知所终，许多人怀疑秦霜鸣也丧命在那场祸事里。

"秦霜鸣年少成名，赞誉颇多，太后十分欣赏，曾有意聘入宫中为御用画师，可惜秦霜鸣性格孤冷，不肯应允。太后惜才，对秦霜鸣敬重才作罢。睿亲王世子既是太后身边人，不会为难秦霜鸣。"宋慕青又道。

赵小渔点了点头，那可不像是关了山长那样简单。秦霜鸣是文人表率，光是满天下的粉丝与拥护者便能让那劳什子世子吃不了兜着走。

不过说起性格孤冷，赵小渔瞟了眼身边的宋慕青，这位性子才更孤冷一些吧，秦霜鸣的性格可爱多了。

"少腹诽我。"宋慕青未抬眼，凉声道。

赵小渔咧嘴一笑，甚是乖巧。

旁边的林怀甫斜着眼瞧，总觉得这氛围不对，又说不上哪儿不对，最后索性把那条伤腿搁在了两人的位置中间，强行刷了存在感。

宋慕青的目光从赵小渔身上移开，连看都没看林怀甫一眼，径直看向了车窗外，马车已经驶入了明州城。

沿街的叫卖声入耳，那是鲜活的烟火气，和昨儿个夜里的血腥场面仿佛是两重天地。

马车在林府的府门口停下，看门的一看到从马车上下来的林怀甫，高喊了一声"少爷"，就嚷着"少爷回来了"往里头跑。

林怀甫是被韩邵钰背下来的，来都来了，自己自然得尽地主之谊："你们就放心在我家住着，想吃什么，想玩什么尽管说，就当这段日子是放假了。"

他刚说完，就发现其他人的脸色都不大对，想到被关着的山长，脸上的笑意也有些讪讪："那什么，我的意思是，山长那长相就是个有福气的，那话怎么说来着，吉人自有天相，说不准很快就水落石出被放出来了。"

除非找到龙瓷，否则睿亲王世子绝不会放人。

林怀甫的话反而让气氛愈发沉默尴尬，正在此时，林常山匆匆从府里面出来，看也没看旁的，一把揪住林怀甫耳朵，声音气得都变了调："你个败家子，这才多久的功夫，就让书院给退回来了！去之前我怎么交代的，你、你居然还有脸回来了，老许，快，给我准备马鞭子！"

"爹，疼疼疼！"林怀甫整个人就着林常山被拽进府里，哀嚎着，"那么多人看着呢，我的面子！"

"你管过你爹要不要面子！"林常山中气十足，比他喝得还大声。

赵小渔一行在大门外，就看着林怀甫求救般往后抓空气的手："你们快帮我说啊，我不是被书院退的！是书院出事了！"

"是啊，老爷！"赵小渔眼看林怀甫要被提溜没影，急忙追了两步。

宋慕青这时也动了动，不紧不慢地随在赵小渔身后，唤了一声"林老爷"。恰是他的这一声像是唤回了林常山的理智，林常山这才发现跟着林怀甫的人里头有宋慕青。

"宋大人，跟犬子这是……告假了？"跟上回一样？

"书院里出了点麻烦事,让学生们暂时归家。我等京城来的不甚方便,林公子客气才邀我们前来,叨扰了。"

"不打扰不打扰,你们都是怀甫的同窗,就把这儿当自己家一样。"林常山顿时热情招呼道,转头又给林怀甫脑袋拍过去一掌,"混小子,怎么不早说呢?"

林怀甫一时无言以对。

不过林怀甫被他爹打惯了,这一会儿工夫就给林常山介绍起人来,韩邵钰和宋慕青是一块从京城来的,主要是给他爹介绍赵小渔:"爹没认出来吧,我那小厮,如今也是岐山书院的学生,我带出来的!"他的神情尤为自豪。

赵小渔被他突然揽过去肩膀,整个人都绷了起来,不自在地挪了挪肩膀想挣开:"林老爷安好,小的也是沾了少爷的福气。"

"小厮?"林常山扬了扬眉,仔细打量了好一会儿,忽地发出爽朗笑声,"我儿是个什么样的当爹的清楚,没想到你小厮还能有这般造化,实属不易。既然已是书院学生,再做小厮可就屈才了,去,老许,将这小兄弟的卖身契取来还给他。"

赵小渔的心陡然一抖,猛地想起自己当初是混进来的,哪来什么卖身契!

意识到这点,她就有了想溜的念头,奈何被林怀甫那厮抓着,正急得抓耳挠腮之际,撞上了身后侧宋慕青的目光。

他知道自己是假冒的,定是在这儿看好戏呢!

随着那名叫老许的管家身影重新出现在门外视野内,赵小渔内心焦灼不已,整个人像是热锅上的蚂蚁,想着该怎么应付接下来查无此人的局面。

"老爷,这是赵小兄弟的卖身契。"许管家递上一份纸。

赵小渔眼都看直了。她……这卖身契怎么来的?再仔细一看,那上面真真切切有赵小渔三个狗爬字儿,带一红手印儿,值当二两银钱。

赵小渔下意识就看向宋慕青,后者仍是那一副云淡风轻的模样,可在赵小渔眼里就变了样了,那可是及时雨,雪中炭,救命的活菩萨!

上一回休沐,宋慕青跟着林怀甫回的林府。要说谁最有可能做这般手脚,除了已知她女儿家身份的宋慕青不作第二人想。他竟然能料想得这么远……

"我爹让你收着,还不赶紧收着,白捡的便宜好事儿。"林怀甫没好气地杵了下她胳膊,光盯着宋慕青看什么。

"谢林老爷!"赵小渔赶紧感激地双手接过,将"卖身契"妥帖收好了放在身上,又再三道了谢。

林怀甫瞧着跟着乐,不知怎的,看着赵小渔那乐的样子,自个儿心里也挺高兴。只是还没乐上会儿,脑袋又被林常山拍了下:"傻笑什么呢,还不赶紧带人去休息。"

"好好说不成么，都给拍笨了。"林怀甫咕哝着，不过还是照林常山说的，让许管家去给赵小渔一行人安排厢房。

西厢房够大，有两间房，容得下三人。

林怀甫本还想让赵小渔跟自己去他的院子，但听宋慕青冷清声线道："他已不是你的小厮，是同窗好友，既是如此，应当不用再行服侍之事吧。"

林怀甫被噎个正着，想摆个少爷谱，在赵小渔那圆圆眼睛、眨巴眨巴的注视下都不好意思了："随便你们，一宿折腾的，我得去睡会儿。"说罢打着呵欠就走了。

"慕青，你不习惯和外人一间，我同你睡。"韩邵钰利落地接过仆从拿来的新被子，在里屋一铺，顺手帮宋慕青的也铺好了。

宋慕青站在原地未动。

赵小渔就站在他对面，看了看里屋勤劳贤惠的大高个，再看了看边上空出的单人小屋，对这安排满意极了，遂冲着宋慕青咧嘴一笑，自问笑得十分真诚和讨好。

然后就看宋慕青甩了她一个冷酷背影，不知又怎么不高兴了。是嫌自己手脚慢了，没表示？带着这样那样的揣测，赵小渔把自个儿的床铺了，又给自己倒了杯茶水喝，最后才犹豫着叩了叩里屋的门边。

"宋慕青，你要不要随我去渠巷转转？"

"嗯。"清冷骄矜的声音传了出来，宋慕青身上已经换下了之前的学生袍子，霁青色的交领长衫，斯文有余，儒雅俊朗，打一出门，便叫看的人一眼定住了神，只顾痴痴盯着看。

"赵小渔。"

"啊？"

"口水擦一擦。"

赵小渔下意识顺着他的话去抹嘴角，才惊觉自己被取笑了。可宋慕青好看得实打实令人恍神，被他这一打趣，不自觉连耳朵根都发烫得厉害，在人察觉异样之前，"咻"地一下就闪出了厢房。

余下宋慕青看着她逃跑的背影，眼底微不可见闪过笑意。

再带宋慕青到渠巷，赵小渔比之前诚恳了许多。

原因无他，她是个记恩的人。

挑了最热闹的入口进去，赵小渔犹如是给刚到明州的客人介绍地方的百晓生，上到哪家摊儿几点摆出来,下到哪处有杂耍表演,再到宋慕青想知道的卖瓷器的地方,全给说了个遍。

"开春时,每隔半月渠巷内的瓷市都会开一次,那时来这儿摆卖的不仅有渠巷中的铺子,还有明州城内大大小小做着生意的,更有那些携私藏之物的卖家,运气好能淘个几件回去。"

赵小渔指了指前面的空地:"平日里就是一些杂耍的在这儿卖艺。"

"下次什么时候开?"

"还要五六日。"

"到时候来看看。"

赵小渔笑意微顿,随即又摆上招牌笑容带他继续往里走,心中嘀咕着,下回再要来瓷市她可不带,里面尽是熟人,打扮成什么样儿都得被人认出来。

走着走着前边儿就传来葱油饼的香气,赵小渔肚子咕噜了下:"宋公子您等等!"说罢人便向那方向跑了,但去了好久都没回来。

等宋慕青过去,赵小渔捧着个油纸看到他后两眼放光:"宋公子,我没带银子,您身上可有?"

垂眸看去,便是她希冀的目光,盈盈笑意挂在脸上,不似刚进来时的讨好,却显出几分娇憨来。

片刻后,赵小渔手捧着油纸,带着他继续往里走:"这儿就是我之前说的码头,但没有长亭那边来的热闹,这边只运些小船出去,到长亭那儿才有大船。"

宋慕青抬头看去,整个渠巷的地图早就在他脑海中,每日从这码头出去的货有很多,但这些日子以来他始终没有在其中发现假瓷。

尽管他以求学之名到这里,到底还是惊动了人,可这狐狸早晚都有露出尾巴的时候。如今睿亲王世子在此,对他而言说不定是个好时机。

"宋公子要不尝尝?"赵小渔献宝似的将手中的葱油饼递给他,"不烫了。"

宋慕青眉宇微动:"不必了。"

赵小渔讪讪收了回去,也是,像宋慕青这样的身份,哪会吃街边的东西?

"那我再带你去那边看看。"余光处瞥见了熟悉的地儿,赵小渔忙改口。

"等等!"

宋慕青忽然喊住了她,在她反应过来之前迈步进了刘记。

赵小渔囫囵将葱油饼塞下,急忙跟了上去:"宋公子!"

坐在柜台前的刘四叔抬起头,看到宋慕青后先是一笑,视线再从他身后的赵小渔身上扫过,顿了下后,用更大的笑意来迎客:"这位公子您随便看,我这儿的东西可是渠巷内最好的。"

宋慕青微微颔首，从前边的架子瞧过去，指了指其中一件："这个如何卖？"

刘四叔瞥了眼："那个便宜，八两银子您要就拿去。"

"那这呢？"

"十二两。"

"这件？"

"六两。"

宋慕青接连问了数件，最终站在个青花瓷前："这个如何？"

刘四叔迎了上去，仿佛是看到财神爷般："这位公子眼光真不错，这可是个古董货，一百六十两。"

不等宋慕青开口，赵小渔哇了声："掌柜的您骗谁呢，这东西要卖一百多两，公子，别在这儿听他胡说，我们走，我换一家带你看。"说着就拉住了宋慕青的胳膊，一脸愤愤地将他往外带。

"怎么说话的，这！"刘四叔目送了他们离开，脸上的笑意褪去，看了眼内屋那儿开口，"上回丫头带来的就是他。"

屋内传来回声："城里又来了位世子，也不知什么底细，那批货得压一压。"

"但那边催得急……"

这厢宋慕青被赵小渔拉到巷子口，他淡淡瞥了眼被她抓着的胳膊，后者即刻松开，讪讪地将手在自己衣襟上擦了擦："宋公子，我这不是担心您被人骗了，渠巷内的瓷货水深，东西倒不假，你叫他说些名头出来，还真就是古董，可却不值这价。"

宋慕青眼底尽是洞悉："你认识他。"

赵小渔心里发虚，嘴上打哈哈："认识，怎么会不认识呢？我做乞丐时在这一带混得熟，所以我才说怕您被骗，那青花瓷顶多值个二三十两。"

"上月十四深夜，渠巷内有三间铺子往外运了东西去码头，船随后到了长亭那边，东西上了大船。三间铺子就包括刘记。"

赵小渔心思转得极快，真要有问题这愣头青能站在这儿和她这么说？肯定是没查出什么来，想套她的话！于是她装不懂："他们不都有自己的烧窑，卖些小件儿出去不是很正常吗？"

宋慕青定定地看着她："你就是在这儿学的制瓷。"

"我要是会，我可不就赚大钱了。"赵小渔呵呵笑着，忽然巷子深处传来痛呼声，赵小渔猛地一跳往里冲，"宋公子，里面出事了！"

渠巷内多巷弄，错综复杂，第一次来若是没人领着，容易在巷弄中迷路。

赵小渔倒是想借此机会把宋慕青给甩了，可她比不过他的体力，纵然跑得飞快，人还是稳稳地跟住了她。

转眼两个人出现在了一个小院前，院里正传来杀猪般的嚎叫声，几个男子被绑在椅凳上，正一脸惊恐地看着边上垂眸看他们腿的女子。

"陆……大夫？"赵小渔在看清里面的人后愣了愣，这不是陆莺莺吗，她怎么会在这儿？

陆莺莺没有抬头看他们，而是问绑在椅凳上的男子："这样疼还是刚刚那样疼？"

男子抱着腿两行泪："陆大夫，我这腿不看了，银子还给你，我不看了。"

陆莺莺皱眉，拍了下他警告："别乱动，针还没拔掉，会瘫痪！"

话说完，男子真不敢动了，可这眼泪还是哗哗地落，正所谓男儿有泪不轻弹，可眼前这三个病人，一个哭得比一个惨。

"你还没回答我，这样疼还是刚刚那样？"

"现在疼现在疼！"

陆莺莺执笔在纸上写下新的药方与针灸手法，看着伤口若有所思："看来这样的刺激更大一些。"

"这是……"赵小渔看着椅凳上的人，三个人的腿上都有伤，其中一个连手臂都是伤的，鼻青脸肿，一看就是打了架。

赵小渔猛地想起那日自己说过的话，陆大夫问她哪里腿伤的病人多，她当时就说了渠巷。

此番情形莫名熟悉，赵小渔想到了那个仍旧一瘸一拐的二世祖，好像自打陆大夫没去给他扎针，他的伤好得更快了。

陆莺莺重新给那人上了药，解了他身上的绳子，神色冷漠："行了，你可以走了，三天后来换药，半个月后就会好。"

男子一听脸上顿时欣喜万分，就差跪下来磕头道谢了，拿了根棍子当拐杖，一瘸一拐地往院门口走去，走得竟然比两条腿的都快，转眼就消失在了巷子内。

"陆大夫，那我们呢？"另外两个连忙问，他们也想走，银子可以不要，只要不遭罪，什么都好说。

陆莺莺手中却多了一副针灸，神情格外严肃："我再试试另一方法。"

被晾在一旁的赵小渔看得于心不忍："陆大夫这是在做什么？"是治病还是杀人？

"她在试验。"

赵小渔愣了下，恍然，这就说得通了，难怪二世祖的伤时好时坏，每次陆大夫还会问很多奇怪的问题："可这伤于她而言本就不是难题，她要试验什么？"

"大夫试验多是为了什么？"

"治病救人？"

宋慕青看了眼陆莺莺手中厚厚的行医簿子："或许她手中有未解的疑难杂症。"

两个人一直等，等到陆莺莺试验过新的办法，让那两个男子离开后，才等来了她正眼瞧他们。

赵小渔踟蹰着，还是将书院发生的事告诉了她。

未见她惊慌，陆莺莺收拾着药箱，抬头问他们："龙瓷在何处？"

赵小渔摇了摇头："龙瓷可能真的丢了。"

"我回去一趟。"

"陆大夫，现在书院内都是睿亲王世子的人，你回去肯定会被关起来的。"

陆莺莺拧眉："你们这样查不到龙瓷的下落。"

赵小渔心念一动："陆大夫，睿亲王世子肯定会派人找你，渠巷这边未必安全，不如你跟随我们去林家。"

在陆莺莺还在考虑时，宋慕青添了一句："由林家出面，推荐你去医馆，能看治的伤者更多。"

第五章

陆莺莺急需要能上手的病例积累,但更担心陆山长的情况。

回到林府,反应最大的还是林怀甫,旁的不说,就是快好了的腿突然隐隐疼了起来。

其次便是林常山,那陆莺莺长相气质都是上上乘,经由赵小渔一句"林怀甫心上人"的提点,不禁喜上心头,特意安排了东厢房,又另外给配了两个丫鬟,道是"无需客气,有什么需要尽管和林伯伯提"。

等林常山走后,陆莺莺扫过屋子里站着的人,都曾是岐山书院的学生,遂直白开口道:"我想救我父亲。"

陆山长如今被睿亲王世子囚禁在书院内,里外都是把守的官兵,防守森严,寻常人莫说是进入书院,靠近恐怕都不能。

在场的要说能救陆山长的,或是说能和睿亲王世子对上的,也就宋慕青了。

所有人的视线不觉集中在了他身上,奈何人家从头到尾表情不变,冷酷得很,一点也没有要说出大家期待的那句话的样子。

赵小渔也盯着,猝不及防和他的视线对上,也不知是不是宋慕青那双眼包含太多洞悉世事的锐利,每回都让她觉得惊心动魄的。

正寻思说点什么,就听到林怀甫在那大包大揽道:"那睿亲王世子不就是想要陆山长交出龙瓷来,相信我,只要龙瓷没找着,山长就不会有事的。"

赵小渔因此颇有些意外地瞟了他一眼,难得让他说到了点子上:"陆姑娘,少爷说得对。岐山书院百年底蕴,世子会将秦霜鸣奉为上宾,礼遇相待,对山长应当也不会差到哪儿去。"

天下文人之怒,那位世子还是得掂量掂量的。

陆莺莺颦眉，稍稍点了点头算作回应。

这番宽慰解不了她心底忧愁，但也知晓父亲暂不会有生命危险，反而是那龙瓷……

"可也不能放着不管，你们难道忘了睿亲王世子是怎么对张先生的，他……唔！"韩邵钰还没说完，就被赵小渔踩住了脚，疼得倒抽了口凉气。

"张先生找着了？他怎么了？"陆莺莺愣了愣，随即追问。

"找、是找着了，过程有些曲折，结果也有些出人意料。"林怀甫被瞪得急中生智，张口就道，"不过张先生背叛山长在先，出卖书院，阴险小人不足挂齿。"

陆莺莺还想问，就被赵小渔给岔开了："人是一定要救的，关键是怎么救？毕竟以你我这几个人和睿亲王世子那伙人对上，简直是拿鸡蛋碰石头。"

弄不好还会被那变态世子以什么理由也给囚禁起来。

韩邵钰拂开林怀甫捂他嘴的手："本还能倚靠官府，如今官府成了睿亲王世子的看门走狗，只怕是难上加难。"

只是话一说完，就发现了不对，赵小渔主仆俩那恨铁不成钢的眼神，随后就瞥见陆莺莺白了三分的脸色，顿时不知所措地看向挚友。

他这是又说错什么了？

赵小渔暗暗叹了声，转头安慰陆莺莺："睿亲王世子只想要龙瓷，又没见过真正的龙瓷，我在想不如仿它一件……"

"不成。"宋慕青出言制止，直接让她断了念想。

赵小渔胸口莫名一堵，气他袖手旁观还一个劲儿泼人冷水："这不成那不成的，总不能真眼睁睁看着山长遭难，一伙人束手无策吧。"

"睿亲王世子那不是好糊弄的，小心弄巧成拙。他虽没见过龙瓷，但他身边所带之人皆是会鉴别的，倘若发现一丁点造假痕迹，你可知后果？"宋慕青睨着她那气呼呼直发脾气的样子，开始思考这一阵对她是否太过纵容。

"即便龙瓷在，也决不能给他。"陆莺莺忽然道。

赵小渔原本就在交与不交、说与不说的思绪里天人交战，头疼得要死，却不想突然听到这话，再看陆莺莺神情冷肃，直愣愣地问："为何不能给？"

陆莺莺抿住了嘴角，倏尔沉默。

宋慕青因此多打量了她两眼，赵小渔亦是盯着她不放，等着后话。

"那是宁氏故人交托我父亲保管之物，别说他现在是被关着，就算是死，他都不愿意把它交出来。"话语微顿，陆莺莺的声音较之刚才还要冷漠，"虽外界关于宁氏龙瓷在书院的传说纷纭，但我父亲始终没有承认过。在世子来之前，父亲私下转移，便已是欺君。"

"依照太后心性，绝不会轻易饶过。有宁家的前车之鉴，只怕下场未必比给了好过，更何况父亲不会希望……他绝不会让宁家的东西落到那丧心病狂之人的手中，那人配不起！"

赵小渔瞧着，只觉得周遭的空气都冷了几分，心底也是无奈叹息。饶是这样，她心底还是记挂着竹馆后她埋的地儿，不知道会不会被那些人给发现，挠心挠肺地想去看一眼，不，是想把龙瓷给偷出来。

"看不出来，你一个小小书童，对书院也有这般割舍不下的情绪。"宋慕青不知何时站在了她身后，也不知是观察了多久，凑在她耳畔道。

赵小渔陡然心神一凛，义正词严道："我本来是个书童，后来是严先生破格收我为徒，有知遇之恩，他们遇难我自然关心紧张！"

"是吗？"

赵小渔生怕被他看出些什么，挺了挺小胸脯，身板端得特别正。

宋慕青的视线着点不经意间落在了那上头，总觉得有些弧度凸显，在意识到自己在想什么的瞬间，又猛地转开了眼，整个人有种如遭雷击的惊顿错愕。

之后宋慕青再没说话。

一行人挤在东厢房里没讨论出个所以然来，最后还是各自散了，赵小渔垫在最后被陆莺莺唤住。

见陆莺莺关上门，赵小渔跟着有些紧张："陆……姑娘，唤住我可是有事？"

陆莺莺见四下无人才开口："你陪我回趟书院可好？"

"我？"赵小渔惊愕，"可书院不是被封了？"

陆莺莺抿了下唇角，和盘托出："我知道书院内有一处密道连接外面，兹事体大，我不放心旁人。但赵姑娘心思灵巧，又灵活擅长自保，你可愿意陪我去一趟？"

赵小渔满耳朵都是"密道"二字，半晌才反应过来她说的姑娘二字，可因为太震惊了，都忘了反驳，讷讷问道："你……什么时候发现的啊？"

"应该是四珍馆走水那日。"陆莺莺照实答道。

那不就是两人第一次见面？赵小渔惊得合不拢下巴，虽说陆莺莺知道这事对她来说构不成什么威胁，但在她面前，她好像看到了个女版的宋慕青，怪瘆人的。

后来林怀甫受伤她来来回回这么多趟可什么都没说。

沉默了会儿后，赵小渔秉持着撑死胆大的饿死胆小的的精神，放不下她埋的那些东西，决定冒险探一探："那……怎么去？"

入夜，林府内安安静静，赵小渔轻松带了陆莺莺离开，在城中雇了人，快马加鞭带她们去岐山书院。

陆莺莺说的密道入口就隐匿在书院外沿湖的林子里，恰好避开那些守卫，不易被人发现，入口处又设计了两重机关还有钥匙，要不是有陆莺莺带路，绝对会被扎成刺猬。

看着在前面带路的陆莺莺，赵小渔顿时歇了某些不合适的念头。

火折子照在蜿蜒狭窄的密道里，两侧是砌出来的岩石块，仅容得下两人勉强通过，一直通到书院伙房那儿。

"还不知道山长被关在何处，这样贸然前去，会不会不安全？"赵小渔估摸着凌晨防守薄弱，但也担心万一的概率。

"我自小在书院里长大，对里面非常熟悉，无须担心。"陆莺莺说道，可眉宇轻蹙，显然一副心事重重的样子，没什么说服力。

眼看着快到出口，赵小渔不放心道："那你可跟紧我点。"

话一脱口，便听清了那一丝丝颤意，就是连她自个儿也有几分怕。

火光投影在岩石壁上，硕大的黑影如影随形，还能听到水滴石穿，虫鸣的各种细微响动，交杂在黑夜里总令人提心吊胆的。

赵小渔摸了摸口袋子："你之前送我那方子不知道管什么用，但吃着感觉还挺好的。这是霹雳弹，这个是石灰包，还有迷魂散，你都拿着，打不过只管往人脸上撒，就当是礼尚往来了。"

不同于赵小渔掏兜子似的交代，陆莺莺也摸了摸腰上锦囊，临出门备的那点和经验丰富的赵小渔一比就不够看的了。

"若是出事，你就别管我了。"她道。

"千万别抱跟人死磕什么的念头，人只要活着就能想办法，你爹还等着你救，保命是最重要的。想想你还要做的事，想见的人，你必须得好好的。"赵小渔扶住她的肩膀，再三叮嘱，生怕把人都给搭进去。

陆莺莺恍惚看着面前的赵小渔，她的身影仿佛和思念甚久的人重叠："云、霆？"

"陆姑娘？"

待她回过神，便看到了赵小渔更是担忧的眼神，恢复了常色："好，一切小心。"

话音落下的瞬间，自密道内突兀响起了咯嗒咯嗒的声响。分不清前后，如回音绕梁，越来越近。

赵小渔猛地吹熄了火折子，一把握住陆莺莺的手，一手抄起地上的石块。

屏息以待的瞬间，被人护在了身后，熟悉的冷香萦绕，令赵小渔瞬间就放下了戒备，反而攥住了来人的衣袖。

"奇怪，我怎么好像听到这边有什么响动？"

"深更半夜的吓唬人呢，哪有什么声音，巡夜本就够辛苦的了，偏还搭上你个胆小鬼——"

三个巡夜的官兵同时应声倒地，宋慕青的面部轮廓自黑夜中显现，一身肃杀之气，犹如天神，总出现得那样时机恰好。

"蠢，还不要命。"这话是对赵小渔说的，她一抬头就能看到宋慕青那双眼里毫不掩饰的嫌弃。

赵小渔立马松开了手，快到没来得及察觉宋慕青在她离开一寸远后终于放松了紧绷身体的异样："宋公子来得真巧，这就太好了，我们兵分两路，见机行——"话还没说完就被人拎住衣服后领。

"你想去哪儿？"

赵小渔被他拎着没法动弹，最后放弃了挣扎讪讪赔笑道："自然是分开找比较快。"

但宋慕青对她们这两个的战斗力没有半点期待："就凭你们？"

赵小渔圆目一瞪，凭她怎么了，她还从他手里骗过东西偷过东西呢！

可她不敢说，只能恶人先告状："你跟踪我们！"

宋慕青嫌弃地松了手，语气冷漠："我若不跟来，刚才你们就被人发现了，你们太小看睿亲王世子的手段，也高估了你们自己。"

赵小渔想反驳，可对上陆莺莺煞白的脸色，她也知两个人这一趟来得鲁莽，宋慕青若没赶来，这会儿她俩就已经被送到那世子跟前了。可这一趟要是不分开，她就去不了小竹林啊。只能先从密道出去，见机行事！

心里有了这念头，赵小渔态度好了许多，巴巴看着宋慕青："那现在怎么办？都到这儿了。"

宋慕青觑着她，赵小渔迎头赶上他的目光，坦荡得很，她没歪心思，真的！

一旁陆莺莺朝出口那儿看去："先出去再说，也许等会儿还会有人巡过来。"

"等等……"

一刻钟后，三个人换上了巡夜官兵的衣服，将人拖到密道内掩实后离开了密道。

从伙房内出来，四周静悄悄的，三步一哨五步一岗，就见官兵来回巡逻，赵小渔扶了扶头顶的帽子压低了声道："从这儿到山长院舍得经过不少路。"

陆莺莺凝着神色："从后山可以抄近路，那边应该没什么人。"

后山岂不就是竹林那儿？赵小渔心里一喜，连忙道："那我们就从后山走！"

"不行！"

赵小渔瞪向宋慕青，他是天生克她的吧，怎么总阻挠她："不从后山走，这边遇到那么多官兵怎么办？"

"现在穿这一身衣服，从后山走更容易引起怀疑。"宋慕青像是瞧穿了她心中所想，"往四珍馆方向，先看看情形。"

早前在林家时，他们就希望宋慕青能来一趟，只是言明后怕被阻拦，所以此时他出现在这儿，陆莺莺犹如有了主心骨，自然是听他的："好。"

二对一，赵小渔自然没有选择的权利，再说宋慕青还盯着她，于是她只能乖乖跟着，三个人从伙房出来，装作官兵的模样，往四珍馆方向走去。

除去那天夜里的事，岐山书院的夜和今天一样并没有什么变化，廊下灯笼悬着，四周静悄悄的，常伴虫鸣声。

赵小渔警惕地往四周瞧着，巡逻的官兵越来越多，等到了四珍馆那儿，里外围了有两层之多。

四珍馆内灯火通明，唯有两座副楼那儿是暗的，赵小渔知道那儿有机关，若强行拆毁容易祸及里面的藏品，所以就算是睿亲王世子也不敢轻易尝试。

只是主楼里的藏书，怕是要遭殃了。

"他们在干什么？"陆莺莺见主楼内有人进出，手里还抬着箱子，素来心静的她也有了怒意，"这是要把藏书搬走？他们怎么敢！"

"他们不是搬书。"宋慕青盯着后面几个人，声音微沉，"那是破机关的人。"

"世子也在这里！"赵小渔眼尖地看到了睿亲王世子的身影，他身后还跟着个明州当地的官员，对着他点头哈腰甚是恭敬。

宋慕青看了眼李叡手中的骨扇："现在过去刚好。"

三个人从四珍馆后绕过去，一路有惊无险，到了山长院舍外，外面守着七八个官兵，看着正门方向，无从入内。

"我刚听他们说半个时辰后才是交班时间。"赵小渔猫在墙角，还在尽心尽力地谋划着如何单独撇开他们离去，"三个人一起进去太惹眼了。"

"交班的人都是脸熟的，不便调换。"要是宋慕青一人，出入自然容易，可带上她们两人，陆姑娘又丝毫不通拳脚功夫，他就要在能保证全身而退的情况下行动。

"我有办法！"赵小渔眼眸一亮，"有个地方可以进到山长书院，他们绝对不会发现！"

"带我去看看！"陆莺莺见父心切，跟着赵小渔往院舍后侧走过去。宋慕青快步跟上，三个人来到了一座高墙外，比门口那儿的都要高上许多。

"这不是……"陆莺莺往上瞧，自然是瞧见了墙头上那些碎琉璃片，这堵墙内就是她的屋子，这些琉璃碎片还是几个月前父亲命人镶上去的。

"看这里。"就着月光，赵小渔示意她看墙面上微不起眼的凸起部分，见她不明白，赵小渔跳上去就给她示范了下，一脚踩着树，一脚踩着那凸起，左右往上，竟是轻而易举地爬上去了。

陆莺莺没有反应过来："你怎么知道这儿的？"

看着驾轻就熟的赵小渔，宋慕青仿佛能看到她之前是怎样趴在这儿的。

"我……我就是碰巧听人说起过，书院内很多人仰慕莺莺姑娘你，就有人说，可以从这儿一睹你的容貌，我刚刚也是想来碰碰运气……"赵小渔还算义气，没有把林怀甫给招供出来，可往后他再想来这儿偷窥恐怕是不能了，"你们等着，我把那琉璃片拔了，这样就可以进去。你原本就不在书院里，你屋子附近肯定不会有人。"

赵小渔正要继续往上爬，树下传来宋慕青的声音："你下来。"

赵小渔居高临下看着他："宋公子，我手脚好使，很快就好了。"

宋慕青不温不火重复那句话："你下来。"

赵小渔眼骨碌一转，"哎"了声，顶着不情不愿的神色往下爬，嘴里还嘟囔着"我又不是爬不上去"，给宋慕青腾了地儿。

但对上宋慕青的目光后，赵小渔又即刻乖巧，恭维道："宋公子您小心……"

宋慕青觑着她，缓缓卷起衣袖，轻松踩上了墙面，身姿跃上如猎隼飒然，哪怕此刻穿着最普通的官服，也遮掩不住他的俊美！

赵小渔瞧着他，忍不住失了神，他是自己见过天底下卷衣袖卷得最好看的！

那堵墙，赵小渔大抵需半刻钟爬上去，宋慕青用了不到她一半的时间就已经上去了。待墙头往下看，陆莺莺与赵小渔都抬着头看他，视线落到那张小脸上，看她歪歪斜斜挂着的帽子，宋慕青目光微松，傻里傻气……

片刻回了神后，宋慕青压着心底那奇异的情绪，没再看树下，快步往上，终于到了墙头，往里看去，果真是无人看守，黑漆漆的，只有远处才有些亮光。于他们而言是机会。

宋慕青迅速拔了墙头上的琉璃片，所幸后来添的镶嵌得不算深。

"赵小……""渔"字还没出口，低头看向树下的宋慕青脸色微变，那前一刻还站在陆莺莺身后的赵小渔，此刻不见了踪影。

"陆姑娘，你可看到赵小渔去了何处？"

"不是在这……"陆莺莺往后看去，也愣住了，刚刚还在说话的，就在这儿啊，怎么不见了？

宋慕青从树上跃下，眼尖地看到陆莺莺身后留着的用石块组成的箭头，方向是伙房，当即道："我先扶你进去！"

这厢竹林内，赵小渔晃动着手里的银钱袋子，脸上简直要乐开花。

她就不信诈不到他。

远处隐隐约约有灯火，赵小渔忙将顺来的银钱袋子藏到怀里，熟门熟路地到了秦霜鸣住过的小木屋附近，绕到了后面，一株株地摸着竹子。

月光照不进竹林，竹子上的痕迹自然也不清晰，但就在与赵小渔肩膀齐平的位置，可以清楚地摸到一些符号。赵小渔往前走去，数到了第九株，又往后退了两步，到一株竹子下。

片刻后，赵小渔挖出了个偌大的包袱，一层层包裹得极其小心，赵小渔解开来，露出其中的瓷器一角后，她又迅速地给捂上，包裹起来后上下打量自己的身体，先将龙瓷藏在了身上，继而是埋在这儿的拓本。

放在学生院舍那儿的东西肯定不便去，秦霜鸣那儿不知道有没有什么好东西。

赵小渔心里嘀咕着，随即否定了自己这想法，不成，怀里的这些拓本拿出去也够卖不少钱，她不能捡了芝麻丢了西瓜，她要面对的可不止书院里的这些官兵，还有宋慕青，等他找到自己，可不就露馅了。

想到此，赵小渔半刻功夫都不敢耽搁，刚刚算着他们交班的时辰，从最不引人注目的位置绕着往伙房走去。

忽然，后山的方向传来一阵火光，赵小渔掩身到了大榕树后，看着大批的官兵往那方向冲去，趁着这机会，她快速进了伙房钻入密道，先一步离开了书院。

烧起来的正是后山竹苑的那片竹林，旁边囤了不少储备柴火，一下烧得照亮了大半天光。

数十名官兵身影幢幢冲向那儿，手中兵器寒光闪烁。

另一侧离伙房几步外的拐角处，掌教掸了掸身上，撩灭了袍角被溅到的火星子，一面警惕环顾四周："这节骨眼你们还敢冒险前来，让你父亲知晓，你怕是要他老命。"

"掌教，我爹如何？"陆莺莺是被掌教带过来的，此刻紧张问道。

"被关着，心气不顺，旁的没大碍，最挂心的便是你。只要你好好的，这边也不是问题。"掌教说完便催促两人离开，但看宋慕青面色凝重地杵着，直望着起火方向又道，"放心吧，我从那边来的，没看到赵小渔，倒是刚才看见一抹灰影往伙房里边去，那机灵劲全书院寻不出第二人，你们也赶紧出去。"

宋慕青的脸色微变一二，不过很快抱拳和掌教别过："保重。"

"那父亲就有劳掌教照顾。"陆莺莺紧紧抱住从自己屋里带出来的布包，跟着宋慕青从密道离开。

两人入了密道，掌教掩实了入口处，立马从伙房离开，又在山门附近假山不远处用硫黄石引爆，引得大批官兵往那边去查探。

只是尚未来得及回到住处，就被两名侍卫拦住了去路，睿亲王世子扶着骨扇一下一下轻捶着手心，悠悠从廊下踱步走了出来，目光从他身上扫过，又在袍角处停留须臾，渐渐笑了起来。

数十里外，集寨内，赵小渔把马车留给了宋慕青与陆莺莺，骑上自己备下的马，飞快赶回了明州城。

一路快马回到家中，赵老爹睡得死沉，打呼声隔壁邻居都能听见。她想也没想就把龙瓷埋在后院鸡舍底下，办完这最紧要的事，心底大石头总算落下，遂拿起另一包拓本和银票，飞快出了院子，往渠巷那儿狂奔而去。

早晨的渠巷是一天中最安静的时候，赵小渔顺着巷子一路往熟悉的破庙跑去，喘着气却不敢停下片刻。

望见熟悉的红墙后，她拐个弯从一破洞中钻了进去，七弯八绕的，到了破庙殿前，又绕到了后面，搬开虚掩的门口，进入了一间昏暗闭塞的小屋。

久不住人的屋内充斥着霉味，赵小渔掩了下口鼻，将包着拓本和银票的包裹塞入床底内的石缝中，再用砖块细细填了才算安心。

做完了这一切，赵小渔才真正松了一口气，捡了衣袖干净的一段擦了下满头的汗，扶着床沿站了起来，往后退却时，忽然撞上了一堵人墙。

赵小渔面色微变，整个人僵在那儿，直到嗅到那熟悉的檀香，捏紧的拳头才松开来。

昏暗小屋内安静得只剩下墙角偶尔的鼠蹿声，赵小渔额头的汗滑落下来，到了耳鬓。

小屋外忽然传来"咚"的一声，赵小渔喊了声："有人来了！"人飞快地往出口冲去，可才迈出去一只脚就被宋慕青给拉了回来，整个人摔在了床上，激起来了一阵灰尘。

"咳咳咳！"赵小渔掩住口鼻，看着宋慕青干笑道，"宋公子你平安回来了啊，真是太好了，呵呵呵呵。"

宋慕青的脸色黑沉得出水："你从书院拿了什么？"以至于要撇下他们单独行动。

赵小渔忙用身子堵在床前，从善如流："有你带着陆姑娘太让人放心了，我就是顺道拿些纪念品，这不是两边都不耽误事儿。"

但看向宋慕青的眸色更沉，赵小渔想起这人竟然能追到破庙里来——好生变态！

幸好自己防了一手！

正想着，她整个人被往上一提，被拎了下来，紧接着，赵小渔看到宋慕青手一抬，顷刻将整个床板都给抬了起来。

咣当一声，不知什么东西砸在了窗户上，碎了，早晨的光亮透进来，照得屋子内敞亮。

转眼间，自己藏在床底墙缝内的布包，被他给搜了出来，一摊子扔在了地上。

刚刚她花了那么大的功夫，灰头土脸地钻进钻出，他就这么两下翻出来了？而且看起来这么干净！

百两左右的碎银子，二十来册拓本，书院派发的笔墨，还有迷魂药和一些杂七杂八的玩意儿，零零碎碎，散了一地。

宋慕青扫视过去，沉吟问道："就只带了这些？"

赵小渔忙蹲下去收拾拓本和银子，嘟囔了句："这里可是庙宇，你这样会得罪菩萨的！"

等将东西都抱起来，赵小渔对上他的目光，连这点嘟囔都不敢了，捏着她的宝贝银子连忙道："对啊，我可是好不容易才将它们顺出来的！"

说着，护命似的护着那些东西，迎着宋慕青审视目光，一副要钱不要命的泼皮无赖相。

宋慕青猛地就想起在书院不见她的一瞬惶恐，又见她此时没心没肺的无赖模样，胸口处忽然剧烈起伏了几下，凝视她片刻，又霍地转身出了门。再待下去，他怕控制不住，想把人拎起来揍一顿。

赵小渔等他出去，整个人就势往凳子上一瘫，生生给憋出一脑门汗，重新枕着银票和拓本，心底彻底踏实了。

龙瓷让她给捣鼓出来了，而宋慕青和陆莺莺也平安回来，一举两得。

就是宋慕青……好像很生气的样子啊！

没过一会儿，赵小渔把屋子收拾了一番，可床板已经让宋慕青给弄成了这样，再藏东西怕是不安全，于是她又另外寻了一处。

等藏完天也快亮了，她这才慢条斯理地往林府赶。

此时渠巷内才有些人影，但依旧不多，赵小渔哼着曲儿走的。在她走后不久，巷子里突然冒出三四个人，分批潜入了破庙和她新的藏点……

八月正值夏末，早晨天气晴朗，林府内，腿伤才好的林怀甫难得起了个大早，正想着活动活动筋骨，不料却看到大清早的宋慕青和陆莺莺逃难似的从府外回来，还没等问，陆莺莺就回了厢房，而宋慕青是压根没让他逮着机会问。

正心情复杂又有些莫名激动时就等到了赵小渔，他一把把人拽回来，按在桌边一道用朝食。

"你们去哪儿了，怎的一个个都从外面回来？"

"早起出门遛弯儿啊，除了我，还有谁啊？"赵小渔揣着明白装糊涂，用筷子拣了个小笼包子先咬破了面皮褶子上面一个洞，轻轻吸啜，那一股浓鲜甜腻的肉汁顿时涌入口腔，接着蘸点酱醋嚼着馅儿一块吞下，一口一个好不快活。

林怀甫在旁停了筷子，不掩嫌弃道："你吃斯文点，饿死鬼投胎似的。"可仍压不住心底蠢蠢欲动的八卦之心，"还有谁，就是宋慕青和陆姑娘，那陆姑娘还是被宋慕青一路给搀扶回屋子的，你说他们俩总不至于一大清早出门遛弯儿去吧？分明是有奸情！"

赵小渔闻言，突然慢下了动作，边嚼边道："他俩……能有什么啊？"不就是从书院一块儿回来，可回来归回来，为啥还要扶着啊……

"我看着像是有什么的，你看宋慕青平时那冷若冰山的样子，对谁都冷冰冰的，说话硬邦邦地噎人，可对陆姑娘何曾那样过，还十分温柔。"林怀甫佐证道。

赵小渔也想点头，刚才在渠巷就凶自个儿来着，把她扔床上时没半点留情的。再想想他对陆莺莺那谦和温柔的态度，忽然嘴巴里的包子嚼着不香了。

"我还有事儿，你慢慢吃。"赵小渔扔下一句，便想去看看陆莺莺，昨晚把人撇下，虽然知道宋慕青一定有法子把人带回来，但到底有些不厚道。

林怀甫看着她有些失魂落魄地走了，喊也没喊回来，倒是不经意看到了被他议论的正主之一宋慕青出现在了面前，对上他的目光，林怀甫无端咽了口口水："宋、宋兄，可要一块儿用点啊？"

"客气，不必。"

嘶——冻得很。也不知自己哪儿得罪了他。

赵小渔怀着莫名的心绪往陆莺莺的厢房去，叩了叩门："陆姑娘，是我，赵小渔。"

"进来吧。"

她打开门进去就看到陆莺莺坐在凳子上,一只脚架在另一条凳子上,正对着脚踝揉搓药酒,明显有一块瘀青。

"你受伤了?"

"回来路上匆促,又带着东西,扭了一下,不碍事。"陆莺莺示意她坐下,"你昨晚回来可顺利?"

赵小渔忽然想起林怀甫说的,只怕是因为陆莺莺扭了脚,不知为何,这么一想,心情突然好了些,坐下来时语气都不自觉热络了好多:"可要我帮忙?"

"正好抹完了。"陆莺莺将药酒搁了回去,重新穿上鞋袜,看向赵小渔时眼神柔和,"看到你平安无事回来我也就安心了。"

这么一说,赵小渔心里反而有些过意不去,嘴上仍是找补道:"抱歉,是我私心害你们担心了,想着分作两路,能省时免得拖累……"

"要说起来,我才是拖累那个,赵姑娘这句抱歉应当对宋公子说,从你不见,他便一直担心。你们可见过了?他一回城就去找你了。"

"见、见过。"想到那愣头青会担心自己,赵小渔当天方夜谭听,可心里到底是有些暖暖的,"你受伤了不方便,想用点什么朝食,我做点清粥小菜还不错,你等等我去给你做。"

陆莺莺放下裙裾,看着她热心模样,含笑应了声"好"就看她风风火火要出门去,又突然在门口刹住,偏头指了桌上的瓷碗摆件问道:"这些是什么,好精致啊?"

"故人所赠。"

然后就没了话。

赵小渔一开始只瞥见那只青花碗,后来才看到碗里那些造型各异的瓷偶,拇指长,做得细腻精巧,还有几分眼熟。

再看陆莺莺目光随着那些瓷偶陷入沉思的模样,也就不好再问,关门退了出去。

往厨房走去时赵小渔一路都在想,要不给宋慕青也做一份送去?

赔个罪,兴许就不生她的气了吧?

彼时,林家上客房内,宋慕青手中捏着一枚椭圆形的瓷器玩物,长指缓缓翻动着,隐约可见上面釉质精致的凤鸟图案。

窗外鸟雀声起,宋慕青站了许久,屋外传来敲门声。

"大人,渠巷破庙内并没有发现什么,戏楼后柴房内也仅有一个布包,里面藏有银两和拓本,还有些药。"

"没有其他收获？"

"没有。"手下顿了下，随后道，"私窑那边有消息，这几日会出货。"

宋慕青扬手："盯紧他们，不要打草惊蛇。"

"是。"

客房内很快只剩下宋慕青一人，他低头看着手中的玩物，细看之下，这勾勒的图案纹路，竟与赵小渔手中的瓷葫芦有几分相像。

屋外再度传来敲门声，宋慕青没有回头，说了声"进"。

门"吱呀"一声被推开，脚步声轻微，到了他身后几步距离之处就不再动了。

宋慕青转过身去，就看到赵小渔小心翼翼地将托盘内的清粥与小菜端到桌子上，动作之轻，怕极了会吵到他似的。

"宋公子，这是我煮的粥，你……你别嫌弃。"对上他深沉的目光，赵小渔虚笑着讨好，"早上回来后你什么都没吃，我……怕你饿着。"

宋慕青看了她片刻，坐下来，将那瓷器玩物放在了桌上。

赵小渔向来都是会顺杆往上爬的人，见他坐下来了，便在旁边也跟着坐下，讨好地将粥碗递到他面前，还奉上勺子，伺候得十分周到："都是用林府厨房里的东西做的，你别看这粥普通，看似寡淡，但养胃是最好不过，陆姑娘也说好吃……"

说着赵小渔眼尖看到了那瓷器玩物，脸上的神情微顿，这怎么与刚刚在陆姑娘那儿看到的这么像？

宋慕青没有喝粥，而是拿起了那枚椭圆玩物："你认得？"

赵小渔点点头，又摇了摇头："之前在陆姑娘那边看到过相似的，感觉像是在哪儿见过。"

"和你的瓷葫芦有些像。"

赵小渔从衣兜里拿出瓷葫芦看了看，没看出个所以然来，像吗？

可多对比几次，赵小渔的眼眸慢慢睁大，是有些像了，不是图案像，而是上釉的图案勾勒起来很相似，就像是……出自一个人之手。

"这就是从陆姑娘那边借来的。"宋慕青抚了抚椭圆表面的图案，"这样的玩物现在不多见，陆姑娘也说，是十来年前的旧东西。"

"可我爹说，这是我从小就戴着的……"赵小渔摸着瓷葫芦，"陆姑娘可说了这东西的由来？"说不定她这也是老爹从那边弄来的。

"并未提及。"

"噢。"

赵小渔将瓷葫芦收了回去，目光还在那小玩物上，之前六叔就说过她的瓷葫芦是个值钱的，那这盏不也值钱？

宋慕青一双寡淡凉薄的眼，眼皮子轻扫，落到了她身上，赵小渔顿时转换了神色，笑着提醒他："宋公子，再不吃粥就凉了，你……"

话音未落，屋外林怀甫径直推门进来，嘴里嚷道："人都去哪里了，一个个不见踪影。"

宋慕青迅速将玩物纳在了手中，林怀甫看到屋内坐着的两人，再看赵小渔那副讨好的神情，心气儿就有些不顺："你在这做什么！"

"我来看看宋公子。"赵小渔习惯性地起身给他让座，一个个都是二世祖，她谁都得罪不起。

林怀甫直接坐下，觑了眼桌上的粥："你送来的？"

赵小渔点点头："是啊，我给陆姑娘煮粥，顺道给宋公子送过来一些。"

林怀甫瞪大了眼："你煮的？"

"是……啊。"赵小渔犹豫了下，没觉得自己话里有什么不对，可二世祖怎么是这眼神，也跟着生气上了，可为什么啊？！

林怀甫拍了下桌子，心里没由来有气，却弄不清为何，就嚷道："好啊，你个吃里扒外的，你在书院里的时候也没见给少爷我煮过几回，怎么就给他煮了！"

"我……"赵小渔看来看去，不就是一碗粥？

宋慕青神情未改，就坐着看林怀甫在那儿气得像个胖头鱼，视线往上，赵小渔仍旧是一脸不解的模样，莫名地，他的情绪有些平复。

"我不管，本少爷也要，你给我去盛一碗！"

"少爷，您不是刚已经吃了？"一个愣头青脾气怪也就算了，怎么二世祖也跟着被传染，"我就煮了这么多，厨房里没了。"

"那我就要这一……""碗"字没出口，林怀甫伸出去的手，直接被宋慕青给拂开了，后者拿起勺子舀了一口粥，当着林怀甫的面喝了下去。

末了，淡淡给出了二字评价："不错。"

林怀甫气得脸都绿了，他明显感觉到宋慕青是故意的！

赵小渔却只顾着宋慕青说的那两个字，眼中泛了光，有些小窃喜："真的吗？我就说我粥煮得还不错。"

宋慕青"嗯"了声，食不言，他慢悠悠地喝着粥，也的确是饿了，转眼粥就没了大半。

感觉自己被忽略的林怀甫，直接下令要赵小渔再去厨房给他煮粥，他今儿要是没吃到赵小渔的粥，他整个人就挠心挠肺地难受。

"林公子，赵小渔已经不是你家的奴仆了，林老爷已将卖身契还给了他。"宋慕青制止了林怀甫的无理取闹，为了制止他继续闹下去又添了句，"今天要去林家窑坊，林公子可准备妥了？"

"我不……"原本要说不去，可想到赵小渔要跟着一块儿去，林怀甫连忙改口，"我这不来喊你们，大清早的你和陆姑娘出了一趟门，不知道的还以为你们俩有什么。"说罢故意挤了挤眉，一副"你说出来也没事我不会告诉别人"的模样。

宋慕青却没有搭话，直接起身："出发吧。"

一个时辰后，四人出现在了林家窑场中，窑场内工作的伙计纷纷喊"少爷"。林怀甫挺着胸，想和赵小渔炫耀几句呢，可都没机会张口，因为赵小渔已经冲到了前头，好奇地问这问那的，对什么都是一脸新奇的模样。

看着"他"黑溜溜的大眼睛，林怀甫竟又想到了"他"女装的样子，反应过来后自己恶心了一阵，亮声道："喜欢什么，随便挑一个。"

赵小渔并非喜欢这儿的瓷器，而是对制作工艺感兴趣。六叔那儿的小窑虽说也去过很多次，可林家窑场这样的可是头一回见，那么大的烧窑，每天成批量地出产，她将来要有这么个窑场，就发达了！

数钱数到手抽筋……

这眼神落到宋慕青眼中，他便知道她一定又是在想银子了。

可她涉险独自一人离开，真就是为了那一百两银子和拓本？

那些东西在他这儿也不是不能露，他就算发现了也不会抢，她那么精明一个人，怎会不清楚独自前往和带上他的安全性哪个更高？

开溜独自前往，又提早一步离开书院，拿走的又是快马，将马车留给他们，为的都是不让他跟上她。她一定还带出来了别的东西。

正瞧着窑洞的赵小渔察觉到有人看她，扭头对上宋慕青的目光，她笑着摆了摆手："宋公子，您来看看这些，这儿的可比渠巷中的好上许多。"

几个人走近，林怀甫得意扬扬："那是自然，说起来我家的瓷器比元家的都要好，只不过没他们无耻罢了。"

听他这么说，赵小渔捧了个已经烧制成的瓷器，左右看了看："点青是比元家的好一些，你家请的师傅好？"

"你懂什么，那是因为我家有不传秘方，可是我爹的大恩人所赠，我都没见过！"

赵小渔瘪了瘪嘴，说什么不传秘方，林家入行做这才多久。

"我听过不少宁家的事，要是宁家还在，可没元家什么事。"韩邵钰性子直爽，对宁家的瓷器也是十分推崇。

"一大家子人没一个活下来的，最小的孩子都没放过。"林怀甫嗤了声，"你们来明州这么久，没听说过当年宁家的事和那元家脱不了干系？"

四人中唯独韩邵钰露出了极大的兴趣，林怀甫便给他好好说了一番当初的宁家，其中添油加醋之处连宋慕青都听得有些皱眉。

日落西山时，四人回到林府。

陆莺莺的状态好了不少，众人又讨论了接下来该如何，可书院回不去，情况也不知晓，加上龙瓷没踪影，讨论仍是没有结果。

如此安生了两日，回到明州的第四天，赵小渔大清早起来，收拾着准备去渠巷检查一下自己的宝贝，然后找找渠道打算先把拓本销出去。

才到渠巷口呢，就被前方的一堆官兵给吓退了。

渠巷向来是下午热闹到凌晨，早上没什么人的，一下来了这么多官兵，就算和她无关她都有些被吓到。

赵小渔急忙躲进了边上巷子内，顺手抓了个路人问："出什么事了？"

"里面几个小窑被抄了，说是制假瓷，都不让人靠近。"

"假瓷？"赵小渔揪住他不让他走，"哪几个小窑？"

"张记的，杨家的，好像还有个刘记……"话音未落，抓着自己的手忽然松了，路人往巷内看去，人已经走到深处，只留了个匆促背影给他。

赵小渔心急地挤进了围观人群里，一直挤到了前边，就看到数十名官兵个个凶神恶煞的，一家一家铺子搜过来，但凡走过如蝗虫过境，若有可疑连人带东西全部带走。

"官爷您请高抬贵手，小民做的就是个小本生意，绝对不敢参与制假造假呀！"

"当家的，当家的，你快和官爷求求情！咱们一家老小都指着他过活，不能抓啊！"

"求官爷放过我儿吧，我儿冤枉呐！"

求饶声和哭喊声交杂在一起，好不凄惨。

这都押走了好几拨了。

赵小渔看着前面不远处的刘记，刘小胖正蹲在门口哭得撕心裂肺喊爹喊叔的，冰糖葫芦还有些碎陶土瓦片散了一地。

就听旁人可怜道："刘家的娃娃见天的在外头跑，老四被带走的时候，孩子在外边躲过一劫，老四被抓进去还不定怎么样呢，娃儿还这么小，没人看顾可怎么办哟。"

"大叔，刘记的人都被抓了？"赵小渔支棱着耳朵不禁急问。

"我就看见掌柜的被抓，他那兄弟倒没看见，是不是又出远门了？你们见着没？"那人问了街坊邻居，都答"没见过"。

"这事说到底是码头那批瓷器惹的祸，听说是要往西夷去的，那批瓷器明面上一层是元家的瓷，底下可都是假的。如此明目张胆，兹事体大，这不就闹大了，牵连可多了，元家也逃不过。"

"那些个脏事儿谁不知道啊，这下好了，肯定是惹着了不得的人给一锅端……"

赵小渔对元家牵不牵扯的不上心，独独紧张四叔，待官兵们往巷子后面撤，连忙上前把刘小胖给扶了起来，给他拍了拍身上尘土："可有哪儿受伤，他们对你动手了？"

"呜呜呜，赵小渔，他们抓了我爹，你帮我把他救回来好不好？"刘小胖哭得鼻涕眼泪的，心底畏怕得很，看到赵小渔跟抓住了救命稻草似的，攥得死死的，哭着央求道。

"莫怕莫怕，四叔只是牵连进去的，说不定只是误伤，抓去问问话，要不了多久就能放回来。"赵小渔宽慰他，亦是宽慰自个儿，依照四叔舌灿莲花的本事，定能化险为夷，一定能的。

她半蹲下身子，趁着周遭不注意又低声问："六叔呢？"

刘小胖啜泣着，挨着赵小渔轻声道："六叔留了记号，会躲一阵。"

也就是没被抓，赵小渔心底稍稍松了点，看着哭蒙了的刘小胖，只能先把人带回自己家让赵老爹照顾，再做打算。

这厢赵家小院儿里，自从把赵小渔送去学绣花没人管了的赵老爹，喝着小酒，唱着小曲儿，想着赵小渔学成归来，寻个安安稳稳的亲事，越想越美，以至于看到带着刘小胖开门进来的赵小渔，好半天没反应过来。

"你……"

赵小渔本能地心虚，好在刘小胖俩兔子眼很是招人注目，赵老爹顿时被吸引去了注意："小胖咋啦，让人给欺负了啊？"

这一问，刚止住眼泪的刘小胖又开始哭了，扑上前抱住赵老爹："阿公，我爹被官爷给抓走了，呜呜呜。"

赵老爹一听就知道坏了，看向赵小渔。赵小渔就把来龙去脉给说了，听得老爹眉头紧锁，连连叹气，刘家兄弟俩做的什么行当他清楚，之所以不让赵小渔跟着掺和可不就是怕的这一天。这来钱快的买卖，风险更大。

"刘记那儿既然已经被官府查封，小胖就先住在我们家，你那几个叔干的这买卖，想必也有他们自己应对的法子，不是你们两个担心或者瞎帮忙能行的。"赵老爹不放心又交代道。

刘小胖哭久了，就着赵老爹那屋的床睡着了。

赵老爹给他掖上被子，示意赵小渔跟自己出来。

赵小渔老老实实跟着他出门，刚一出来，就被老爹揪住了耳朵，一路给提溜到院子里："老爹，疼疼疼，您撒手！"

"你老实跟我说，你是不是压根就没去隔壁村儿？还有你这什么样子，灰不拉叽的，跟灰土里刚扒拉出来似的。"

赵小渔一惊，忘记了捂耳朵："没，没呢。这不是，刚好回来探亲就撞上这事儿了。"

"让你去你是去了吗？"

"去了啊。"赵小渔理直气壮。

"学什么了，你倒是给我说说。"

"刺绣中运用最多的就是直针绣、缎面绣、长短针和轮廓绣，若要绣得别致好看，需得在这些基础刺绣阵法上有所变化……老爹，说深了你也不懂。"

赵老爹稳着气，摔出一绣绷子，表情冷漠不变："那你给我绣个最简单的。"

赵小渔防不胜防，瞪着那绣绷子："爹，你这就没意思了啊。"

"小丫头片子，你还敢糊弄你爹我，亏得我到处给你托人，想着让你学点好，将来好嫁人……"赵老爹气得在院里到处找称手的工具，要开揍。

赵小渔多机灵啊，上回来就把院里能打疼人的东西都给搜罗藏起来，这会儿左躲右闪，打算和老爹讲讲理："爹，爹我没去学女红，可我去岐山书院了啊！"

"你看，你把牛都吹上天了！"

"真的！我跟着林家少爷去的，老师还因为我画画有天赋，特意破格收我为学生。"算是收了吧，但是书院又被封了，唉。

赵老爹听到林家，又听她说得有板有眼："你和林家少爷怎么扯到一块去的？"

赵小渔看赵老爹态度有缓和迹象，连忙把事儿简单交代了下，连同书院里的，把该隐去的隐去了，反正上学读书可比学女红强多了，老爹不会不满意的。

可她越往下说，赵老爹脸上非但没瞧见笑意，反而越来越沉重。

赵小渔想不通，也不敢再多说，只好转了话题："就算说嫁人这事儿也不是你说嫁就嫁，得我看吧。我可不得找个不嫌弃我不会女红，也不嫌我粗咧咧的，当然最好还能挣钱给我花的。"

"嗬，你做梦呢。"赵老爹气得眉毛都翘起来了。

赵小渔想了想，好像确实挺难的："再不济我挣钱养他。"要长得像宋慕青那样的，她铁定心甘情愿，再说她现下存下不少，要养个唇红齿白的书生，培养进士之材，将来当个进士夫人……

正畅想着，脑袋就重重挨了一记。

赵老爹拿着行凶的水瓮子："你就少折腾你老爹，一把年纪了，就想着你安安稳稳的，少闯祸，少掺和刘记那边的事儿。"

"我怎么不安稳了！"赵小渔咕哝反驳，发现老爹年纪越大，就越看重安稳两字儿，总是莫名其妙在紧张什么，一问就说没有，约束自己越发紧了，"咱们能在这安稳着，当初还是四叔和六叔帮忙，如今他们出事，咱们就撇清干系，这种事儿我做不出来。你要是做了，我就……我就看不起你。"

赵老爹的脸色变了又变，看着倔劲儿上来的赵小渔，胸口一阵剧烈起伏，好半天才挤出声音："我那是不管的意思么，我那是让你量力而为，别把自个儿搭进去！人都进官府了，你怎么做？难不成去劫狱？抓进去的又何止是你四叔、六叔，人多了去了，岂是那么容易帮的。"

"我就知道老爹不是忘恩负义的人！"赵小渔立马态度一个变，又对着老爹一阵溜须拍马，最后再三保证道，"老爹，你放心，我懂分寸，绝对不给你惹麻烦。小胖就交给爹了，我还有事儿没处理完，回头再来看你们。"

"哎等等，你又做什么去？"

没等赵老爹阻拦，赵小渔便溜身出去了，跑得飞快。

又去渠巷打探情况，赵小渔绕着官府外走了一圈后，等回到林府已经过了酉时，天黑了下来。

赵小渔刚迈进门，就看到了正要出门的宋慕青，随口一问："宋公子这么晚还出门啊。"

"嗯，假瓷案牵连不少人，府衙请我去一道听审。"

她怎么觉得这人有些故意等着自己的错觉。

宋慕青是故意等着她也好，还是意外遇到的，赵小渔都得磨上他去衙门。

这是最快捷能知道四叔消息的办法，比起她自己去衙门打点，跟着宋慕青还能知道得多一些。

所以甭管他心里是不是打着主意，这险她得冒。

于是赵小渔讨好地看着宋慕青道："我陪宋公子一道去吧，身边有个人好指使些。"

说着就跟了宋慕青的脚步往外走去。

"不必。"

"必要的必要的，我还能给宋公子打打下手。之前您查假瓷案，我不也帮了您不少，如今人抓着了，我也想看看，究竟是什么人敢在咱明州这儿卖假货！"

宋慕青觑了她一眼，赵小渔端的一脸正气，仿佛是打假先锋头子，对上他的目光半点不虚。

宋慕青嘴角微勾："好啊，说起来也有你的功劳，一起去也无妨。"

赵小渔猛地一怔，他、他、他刚刚是冲着她笑？好看是好看，可怎么觉着有些冷呢。还有，他刚刚说什么？有她功劳？什么时候的事儿，她怎么不知道？

回过神时宋慕青已经走远了，赵小渔急急忙忙跟上去，心里有些忐忑，她没做什么啊。

末了，她看着宋慕青的背影笃定，一定是这家伙诓她！

片刻后到了衙门，县官老爷毕恭毕敬地将人请了进去，得知宋慕青要审犯人，又毕恭毕敬地去安排了，跟在他身后的赵小渔头一回有了"一人得道，鸡犬升天"的感觉。

换作以前她来衙门，不是挨板子就是因为乞丐的身份被关上几日以示惩戒，哪有今天这么威风。

"你以前常来这里？"宋慕青不是没瞧见赵小渔的眼神，进了牢房后她仿佛是进了自家后院。

赵小渔忙收敛了些，装可怜道："没，以前城里每每戒严就会抓些乞丐来关几日，我年纪小跑不快，总会被逮着。"

宋慕青没回她，而是问带路的牢头："人都带过去了？"

"回大人的话，都带过去了，在审讯屋内。"

赵小渔悄悄抬起头，牢房深处出现了一间屋子，与牢房相同的扶栏门内，墙上挂满了刑具，边上还有个烧得正旺的炭盆，上头还架着一个已经烧红了的烙铁。

烙铁边上，则是一张老虎凳，凳上地下血迹斑斑的好些都泛了黑，看着怪瘆人。

那牢头还在得意扬扬地说道："大人放心，我们这儿审人最是擅长，渠巷那些个出来的，可狡猾得很，不用点重刑他们是不会交代的。"

宋慕青没作声，坐下后看了赵小渔一眼，这才示意："先带杨记的人进来。"

很快三个戴脚镣的人被推了进来，身上都有伤，蓬头垢面的一看就是已经审讯过的，赵小渔看着他们腿上的血痕不免为四叔担心起来，今早抓的人，这才过去多久已经审了一遍，若多关上些时日岂不要人命？

杨记三个人进来就喊冤，哭得稀里哗啦："大人，我们就是做小本生意的，每隔一个月往码头运些瓷器，运送的也不多，怎么都不敢做犯法的事啊。"

宋慕青看了眼手中记下的案卷，漠然问："那为何你们的瓷器用的是元家的箱子？"

"这是这儿的规矩啊，送去西夷的，都得冠元家的名儿才能出得了货。我们都是送去码头的，装了箱送上船，旁的我们也不知晓啊。"

"也就是说，盖在上面的是元家瓷，底下的是你们的？"

"是是是……哎，不、不、不、不是。"杨掌柜又急忙摇头，"大人，底下那些假的不是我们的，不是我们家出的瓷器。"

"但盖着的是你们杨家瓷窑的印。"

"这，这我们也不知道啊，我们冤枉啊，我们做了这么多年买卖，是绝不会卖假瓷的。"

"那你说，谁会害你们？"宋慕青合上卷宗看着他们三个，"不是你们的瓷，却盖着你们家的印。你如若说不出所以然来，光是喊冤可无济于事。案子上奏到京城，你们这些人，一律问斩。"

"一律问斩"四个字惊了跪着的三个人也惊了赵小渔，问斩？要问斩？！

杨家三人面面相觑，这都没牢头什么事了，不用上刑让他们认罪，只需宋慕青手里证据确凿，就能直接定案，没有活路。

哭求声顿时响起，喊的都是"上有老下有小"这样的话，边上的炭盆还烧着呢，赵小渔却觉得，坐着的这位比那炭盆还可怕，简直是阎罗王，听着话不重，句句要人命！

"若是别人与你无冤无仇，不会陷害你，这瓷器冠的又是元家的名号，最后上船的人就最有可能动手，你是想说元家？"

审讯室内安静了片刻，杨掌柜急忙摇头："不不不，不是元家，元家哪会如此？元家带着我们赚银子，怎会如此？"

赵小渔心中暗骂了句狗腿子，还赚钱呢，就是因为元家垄断着，渠巷出去的不少东西都要冠元家的名，这次的事元家肯定脱不了干系！

"那会是谁？"

杨掌柜想了会儿忽然急道："是刘记！是刘记那帮人，他们一直与我们不对付！昨天夜里他们也有人在码头上，就是他们捣的鬼！"

"你放……"赵小渔想直接举起那烙铁给他敲十个八个印，可对上宋慕青的目光，她飞快压下了情绪，"你尽管放开来说，如果你们真的是冤枉的，我们大人会给你们做主，但是你们污蔑人，那这罪就更重了。刘记这次也被抓了进来，他们要捣鬼怎么还会害到自己头上？"

宋慕青淡淡收回了视线，赵小渔松了一口气，瞪着杨掌柜，还敢给四叔他们泼脏水！

杨掌柜却不管这些，左右抓不着人，便咬死了一个不放："就是刘记，就是他们。大人，他们那老六，昨天夜里就不见人影，他们窑里的东西可都是他弄的，现在人不见了肯定有鬼！"

赵小渔在心里骂了一通，可还是止不住宋慕青要把人叫过来，很快，四叔和刘记的两个伙计被带了上来，身上也有伤。

刘四叔进来后目不斜视，更没看那杨掌柜，毕恭毕敬地先给宋慕青行了个礼："原来这位公子是京城来的大人，小的有眼无珠，失敬失敬。"

宋慕青翻了下刘记那儿搜来的记录："杨掌柜说他的假瓷是刘记栽赃陷害的，你可认？"

刘四叔跪下来不卑不亢道："刘记与杨家的确有些过节，不过我们窑里做的都是些小瓷，小本生意，没仿过宁家的瓷器，更不会去栽赃陷害他们。"

"不是你们是谁，你说，老六去哪里了？昨天夜里你们两个伙计偷偷在码头上做什么？"杨掌柜话音未落，宋慕青一个眼神，那牢头就直接给了杨掌柜一拳，闷哼声旁人看着都疼。

"大人没问你，说什么话！"

杨掌柜吐了一口血，再也不敢嚷着抢话。

赵小渔不自觉往后缩了一步，看着宋慕青那冷漠神情有些怔怔的，随即就被他给叫住："你来问。"

"什么？"赵小渔愣愣看着他，她来问？

宋慕青点了点头，言简意赅："问。"

赵小渔捏着拳头看向杨掌柜，身旁又是轻飘飘的声音："问刘记。"

赵小渔只得强打起精神，故作凶狠地看着刘四叔："你们运出去的货中为什么藏有假瓷！"

"大人冤枉，那不是刘记的瓷器。"

"不是刘记的为何会藏在你们的箱子内？"

"小的不知，刘记的瓷器都刻有刘记的印，我们烧的都是些小货，昨天夜里派人送到码头后看着元家的伙计装箱送上了船。"

赵小渔扭头低声问："大人，刘记的那箱子里，假瓷都有刘记的印？"

"没有。"

赵小渔心头暗喜,四叔果然比那杨狗子聪明:"那是不是说明,刘记那箱子里的东西,不是他们的?"

宋慕青瞥了她一眼:"他说你就信?"

"是你让我问的啊?"赵小渔嘟囔着,对上他的视线又怂了,"他说不是有可能说谎,杨掌柜也说不是,是不是有被冤枉的可能性?"

"既然是他们家的箱子,不论有没有刻印,都是确凿证据,可以定罪。"

赵小渔瞪大了眼,那还审什么,人家说不是,你也能说成是。

可赵小渔不敢直接说,又不能为四叔开脱,想到还在外的六叔,便引了杨掌柜的话大声呵斥:"既然不是你们的东西,为何会有人在昨夜逃走?"

不长记性的杨掌柜跟着道:"就是,老六人都不见了。"

"老六他前几日就出城去了,大人,咱这烧瓷需坯土,铺子里缺货,去拿货了。"刘老四方方面面都考虑妥了,"大人要不信,可以去渠巷问问。"

宋慕青的视线从赵小渔身上扫过,又落到刘老四身上:"带张记的进来。"

这一审就审到了夜深,赵小渔出了衙门,被兜头的寒风一吹,吹散了从牢狱里带出来的闷热恍惚,缓过神来。

没问出什么对宋慕青来说有用的讯息,却见识了宋慕青冷酷似阎罗般的模样。

赵小渔打心底对宋慕青憷怕,从他自己开始主审后就没了声儿。

宋慕青在她身后慢了一步,大步迈过了门槛,就看到她往旁挪了一大步给他让了道儿,略抬了抬眼皮子,嘴角的笑似玩味。

赵小渔还是想问那些人会怎么处置,但又怕问得明显了惹他怀疑,于是道:"宋公子,里头关着的那些人都说不知情,那岂不是没法结案?"

"等全部审完后,自然是把这些人都送去京城,再审。"宋慕青道,又瞥了眼赵小渔,稍稍停顿又道,"刑部之内有位大人,专门负责审问犯人,到了他手中的犯人,再严的嘴都能撬开。你看到的那些刑具,在刑部不过是冰山一角。"

这话真不是放给她听的吗?

赵小渔心惊肉跳,表面上强作镇定,赔着笑:"那就好,那就好。"

宋慕青和她一道在府衙门口站着说话,但刚说完,一抹灰影快速地从墙角掠过,料到了是何人派来的,他眼底浮起了几许凉薄。

衙门门前高高悬挂的灯笼下,宋慕青白缎锦衣束发,俊美是俊美,可却是要人命的白无常做派,赵小渔的心咚咚地一阵快跳。

忽然一阵"咕噜"响儿突兀在深夜回荡。她猛一下捂住肚子,想起来自己奔波一日,连口吃食都没垫上。

"走吧。"宋慕青唤上她道。

"还要去哪儿？"赵小渔习惯性地跟了过去，刚一跟上就后悔了，她一点儿不想和宋阎罗在一块啊。

宋慕青没回答她，带她来到了附近一家面摊子，面摊老板已经把架子上的东西收拾得差不多了："客官不好意思，我这儿打烊了。"

一看宋慕青往旁边桌子上一坐，搁下的二两银子，老板顿时又转了口，"剩下的面刚好还能下两碗，本打算回家里热热吃，您稍等，这就给您上啊。"

宋慕青瞥了眼身后的人："杵着做什么。"

赵小渔忙挨着他旁边的座儿坐下，瞥见桌上那二两银子，心疼地嘟囔道："破费银子干吗，回林府也一样能吃。"把二两银子给她，她能给他下一大桶面。

"这面摊生意不错。"

赵小渔瘪嘴，她当然知道，不仅生意不错，还时常排队，所以她没吃上过。

白日里车水马龙的，宋慕青不过来了几趟，这都注意到了，赵小渔暗暗咂舌，可能是肚子真饿了，咬着筷子巴巴等着锅子水开，不多时就被面条热腾腾的香气吸引，狠狠地嗅了两口："好香啊！"

"老头子的面不敢说天下一绝，可在明州地也是数一数二的，汤是鸡汤底儿，老婆子每日寅时不到起来煮，保证味儿鲜，汤底醇正。不管是有馅儿的馄饨面，还是普普通通的阳春面，那滋味绝对和别家的不一样！"

赵小渔被老板说得口水都勾出来了，从他手里接过面，就被烫得手摸耳朵，一面"呼呼"吹着，一边吃了起来。

食不言寝不语。

赵小渔则是心虚得厉害，只顾埋头吃面，也不敢再在宋慕青面前耍什么心眼。

面汤的热气熏了脸，赵小渔粗咧咧一抹，脸上的伪装就抹掉了不少，只是那些麻子东一块西一块的……宋慕青默然搁下筷子，掏出手帕正要往她脸上擦，孰料赵小渔反应极大地立时身子后仰躲开。

等看清是块手帕时，赵小渔面露尴尬，看他还举着，又连忙接过："多谢啊。"

肯定是嫌自己粗俗，不堪入目。

宋慕青手心一空，再看她把脸上的脏污都抹了干净，如此看着确实顺眼多了。

赵小渔则看着被糟蹋的蚕丝帕子，有些惴惴："宋公子，我把它洗干净了再还你。"

"不必，扔了就是。"

赵小渔心气儿又不顺了，好好的一条帕子，洗洗怎么就不能用了，"宋公子，您这么说就不对了，浪费可耻，一条小小手帕尚是如此，更遑论其他的。你可知道多少穷苦人家一个月的家用都抵不上你帕子的一个零头……你这么看着我作甚？"

赵小渔正说得慷慨激昂，就发现宋慕青一眨不眨地盯着自己，顿时紧张。

"不怕我了。"宋慕青用的是肯定陈述。

"怎么会……"赵小渔干巴巴地笑了两声，心想没那么快就被发现了吧，"不单说帕子，就说你们这些官家富家子弟的生活作风，很有问题！"话音外强中干，还透着点心虚，眼神也不敢看他。

"你刚才说什么？"

赵小渔愣了愣，就听他道："擦完脸后。"

"我把它洗干净了再还你？"

宋慕青："随你。"

等吃完面回到林府，已经是二更天，四下寂静时。

赵小渔别了宋慕青回到自己屋，如狂风过境一般猛一通收拾。原本她在意的就是书院里的东西，如今东西都拿出来了，她再待在这儿反而增加暴露的风险，何况四叔那儿要被这么审下去，定会招架不住，三十六计，走为上策……

这几日在林府受到的照顾颇多，林老爷让人按照宋慕青他们那样的给她屋里添置了东西，但赵小渔只收拾了自己从书院带来的一些随身衣物，小小一方包袱方便携带，也不容易引人注意。

等翻到那张新瓷图纸时，赵小渔回想起在林府书房第一次碰到林怀甫时的情景，绝没料想到，不过是偷一张图纸竟能惹出后面这么多事。

只是聚散终有时，他们到底不是一路人。

等到她离开后，桥归桥，路归路，不管是林怀甫，还是宋慕青，还是当陌路人的好。

这么一想就有些伤感了。

赵小渔扯了扯包袱带，把胸口系的带子勒紧了些，包袱勒得有些难受。

她把图纸偷偷放回了书房，就当是临别赠礼。

等经过后院东厢房时，赵小渔不由停了下脚步，瞥向敞开的窗户那儿。

猛地，她神情一变，立刻转了方向冲进了陆莺莺那屋。

"陆姑娘，你别想不开啊！"赵小渔被她拿着匕首心灰意冷的样子给吓坏了，立马给夺下了。

陆莺莺乍然回神，看到赵小渔紧张的神情，反应过来："你误会了。"她看向赵小渔手里那把匕首，"这是故人所赠，我……是睹物思人罢了。"

"故人？"赵小渔觉得耳熟，之前她从书院冒死带回来的那些似乎也是故人之物，是同一个故人？端看她神色，应该真不是要寻死，赵小渔这就有些尴尬地把匕首递了回去，"不好意思，我还以为是……"

"父亲尚未平安，我等的人还未回来，我不会这样就轻易放弃了自己的。"陆莺莺坦然道。

赵小渔点了点头："老话说留得青山在，不怕没柴烧，山长一定会没事的，你等的人也一定很快回来！"

陆莺莺闻言抬眸，看着她诚挚的眼神，不由笑了笑："承你吉言。"随后便看到了她身上背着的包袱，"你这是要去哪儿？"

"我、我……"赵小渔被问住，又怕她多想，遂连忙道，"我去看了看我爹，他让我捎带些衣物回来，呵呵。"

陆莺莺掩下眸子，不知道看没看穿她的目的，将匕首和那些瓷器玩物拢置在一个匣子里。赵小渔这才发现，原来那把匕首的外鞘竟也是用瓷做的，包浆完美，玉石镶嵌，在陆莺莺手里极具美感。

而匣子旁，还有一摞书卷，都被仔细封存着，隐约可见一个"宁"字，赵小渔的双眼离开不了，直勾勾地盯住了那些，仿佛触动了记忆，又模糊不可见。

"这些书卷是……"

陆莺莺："当时宁家覆灭，我尽力保全，得以保留了这些。"

宁家瓷窑的书卷！

"那你说的故友岂不是宁、宁家的人？"赵小渔彻底惊住了，她还真没往那方面想，只是看着这些与瓷器相关的东西，还有上一回蹴鞠的头筹，再想想宁家如今不复存在，空余下陆莺莺独自守候着……这妥妥的就是一出虐恋啊。

陆莺莺沉默半晌，已做默认。

赵小渔一时不知该羡慕她坐拥无价之宝好，还是该安慰她好，那心情既紧张又激动，还有些莫名其妙的情绪作祟，想碰一碰那些书卷。

只是那念头一冒出来，就被她死死摁了回去，人家都这样可怜了，保存着故人之物，自己怎么还能见财起意！

不行，不行。

"小渔，严老师说你在烧瓷描瓷上极有天赋，可否请你帮个忙。"陆莺莺说着将那些书卷推往她面前，道出了她的打算，"请你帮忙制一件宁家龙瓷。"

赵小渔好半晌都没有反应过来，看着陆莺莺，觉得自己是幻听了："陆……姑娘，你说什么？"

"我想请你帮忙，把龙瓷做出来。"

屋内安静了许久，赵小渔整个人还处在游离中，制龙瓷？让她？

对上陆莺莺的目光，赵小渔终于意识过来她不是在和自己开玩笑，遂干笑："陆姑娘，你别开我玩笑了，我在书院才学了多久，我连个像样的瓷器都还做不出来。"

让她来烧瓷，那都不消请辨假之人，拉个孩子过来都能一眼认出真假，她虽喜欢烧瓷，按着四叔的话说也是有些天赋的，可那是龙瓷啊！

陆莺莺的眼神却分外笃定："我想赌一赌。"

赵小渔愣愣："赌？"赌什么？

"明州城内，好的师傅有很多，元家有，林家也有，听闻那渠巷中也有不露名号的，但这些人烧出来的，未必能蒙骗过睿亲王世子。既然这龙瓷的图我也有，那不如赌一赌，宁家烧瓷有其特殊的手法，又极看中天赋，一样的东西，从宁三爷手中烧出来的就与别人不同，你可知为何？"

赵小渔干巴巴地回答："天赋？"

"是灵气。"

赵小渔望着陆莺莺，视线不自觉往那书卷上瞥去，她怎么觉着陆姑娘在说起宁家时，油然而生的自豪感，像是含着另一种意思。

"严先生曾夸过你的画有灵气，虽然学的时间不久，技艺上也不如别人精进，但这些都可以用时间来弥补，唯有这天赋与灵气无法通过努力来具备，你有便是有……"陆莺莺拉住了她的手，殷切恳求，"你一定要帮我。"

"可我……"光有天赋也没用啊。

"林家有这么多师傅帮忙，烧制并非难事，这些书，你且拿过去看一看。"陆莺莺直接让她把从书院带出来的书都拿过去看，对上她满怀期待的目光，赵小渔根本不知道怎么拒绝。

一刻钟后，赵小渔看着那些关于宁家瓷窑的书卷发愁。

把这些一并带走卖了吧，这可是宁家瓷窑的书卷啊！有价无市，卖一本就足够她吃一辈子的了，到时候带上老爹，岂不逍遥？

不不不，不行，这可是陆姑娘托付给她的，她就算帮不了人家也不能把别人珍视的东西偷走。

那就把这留下赶紧离开，等那愣头青发现了有你受的，四叔都出事了，到时候连你一起被送去京城，有去无回！

我……我要是走了，四叔、六叔怎么办，还有……书院里那么多的老师。"

赵小渔脑海中两种声音在不断地争执，让她头疼不已。

"够了！"赵小渔重重按住桌子站起来，将身上的包袱解下来放在了桌上，忖思半响后收拾个了更小的，藏在衣襟内，离开屋子从林府后门出去，直奔城外……

天灰蒙蒙的，城外的一处山路上，一个瘦小身影在草丛间穿行，每每到深处时整个人都埋进了草丛内。

这地方人迹罕至，远远看着路都不明显，山坡周围又没几户人家，安静得很。

约莫半个时辰，天稍稍有些亮时，那身影从另一端钻了出来，拍了拍身上的杂草，朝四周围看了眼后，从一条隐僻的道儿直接绕过了山坡，进了个小村子。

这时辰农田里已经有人在忙碌了，但人很少，放眼望去也就那么些屋舍，周围还被山林环绕，唯有仔细瞧时才发现农田里的人不是在忙农活，而是往竹筐里倒泥土。

瘦小身影猫着身体从两座矮屋前经过，引了一阵犬吠后，爬了一段坡来到个村屋前，见屋里没有点灯，她绕到了后面开始敲窗。

咚咚，咚咚咚，咚。

有节奏的敲窗声响起，片刻后，屋里的灯闪了下后灭掉，敲窗声又重复了一次，屋前那儿传来了开门声。

"六叔。"赵小渔将怀里的小包袱取出来放在桌上，看着坐下来的六叔，抹了把额头的汗，"我昨天去衙门了，四叔说你去买坯土了，我就知道你藏在这儿，我给你带了些东西。"

赵小渔带来了些干粮，还有五十两的银子，愣头青性情难以捉摸，六叔还是越早离开越好。

"谁带你去的衙门？"

"我使了些银子，跟着牢差进去的，就一会儿工夫。"

"有没有人知道你来这里？"

"没有，我一路都很小心，出城后都没走正道，从林子里绕过来的。"

刘老六点点头："老四那边怎么样了？"

"审了一回后，听说是要送去京城再审，刑部手段厉害，只怕是会招架不住。"赵小渔也不敢把宋慕青的话全然说出去，六叔是个聪明人，说得多了他就会猜到自己与官府的人在打交道。

刘老六沉吟片刻，再次催促她赶紧走："你回明州后不要再去渠巷。"

"六叔，这到底是怎么一回事，送出去的货怎么会被官府拦截？"虽然老爹不让她掺和渠巷的事，可对里面的那些猫腻她还是知道的，这么多年下来都没出过问题，单这一回还牵扯上了元家，就很奇怪了。

"明州要变天了。"素来寡言少语的刘老六就说了这么一句，"近时来了许多京城的人，城里乱起来，什么人都会抓，让你爹少出门，尤其是你，衙门那边不能再去。"

"六叔……"赵小渔欲言又止，她总觉得六叔有什么事瞒着她。

"天快亮了你回去吧。"刘老六一句不肯多说，催促她赶快离开。

赵小渔点点头，看着天已经亮了，从小屋离开，下了坡往村外赶去。

走过田埂时，迎面的风中带着草香与泥土腥味，赵小渔朝着田间望过去，人呢？刚刚在田里挖土的人呢？怎么就剩了些筐子扔在那儿？就是有急事，也不会筐子锄头家伙什都不收的啊。

直等意识到什么，赵小渔猛然回头。

下一刻，她就朝小坡那儿飞快奔去。

"六叔！"赵小渔冲入院子，"砰"的一声撞在了官兵的刀柄上。

她来晚了，眼睁睁看着六叔被官兵从屋内押出来，而在他身后走着的，正是宋慕青。

她中计了！

宋慕青扬手，阻拦赵小渔的官兵松了手，她冲到了他跟前，怒道："你故意的！"

这家伙，这家伙带她去衙门让她审问四叔，目的就是引出六叔！

宋慕青淡淡道："你抓捕逃犯有功，衙门会论功行赏。"

赵小渔捏紧了拳头，罢了，技不如人，眼下不是发脾气的时候，于是她冷静下来，"宋公子要把他带到何处去？"

"刘记的瓷器都是他所制，他是主犯，自然带回京城问审。"

"若他没有参与假瓷买卖，也没有制假，也要抓走？"

"证据确凿，辩解无用。"宋慕青挑了挑眉，言辞确凿地笃定。

"你！"赵小渔看了眼四周围，"你不能带他走！"

"你若阻拦，等同论罪。"

这些人似乎不像是官府里的人，只是赵小渔此时也顾不得那么多，直接拉住了宋慕青的衣袖踮起脚凑到了他耳畔低声道："他是陆姑娘要找的人，你不能把他带去衙门！"

温热的气息在耳畔轻飘，宋慕青的神情骤然一紧，手微微一握："陆姑娘找他做什么？"

"刘老六是渠巷制瓷最好的人，元家那些师傅都未必比得过他，陆姑娘要靠他才能制成龙瓷赝品。"赵小渔的声音压得越发低，便靠得越近，未察觉整个人都已经快要挂在他身上了。

一旁的刘老六看在眼里，神情闪烁了下，归于平静。

"陆姑娘已经想好了如何交差，要是把他送去衙门，就肯定带不出来了，你……你可以让他戴罪立功啊，他……"

话音未落赵小渔整个人忽然悬空了下，脚离了地面与他分开一步远后，被宋慕青放下，她怔怔看着他，干什么？

"好好说话！"宋慕青低声呵斥，掩了微烫的脸颊。

赵小渔"噢"了声，不忘把这件事给圆回去："否则我到这儿来做什么，就是为了这事。"

宋慕青深深看着她，少女脸颊绯红，跑动过后的气息尚不匀称，那双澄澈狡黠的眸子倒映着他的身影，仿佛占了她全部的注意，令他心情有一瞬愉悦；再看她，连她脸上伪饰的那一点点的麻子都活泼灵动了起来。

片刻后，见他没反应，赵小渔喊了他一声："宋公子，是不是先把人撤了？"

第六章

  六叔的造假工艺在明州地界少说都是排行在前五的，不过为人十分低调，酷爱描瓷，什么样的样式图纸到了他手上，少则十天半月，多也要不了两三个月，就能仿出八九成的赝品。
  赵小渔给宋慕青一路上都在叨叨六叔的厉害，生怕宋慕青改了主意。
  "哦？你与他很熟？"
  "大家都在一个地儿混，听过，听过一二。"赵小渔暗暗捏把汗，就知道这人疑心重，好在默认了"陆莺莺的计划"，没把六叔往牢里送。
  赵小渔回头看了一眼灰扑扑的马车，又开始怀疑这人是在套路自己，实际一早就想好了打算。可要是如此，他这般大费周章干什么，难道单纯是为了吓自己吗？
  "现下可还觉得自己厉害？"耳畔传来宋慕青悠悠的声音。
  "不厉害！"那是碰到了像你这样的变态，赵小渔腹诽。
  "往后还敢不敢？"
  "不敢了，我哪敢糊弄您啊，从来就没敢过。"赵小渔嘴皮子利索，阿谀奉承的谄媚态度连自己都唾弃。
  深觉猜不透宋慕青想法的赵小渔一下就老实多了，反正最后的结果还算好的。
  这厢宋慕青看她如此"听话"，心情也好转，顺手将她头上沾着的枯叶给取了下来。
  赵小渔本来要躲，却被宋慕青的大掌按住了肩膀，一动不动被迫看着他从自己头发上取下一片叶子。她的视线与他的肩线齐平，稍稍抬眸，就看到了他微抬下颔，线条弧度极是完美流畅。
  她想到了话本里被狐狸精勾引的俊俏书生，又深深觉得若是书生长得宋慕青这般模样,那估计就是狐狸精被勾引了。就像她这会儿,眼睛都要移不开了。

两人一起回到林府,正好撞上在府里到处找赵小渔的林怀甫:"你们俩?"他目光随即落在赵小渔身上,"你又跟他干什么去了?"

什么叫她"又"!赵小渔瞪他:"当然是有要紧事。"

"什么要紧事?"林怀甫挑眉,转而怼向宋慕青,"之前宋公子还说赵小渔不是我林家的家仆,不应随意使唤,可我怎么看宋公子用得还挺高兴的?"

赵小渔闻言当即狠狠踩住了他的脚:"瞎胡说什么呢?"

林怀甫"嘶"地倒抽口冷气,瞪着没心肝的白眼狼:"我可是在替你说话!你没看这冰块脸对你颐指气使的!"

"有吗?"赵小渔最担心自己秘密暴露,对宋慕青避都避不及。

林怀甫快要被赵小渔这不争气的给气死了!

赵小渔和宋慕青对了个眼神,猛地想起了还在外面马车上的六叔,表情一转,顿时哥俩好地搀住了林怀甫叉腰的胳膊:"林少爷别气别气,你刚找我是不,正好,我也有事找你商量!"

林怀甫的目光不由落在被搀住的胳膊上,僵着半边身子,也不知云里雾里,就被赵小渔往庭院方向的偏僻角落拽了过去。

前厅只余下宋慕青孤零零站着,回忆着她挽上林怀甫的利落动作,闲适的神情稍稍一敛,拢起了眉头。

她怎么见谁都这般毛毛躁躁的!

钻到后院里头的赵小渔"阿嚏"打了个喷嚏,同时也松开了林怀甫,顺手从怀里掏了块帕子擤了把鼻涕,等擦完了又猛然僵住。

她打算还宋慕青洗好的帕子啊!

林怀甫瞥了一眼,就看到她飞快把帕子藏了回去,好像是块黑灰色的,其他就没仔细看清楚,不过对她终于不是用袖子擦鼻涕,他这个前主人还是很欣慰:"注意卫生挺好的,看来你把我说的话听进去了,孺子可教。"

赵小渔挥开了他想拍落在自己肩膀上的手:"别闹了,是有件十分重要,又只有你能做得到的事情,陆姑娘不好意思开口,就由我来替她跟你说。"

林怀甫再次惊愣住,陆姑娘不好意思开口的,又非自己不行的,莫不是……

赵小渔看他脸色慢慢泛红,又古古怪怪看着自己,顿时联想到他爱慕陆姑娘的心意:"哎呀,我要说的跟你想的不是一回事,是另有要事想求你帮忙。"

"什么事儿,明州地界内还没有我林怀甫搞不定的事儿。"说完,林怀甫心底着实松了一大口气,他自己这儿还搅和不明白呢,要是陆姑娘跟自己表了心意,他都不知道该如何应对了。

　　赵小渔得了他这话顿时喜笑颜开："就知道林少爷靠谱！要是真能帮了陆姑娘救她父亲，她定会觉得你十分有担当是个顶天立地男子汉！"

　　"等、等、等会儿，救陆山长？"林怀甫略皱起眉，还来不来得及收回他刚才的话？就是他带上林家所有人去救都不够看的。

　　"没让你去硬闯！"赵小渔揪着他摁角落里，把陆莺莺的计划给林怀甫说了一遍。

　　六叔现下是被通缉的，明州城拢共就这么大的地方，藏在林家窑场内最是安全。

　　可这得林怀甫点头，而林怀甫最讨厌的就是造假瓷之流，先前去渠巷那态度已经是摆明了的。

　　"不行！"林怀甫想也没想就拒绝，虽说是造假龙瓷是为了救陆山长，可这涉及原则，"这些造假的就该被一网打尽！"他没把人往官府送就不错了！

　　赵小渔料到了林怀甫会不同意，但没想到他反应这般激烈，忙一把捂住了他的口："嘘，轻点轻点儿，要是被听到，你是想害死我和陆姑娘不成！"

　　林怀甫感觉到被一双柔软的手捂着，几乎和她手心贴上，整个人无端有些热，也不知是听了赵小渔最后一句话还是别的，去官府的念头都好像不那么坚持了。

　　"唔唔唔。"

　　赵小渔仍是紧张："我知道林少爷你嫉恶如仇，可也分时候、分人对不对。"怕他激动说点啥，她捂着的手还是不敢松，继续劝道，"但凡有法子也不至于用上这下下策，拿假瓷去糊弄睿亲王世子，不也是掉脑袋的事儿？

　　"你也看到张老师在睿亲王世子那儿被折磨成什么样了，陆姑娘这些时日来一直担心陆山长，吃不好睡不好，多可怜！要换一换，要是今儿是林老爷，你是不是也会不择手段把人救出来？"

　　"那当然！"林怀甫皱眉应得飞快，然后又否认飞快，"你少糊弄我，那不一样。"

　　赵小渔好说歹说，再看林怀甫那油盐不进的模样，怔怔愣住了。她没想过林怀甫会有这般坚持，毕竟一开始她以为祭出陆姑娘这一杀手锏，包管林怀甫能从，以至于当下被拒，整个人看上去都很蒙。

　　怎么不好使了？不应该啊！

　　林怀甫看她蔫蔫的样子，其实已经有些禁不住她磨，尤其那一双大眼睛凑近了盯着自己，且说只有自己能行时整个人都有些飘飘然了，他需得用极大意志才能抵抗。可真看她失望了，心底又觉得那么不是滋味儿。

"林少爷不答应也是情理之中的事，看在同窗一场的分上，但求今日告知的事情能保守秘密。至于旁的，就不连累林少爷了，我再另想法子。"

"眼下不就这法子可行？"林怀甫没好气道，实在受不了她这副怏怏的口吻，"唉，算我怕了你了，不对，更像是上辈子欠了你的。"

只是最后这半句着实说得轻了，赵小渔没听清，只听到前面那句，便是答应了，高兴地一把抱住了他："少爷你可真是个大好人！"

林怀甫猝不及防被抱了个满怀，整个人发蒙了一刻，怎么好像有哪儿不对劲？软、软乎乎的？

不等他再深究，赵小渔就已经跑得没影了。

得了林怀甫的应允，赵小渔将六叔藏在了林家的窑场内，岐山书院那儿的事拖延不得，陆莺莺很快将龙瓷的图纸送到了窑场内。

是夜，窑场的一间屋子里，几个人围在桌前，看着桌上铺开的图纸，皆皱着眉头。

除了赵小渔，神情里还掩着一抹心虚。

过了会儿，林怀甫发出一声叹息："这怎么做，图纸虽前后左右都有了，但这毕竟不是真正的制瓷图纸。"

林怀甫虽然对家中的生意关心不多，但好歹从小接触，自然知晓图纸的重要性，仅凭借像图纸的龙瓷画，赝品肯定很假。

六叔虽没作声，意思也差不多，烧得像容易，要让睿亲王世子相信这就是真的，就难了。

宋慕青沉吟片刻："宁家十二器的图纸，早已经被毁。"

陆莺莺点点头，她手上的十二器图是现今流传中最为真实的，因为就是宁家人所绘，换言之，她这若不行，就再难有更接近的。

屋内又沉默了下来，赵小渔看着那图纸，迟疑了许久后提问："那个……你们有谁见过真的龙瓷？"

几个人面面相觑，屋内安静得诡异。

赵小渔摸着自己的手又问："那……你们见过宁家十二器的图纸？"

众人又是一阵面面相觑。

片刻后，赵小渔被他们盯得忍不住咽了下唾沫："那什么，既然图纸早就被毁，相信睿亲王世子带来的人也没见过吧？那龙瓷到底精确到何种细节，不是也没准儿吗？"

屋外一阵风吹入，烛火猛地一晃险些被吹熄，人影忽明忽暗。

一阵咳嗽打破了平静。

宋慕青道:"辽城侯手中有一件猴瓷,宫中藏有两件,另外三件的藏处已明,而龙瓷在岐山书院,其余五件下落不明。就算他们没见过龙瓷,睿亲王带来的人也会拿其余几件做对比。"

陆莺莺沉默半晌:"我见过兔瓷。"

众人看向她,陆莺莺眼底闪过一抹温和,随即掩去:"那是很多年前了,我曾……有幸见过兔瓷。"

林怀甫倒想说两句,可他只见过图,旁的一件真品都没瞧着过,便瘪了瘪嘴:"那还能烧吗?"

众人又看向刘老六,六叔却看陆莺莺:"你能想起多少关于兔瓷的外观?"

旁人没关注处,且听着的赵小渔手心都快出汗了,她心中纠结着,徘徊在说与不说之间。

"赵小渔,你想什么呢?"耳畔传来林怀甫的声音,赵小渔猛地抬起头,发现大家都在看她,她"啊"了声:"我就在想,要怎么烧制才不会被发现。"

身旁的宋慕青垂眸看了她一眼,没有说话,很快大家投入到了讨论中。

月上西梢,入秋的夜透着凉意,赵小渔从厨房里端了吃食过来,看到宋慕青站在窑场内,不知在想什么。

她踟蹰了下,将吃的送到屋内后,手里拿了两个花卷走到宋慕青身后。

"宋公子。"

宋慕青扭头看她,赵小渔讨好地递上一个花卷:"是窑场内的厨娘做的,你尝尝。"

宋慕青未作声,赵小渔举了半天有些尴尬,正要收回来,宋慕青接了过来,赵小渔便跳上前边的木柱,坐在上面腿一晃一晃的,抬头看月色。

花卷被掰成小块送到口中,葱香味在口中肆意开来,此时此刻,远胜过那些山珍海味。

只不过赵小渔是在装得一副轻松模样,她一直在留意身旁的宋慕青,对于制假的事他一直持保留意见,似乎有别的担忧。

"宋公子,六叔把龙瓷制出来后,若是过了关,您是不是能把四叔放了,对刘记既往不咎?"

宋慕青站在她身后,瞥了眼她微微晃动的腿:"你觉得能制?"

"六叔一定会尽全力的,龙瓷传闻那么多,真见过的也就陆山长罢了,要是真的蒙混过去了,也算救了许多人。"

"找到真的,能救更多人。"

"找到真的,宋公子不一定会交给睿亲王世子吧?"

赵小渔扭头看他,只见他微敛着长睫,眼神幽邃,似一汪深不见底的寒潭。头一回,她没有躲避他的视线,而是这样直勾勾地瞧着,睿亲王世子要龙瓷,愣头青不也想要么?

"宋公子,我觉得龙瓷,还是留在岐山书院的好。"赵小渔收回了视线,仰头看天空,"它本就不属于朝廷,它是宁家的,宁家既然将它交给了岐山书院,就该让它留在书院内。"

宋慕青心绪微动:"那你可知宁家为何会被灭?"

"凤眼无珠。"

四个字出口,赵小渔突然感觉心里闷闷的,她抬手捂了下自己的额头,这几天怎么了,是不是看了太多陆姑娘交给自己的那些宁家书籍,窥见宁家盛况时心悸的感觉犹在,以至于这会儿想起宁家的事就有些不舒服。

"岐山书院的事若能过去,刘记便能无碍,但从今往后不得再私仿制瓷。"

终于从他口中听到了这句话,赵小渔从木柱上跃下来,拍了拍衣服,冲着他笑道:"陆姑娘说我有天赋,还给了不少宁家制瓷的书籍给我看。我会好好努力,一定能帮六叔把赝品制出来,救出山长他们!"

说罢,赵小渔朝着屋子那边走去,脚步飞快。

等到了屋门口时,宋慕青看不到的地方,赵小渔才松了一口气,这算是立誓了,告诉那愣头青自己在尽力学,到时她再观摩过龙瓷,总不容易引起他怀疑。

天很快亮了,只有赵小渔和刘老六还在屋内,清晨时赵小渔去了一趟早市,又趁机回了一趟家,回到窑场时,六叔已经开始了第一回的尝试。

对刘老六这样的老师傅而言,照着图纸来制赝品本就不是难事,加上他原本干的就是这买卖,便更是熟稔。

一批批烧制,从中挑着相像的加以改进,到上釉那一步还需很久。

如此扎了有十来日,总算是将龙瓷的坯子给制了出来,与陆莺莺给的图纸一般无二。

宁家瓷有其独特的韵味,刘老六作为宁家瓷制赝的老手,对其也能把握住六七分,这六七分在如今宁家制瓷已经失传的明州,更是难能可贵。

最后便是上釉。

赵小渔总是偷摸着将龙瓷上的细节"不经意"地告诉六叔,在宋慕青不在时,她还会亲自上手。

这天林怀甫前来查看，瞧见她执笔在画，站在她身后端看着。

"想不到啊赵小渔，你竟真的会。"

赵小渔手一抖，那釉色就给染开了，回头见是林怀甫，松了一口气："少爷您怎么有空过来？"

"适才官府的人来请我爹过去。"林怀甫瞧着桌上赵小渔已经画好的那些，每个看起来都差不多，但每个之间都有细微的差别。林怀甫对她这短时间内的长进很是意外，又有些很莫名其妙的不爽。

"衙门的人请林老爷过去？"赵小渔擦了擦手，顺道在自己脸上抹了一把，没察觉林怀甫盯着她的眼神，"出了什么事？"

灰扑扑的面颊下，脖子白皙如玉。

林怀甫骤然想起初见"他"时在澡房里见的背影，心里那点怪异感越发强烈，这些天里，他去寻欢都没兴致了，看到那些春娘总是想到赵小渔，想到"他"穿女装的样子！

林怀甫猛地打了个激灵，对上她的目光后浑身起鸡皮疙瘩："没……就是假瓷的事，找我爹问话。"

"不是与元家有关么，怎么就又与你们有关了？"赵小渔纳罕问道。

"元家？哼，他们倒是想把我家拖下水，甚至在外放言说假瓷是从我家流出去的。衙门收了银子自然要来寻麻烦。"

"这有何难？你呢，悄悄派点人去跟踪下元少康，他喜欢去哪儿，就在他去的那儿附近弄个小屋，里面藏点假瓷，然后叫人将他引过去……"赵小渔想了想，"找个油头粉面的扮家道中落的病弱公子，和元少康在街上来回拉扯两下，像元少康那样的，多少会顾着脸面私下说话，又好诳得很。

"再让官府的人撞见，瞧见的人越多越好。"

林怀甫恍惚间好似闻到"他"身上淡淡的皂角香味，回神时赵小渔眨巴眨巴着眼睛看着他："还有用仿元青花，天顺时期瓷器参差不齐，也最难辨真伪，包管他一时半会儿脱不了责。你说，这主意怎么样？"

"能行吗？万一他不承认……"

"他不承认无妨啊，证据确凿，官府再想袒护，那一个在，怎么也得抓去牢里走个过场，至少得关个几日，到时候……"赵小渔踮起脚在他耳畔说了几句。

林怀甫扬起嘴角："这主意好！"

赵小渔跟着笑了："这样官府就不会总找林老爷麻烦了。"

"赵小渔，想不到你馊主意挺多，还能坑蒙官府，你以前是不是坑蒙过别人？"

"我也想知道。"

赵小渔回头的一瞬间，看到站在门口的人，脸上的笑意僵住，话锋急转直下："怎么会，我怎么可能会坑蒙别人，我……"

这人什么时候来的！

赵小渔迎着宋慕青深沉审视的目光，面上出奇镇定，后背却全是冷汗，解释道："我绝对是个遵纪守法的淳朴良民。"

"公子，这只元青花是我们家的传家之宝，要不是家里遭了难，我是绝对不会拿这个出来变现的。可怜我母亲病重在床，汤药断了几日，病情加重，大夫那儿还得筹措银子才肯上门，我是实在没辙了才来街上碰碰运气，遇到公子这样慧眼识珠的主顾真是缘分。"

"天顺时期的瓷器釉子光润肥厚，釉色泛青，双线勾勒填色，硬笔线条轮廓偏硬质，恰是它的特色！"

"咱们明州地界民风淳朴，怎么可能拿假的诓骗公子，街上这么多人看着，公子大可放心！"

"家道中落的病弱公子？"宋慕青微微眯起眼，一记轻轻哼声的"嗯"尾音上扬，甚是意味不明。

赵小渔心脏扑通扑通地跳着大叫不好，愣头青知道当日她蒙骗他的事了。

可面上她依然装傻充愣："什么公子？谁家道中落了？"眼神要多无辜就有多无辜。

"二十两买不了吃亏买不了上当？"宋慕青气场强大，往前迈一步，就逼得赵小渔后退一步。

赵小渔咽了下唾沫："宋……宋公子你说什么我怎么听不明白。"

被两人气场隔离了的林怀甫看了看"弱小可怜无助"的赵小渔，再看说话"盛气凌人"的宋慕青，那直勾勾盯着赵小渔的眼神怎么看怎么不对劲，当即皱眉不满道："你说的什么乱七八糟的，没看这儿忙着呢！"

宋慕青压根连余光都没分给他半点，不知从哪儿变出一顶书生帽直接往她头上一扣。赵小渔在他眼神注视下直觉想逃，肩膀却被大掌抓住，俊美如神祇的男子面无表情，伸手一点一点揩去她脸上伪装的粉。

须臾，就将她原来的面貌暴露个彻底。

唇红齿白，雌雄莫辨。

赵小渔脸上晕开的红，不知是被他擦的，还是气的，透着别样的生气。

林怀甫怔怔看着她，伸着手指颤颤巍巍指了她："你、你、你……你的脸？"

赵小渔本来就是因为宋慕青才掩人耳目，此刻被人当面拆穿，气血上涌，再听林怀甫磕磕绊绊地质问，瞬间凶狠回道："我之前说我爹要把我送去挖煤，其实是要卖去小倌楼，我乔装改扮讨生活容易吗？"

林怀甫被喝住，就看到赵小渔"咻"地一下，如离弦的箭矢飞快奔出了屋子。

几乎是一瞬，身边的宋慕青掠往她那方向，顷刻间就不见了踪影。

"赵小渔！"等林怀甫这厢反应过来追出去，莫说是赵小渔了，宋慕青都没了影，庭院里空落落的，就好像林怀甫此刻的心情。

林怀甫满脑子都是赵小渔被揩干净了的脸，白皙中透出轻淡粉润，湿漉漉的双眼湛亮似雨浸润过的天空，再想到她说到小倌，他心想，明州城里哪能有这等姿色的小倌……

察觉到自己动的念头，林怀甫瞬间便觉得自己龌龊了！可缠绕心头的那股违和感终于消散，取而代之的，是一种更隐匿不可言说的情愫。

此时的赵小渔脚底抹油，用上了此生最快的速度穿街走巷，飞快越过红墙破庙，哧溜一下钻进了破败小屋，直奔她藏东西的地方而去。

身后追来的人几乎是踩着她的后脚进了屋。

赵小渔早想到逃不过宋慕青，从跑出来的一刻想的就是赔钱了事，然而看着眼前空荡荡的坑洞，一脸不可置信——她的钱呢？！

"找这个？"宋慕青好整以暇地掏出一只钱袋，拎着钱袋抽绳，悬坠了下来。

粗布花白底儿，歪歪扭扭的针脚绣了个硕大的"赵"字，表明主人身份。

赵小渔看到它双眼瞬时放亮，"那是我——掉的！"她还能怎么说，眼下局面，她稍想一想就清楚了，肯定是那天后来这人就把她这地儿给抄底儿了，再看钱袋鼓鼓囊囊，心底浮现不妙的猜想。

"这些是……"

"无主之财，放着怕招来贼患。"

"什么无主之财，那是我的钱袋，我上面还绣了姓呢！"赵小渔急了，饶是急，也没敢和宋慕青正面杠上。

宋慕青提溜钱袋子瞧了瞧那硕大的"赵"字，眼底一抹凉意："没看出来。"

赵小渔捂着胸口，跟跄了步子，眼前一阵发昏，合着是被整个抄了家底，被人捏着全副家当，不由咬着齿根，从后槽牙磨出声儿来，"你不问自取，是盗！"

宋慕青把钱袋抛上，赵小渔的目光紧随着向上，紧张万分。但看他这架势，便知道善了不了。

打又打不过，形势比人强。

她咬住自个儿嘴唇，揪着自己耳朵慢慢蹲下，一副快哭了的样子："宋公子，我错了，您大人有大量，就饶过我吧。当初为了生计，我骗了您二十两，这钱袋子里有多少，您就都拿去，算是我给您赔罪了！"

宋慕青觑着她委屈万分，又一副肉痛得快昏过去的神情，深邃的瞳孔幽幽地泛着波光，想到了书院里种种，自然就能解释赵小渔对上自己时种种古怪行径，又想到了当初一闪而逝的怀疑，此刻心情亦是有些微妙。

赵小渔絮絮叨叨说着自己如何不易，命运如何坎坷，不经意一抬眸发现面前这人居然在走神，霎时抓住了这等好机会，身子一跃而起，只等着掠了那钱袋子跑路。

然而几乎是她动的一瞬间，宋慕青动了，一手拦截住她腰身，惯性使然，赵小渔被带着旋转半圈，就被压制在了墙上。宋慕青的一手还在她腰上，一手顺势撑着墙。

赵小渔左右难逃，躲闪不敢对上他的目光。

"钱都给你了，你还想怎么样？！"赵小渔捏了捏空落落的手心，目光沉痛地盯着还在宋慕青指上钩着的钱袋子，它离自己只有一寸，然而再也回不来了！

宋慕青被问得一愣，却不由自主地贪恋当下这一刻，尤其是制住这小骗子，看她无计可施的乖顺模样："不逃了？"

逃得过吗！赵小渔都想对天翻白眼了，奈何心底怂得厉害。

赵小渔理亏得没话说。

宋慕青则目光沉沉，实则理不清他心底陌生的感受。

等静下来，两人身子贴着身子，挨得极近，几乎都能听到对方的心跳声。

怦怦，怦怦，衍生出几许暧昧微妙的情愫。

赵小渔舔了舔干巴巴的唇角，正想说点什么，打破这陷入沉僵的气氛，不想宋慕青却犹如被烫到似的，突然缩回了手，一副煞有介事的模样。

突然得到自由的赵小渔直觉又哪儿惹了宋慕青，再一想自己刚才那些举动，宋慕青不生气才怪吧。

她犹豫了一瞬，又示弱地开了口："我承认骗您不对。"

宋慕青抬眸，目光深沉锁住了她："骗得可还少？"

赵小渔一激灵，绷直了身子，态度愈发诚恳："我错了！我也认识到错了，要不，您打我一顿出出气……我怕疼，还是让我给您干点什么，只要您使唤，我随叫随到！"

宋慕青的目光似是审视斟酌。

赵小渔想得简单，宋慕青这等人前呼后拥，哪真有什么用得上自己的地方，何况说不定等假瓷的事情告一段落，他就要回京城去……结束之后他就要回京城去了啊。那岂不是，往后都见不到了？

想到这儿，赵小渔心绪忽然一动，就好像是被追久的人突然停下来时的茫然无措。她不是应该高兴才是？赵小渔快速地看了他一眼，心底里那股子说不清的感觉更浓了，她在纠结什么呢……

宋慕青看着她，视线总不自觉落到被她咬得泛红的水润双唇上，再咬似乎都要咬破皮了。意识到自己在想什么的宋慕青猛地一顿，那些不经意外放的情绪顷刻收敛个干净，一言不发地将银袋子扔给了她。

回过神来的赵小渔连忙接住，小心翼翼地抚了抚，像重获至宝，只一抬眸，便看到宋慕青离开的烟青衣角。

他这是放过自己了？

逃过一劫的赵小渔顿时兴奋地扒拉开钱袋子来回数了两遍，一枚铜板儿都没少，心底乐着的同时，还不忘想——宋慕青这算不算是雷声大，雨点小？

话再说回来，赵小渔之前那么瞒着宋慕青，是因为她知道，一旦被他发现自己就是卖玉壶春瓶给他的人，那她与假瓷就脱不了干系。重点是她还将玉壶春瓶偷了回来。以宋慕青的心性……赵小渔想都不敢想。所以在岐山书院时，她铆足了劲儿瞒着，生怕她会被宋慕青一个暴怒扔进牢里待个十年八年。

可事情似乎与她想的不大一样。

从那天他放自己离开后，接连几日，他都没再提起这件事。

不仅仅是不提，好像待她的态度都有变化，可硬要赵小渔说，她也讲不明白到底哪里态度不一样，只觉得他来窑场的次数少了，话也少了。

赵小渔应该偷着乐才对，银子没损，他也既往不咎，可她这几日心情沉甸甸的，她以前从不这样，饭都不香了！

然而等她纠结过来才发现，林怀甫那二世祖，这几日也不常来窑场。

不常来便不常来，对赵小渔而言不是坏事。她一趟趟地往家里跑，还得提防宋慕青发现她私藏龙瓷的事，赝品的烧制直到半个月后，才与陆莺莺提供的图相似。

此时衙门内关于渠巷假瓷案子的审理也接近了尾声，元少康被林怀甫整了一波还在牢房里待着，元家便没心思再来寻林家的麻烦。

九月，明州的天入了秋，街上的人开始加衣衫时，龙瓷终于烧成。

桌上摆了好几只烧成的赝品，仔细看每个都长得一样，没有差别，便是以前的赵小渔，走近了让她瞧也难分一二，但这几只赝品都是她经手过的，所以如今也能瞧得出不同。

天神之贵者，莫过于青龙。

龙瓷为十二器之首，无论是其工艺还是寓意都极为精妙。壶身圆腹，溜肩，壶肩弦纹上方还有一道箍纹，青龙巍峨盘绕，其背八十一鳞，具九九阳数，壶口塑一半圆形祥云，云体瘦长作提壶手柄，若乘云踏雾而来，极是震撼逼真。

"宁家所用的都是天然的颜石，最出彩的红绛，是从翻云河下游挖取研磨的，对颜石他们还有年数上的要求。"刘老六抚了下龙瓷赝品，是匠心人对亲手所制之物的心血倾注，"由于颜石的独特性，烧制的成品就与别人不同，这也是如今难以临摹的原因之一，不过林家过往经商，恰好能找得到这些颜石。"

林怀甫轻哼了声，为了从老爹手中将那些颜石骗出来，他还应了好些事："那现在怎么办？拿去给睿亲王世子？"

"直接送去岐山书院恐怕不行。"陆莺莺亦小心地捧了龙瓷端看，眼底闪过一抹缅怀，"龙瓷藏在岐山书院内，只有我爹见过，想要让他们相信，还得借些外力才行。"

进门到现在都没有说话的宋慕青开口："我已经安排了人传了龙瓷的下落出去。"

赵小渔倏地抬起头看他，在接触到他冷冰冰的目光后，又飞快地收了回来，目光落在陆莺莺手中那只龙瓷上，有些期盼地问："陆姑娘，你觉得哪个最像？"

陆莺莺对上赵小渔期盼的目光，猛地想起那天夜里，她来这边送夜宵时看到的一幕。

赵小渔站在桌前，小心翼翼地执笔给坯子上釉，那专注的模样，尤其是眼神，有一瞬让她想到了一个人。

"陆姑娘？"

陆莺莺猛地回了神，指了指赵小渔面前那只："我觉得这个更像些，但看着又觉得差不多。"

赵小渔低头看着自己面前的，再看其余几只，咧嘴笑着，她也这样想呢，因为只有这一只，是她那天看完宁家制瓷书后，睡了半个时辰后起来画的，思如泉涌！

林怀甫对此却不太客气："他才画了多少，都是别人的功劳。"

赵小渔冲着他龇牙，凶巴巴的。

转眸时对上了宋慕青，赵小渔的气场登时收敛了回去，她下意识摸了下桌子，心咚咚地猛跳了几下。

怎么回事呢，他这样盯着人看的样子，让人好紧张。

"我去？！"林怀甫的惊愕声拉回了赵小渔的注意力，抬头看去，林怀甫不可置信地看着宋慕青，"让我去取？"

　　"放出去的消息是林家出了高价购得了龙瓷，明日会出城去取，你代你父亲前去，路上可能会有睿亲王世子的人埋伏。"宋慕青漠然把话说完。

　　林怀甫瞪着宋慕青，这是什么人，把埋伏二字说得这么轻描淡写，睿亲王世子派去的人埋伏，那岂不是有性命之忧？

　　不等林怀甫再开口，陆莺莺的声音随之响起，透露几分诚恳："林公子，眼下只有你去才最为妥当，至于旁的，你且放心，这只是做给睿亲王世子看的，等你拿到了龙瓷，带回林家便可。"

　　陆莺莺轻声细语地拜托此事，所有人的目光自然而然聚焦在林怀甫身上。

　　林怀甫向来吃软不吃硬，哪架得住陆莺莺这般恳求，转眼就拍胸脯保证了："陆姑娘放心，这件事必定办妥当。"

　　陆莺莺嫣然一笑："那就麻烦林公子了。"

　　"不麻烦，不麻烦。"林怀甫嘴里念叨着，等再回过神时已经晚了，这还没说会不会有性命之忧啊！可事已定下，当着大家的面林怀甫也拉不下脸面再反悔，第二天就被赶鸭子上架，出城去了。

　　林家寻得了龙瓷的消息，说大不大，没有满城皆知，说小也不小，该知道的都知道了，元家、岐山书院那儿、官府，还有暗中留意龙瓷，知道它从岐山书院丢失的人。

　　所以林怀甫出城时，街上走着的人群里，鬼祟掩藏其中者，有不少便是冲着这来的。

　　不过城里的老百姓不清楚，只看到林家那位纨绔大少爷又出来浪荡，还带了那么多的人手。

　　混在仆人堆里的赵小渔看了眼四周，总觉得今天出城的人有些多，她抬手扯了下头上戴着的帽子，四下找着，并没有看到宋慕青。

　　昨天说他另有安排，想不到人真的没来。

　　赵小渔又被自己这莫名其妙的情绪弄得有些郁闷，伸手摸着瓷葫芦，心才稍稍安定些。

　　转眼，林怀甫的马车已经来到了明州城外的一个小集市，因为驿站在此，比岐山书院外的那个还大一些，正午时分，热闹得很。

　　马车停在集市外，林怀甫带着赵小渔他们到了集市内一处矮屋。

这儿街上到处可见摆摊卖瓷的,他们所在的矮屋也只是其中看起来稍微正规点的,有人将他们迎进去后,又从后门给带了出来,往另一处走去。

"还有模有样的。"林怀甫把赵小渔拎到自己跟前,看着她直接问,"你是不是知道什么?"

忽然来这么一句,赵小渔一头雾水:"少爷您说什么?"

"他是不是有别的安排?"林怀甫看巷子越走越深,人越来越少,到最后声儿都听不见,四周围墙也高了,还有些凉意,心里便有些不安。

"宋公子应该有安排,少爷您不用担心,就是会发生什么也有人保护您的。"赵小渔还真不知道宋慕青有什么安排,换作之前他或许会透露一二,可自从他知道自己就是坑骗他的人后,他就不怎么和自己说话了。

林怀甫瞪了他一眼:"什么都不说,肯定没好事,要不然他自己怎么不来。"

"少爷,宋公子不是那样的人。"赵小渔感觉林怀甫有些针对愣头青,下意识地维护道。

林怀甫瞧着"他"白白嫩嫩的面庞,心里更不是滋味:"你还替他说话,谁才是你少爷,你才认识他多久?!"

严格意义上来说,认识愣头青比你早啊。

赵小渔看他气急败坏的,动了动嘴没把话说出来,安抚他道,"少爷,陆姑娘可指望着您呢。"

林怀甫的脸色一顿,果真没再继续说,可浑身上下散发出来的气息还是郁闷的。

不多时,他们到了个僻静的小院前,林怀甫被人领进了屋,终于在桌上看到了昨天夜里被宋慕青带走的龙瓷。

林怀甫咳了声,佯装着:"就是这?"

"没有错,这就是我们从集寨附近捡来的。"说话的是两个兄弟,一个木讷一个狡猾,眼瞅着林怀甫身后抱着大箱子的人,就差扑上去抢银子了。

林怀甫扬手,身后跟上来两个窑场带来的师傅,叫他们仔仔细细看过后,硬是在屋内耗了两刻钟后才把银子交出去,亲手取了放置龙瓷的匣子,抱着走了出来。

被留在外头的赵小渔见他出来,眼眸一亮,这是成了?

不等她走上前去询问两句,忽然对面屋檐上闪了一道光,待看清楚,那箭矢已经朝着林怀甫的方向直直射过来。

"小心——"赵小渔扑向林怀甫就地滚了一圈,堪堪躲过了那一箭,眼见着寒光破空,"咻"的一声钉在了门板上。

林怀甫看着自己刚刚站着的地方,猛然察觉自己刚从阎罗王手底下活下来,胸口剧烈起伏："这、这也是宋慕青安排的？！"颤抖的声音里带着愤怒。

紧接着第二支，第三支……屋子里交易的人提着刀冲出来，凶恶喝道，"亏得外面道林家宅心仁厚，想不到就是这样同人做买卖的！"

"铛铛"拿刀挡箭的声音响起，院子里的人和突然冒出来的人交上了手，那名最早说话的举着刀飞快向赵小渔和林怀甫靠近："老子杀了你们！"

到了近前才压低声音道："快走！"

然而下一刻就被一支箭矢穿透了胸口，不可置信地瞪大眼睛轰然倒下。

赵小渔直直盯着他身下淌出来的血，被吓得小脸煞白，再一看，整个小院已经被人包围，到处都是打斗的身影，刀光烁冷，交击一起的铿锵声不绝，直听得她胆战心惊。

"哪个龟孙子再放冷箭，爷就把这东西给砸碎了！"林怀甫抱着匣盒，"大不了同归于尽，谁也别想得到！"这话也恰恰暴露了龙瓷所在，顿时所有人的目光集中看向他，被他喝住一瞬，旋即又争着往他那儿去。

林怀甫暗骂了声，往后退去，却见拥上来的人自己又打了起来。

要生擒林怀甫得到龙瓷容易，难的是如何不让对方得手，这一会儿工夫，打得昏天暗地。

林怀甫趁此机会猛地拽住赵小渔往水缸后躲，一面抱着匣盒，就像抱了个烫手山芋，一脑门冷汗："你在这躲……"话音未落，就有人朝水缸冲过来，手中举着刀，刀锋处血淋淋的叫人恐慌。

"你快走！"赵小渔用力推了林怀甫一把，刀"咣"的一声敲在了水缸上，看着被劈出来的裂痕赵小渔浑身冰冷。

就在这时，来势汹汹的人忽然停住，赵小渔盯着他的胸膛倒吸了一口凉气。

一支箭赫然从他身后插入，刺穿了他的胸膛。

下一刻，第二支箭就落到了林怀甫的脚下。

不能等了，再这样下去谁都活不成！

赵小渔死死盯着那个人手中的刀，在林怀甫的惊呼声中，飞快匍匐了过去把刀捡了回来。

箭矢就射在她几步远的地方，赵小渔捏着刀后背汗淋淋的，当即就把刀塞给了林怀甫，赵小渔深呼吸了一口，神情凛然："少爷，我去引开那些人，你赶紧跑！"

"你疯了！"林怀甫一把拽住她胳膊，"你出去就是送死！"

赵小渔也怕得要死，从林怀甫怀里抢了匣盒过来，手都在微微颤抖，但脑海里更重要的念头就是护着它。他们都已经做到这一步了，不能功亏一篑。她咬着唇，脸上难得的神情凝重："这龙瓷关系到那么多人的性命，它不能有事，林少爷你也不能有事！"

她瞅准了厮杀间隙，挑了阻拦最小的那条道往外冲。

林怀甫的瞳孔里映出她瘦弱的身影，骤然紧缩，最后那半句像是重物落在心上，猛地一下一阵钝痛。

他竟为了自己……

正努力带着龙瓷逃命的赵小渔绝没想过要搭上自己性命，只是眼下的情形，待在那个院子里肯定是死路一条。

来的人究竟都是什么身份难以分辨，但看下手的狠辣程度，肯定有睿亲王世子派来的人，落到睿亲王世子手中必然是个死，还不如去搏一把。

也正是带着龙瓷，赵小渔察觉到这些人对匣盒有所顾忌，只追着她也不敢下死手，怕龙瓷会出意外。

于是赵小渔干脆拿它充作护身符，仗着身姿灵活，连躲带踹，几次险些被砍中都侥幸逃了过去。

"曹老儿，你不好好在昌州的地界待着，跑这儿来掺和什么，一把年纪也不怕抻了腰了。"说话的山羊胡男人看着衣饰便有别于其他人，呛的那老头儿也是与他一般，这样一行七八人，更像是江湖人士。

"你为的什么我就为的什么，拿人钱财为人办事，想不到中都梁龙也有缺钱花的时候。"

"少废话，这龙瓷是老子的，莫要跟我抢！"

赵小渔被这些人给拦住，往后一退，差点就撞在了剑尖上，就听身后那人恶狠狠道："小子，把你手里的东西老实交出来！"

"大侠饶命！"赵小渔一副怕极要把手里东西递出去的架势，不等旁人阻止，看着山羊胡笑眯眯伸手来接的动作，故意一晃像是要抛出去那般，等山羊胡男子飞身去接之时，矮身往空隙冲去。

怎料失策，被人从后面堪堪撞了下，匣盒真的脱手飞出，眼看着要掉到地上，得亏有人眼疾手快躺在了地上用身子垫住："幸好幸好。"

话才落下，几个虚惊一场的，又开始争抢匣盒。

赵小渔反倒被忽视，看着近在咫尺的匣盒，一猫身子，抢回来就跑。

"抓住那小子！"人群里有人喝了一声。

赵小渔一下成了众矢之的，追逐逃命之际，拼上了全力，故意拣陌生巷弄跑，想借此摆脱身后追兵。不想追兵层出不穷，身上胳膊被划了好几道口子，好生狼狈。

直到被追杀得堵在了死巷尽头，赵小渔怀抱着匣盒，连气息都喘不匀。

对面的未必比她好多少，但胜在人多，且各个都是有功夫的，被她激怒得脸色阴沉："不是能跑吗？接着跑啊？"

"您、您拿着刀追我，我能不跑吗？"赵小渔喘着气，嘴皮子仍是利索，"大哥、大侠、大爷，我错了，我就是个替人跑腿办事的，我家少爷让我拿着跑，我就跑了。大哥们想要，我给你们就是了，别动刀动剑的了。"

赵小渔一副贪生怕死的行径，到了这关头还没看到愣头青，她早在心里默念百八十遍了，总不至于像林怀甫说的，他这什么安排啊！

她原还想再拖延点时间，说着要给，动作磨磨蹭蹭的。

对面一个个的都拎着刀剑，目光寒冷阴鸷，且看着她这般磨蹭，为首的那人突然问了句："主人可说要活口了？"

赵小渔心"咚"地跳快了一拍。

"不曾。"人群里有人答。

赵小渔脚步倏然一顿，看着对面那人笑得阴狠，猛地就提起刀："那就送你上路！"

"宋慕青，你要再不来我做鬼也要缠着你！"赵小渔看着直劈过来的寒光，避无可避，用尽最后力气吼道。

然后预想中要命的痛意却没有出现，赵小渔闭着眼感觉被人搂了下，闻到来人身上熟悉的冷沉香，她猛睁开眼就只来得及看到那人决然的背影。

宋慕青……

似从天而降的神祇，护在她前面，单单几招就逼退了来人，赵小渔再定睛仔细一看，前后都没看到随他来的人，压着嗓子问："你的人呢？"

却得了宋慕青一句"谁让你乱跑"，好似是在指责她。

赵小渔惊觉没有援兵，还被他这番"指责"整个人都炸了，怒怼了回去："你不救我，我当然只好自救了！"

原先因为宋慕青忽然从墙头跃下而镇住的一行人此时才突然反应过来，只有他一人，顿时气势大变："有什么话，留着到地府去叙旧吧！"

说着便都提刀冲了过来。

宋慕青一人应付当是游刃有余，但带上了赵小渔时间一久便有些吃力。

即便赵小渔身手灵活，但到底不是练家子，还是个姑娘，怎么可能打得过？

眼看着宋慕青在前面被缠住，身后这儿有人趁机靠近，朝赵小渔刺过来。

"小心！"就在刀尖近在咫尺的距离，赵小渔被宋慕青一把拉了过去躲过那偷袭。

未等松一口气,侧方赤手空拳打斗的人忽然执了匕首刺过来,狭小范围内宋慕青身侧还护着赵小渔,躲避不及,直直迎了上去。

赵小渔眼睁睁看着那匕首刺入了他的侧腹,惊得双目圆睁,就看到宋慕青用力拔了墙上的刀,反手割了那人的喉咙。

温热的血溅到了赵小渔的脸上,她浑然未觉,颤声喊着:"宋慕青!"

宋慕青把她推在身后,手握着刀看着四周的人,眼神狠厉:"你们不是睿亲王世子派来的人。"

许是宋慕青割喉的画面过于利落,惊到了这些人,他们顿了半响才反应过来,威胁道:"把龙瓷交出来!"

就在这时巷子那头传来了叫喊声,韩邵钰带着官兵赶了过来。

这些人见形势不利,迅速地撤离。

宋慕青手中的刀落下来支撑在了地上,随即他整个人靠在了墙上,赵小渔连忙扶住他,嘴角颤抖着,伸手去按他的伤口。

血从她指缝间冒出来,伤口太深了,都已经把她的手给浸湿了,她抬头时已经是满眼的泪:"宋慕青,你别动,官兵来了……"

"慕青!"韩邵钰带人冲到他们身旁,下令追捕后,忙把宋慕青扶起来,"人都来了,我先带你回城。"

"林怀甫呢?"

"那边都清了,抓了几个,其余跑了。"

"他们不是睿亲王世子派来的人。"宋慕青皱着眉头,"除了那些江湖人士,还有另外的人掺和其中。"

那些江湖人士只为抢龙瓷,下手都分了轻重,但其中有部分人下手却十分狠辣,身份不明。

"你先回城,这里的事交给我,龙瓷也带回去。"韩邵钰把宋慕青扶上了马车,交代赵小渔照顾好人,分出一队官兵护着他们回城。

此时巷子外不远转角处,在此静观许久的几个人看到马车远去,院内外又满是官兵,转身离去……

回城的马车内,一直有"呜呜"的哭声。

赵小渔的手从上马车开始就没敢乱动,她一直揩着宋慕青腰腹上的伤口,可真的流了好多血,把她的衣袖都沾满了,宋慕青的脸色越来越苍白。

"宋公子，你千万不能有事。"赵小渔满脸都是泪，想抬手擦一下，可她不敢腾出手，那眼泪就扑簌簌地往下掉。

宋慕青睁开眼就对上她梨花带雨的小脸庞，眼泪鼻涕糊成一片，愣是叫她哭出些逗趣劲儿来："你哭什么……"

"流了好多血。"赵小渔哭着，那是来自心底的恐惧，不知缘由地，让她对失血过多这件事，充满了惧怕。

"我不会死的。"宋慕青实在看不下去，抬手，顿了顿后捏了下自己的袖口，给她抹了下脸，可这一动，扯了腰，又渗出血来。

"你别动你别动！"赵小渔着急忙慌地喊，吓得不轻。

伤口早就疼麻木了，习武的那些年里，也不是没有受过伤，断骨之痛比这来得疼，可对上这么一双慌乱的眼眸，宋慕青忽然也觉得自己是伤得挺重，有性命之忧的那种。

"宋公子，你要是真出了事，我，我今生报答不了你，下辈子我给你当牛做马。"赵小渔看他闭上眼，脸上都没血色了，心中恐惧加剧，跟着她呼吸都有些急促，"我，我……"

赵小渔的脑海中顿时生出很多可怕的画面，漫天的大火，烧透了整个夜晚，将她视线内的一切都照得通亮。

四处都弥漫着血腥味，惨叫声，求饶声，刀光剑影。

"爹，娘，你们在哪里？"

"求求你不要杀她，求求你们不要杀她。"

"大哥，二哥……呜呜呜呜，你们在哪里。"

好多血，她看到了好多血，她跪在一个人身旁拼死捂着都止不住。

躺着的人是谁，那个她又是谁？

马车内许久都没听到她的叨念声，宋慕青还以为她哭岔气了，缓缓睁开眼："不用下辈子再报答……"

话音未落，撞上了一双惊恐的眼。

那不是因为他受伤而害怕担忧的眼神，而是极度的惊恐，像是遭遇了什么事，那双本应该清澈干净的眼中，充斥着恐慌和惧意。

"赵小渔。"

宋慕青喊了她一声，赵小渔毫无反应，看似盯着他的目光，早就没有焦距了，唯有双手还下意识按着他的伤口。

"赵小渔！"宋慕青呵斥了声。

"不要死！！"

马车内传出哭喊声，像是绝境之中的求饶，很快又陷入了死寂。

赵小渔看着宋慕青，胸口猛烈地起伏着喘息，整个人还在颤抖："宋公子，我……我……"

"我没事。"宋慕青的声音传来，仿佛重重地敲在赵小渔心里，将她那不安敲下去。

"我……"赵小渔好不容易喘匀了气息，宋慕青"嗯"了声，用着最平常的声音："很快就要进城了，不必去林家，在最近的医馆把我放下。"

"好……好。"赵小渔点了点头，仔细看着他，四目相对，奇迹般地，刚刚让她那样胸闷的感觉消失了。

马车很快进了城，将宋慕青送到医馆后，赵小渔虽从大夫口中知道他没有性命之忧，却执意要守在他身旁，怎么都不肯走。

直到陆莺莺前来，再次检查，告诉赵小渔他真的没事，失血过多但不至于要丢性命，就是要些日子养伤，赵小渔又自告奋勇地要照顾他。

这厢林怀甫随韩邵钰一同回城，将抓捕的人送到衙门，又回了赵家，把这龙瓷从外"历经劫难"带回的事走完。

这么一遭后，原本只是少数人知道的事，很快就在明州城里传开。原本知道此消息却将信将疑，彻底打消了疑虑，都道是林常山这等"忠厚老实"的也会在这事上耍心眼了。

林家找到了岐山书院失踪的龙瓷，带回途中还遭受了劫持，伤亡不少。

那些意图劫持龙瓷的人还在衙门里关着呢，林家此举功不可没，在龙瓷拿回家的第二天，林老爷带着林怀甫，亲自将龙瓷送去了岐山书院。

赵小渔一面照顾宋慕青，一面紧张地等消息。

"你怎么起来了！"推门进屋，赵小渔看到宋慕青要起来，忙上前扶住他，嘴里叨念着，"宋公子您要有什么事，喊我便是，我在的，陆姑娘也说了你现在不宜乱动，躺着就行。"

"水。"

赵小渔利落地给他倒了水送到床边，看着他喝下去后，又把刚做好的吃食端过来，"您现在只能吃些清淡的，您若是觉得寡淡，等好了我去买烧鸭给你吃，西子路那儿有一家做得特别好吃。"

宋慕青看着她不作声，赵小渔抬手捂了下他额头，又飞快地触了下自己的，没发烧啊，大夫说了要时刻关注，这几天不能发热，否则会引起感染。

"你在怕什么？"

猛地，宋慕青的清冷声传来，赵小渔愣了愣："您说什么？"

"你怕我死？"

"我当然怕啊。"

"可你明知这不至于会死。"

赵小渔拿着杯子的手一顿，她也不知道，她就是很怕。

"赵小渔。"

"嗯？"

"水洒了。"

赵小渔猛地回过神来，急忙伸手去擦倒在褥子上的水，却发现自己越忙越乱，他衣服上都沾了水，于是想去擦他身上的，却被宋慕青快速握住了手腕。

这一握，单膝搁在床沿上的赵小渔重心不稳，整个人就趴向了他，直接匍匐在了他的胸膛上。

闷声传来，赵小渔自觉压到他伤口了，慌忙要起来，可手搁哪儿都不对，竟直接按在了他的胸膛上。

"在你手中照顾的，可有活口？"

"对，对不住！"赵小渔连忙从他身上翻下来，红着脸跑出屋去，片刻后又冒了个头儿在门口，提醒他道，"宋公子，粥凉了不好，你趁热喝，我、我去给你煎药。"

说罢，屋外走廊里传来噔噔的脚步声，人跑远了。

双手按在胸口的那感觉似乎还没散去，还有她惊慌的样子。

洗干净了的脸瞧着是顺眼了许多，也将她此刻的脸红模样看得更清楚，细嫩肌肤白里透红，娇俏若山间四月野蛮生长的桃花，粉颊透露出别样的生机。

宋慕青想起了她哭得梨花带雨的模样，转瞬又是她笑得没心没肺的样子，讨好的、狡黠的、得逞的、瞧见银子时的。

宋慕青轻轻握了握拳，他好像更愿意看到她没心没肺地笑着，不想让她哭……

因为那小小的意外，赵小渔掩着自己扑通乱跳的心，好一会儿才缓过劲来。

半个时辰后将煎好的药送过去后，她没在屋里多留，很快回了自己的屋子，盯着陆莺莺给她的那些宁家制瓷的书籍，不断走神。

从昨天开始，她的脑海中总不时地出现一些画面，明明很陌生，又让她似曾相识。

赵小渔摸了摸脖子上的瓷葫芦，决定回家一趟。

第七章

许是那日抢夺龙瓷留下了阴影,夜里又噩梦缠身,以至于赵小渔白日里都有些精神恍惚。

她明明是想给赵老爹打二两酒的,结果打了二两酱油,等看到手里拎的东西,抽了抽嘴角,索性在旁边铺子买了点白切鹅,正好应付一顿。

孰料又没看路,赵小渔脚下不知被什么东西绊了一下,若不是面前的公子抓扶了一把,自己恐怕得摔个鸡飞蛋打。

可到底还是自己冒失,冲那人连着道了两声"多谢"。

抬起头时才发觉扶了她的公子眉眼生得甚是清俊,含着笑意,温文儒雅,就好像让人沐浴在三月的春风里,自然而然生出几分亲近之意。

随后,赵小渔的目光不经意间就瞥见了他坐着的轮椅,想到她刚才就是被轮椅腿给绊着的,目光不由自主落在了他的腿上。

这样好看温柔的人却有腿疾,真是可惜了啊……

赵小渔心中默默想着。

"你这人走路不看路,想什么呢!"公子后面的随从不满地喝道。

"长枫,不得无礼。"那名公子当即唤住随从,转而朝向赵小渔笑意温润,态度谦和有礼,不紧不慢道,"是在下惊扰了。"

赵小渔刚想呛回那小厮,对上年轻公子的目光顿时收了声,连声音都不敢往大了去,像是怕自己惊扰面前谪仙似的人物:"是我自个儿不小心,对不住啊公子,听你们口音是外地来的?明州城近来可不大安生。"看着他穿着贵气,若碰到那些个坏人,就倒霉了。

"哦?此话怎讲?"年轻公子皱了皱眉,虚心请教。

赵小渔便忍不住打开了话匣子，给他讲起了明州城"龙瓷风云"："现在城里鱼龙混杂什么人都有，公子你这样的带一个随从怕是不够，还是找点身强力壮的保护你。"

"你——"长枫怒瞪，听出来赵小渔是在报复他刚刚呵斥。

年轻公子笑了笑："我叫赵谌，多谢小兄弟提醒。"

"好说好说。咱们还挺有缘的，我也姓赵，我叫赵小渔。"赵小渔想到前些时候封城，赶着这当口进城来的，随口又搭了句，"公子来明州城是长住还是短住？探亲吗？"看他走的方向似乎是客栈，若是长住可就不划算，在这边随便租个私宅都比住客栈好上许多。

只是正主没发话，那随从又跳了出来，态度不耐烦又警惕地打断："你这人怎么这么多话？"

赵小渔本来是看人长得好看热心了点，结果公子温润如玉，一个随从却那样气焰嚣张，顿时就跟人掐上了："不说就不说呗，那么凶做什么，我又不抢你饭碗，你紧张什么！"

"长枫。"赵谌唤了一声，令叫长枫的随从瞬间安静了下来。

赵小渔看着他碍于主子命令的憋屈模样，冲他偷摸比了个鬼脸，故意气他。

不想，堪堪就正好撞上了赵谌，赵小渔顿时一抹脸恢复正常，就听他道："我们来是做点小买卖，顺道会会故友。"

"有朋友在明州啊，那就好那就好，出门在外就是得靠朋友。我赵小渔算是明州城的包打听，你要碰到什么小麻烦，尽管到渠巷找我。当然，大麻烦我也没辙。"赵小渔本来也没想探人隐私，反倒因着对方坦荡而有了一丝不好意思，"告辞。"

说完就冲人挥了挥手走了，赵小渔也说不上为何对才见一面之人这样热情许了承诺，只觉得对方兴许需要帮助，他又行动不方便，说到底还是看在人家长得好看！

她又想到宋慕青，想到他进城后那一张冰块脸，浑身散发的气息就是——老子冷酷又有钱。转瞬又想到了之前在屋内照顾他的情形，赵小渔脸颊微微发烫，最后在心中哼了声。

街上熙熙攘攘，挑着担子走街串巷的小贩叫卖声各式各样，汇到了一起，吴侬软语，甚是悦耳。

这边巷子口，等赵小渔走后，长枫就忍不住了："公子何必搭理那样的泼皮无赖！"渠巷出来的人能是什么好茬儿。

"我说话的口音不像是明州人？"赵谌却答非所问。

长枫一怔，声音渐是低迷了下去："公子离开明州八年，有所变化是自然。"

赵谌的眉眼落了几分沉凝，这些年他去过许多地方，却独独不曾回来过，只一闭眼就是漫天火光的场景。那场大火令他家百余口人丧命，他侥幸活下来却失去了一切。

他的一条腿，父母亲人，活泼伶俐的妹妹……谁能想到八年前该在大火中丧生的宁家长子宁云霆，如今改头换脸成了赵谌，回到明州。

原本他以为自己会很痛恨这个埋葬了他所有的地方，却不想仅是一个路人都能带给他几分心绪触动，乡音亲切。

他扫过街上形形色色的人，温和神情盖住了眼底凉薄，似漫不经心地问起："可有找到刘老六的下落？"

"尚未，属下派人加紧搜寻。还有前日龙瓷抢夺失利，如今归了林家又被进贡给那位……"

宁云霆扶着轮椅扶手轻轻叩了叩指尖，笑如春风，语调却与地狱来的勾魂无常无异："接着找，死人才能守住秘密。"

"是！"

赵小渔一溜烟儿跑回了自己家，还在想刚才那位俊俏公子，依着陆姑娘爱给人看腿的劲儿，应该给两人介绍一下，说不定对两人都是好事儿，这么一想又觉得自己似乎当真是管太多了。

到底是不忍心那样温柔完美的公子有缺憾。

进了门没看到赵老爹，赵小渔熟门熟路就爬了老爹那屋的窗，一推开，果然看到老爹手忙脚乱藏东西，赵小渔大呵："青天白日的你关着门做什么，又藏什么呢？兰婶儿又丢手绢儿了？"

"什么丢的，她送我的！"

"啊！"赵小渔顿时惊掉了下巴，兰婶儿是对街卖豆腐的，守了十多年寡，温柔善良，还时常给赵小渔磨豆浆喝，"不是，她怎么能送你的，该不是大家人手一块？才分到老爹你的吧？"

"你个小兔崽子说什么呢！"赵老爹一把揪住她耳朵，"好好一姑娘家寻常的门不走，非得飞檐走壁，扒窗户脚。"

"我看你青天白日门关着铁定有情况，万一趁着我不在……"赵小渔话没说完，人先溜到了院子里，没看到赵老爹变脸色的同时，把帕子底下粉色一角更往里头塞了塞。随后才抢着鸡毛掸子冲了出来："赵小渔，我看你就是三天不打上房揭瓦！"

赵小渔早机灵地从厨房里搬出一张小方桌搁院子里，动作麻利地把白切鹅和卤水摆上，又从老槐树底下挖出一只小酒壶来："老爹你能追上兰婶儿，你俩能成，我这是高兴呢，以后我岂不是天天有嫩豆腐吃了！"一边给赵老爹满上了酒，"咱们家攒下那点银钱，正好盘算盘算聘礼，要不再找梅姨给你出面说说媒？"

赵老爹老脸上登时浮起一片红晕："八字都没一撇的事儿你瞎胡说八道什么呢，什么聘礼说媒，你可别出去乱说！"

"老爹，你是做了什么，兰婶儿才送你帕子？"赵小渔不掩好奇问道。

"我就是给她修了修磨子。"赵老爹想了想，"结果坏了个彻底，我就给买了个新的。"

赵小渔努力忍着笑："其实这也不失为一种好法子，往后多帮着点兰婶儿。"把兰婶儿家都给整修没了，老爹大概能以身相许了。

赵老爹"哼"了一声："街坊邻里的，这点子小事还用你说。"显然没明白赵小渔的真正用意，待看着她，又浮起疑惑来，"你今儿怎么有空过来了，对了，你说你在林家，你老实说，林家得了龙瓷那事儿你有没有掺和？"

"没有！"

回得这么快，赵老爹一眼就看出有鬼，一下揪住她耳朵："就你这小猴崽子，撅个屁股我都知道你要放什么屁还想瞒我！早让你回来你不听我的，还非得往浑水里搅和，万一出点什么事儿我怎……"那险些脱口而出的话，在对上赵小渔好奇看过来的目光时戛然而止，重新按回了肚子里。

不可说。

赵小渔只觉得老爹不止是担心自己的缘故，又给老爹满上了一杯酒："交易龙瓷那么大的事儿怎么轮得到我去，自然是林少爷自个儿去的，还带了不少人，听说是冒着性命危险好不容易拿到手的。你知道我最惜命了，这种事我想不开才往前凑。"

"倒真像你说的才好。"赵老爹闷了口酒，又看着赵小渔，似有犹豫才开口道："我近来想了想，有件事得跟你商量一下。"

"嗯？"

"咱们搬了吧。"

"搬……哪儿？"

"钦州，钦州那儿山好水好，百姓大多是做木匠的，我正好也能寻份活计，合着攒下的银钱，可以过得不错。"

赵小渔刚想说老爹就别闹着做木匠了，却看到赵老爹那认真神情："老爹你不会说认真的吧？"看赵老爹郑重点头才意识到事情有些不对头，钦州那可是离明州城数百里外的地儿,"我们要是去了,那兰婶儿怎么办?"

赵老爹一瞬陷入了沉默。

赵小渔一把抓起桌上的酒碗抿了口酒也压压惊:"老爹,这阵子城里头乱是一时的,等睿亲王世子带走了龙瓷,就什么事儿都没了,到时候说不定我还能回岐山书院上学。"

赵老爹仍是沉默不语,只是喝酒的速度快了稍许。

赵小渔盯着,良久顺着心底的感觉问了出口:"老爹,你说我是跟家人走散的,你可还记得在捡到我的地方除了这小瓷葫芦还有别的什么?"

屋檐下顿时安静,赵小渔眼巴巴看着赵老爹,后者捏着酒杯,神色沉凝。

正当她要再发问时,赵老爹忽然一口闷了杯子里的酒,声音都跟着有几分哑:"你问这做什么?"

"我……我就想知道,我当时是出了什么事……"

话没说完,赵小渔的耳朵被揪了起来,对上了赵老爹气呼呼的脸:"怎么,你还想跑回去找你爹娘不成?我告诉你,你是我养大的,今后那就是要孝顺我的,你现在倒想认亲去了?"

"爹,爹!我没有这意思,我就是好奇,六叔曾说瓷葫芦是个稀罕物,我又记不得以前的事,那我总是会想啊。"

说到后头赵小渔"哎、哎"叫着求饶:"疼疼疼,爹!"

"他们的话你能信,让你别去渠巷、别和他们学那些个东西,你偏不听,女孩子家家的就该好生待着。现在他们都进牢里了,你还想跟着一块儿去是不是?什么稀罕物,这就是个不值钱的!我遇着你的时候你穿得像个乞丐,不是什么好人家的孩子,指不定是城外谁家生多了闺女扔掉的!你还想着回去?"

赵老爹噼里啪啦说了一堆,赵小渔是没人要被扔的,"白眼狼"的话一直往外蹦,气得脸色涨红,赵小渔都被说心虚了。

可在听到赵老爹说瓷葫芦不值钱时,赵小渔猛地跳起来反驳:"谁说的,书院里的宋公子都说这值钱,我还在陆山长女儿那儿看到好些个差不多模样的,瞧着与瓷葫芦一样质地,说不定是出自同一个人!"

六叔不会骗她,愣头青也不会骗她的:"而且您以前还说这瓷葫芦要紧,让我切莫离了身,我要卖你都不肯,现在又说不值钱!"

"你说什么,哪里也有?"赵老爹浑然未察她后面的话,拎着她耳朵的手都减轻了几分,眼底闪过一丝慌乱。

赵小渔趁机躲开去,到院子一角,确保老爹追不上了,揉了揉耳朵嘟囔:"陆姑娘那儿有好些，老爹您今儿怎么了？"

她只不过问了句瓷葫芦的事就激动成这样，以前也不是没问过。

赵老爹看着她，嘴角微颤了下："你……你与陆山长很熟？"

"那可是岐山书院的山长，老爹，我就远远见过，话都没说几句。"

赵老爹明显地松了一口气，可不等他缓了情绪，又被赵小渔接下来的话给吊了起来："陆山长的女儿与我还算相熟，老爹，陆姑娘人可好了，还将宁家制瓷的书籍借给我看，夸我制瓷有灵气，看起来似是与宁家有些渊源……"

赵老爹扶着桌子坐下来，强忍着才将颤抖压下去，稳了稳声："你就是为了瓷葫芦和别的相像来问的？"

赵老爹心中已经想好了说辞，若是如此，也能圆过去。

赵小渔见他不追自己了，又挨了过来，到桌边自己尝了口卤味："也不是，老爹，这两日我总记起一些奇奇怪怪的事。"

"……什么事？"

"我……"赵小渔顿了顿，随着画面轮转，那种喘不上气的感觉又回来了，"我总记起大火，一直在烧，一直在烧，还有人在喊救命，我听到有人在哭，一个小姑娘，好像就这么大。"

赵小渔给老爹示范了个高度："哭着在喊人，但就是记不起模样来。老爹，你说我怎么会记得这些呢？我小的时候是不是看到过什么？"

说罢，赵小渔又努力想了想，八年前，大火，八年前的明州内外谁家闹过这么大的事？

赵小渔眼前一亮，突发奇想："老爹，您说我会不会见过宁家着大火？"

"砰"的一声，赵老爹手中的酒杯掉到了地上，整个人捂着胸口，神情痛苦。

"爹！"赵小渔惊呼着上前扶他，"您怎么了？！"

"扶我进屋去。"赵老爹垂着头抓牢她的手，声音低哑。

赵小渔连忙把他扶进屋，到床边躺下后给他倒了热水，还是不放心："我去请大夫，要犯了心病可不好。"

要换作以往，赵老爹绝对不舍得花这钱，会拦着赵小渔，但他今天却没做声，面色微白，拧着眉宇看着赵小渔冲出去，双手撑着身体往上挪靠了些，从枕头底下缓缓地摸出帕子来。

翻开时，帕子下还藏着块粉色的旧布，看着有些许年头了，可仍能瞧得出质地上乘，是上等的绸布。

而那旧布之上绣着一行秀气小楷——己巳年壬申月壬子日亥时三刻，下衔着一

189

个"宁"字。

许久之后，屋里传来一声叹息："该来的还是要来啊。"

赵小渔找来大夫的时候，赵老爹的情况已经好转了很多，但赵小渔执意要趁着这次机会好好给老爹看看。

这一看，把她吓得不轻。

赵老爹早年苦日子熬出了一身病，如今哪儿都不舒服，喝酒多了常有不适，肝也不好。心痛是老毛病，刺激大了就容易出现今天这样的情况，末了，大夫开了不少药。

赵老爹心疼银子，但这回赵小渔是铁了心的，烟杆子不许碰，酒也不许喝了，至于要搬什么家也不成，往后她养着老爹，不必再做什么木匠活。

自然，之前关于她被捡时的事，也没再提起。

傍晚，天色暗下时赵小渔才回林府，岐山书院那儿还未有消息传来，她从厨房端了吃食去宋慕青的屋子，发现他竟起来了，又忙将人推回去。

"宋公子，您这伤虽说不伤及性命，可也不轻啊，您至少躺个几日再下床，不然伤口不好恢复。"说到最后，赵小渔又轻声嘀咕了句，"一个个的都不省心。"

宋慕青耳尖："谁不省心？"

"没，我是在想岐山书院那儿的事，不知道林老爷他们怎么样了，睿亲王世子会不会信。"

"陆姑娘既说了可行，应当是有把握的。"

赵小渔把吃的端到他面前："但若是行的话，这会儿应该有消息了才是。"明州去岐山书院又不远，这都一天了。

"至少需三日。"宋慕青闻到她身上不一样的药味，但见她活蹦乱跳不似受伤的样子，"你去药铺了？"

赵小渔抬手闻了闻，想是给老爹煎药时沾上的，便囫囵点点头："嗯，这三日都要鉴别？"

"三日或许也不够。"宋慕青如今还担心另外一件事，"睿亲王不会轻易放了陆山长。"

事情到底走向如何，谁也没十足的把握，但宋慕青却是一语成谶。

三日后岐山书院那儿传来消息，书院解禁了，先生们都被放了出来，也可照常上课，但陆山长要跟随睿亲王世子一同回京城去。

睿亲王世子的理由很充分，龙瓷是宁家交给陆山长的，无人比他更熟悉，既然如此，由他一同护送到京城去，到时在太后跟前，也能有一番话说。

他们即刻启程。

陆莺莺得知消息后赶去城门口见了父亲，一个月的功夫，陆山长消瘦了许多，面容憔悴，唯有在见到陆莺莺时才有些精神。

"爹！"陆莺莺赶到马车前，看了眼他身旁监看的人，快速给他把了个脉，心下放心不少，只是身子虚弱些。

"此去京城怕是要一两月，书院内的事已经交给掌教他们了，你多陪陪你娘。"

陆莺莺点点头："爹，您万事小心。"

"我能有什么事，就是可惜了……"陆山长没继续往下说，可任谁都听得明白是什么意思，龙瓷要送去京城，可惜了。

"眼下也没有别的办法。"陆莺莺眼眶微红，"只能对不住了，爹您没怪我吧？"

陆山长轻轻拍了拍女儿的肩膀安抚她："罢了，迟早的事。"

说着，视线落到陆莺莺身后的赵小渔身上，语气如常："你叫什么名字？"

"回山长的话，我叫赵小渔。"赵小渔受宠若惊，她是不放心陆姑娘才跟过来的，没想到山长记得自己。

"回书院后好好念书，莫要辜负了先生给你的机会。"陆山长的视线从赵小渔胸前的瓷葫芦扫过，很快回到了陆莺莺身上，"行了，回去吧，又不是什么生离死别的事。"

简单道了别，陆莺莺与赵小渔目送马车远去，到看不见时，陆莺莺敛了神色扭头看赵小渔："小渔，我需要你帮我个忙。"

赵小渔下意识地心一颤，这话多耳熟啊，上回说是要她制假瓷来着，这回又要做什么？

"陆姑娘请说。"

"你不是说前几日在街上看到了一位坐轮椅的俊俏公子，你可能与我详细说说？"

赵小渔给陆莺莺形容那名公子的长相样貌和身量，可身量他是坐着轮椅说不得准，饶是如此还被陆莺莺给拉着比画了下，比画完，就发现陆莺莺的脸色有些不大对劲。

"陆姑娘可有哪儿不舒服？脸色看上去好差。"

陆莺莺回过神，冲她虚虚笑了笑："我没事，可能最近有些累了，回去歇歇就好了。"说完和赵小渔道了别，脚步有些仓促地往西厢走去。

等到傍晚，赵小渔见陆莺莺还是没出过自己屋，便拿了吃食送过去，不想正好看到陆莺莺背着一小包行囊关门离开。

她看了看头顶上月朗星疏，已经过了酉时半，这时候累了的人不在房里歇着，出门做什么？还鬼鬼祟祟的。该不会是想偷偷追上陆山长他们吧？那怎么行，太危险了！

赵小渔当即放下吃食，不放心地跟了上去。

陆莺莺走得急，可毕竟是大家闺秀，赵小渔跟得容易且低调，看着她在街上漫无目的地走着，像是在找寻着什么。

不多时，陆莺莺走到了她白日里来过的肉铺子，拐一弯儿，就进了旁边不远的福安客栈。

赵小渔愣了下，这不就是自己和陆莺莺说的见到赵公子的地方？

还是陆姑娘打算离开林家另外找落脚点？

赵小渔一恍神的工夫，陆莺莺便满脸失望地从客栈走了出来，身上还背着那只小包袱。

那就不是后一种可能了。

可大半夜出来就为了找一个有腿疾的公子，陆姑娘对腿疾是不是热诚过头了？

此时白露已过，秋夜寒凉，夜风卷了老槐树的叶子打了几转落在了地上，又被路人脚步带起的风刮远了。

"望晴空冰轮乍涌，步香阶风扫残红，牛女星横断太空，那团圆月，偏照孤茕……"亭台楼阁上不知哪家的伶人儿唱着曲儿，恰恰映衬了当下悲怆景色。

陆莺莺失神地站在老槐树下不远，满身沾了夜色凉薄，即便身处人流涌动的闹市街头也形单影只，仿佛是被遗弃了一般，惹人心疼。

赵小渔隔着人群躲在墙角边看，受那画面意境感染，心底也跟着有些难受，须臾，那停驻在老槐树下的人忽然动了，这一回像是有了方向般，走的背影都似乎十分笃定，赵小渔回过神来立马跟了上去。

这大半夜的，她究竟要去哪儿？

沿着热闹街市走了约莫一炷香，便走出了这番喧闹，渐渐没入了黑暗无人的羊肠小道，凭着几户人家稀稀疏疏透出来的烛火光亮，继续往前去，投入了更沉的夜色里。

淡淡的，月亮被几片乌云遮盖住，风声呜呜，在旷野之地，似乎回声响了一些。

前面陆莺莺的脚步也渐渐慢了下来，紧紧抓着包袱，不知从哪儿摸出一火折子，照亮了一方。也正是这一方光亮，让赵小渔看清楚了前面正是一个个窑包。

这看上去是个废弃的窑场，这样大的规模，虽是在夜里不能完全看清，可赵小渔也很快猜到了窑场从前的主人。

明州宁氏。

想当年，宁家瓷器声名赫赫，因品质上乘，制作精良，口碑好，不仅能作为贡品进贡京城，还远销波斯、西夷等地，数以万计的订单如雪花般前来，碰到紧俏时候窑场内赶工灯火通明。

有一些工人甚至在窑场外围不远的地方安了家，还有人专程跑来做饭食生意，这一带可是繁华热闹得很。

这些赵小渔时常在渠巷内听人说起过，比照今时残破之景，心下不觉有些凄凉之意。

她若没记错，六叔说过这儿废弃后就鲜少有人靠近，有时还会有官府的人来巡逻徘徊，陆姑娘到这儿来做什么？

赵小渔和陆莺莺一前一后走着，前方黑漆漆一片瞧着就瘆得慌。

陆莺莺手里还有火折子照路，落在后面的赵小渔艺高人胆大，一点不怵这场面，反倒在看到窑场里一间小破屋透出的烛光时，心底浮起异样的感受。

烛火幽幽，在空旷无人的废弃窑场，形似一盏鬼火。

赵小渔自从进了窑场，便觉得脑袋隐隐作痛，脚下那些碎瓷零零散散，她却依稀记得它们拼凑完整的模样，堆在哪个角落。就好像，她眼前隐约可见另外一个场景，一个热闹繁华的窑场，忙碌人影穿梭，陌生又熟悉。

走在她前面的陆莺莺忽然脚步一顿，手里的火折子掉在了地上都顾不上，朝着那间屋子飞快跑了过去："云霆哥哥！"

"陆姑娘！别去！"

赵小渔刚张口却已来不及，眼看着那间屋子里忽然冲出几人，其中一人直接一记手刀，将陆莺莺劈昏了过去。

与此同时，她就感觉到脖子上一凉，亦是金属冰冷的触感，被人从背后重重扭住手腕押向了那间屋子。

宁家瓷窑荒废这么多年，大半夜有光亮本就诡异，奈何她进来时走了神，自己都没警觉，没能及时拦住陆姑娘。

赵小渔脖子贴着那冰凉的刀，视线朝四周飞快扫了圈后机灵讨饶："哎呀好疼！壮士，有话好说，我们只是误闯贵宝地，不知道大哥们在这儿歇息，我这就——"

"是你在这聒噪的？"背后那人忽然道。

赵小渔脖子上被刀架着回不了头，可也从声音里分辨出一二："是你，那个街上的！"叫什么来着！

"长枫！"

"对，对！"赵小渔说完，就看到了从屋子里推着轮椅走出来的年轻公子，"是你？"而此时的赵谌一袭锦缎黑绸，绣金丝勾勒的蝙蝠纹，斯文有余，竟在烛火下平添了几分邪魅色，和白日里看完全像是两个人。

赵小渔眨了眨眼，险些觉得自己认错了人。

"小兄弟，我们又见面了。"赵谌仍是笑吟吟的，只是笑意未达眼底。

赵小渔瞧出他眼底的杀意，那一句"有缘"怎么都说不出口了，呵呵讪笑一声，本想一鼓作气挣扎跑路，不想反倒让刀锋逼近了一寸，划破了皮肤，顿时感觉到一阵刺疼。

赵小渔惊得顿时不敢乱动，双手合十哭丧着脸讨饶道："公、公子，我……我什么都没看见，什么也不知道，无意冒犯到各位，还请高抬贵手饶命啊。"

赵谌的目光从昏迷的陆莺莺身上滑向了已经识相地双手捂住眼的赵小渔身上，温柔缱绻尽掩，嘴角浮起标志性的敷衍笑意。

"把他们带进来。"

赵小渔和陆莺莺被带进了屋内，才刚踩进门槛，赵小渔就闻到了一股浓重的血腥味，抬眼看去，她狠狠倒抽了一口凉气。

破屋内，两名男子被挂在墙上，用锁链紧锁着，身上的衣物被鞭子抽打得破烂不堪，浑身血淋淋的，奄奄一息。

赵小渔的脚步顿时如着了千斤坠，挪一步都费劲得很，她下意识吞咽着，脑袋转得飞快，大事不妙！

陆姑娘昏过去了，就算是醒着也做不了什么，而她只是半吊子而已，若是对方要灭口，就是手起刀落的事了。

赵小渔这般想着时人已经被推到了角落里，刀还架在她脖子上，她不敢动弹，见另外的人把陆姑娘放下，并未做什么，心底又稍微放松了下，只能走一步看一步，先摸清楚状况才行。

"啊！"墙上的人突兀发出一声惨叫，好似是被疼醒了，晃悠地抬起头，看到火盆里架着的烙铁吓得浑身颤抖，"我，我真的什么都不知道，真的什么都不知道。"

"宁家大火后，你就带着一家老小投奔到了城外元家的窑场，这八年间让你坐到了管事的位置，倒是有些能耐。"赵谌翻开摆在桌上的一个灰布包，从赵小渔的方向看去，看不到里面放的是什么，但墙上那人却露出极为惊恐的眼神，犹如要去赴死。

"这位爷，我真的什么都不知道，我什么都不知道，我这也是要糊口啊！"

"你连我是谁都不知道。仗着李则留下的手记，在元家如鱼得水……"赵谌拿起布包内的物件时，墙角的赵小渔跟着瞪大了眼。

那是什么！五六寸长，感觉只比手指细一些而已，在他手中寒光闪烁，看得人直哆嗦。

赵小渔想到了什么，目光倏地看向墙上的另外一个人，在看到那人的肩膀和手臂时，赵小渔脚下腾起冰凉。

那不是晕过去了……他是死了。

他的手上、肩膀上钉着的就是这位公子手里的东西，那一枚枚的铁翎尾羽没入了身体，数不清钉了多少。

宁家，他提到了宁家。

赵小渔咬着嘴唇强迫自己冷静，这里是宁家瓷窑，那这个人，该不会是宁家人？

"这位公子，我真的什么都不知道，这手记是李则送给我的！"

"送？"

"不不不，是我捡的，捡的……"

赵谌手中的铁钉已经到了长枫手里，他朝那人走去，不给他多说一句话的机会，只刹那间的工夫，"啊"的一声惨叫，那铁钉没入了他的肩膀，只留出个末端在身体外，血不断向外涌出来。

没叫人疼晕过去，却是疼到想死，纵然在书院见过张先生的下场，那日也经历过厮杀场面，眼前的场景还是吓到了赵小渔。

太凶狠了。

可那公子却是笑盈盈看着，眼底那一抹凉意如同看死人："元家许了你什么，要你从李则这里把手记偷出去？"

墙上的人喘着气，疼得直哆嗦，说不出话来。

"你老实交代，我兴许会留你条活路，你不像他，八年前将宁府中护院轮班的事告诉了元家，这种人早该死了。"

宁家……宁家……

赵小渔脑海中不断闪着这些，陆姑娘，陆姑娘和宁家应该相熟才是。

"这位公子，我们，我们是宁家旧识……"赵小渔怕他不认得，刚想继续说，押着她的人不耐烦地推了她一把。

"闭嘴！"

赵小渔没有蹲住，整个人朝前倾去，跪倒在地上，连带着衣襟内的瓷葫芦磕掉了出来。

"把她带过来。"

短促的惊呼声在屋内响起，刚刚才跪倒在地的赵小渔，因为赵谌的一句话被人拎着衣领直接拖到了前面。随即膝盖一痛，扎扎实实跌跪在赵谌面前，痛得她龇牙咧嘴，下一刻猛地被人拿住脖子上圈着的红绳，不等她伸手回护住，就眼睁睁看着那物什落在了他手里。

"我的瓷葫芦！"赵小渔这会儿也不管了，急忙伸手去抢，却被人按了回去，她盯着赵谌的手，"把它还我！"

赵谌与她对视，此刻的深沉眸色似化不开的浓墨，胸腔剧烈起伏了一瞬，下一瞬就掐住了赵小渔的脖子："这是哪里来的？"

赵小渔被掐得喘不过气，不住用手拍打着扼住自己咽喉的那只大手："那本来、咳咳，就是我的！"

"赵小渔，八岁随赵安入明州城乞讨为生，偷抢拐骗；十一岁进渠巷，想拜刘老六为师，因资质不够被拒；十二岁骗得刘老四等因烧瓷迷信而另待；十六岁入林家做小厮，实为盗取林家新瓷图纸。"

冷声落入赵小渔耳中，她惊得忘记了挣扎，这是什么人？！

她与他拢共就只在巷弄见过一次，莫说交情，连对方姓甚名谁都不清楚，他怎么就知道她这么多事，去林家盗新瓷图的事除了她之外可没谁清楚啊！

他到底是谁，比宋慕青还知道她的底细！

"像你这样的人，必是靠着不光彩的手段得了此物，你说，是你抢的，还是偷的？它的主人身在何处？"

"这、这就是我的，我的东西，还给我！"赵小渔伸手要去夺，只感觉脖子上那只手的力道在渐渐收紧，能呼吸到的空气越来越稀薄，可赵小渔仍不放弃，一味地去够她的瓷葫芦，对上赵谌那样否定自己，心底还有一股说不上来的委屈。

那一瞬的念头竟是死也要拿回来。

豁了出去般："还、给我……"

赵谌微愣，松开了手，仿佛之前这番似玩笑般云淡风轻，只眼神较之方才更阴郁了："果然是聪明人。"

"这只瓷葫芦对我而言非常重要，在问出我想要的答案之前，我会好好留着你的性命，你我有眼缘，这屋里的东西你可以随便挑，或是不用也成，我也有别的。"

赵谌笑了笑，从腰间掏出一把镶嵌着蓝宝石的短匕首，"噌"地拔出，寒光骤然划过，锋利异常。捂着脖子刚恢复喘息的赵小渔猛地一颤，就听他道："墙上这两个，不难审，隔壁还有几个，都是承不住的。若碰到骨头硬的也有法子，我会一根一根敲断他的骨头，让他后悔没有早些开口。"

赵小渔颤抖着嘴唇："我，我没有骗你！"那本来就是她的东西。

"小兄弟，以你的身份，如何用得起这个？"赵谌低头看她，似是比别人多了几分耐心，抑或许真是在巷子内相遇的一场眼缘。

"这就是我的东西，我从小便有，我……"

话音未落，那匕首已经贴上了自己的脖子，赵小渔屏了呼吸看着他，赵谌示意她继续说："从小是什么时候。"

"自是从出生开始……"

话说完，猛烈的一阵疼传来，身后的长枫一脚踩在了赵小渔的腿上。赵小渔"啊"的一声痛苦惨叫凄厉回荡在破败窑场，疼得冷汗涔涔，说不出话来，一张小脸惨白惨白的，感觉对面温润笑着的赵谌犹如地狱来的恶鬼。

"继续。"

赵小渔撑不住，瘫在了地上，感觉自己骨头都裂开了，膝盖以下的腿没了知觉。

这是什么疯子！

"这瓷葫芦距今也不过十二年……"赵谌轻轻摸了摸手中的瓷葫芦，语调听起来依旧很和气，"你从何得来的此物？"

"把它还给我！"赵小渔伸手去抓，落了个空，眼泪生生给逼了出来，看着赵谌愤愤，"这是我从小戴着的物件，从未离过身！"

话才说完赵小渔的后背被剑鞘杵了一下倒在地上，疼得她话都说不出。

"三教九流之所混迹的人，就是不肯说实话，不过不要紧，我可以等。"

说话间赵小渔就被长枫给拎了起来，她的左腿根本站不稳，没有知觉，着地时却疼到要晕厥过去。

她看着桌上布包内的铁钉，背后冷汗直下，理智告诉她必须要求饶，就是编个谎言也好，不能再说瓷葫芦是她的。

可她就是张不开口，内心更是有个声音在不断告诉她，这是她的，本来就是她的。

赵小渔更是觉得委屈，尤其是在这位公子面前被欺负被威胁被伤，当初巷内匆匆一面，还觉得有种亲切感，可现在他却要置她于死地。

"这叫穿骨钉，原本还要细一些，锁骨之用，以防犯人逃跑。"赵小渔被拎到了墙上，轻轻松松就给挂在了上面。她脚不着地，疼得晕头转向，听到他这么说后瞪大了眼，就看到长枫拿了那铁钉过来。

赵谌在其后重复问："这瓷葫芦，到底从何而来？"

赵小渔倔强地抿了嘴，眼泪还在眼眶里打转，瞪着他。

赵谌扬手，眼底甚至一丝犹豫都没有，拿着穿骨钉的长枫在瞥见赵小渔这瘦弱小身板时顿了一下，但也仅仅是顿一下而已，转瞬就动了手。

赵小渔下意识闭上眼。

"叮"的一声，窗外有什么打入，直直打在了穿骨钉上，原本要刺入她肩膀的穿骨钉，刺在了她手臂侧的墙上。

下一刻，守在门口的人被直接踹进了屋子内，"轰"的一声摔在了赵谌身后的桌上，将那包布给甩到了地上，穿骨钉洒了一地。

长枫即刻调转方向，拔剑护在了赵谌身前，看着闯进来的人。

"宋慕青！"赵小渔的轻呼声响起，她不敢置信地看着闯进来的宋慕青，憋了半响的眼泪，终于大颗大颗往下掉。

她疼。

在听及赵小渔喊出名字时，赵谌的神色顿了下，随即展了个笑容，轻轻推开挡着他的长枫："原来是宋大人，赵某眼拙，不知深夜到此所为何事？"

宋慕青没有回答他，径直朝着赵小渔走去，一张脸冷得若冬夜初晨结的霜雪。将赵小渔从铁链上放下来，她整个人站不稳靠在他怀里，宋慕青周身透出一股嗜血杀气来。

"宋慕青……我的瓷葫芦。"赵小渔带着哭腔喊了他一声，随即眼前一黑，彻底晕了过去。

宋慕青一把将她抱了起来，环顾了下墙上那两人，视线回到赵谌身上，眸色暗沉。

"这两人闯入我买下的窑场偷了东西，论罪我应该将他们送去官府的，可他们还有同伙在外，我怕逃了抓不住，便自己先审问了。"赵谌笑盈盈地看着他们，并无惧意。

赵谌，近几年来在沃川等地格外有名，是个什么买卖都做的人，无人知道他赚了多少银子，只知只要他所在之地的地方官府，一年赋税收入就很高。

曾有人暗访其买卖，但都没有查到什么，只知他坐了轮椅腿脚不便，年纪尚轻，却不知他性情如何，更不晓得他的过去由来。

宋慕青从京城来时，对此人的事听闻过不少，但常在沃川的人怎么会来明州呢？

还买下废弃多年的宁家瓷窑，其身份便值得揣摩了。可眼下的情形，不宜起争端。

"你拿了她的东西。"

赵谌笑了笑："人你可以带走……东西，我得留下。"

宋慕青低头看了眼怀里的人，都晕过去了，手还牢牢抓住他的衣服，眼角垂着泪。宋慕青的心猛地一颤，犹如被紧紧揪住，泛起酸软痛楚，语调上愈发冷硬带着不容置喙的决绝："这是她的。"

"这不属于他。"

"从何而证？"

"就凭我知道其来历，也知它的第一任主人是谁。"

宋慕青看了他片刻，思索间，角落里之前被打晕的陆莺莺悠悠醒了过来，她睁开眼看着这屋里，视线缓缓扫过，最后落在坐在轮椅上的男子身上，瞬间化作难以掩饰的惊喜："云霆哥哥？！"

小屋内骤然安静，赵谌似乎并没有要在宋慕青面前隐瞒的意思。

而宋慕青，在陆莺莺喊出那句"云霆哥哥"时，视线一直停留在怀里的人身上。

屋子的烛火突然跳动两下，带走半室的明光，与暗影交融，就在快要完全熄灭的时候又重新复燃，盈亮一室。

双方投在墙上的影子剑拔弩张，透着一触即发的火药味。

宋慕青单手抱着人，神情冷峻地快速出手将瓷葫芦从宁云霆手里夺回，干脆利落："若有下次，仔细这轮椅都坐不稳当。"

被夺走瓷葫芦的宁云霆霎时脸色阴鸷凝重，却是抬手拦住长枫："宋大人何时会为了一个市井混混般的人物强出头了？"

"她是我的人。"宋慕青将红绳连着的物件一并收拢在手心里，目光落了几分深意，"赵公子下次行事还需掂量。"

他的人？

宁云霆上下扫视着他与他怀里的赵小渔，这抱姿，倒真印证那句话。宁云霆嘴角勾起一抹笑："宋大人原来有此癖好。"

陆莺莺似乎才反应过来眼前状况，目光离了一直关注着的宁云霆转而落在赵小渔身上，顿时紧张地要过去，下一刻就被人用刀锋抵着了脖子。

只听宁云霆一声重咳，那名手下便松开了她，陆莺莺焦急地来到赵小渔身边，猜到她是跟着自己来的，怕是误会连累了。

她快速搭上脉，皱起的眉头稍稍舒展："没大碍，只是受惊过度陷入昏迷。"但看她腿部不自然的弯曲和地上血迹，"若伤着筋骨需得快些诊治。"眼下在这简陋地方必然是不合适。

宋慕青一言不发地打横抱起赵小渔,动身前一刻视线扫向陆莺莺,后者自然收到了他眼神里的讯息,随他来的那些人一道等着,她踌躇脚步顿在原地:"我……"

宋慕青便不等了,抱着人大步出了屋子,他带来的那些人一并撤离。

屋子里顿时空阔许多,仅余下宁云霆一行和选择宁云霆而留下的陆莺莺。八年前匆匆一别,陆莺莺凝视着面前和记忆中模样大相径庭的人,眼前氤氲开的薄雾使得她怎么看都看不清那人,单是个模糊的轮廓,她就知道,是她的云霆哥哥回来了。

她终于等到了。

从郊野到城内,一路快马加鞭,几乎是到林府的同时,宋慕青的随从带着医馆大夫匆匆赶来。

一把年纪的白胡子大夫深更半夜被人从床上挖起来,生怕是什么要命的急症,连带那名随从都带了药囊,待看到被那俊俏公子抱着的"少年"时暗暗松了口气,只要是骨头伤,那就是曹老头的看家本事,不枉费砸的那大锭的银子。

"左起第三节韧带挫伤,许伴有骨裂……"大夫兢兢业业摸骨,留意着昏迷中的人对疼痛的反应,也扫到了那俊俏公子脸上的寒霜,愈是战战兢兢,"公子在这儿,老夫看诊容易分心。"

宋慕青紧皱眉头,犹疑片刻,便一声不吭走了出去。

屋子里的大夫这才彻底松了口气,专心为赵小渔看治起来。

门外,林怀甫收到消息便趿着只鞋子跑过来,到跟前才匆忙收整好,一眼看到杵在门口的宋慕青,当即问道:"赵小渔怎么了?你杵这儿做什么?"说着就要往里面闯,被宋慕青轻松挡了下来。

"冰块脸,你这什么意思,拦我干什么,我就进去看看他怎么样!"

"大夫在看,不能有旁人打扰。"

林怀甫憋了一口气,硬闯闯不进去,又咽下了这口气,转而忍耐着问宋慕青:"不是,我寻思我家也不是旅馆驿站,说走就走说来就来,又是这深更半夜的,你们究竟又背着我去做什么了?!"

宋慕青看着他,林怀甫更凶地瞪了回去,等他一个解释。

就听他冷淡道:"你太吵了。"

同样听到动静赶来的韩邵钰打破了两人僵局:"赵小渔应该是发现陆姑娘走了,追上去的时候可能遇到了些麻烦。"

"你怎么知道？"

"我看她从厨房端来的一些吃食还摆在陆姑娘的门口，门房的说看到陆姑娘背着包袱出门，赵小渔是后脚跟出去的。"韩邵钰解释道。

林怀甫愣愣的，许是被双重打击了，就听宋慕青的声音凉飕飕飘来："小渔伤到了骨头，且最怕饿，麻烦邵钰去厨房让人弄些骨头汤和饭食来。"

"我去我去。"林怀甫看着进不去的那道门，直接领了任务。撇下韩邵钰，生怕被抢了这活儿似的，惹得韩邵钰愣了愣，又看了看好友，总觉得他方才开口有几分故意的成分，他还是能听得出来的。

在林怀甫离开后没多久，大夫便抹着汗从屋里头出来："伤到骨头的地方，老夫已经接好了，上过药，伤处不能再受感染，需得小心护理才是，尤其是更换纱布时。至于药方老夫也已开好，一日三剂，须得好生养着，尤其是这头几日，不能下地。"

"明白了。"

大夫说完了该注意的地方，便功成身退。

宋慕青在让人送大夫离开后，转身入了屋子。韩邵钰瞥见他脚步急促，想了想，便带上在房里侍候的人，去厨房看看骨头汤好了没有。

屋子里的药味盖过了原本点着的熏香，床上躺着的人即便是昏迷中仍是皱着眉头不安稳，只脸色较之刚才红润了些。

"不要、不要……"

赵小渔的手挥着，像是被噩梦魇住。宋慕青的手被她抓着，就像抓到了救命稻草，他便顺势坐在了床畔，低声喃喃："赵小渔，你可是在占我便宜？"

说罢，理所当然得不到回应，自己却陷入了怔忡。

宋梄送大夫离开后回来，便看到公子被林怀甫那小厮抓着手，想着老大夫离去时跟他叮念那小姑娘腿上旧疤多，用复安堂的膏子可抹去云云，便知道公子是为何对"他"如此上心了。

他往里头瞥了一眼，便又出来带上了门。

宋慕青自是察觉，不过目光仍停留在赵小渔的脸上，未移开半寸。见过这张小脸上嬉笑怒骂肆意的神情，便愈发难以忍受她此刻这副苍白模样，余光里瞥见包起来的膝盖高高肿起，就生出将罪魁祸首碾碎的暴虐念头。

这人平日里惯是偷懒耍滑，却也听她偶尔提及从前一二，小小年纪在市井摸爬滚打，吃的苦必定不少。她嗜甜，又怕疼，擦破一点皮都能号上许久……

他的另一只手抚过她脖子上被划开的一道小口子旁，此时血已经凝住，在那一抹白皙中煞是扎眼。不想，下一瞬那只手也被赵小渔给抓着，身子一下被带着向前倾，几乎和赵小渔面贴着面。近到能看到她轻颤的纤长睫毛，感受到她呼出的热气，一瞬凝滞过后，眼前就被占得满满的了。

"赵小渔。"

"爹、娘，我怕……"

宋慕青看着那张倏然惨白的小脸，伸出一只手覆盖在了她被汗浸湿的额头，轻柔抚着："别怕，我在这儿。"那声音里是连自己都不曾发觉的温柔，而赵小渔仿佛听不到一般，整个人陷入巨大惊恐里，不住流泪瑟瑟发抖着。

赵小渔觉得热，很热很热，仿佛是被一把火烧着，周身又满是水，她需得探头换气再不然就要在水缸里活活憋死了，直到抓到一只手，那只手把她带离了那儿，让她重新能喘息过来，她抓得牢牢的，只清楚觉得这是她唯一的依靠……

宋慕青的胳膊被她死死抓握着，在听到那一声几不可闻的"哥哥"时倏然一僵，目光缓缓落在了昏迷中的人身上。若非此刻挨得这般近，未必能听清，只一声，赵小渔便又开始说起了胡话。

他略迟疑地从怀里摸出了那只瓷葫芦，市面上给小孩儿做的瓷偶并不少，但做得如此别致小巧的，实属难得。他望着瓷葫芦怔怔出神了好一会儿，目光重新落在了赵小渔身上。

她似乎是从魇住的噩梦中渐渐平复过来，眉头渐渐舒展开，呼吸也逐渐安稳绵长。

宋慕青看了许久，将瓷葫芦放在了她的枕头里侧，在门外突兀传来响动时，起身走了出去。

屋外是林怀甫，手里还端着粥，见宋慕青出来便要进去，可又被拦了下来。

"她睡了。"宋慕青言简意赅。

"哎不是，这怎么受的伤？人是你带回来的，你可看到是谁弄伤的她？"林怀甫至今一头雾水，赵小渔是跟着陆姑娘出去的，那陆姑娘人呢？怎么还没回来？

"等她醒来再说吧。"宋慕青神情里添了抹疲惫，这才让韩邵钰他们惊觉他也是受着伤的人。

"这边由我守着，你去歇着！"韩邵钰催促宋慕青去休息，替他守在屋外，顺道叫林怀甫去休息。

林怀甫还想说两句，但见如此只好先将疑问压下来，回屋后却又睡不着，总觉得哪儿不太对劲。是宋慕青带赵小渔回来的姿势不对？两个男的怎么是那样姿势抱着的！不对不对，不是这个原因。

林怀甫在屋里来回踱步，猛地一顿，是眼神！那小子看赵小渔的眼神不对。林怀甫猛地想到了什么，张大着嘴巴不可置信，那小子去画舫都纹丝不动的，莫非，莫非……越想林怀甫心里就越笃定，以前在书院时不过是怀疑，如今看着，他果真是如此。可赵小渔……

　　林怀甫心里又腾起些不舒服来，搅得他难以安下心来，更别说睡觉了，于是他干脆推开门，朝赵小渔那屋走去。

　　此时天已经快亮了，刚走到赵小渔的屋门前，林怀甫就看到匆忙前来的陆莺莺，脸色煞白，不像是赶路赶的，倒像是受了什么刺激。

　　"陆姑娘，陆姑娘？"林怀甫连喊了几声陆莺莺才缓过神来，"陆姑娘，你去哪儿了这么晚才回来，赵小渔跟着你出去究竟发生了什么？"

　　陆莺莺抿紧着嘴唇，朝紧闭的屋子看了眼后，也没回答林怀甫，而是直接推门进去，看到赵小渔的伤已无大碍才放心了些。缓步走出去，她看着满脸疑惑的林怀甫："林公子……我有件事想麻烦你，不知可否？"

第八章

赵小渔醒来时已是第二天下午，她的膝盖到小腿肚都是麻的，动弹不得。

林怀甫差了个小丫鬟来照顾她，照顾得十分周到，可她一个人惯了，被人伺候着十分不习惯，便挣扎着要自己下床去吃饭。

摸索间，赵小渔碰到了枕头边上的瓷葫芦。

"我的瓷葫芦！"赵小渔捏在手中，猛地想到了什么，朝屋门口看去，可惜那儿空空的谁也不在。

赵小渔不由捏紧了它，问小丫鬟："宋公子他们人呢？"

"宋公子与韩公子一早去了衙门，少爷倒是在，可是要帮您去请？"

"不用不用。"赵小渔摆手，"那陆姑娘呢？"

"陆姑娘清晨收拾东西离开了，说是去胶州办点事。"

赵小渔一愣，去胶州？陆山长还在去京城的路上，陆姑娘说要去胶州，该不会是偷偷跟去京城了吧？

想着，赵小渔手撑着床沿就要起来，小丫鬟急忙来扶："赵公子您现在不能动，昨儿才接好的骨，若是岔了你今后可走不了路了。"

"我得去找宋公子。"得让他派人去把陆姑娘找回来才行，真要跟了去京城，落到那个睿亲王世子手里怎么办？

就在这时，门口的光一暗，赵小渔抬起头，宋慕青走了进来。

她下意识地坐回去，坐正了后才反应过来，她心虚什么啊，于是忙让宋慕青派人去追："陆姑娘一定是担心陆山长跟过去了。"

"她的确去了胶州，并不是京城。"宋慕青看了眼她搁在床沿的一只脚，瞥到赵小渔悄悄收了回去，靠在床上了才收回视线，"你不必担心。"

"真去了胶州？"赵小渔嘟囔着，"之前没听她说起啊，也不知道昨天宁家瓷窑里的人到底是谁。"

宋慕青看她神色如常，仿佛昨夜的梦对她什么影响都没有，便将话题直接岔了过去："休息两日，启程回书院。"

"这么快就要回去？"

"你想留在这里？"

"没……那我跟着你们一道回去。"

宋慕青"嗯"了声，起身要离开，赵小渔又忙问："宋公子，我们之前说的可还算数，刘老四他们可能放了？"

"京城传回消息后就放人。"

赵小渔松了一口气，看着他的背影："那个……谢谢你帮我拿回了瓷葫芦。"

宋慕青的脑海中总闪过她昨夜拉着他手哭时的模样，她视若珍宝的东西，又是宁云霆想要的，陆姑娘那边也有差不多模样的小玩意儿。

她与宁家……又有什么关系？

休养了两日，赵小渔能够坐马车了，一行人启程回了书院。

关了一个多月的岐山书院冷清了许多，山门学堂和过去一样，除了还有不少学生没回来，大约是被睿亲王世子当初的举动吓怕了，抑或是想等山长回来，看是否真的稳妥。对赵小渔而言，却是清净许多。

她有了个单独的学生屋。虽不大，但对赵小渔而言，不必再与林怀甫挤一个屋子，实在是方便许多。

养病的日子里，最常来探望她的就是秦霜鸣，这个确认了身份不是山长私生子的书画圣手，在赵小渔这儿最喜欢做的事，就是烤东西吃。

宋慕青时常在书院与衙门之间来回走动，赵小渔知道他在处理假瓷的事，牵涉到了元家，如今又冒出了个叫赵谌的，更是棘手。

赵小渔从林怀甫口中听说这是个极了不得的生意人，东南西北都有买卖，且黑道白道的活都干，可各处官府却拿他没有办法。那天她在宁家窑场中看到他将人都弄死了，也没人问他的罪。

她可不想再与这样的人有任何接触。

时间过得很快，转眼十月初，距离陆山长去京城也有一个多月，赵小渔的伤好了许多，能下地自己走动。

秋寒的一个早上，京城那边来了消息，林家因找寻龙瓷有功，获得了太后的赏赐，除此之外，还给林家题了"明州林瓷"这样的字。林老爷急忙找人打了牌匾挂在了家中，以示恩宠。

半日的工夫书院这儿也都知道了这件事，恰逢上课，林怀甫便将这消息"分享"给了元少康。

"明州林瓷倒不敢当，不过太后娘娘赏赐的，自然要遵从，元少爷这么看着我，莫不是也想问我讨一块，不过这么一来，你可得改姓了。"

元少康坐在那儿，倒是没如过去那样暴怒，而是似笑非笑地看着他："上一个受太后娘娘赏赐的还是宁家。"可赏赐没几年，这宁家就被一场大火烧了个通透。

林怀甫不介意他的妒忌言词："你这么说，倒像是太后娘娘的不是了？"

赵小渔闻言倏然回头看向元少康，后者只拿凶恶眼神盯着林怀甫。

"我是要说，没那福气享，你们林家可别像宁家那样，承不起。"元少康自打之前受挫后收敛不少，说话也没以前那么嚣张，但整个人显得更阴郁了，仿佛眼珠子里藏着的都是坏主意，随时要害人。

"我听说元家最近不太平，失踪了好几个管事？"对林怀甫来说，元少康那厮怎么咒不管，反正元家出事，他就是头个拍手称快的。

元少康眼神一暗，林怀甫身后的赵小渔却听得心跳突突加快，元家管事……赵谌那日抓的不就是元家管事！

"你们可报官了？"林怀甫还是一脸的关切，"我看是得罪了什么人，不过你们得罪的人那么多，怕是不好找。"

元少康终于怒了："你别得意得太早！要是让我知道，是你们在背后捣鬼……"

元少康的视线连带从赵小渔身上扫过，冷笑了声，先是林怀甫，后来连一个小厮都有这本事让宋慕青护着。可真是不简单……

赵小渔回到书院后，就靠着宋慕青让人打的一副拐棍"来去自如"，回想起在林府躺的那两天就浑身难受，一开课，自然也是往学堂凑。

午时休息放饭，林怀甫想扶她去饭堂，被她晃过："一点小伤，我又不是废了，自己能行。"

林怀甫看着她翘着一只腿，只比没受伤时不利索那么点，倒也真像"他"说的还行，可又想到"他"在宋慕青怀里的柔弱模样，同跟自己在一起时的模样，总觉得有那么点不对劲。

还没想明白就到了饭堂，一看到今儿个的菜色，林怀甫面露喜色："有你爱吃的红烧肉，还有酥蹄膀，麻豆腐辣的你不能吃，松花蛋也不能吃，一个笋炒肉，一个炸小鱼儿，把肉都给我盛上。"

打饭的婆子一瞧见是林家少爷，二话没说，就往他的饭盒里舀了一大勺，本就没几两的红烧肉被打了个空，蹄髈一人一个倒是还剩了一个在大盆里："林少爷运气好，这是最后一锅，再晚来点儿，可赶不上咯。"

"汤，打点肉汤洒米饭上。"赵小渔拄着拐棍找到了空座，一边不忘喊，那肉汤可是精华，拌上能吃三大碗米饭。

林怀甫嫌弃归嫌弃，还是让婆子给浇上，眼角余光瞥见往打饭这地儿来的健硕身影，顿时一眯眼："那剩的蹄髈我也要了，回头我让人送俩瓮子去你家，正好冬天腌咸菜吃。"

"哎哟，那敢情好。"婆子把那蹄髈给他盛上，连汤汁儿都没放过，全给他了。

进门来的元少康一看菜台子那一水儿的绿，脸也差点绿了，就看见前边林怀甫端着两份沉甸甸的饭盆子嘚瑟的样儿，脸黑了又黑。

"小渔来，多吃点儿，吃啥补啥，你看这蹄髈煨得多好，肥的地儿滑润可口，瘦的地儿又结实劲道，皮儿又韧又糯，里头的肉也酥嫩，都不用嚼，一抿好像就在嘴里边化开了。"林怀甫声情并茂，明着是给赵小渔说的，实际是故意使坏让人馋的。

赵小渔瞥见菜台子边上的元家少爷脸色，再看旁边被勾着咽口水的学子，心想林怀甫太坏了。殊不知，她吃得香，也是让人眼馋的一大缘由。

可那是最后一锅了。

"公子，您吃些什么？"元少康的随从问，说完就被元少康拿折扇敲了一脑袋。

元少康长着那大块头，顿顿离不开肉，哪能这么将就了，黑着脸去集寨吃去了。

林怀甫挤对完人，看着元少康吃瘪心情格外畅快，一好心，就把饭盆里的蹄髈都给了赵小渔。赵小渔来者不拒，啃得欢实，顿时又惹了他嫌弃："啧，你也不嫌腻。"

"可不能浪费了！"话虽如此，赵小渔也着实啃不下第三个，便想着找一食盒给装了起来。

等林怀甫拿来食盒又觉得不够干净，用水仔细冲刷了三四回，连林怀甫都开始怀疑赵小渔这德行是给宋慕青带偏了："留这干吗啊，都冷了。"

"我、自己吃啊，热一热不就好了。"

林怀甫也没怀疑她这般讲究，只觉得是好事儿，赵小渔暗暗松了口气，也说不上为什么看到宋慕青不在，就想着留一份儿等他回来还能吃上口热的。

多半，宋慕青会嫌弃吧？

而且他去衙门那儿，定是好吃好喝款待着，哪用得上自己给他留这点儿。想到这儿，赵小渔又用水拍了下脸，清醒一番，把自己想的那些乱七八糟的给摁下去，大不了就留着自个儿吃，反正她就是抱着不能浪费的心态，绝没多想！

林怀甫看着她一会儿傻笑，一会儿又皱眉的，光是看她表情变换就挺有意思的，只是没多久，这份平静就被来人打破了。

回到学生院舍后，元少康吃饱喝足从集寨回来，浑然换了心情，特意往林怀甫这边赶，一副没干好事的样儿。

可一看到小亭子内林怀甫那盯人的恶心模样，顿时联想到赵小渔和他们俩之间的怪异关系，浑身都起了鸡皮疙瘩，却为了自己计划只好先忍一忍。

"真没想到在集寨那小小的地方竟还藏了那么会做菜的厨子，不输明州万林酒楼的，那烤鸭子做得可是一绝，皮儿脆脆的，油滋滋的……"

"幼稚。"林怀甫面无表情打断了元少康的表演。

赵小渔这会儿吃饱了也勾不起半点儿食欲，反而看着元少康如此做作有些腻得厉害，论幼稚造作，元少康这个模仿者自然是输了。

可那元少康本就是个输不起的人，光一个林怀甫就让他难忍了，何况是一区区小厮都不把他放在眼里，眼神一狠，转而道："好菜自然要配好酒，集寨的酒没明州杏花坊的酒好，小爷一句话的事儿，就让人把酒给送来了，不过，送来的人还说了一桩趣事儿。"

"什么趣事儿？"他身边自然有给他搭茬的。

"有个老乞儿拿着十文钱买酒吃，碰了我派去买酒的人，碎了酒壶竟敢讹上来。我那小厮脾性大，在杏花坊门口将人打得奄奄一息，打得那人直求饶，还攀上岐山书院的关系，说他儿子就在岐山书院里头念书。亏他说得出口，岐山书院岂是什么阿猫阿狗都能进来的地儿，哦不对，这儿就只有只野猫。"

赵小渔越听脸色越不对，就和元少康扫过来的鄙夷眼神对了个正着，分明就是冲她来的："元公子要对付人，何不明刀明枪地来，何苦去为难一个老人家！"

"我元少康怎么做事何时轮得到你来说话，我想起来，好像那老头也姓赵，该不是同你有什么关系？"元少康阴沉沉地瞪视着她，语调冷了下去，"否则，怎都一样惹人厌恶！"

"我那小厮手下没分寸，这人呐，被送回了渠巷，知道被谁伤的，没大夫敢接，你说这不是活活等死……"

话音未落，赵小渔已经心急地往书院山门赶。她保不准元少康那话的真假，可赌不起老爹的性命，万一元少康当真变态到拿老爹出气，她不敢再往下想。

却看到旁边跟着来的林怀甫："你来做什么？万一是元少康诓我，岂不是被他一块儿逮了？"

"你一个人去，我不放心。"

这厢看着林怀甫跟着赵小渔离开的元少康心道，还真是称了他的心意，林怀甫果然放不下他那小厮，只一想又觉得恶心。

"少爷，林少爷让人去备马车回明州城了。"

"让元朗照计划行事。"

"是！"

元少康对自己的计划扬扬得意，望着山门方向，露出阴险笑意："迄今为止跟我作对的都没什么好下场。"就凭林常山那老窝囊废也想撬动元家在明州城的地位，定和宋慕青脱不了干系，既然林二狗子和宋慕青都对这小厮不一般，不如就趁这次了结了他性命，既能出口恶气，还能令两人不和……

林怀甫跟着赵小渔一路到了山门口，拉住了人道："你自己怎么回明州城，跑着去？我在还能卖我几分面儿。"说着，一辆马车停在了山门口不远处。

他扶着赵小渔一道上了马车才接着道："元少康那龟孙子斗不过我，才想着从你下手，对付你就是对付——"

他一看赵小渔竖起的眉，登时改口："反正咱俩是一伙的，就他那肥头大耳的能想到什么好主意，等到了明州城里，看谁整谁。"

话虽如此，赵小渔仍是一阵心悸，总预感要发生点什么，这预感令她有些坐立难安，随着马车颠簸，整颗心都一颠一颠的难受。

唯独在掀开帘子时，看清楚赶马车的车夫是跟随宋慕青的人才稍稍安了点心，听着林怀甫叨叨说着上回如何整治元少康，元少康又是如何狼狈的，暗暗祈祷，一切只是元少康诓她的……

马车经过集寨，天色暗了下来，接下来一段山路，随着日头下沉，被昏暗笼罩，随后马车后头似乎有马蹄声，踢踏而来，训练有素。为首之人手上银光冷冽，伴着浓烈杀意。

那绝不像是元少康能培养出来的人。

夜幕沉沉，宋慕青从集寨返还，京城来信是由信使亲自带到，非同一般。

陆山长已经在归来的路上，有人保护，不会出什么意外。带来的另一封则是父亲写给他的，说了些朝中如今的动向，太后娘娘获得龙瓷后，与皇上的关系变得有些微妙。

宁家十二器的初衷如何，如今已经无人知晓，现在成了权贵追逐之物，龙瓷更是被奉为九五之尊才能拥有的。谁若有一件十二器送到京城，升官加爵都不是问题。

韩家的事终是要解决的，眼下，宁家又有后人出现。

想到宁云霆，宋慕青脸色微沉，虽没证据，但他基本可以确定那日抢夺龙瓷的人中就有他的人，制造混乱想趁机抢龙瓷。

此人在胶州一带活跃数年，用的是化名，按理说宁姓之事应该隐瞒才是，那日在宁家瓷窑内却又毫不掩饰地让他知晓。

他审的是元家人。

此番在明州，他要针对的人也很显然是元家。

当初宁家出事时就有传是太后指使元家所为，可也不能让他这么肆意妄为下去，元家失踪了不少管事，这又是个心狠手辣之人……

夜风吹过，十月里，山林中冷飕飕的，吹得人醒神。

宋慕青刚踏入书院，暗处便多了个人，跪在地上沉声禀报："大人，林少爷与赵小姐在回明州的路上，遭遇劫持，失踪了。"

宋慕青蓦地抬头："可出了集寨？"

"已经出了集寨，被一伙强盗所抓，带往顺州方向，十五已经跟踪前往。"

顺州？

宋慕青快速想着几件事的关联，林家与赵小渔与顺州都没什么关系，宁家……宁云霆的买卖也不在顺州。

那就只剩下元家了……

"元少康可还在书院内？"

"元少爷在林少爷他们离开后就走了。"

"马上去元府盯着，让十二跟我去顺州！"

说到最后一句时，宋慕青的身影已经消失在山门口。

从明州到顺州，南下方向，需要四五日的马车，快马加鞭两日可到，还有条道更快，只要翻山即刻可达，但走的人甚少，因为山中走一整天，过夜多险峻，兴许会遇上强盗。

宋慕青断定他们不会走官道，带人追过去，果不其然在山路上发现了十五留下的标记，马蹄踏过的痕迹明显超过负重，且行事有章法。

"前后差了三四个时辰，若是要追铁定能追上。"宋桉道。

宋慕青眼神微黯："不必。"

宋桉诧异，若不追，那赵姑娘万一出什么事……再看向主子，仿佛是已经知道幕后主使是何人一般，脸上神情虽淡，却仍能察觉到底下涌动的愠怒。

到第二天清晨，宋慕青一行在山中，十五留下的标记越来越清晰。因不能断定附近是否有人埋伏，宋慕青减缓了速度，傍晚时等来了元家那边的消息：元家大少爷一天一夜未归，元老爷匆忙出门，去了一趟钱庄后，取了几万两的银票，奔了衙门。

果然，元少康也失踪了。

这是一场针对元少康的局，应该说是有人顺着元少康做的局摆了一道，螳螂捕蝉，黄雀在后。此番林家进贡龙瓷得太后赏赐，依着元家秉性定然不服，元老爷是个场面人，要使绊子也是暗中的，而元少康过于蠢笨定会直接寻林怀甫的麻烦。

宋慕青做局，是想在元少康动手之际，将他先抓起来打乱元家阵脚，以此来作为假瓷案的突破口子，不想有人同样也打着元少康的主意。

幕后之人绑架元少康制造元家混乱，可混乱到什么程度，只怕对方图谋甚广。

然而眼下宋慕青只担心一人……

下午出的山林，再有半日的行程便可以到顺州，十五留下的标记却忽然断了，宋慕青派人搜找，附近有打斗的痕迹，但未见血。

怕是有人拖住了十五，发现了他在追踪。

若目的地不是顺州，在这附近未免刻意，要转移去别处，又过于费事。宋慕青远望着顺州方向，宁云霆的身份与目的昭然若揭。

顺州，乃是元家祖籍之地。

天再度暗下来时，宋慕青带人进了顺州。

这厢赵小渔和林怀甫两人已经被关了半日，赵小渔整个人晕沉沉的还没反应过来，而边上躺着的林怀甫，面带菜色，看上去比她还废。

他们在出了集寨后碰到来势汹汹的强盗，本以为会因此丢了性命，没想到一人一个麻袋套了就被搁在马上，狂奔一整夜，颠得五脏六腑都要碎了。

到地儿把他们扔下后，都没一句话，人就不见了。

"呕——"林怀甫抱着肚子又开始呕吐，但胃里哪还有东西，他的脸就更扭曲了，好不容易张开眼睛，四处打量了后，整个人陷入了茫然，这到底是在哪里？

赵小渔叹了声，拉了他一把："少爷，别吐了，再这样您的胃就该烧疼了。"

"你怎么一点事儿没有？"林怀甫看她只是脸色差一些，精神头可比自己好多了，开始怀疑只有自己是被颠过来的。

"我皮糙肉厚。"赵小渔让他靠墙，往四周看去，不是牢房，也不像是什么强盗寨子，倒像是被关在屋内。

赵小渔伸手往地上一抹，厚厚的灰尘，青砖，附近还有支撑屋子的圆柱子，昏暗中，对侧的屋门似乎也很高。

　　大户人家的屋子，久不住人……赵小渔抬头看房梁上垂下来的布，心底的猜测又添了一样，旧屋。

　　快马加鞭跑了那么久，半天前似乎有进城，闹哄哄的，但听着口音又不像是在明州。

　　正想着，外头不知哪个方向忽然传来痛喊声，声音还莫名熟悉。

　　赵小渔赶忙推醒林怀甫："少爷，你听那声音！"

　　林怀甫晕乎乎的浑身难受，最初还没听清赵小渔说的是什么，直到那撕心裂肺的痛喊声再度传来，他浑身一个激灵，瞬间清醒了。

　　"元少康！"林怀甫晃悠着起来，扶着自己站稳后，仔细听那喊叫声，直接推开门走了出去。

　　赵小渔见外面都没人守着，愣了下，随后跟了出去，发现他们身处在偌大的院内。

　　远处望去黑漆漆的看不清，但能肯定是个很大的府邸，四周虽看着旧，一砖一瓦却都显露出富庶。

　　他们循着痛喊声方向走去，出了院子，发现四周都有打扫收拾的痕迹，这不是被废弃的府邸。

　　赵小渔随手找了个棍子做拐杖，林怀甫从小养尊处优，对这些更为熟悉，当看到花坛内一个修筑夸张的物件后，他嗤之以鼻："这么爱炫耀，在明州也就只有元家喜欢。"

　　说者无意听者有心，赵小渔走上前去绕着雕像看了一圈，连忙道："少爷您快看！"

　　雕像底下的托底瓦片上，都刻着个"元"字。

　　林怀甫愣了愣："我去过元家，这里不是。"

　　赵小渔听着那连续不断的痛喊声："也许不是明州元家呢。"

　　两人朝前走，一路都没碰到人，反倒是一座似住宅的院舍出现在他们面前，深夜里，耀眼的红光从墙沿蔓延着，在他们错愕间，随风往上蹿，混杂着火油气味，熊熊燃烧。

　　快一步反应过来的林怀甫急忙拉了下赵小渔，火星子都飞过来了，而且看势头，很快会从这院舍蔓延到周围，因为这边屋子的建筑大部分都是回廊连接，造的时候是为了气派，如今却成了火势连接的锁链。

　　"啊啊啊啊啊啊！"院内传来熟悉的痛喊声，像是在受着莫大的折磨，赵小渔盯着那方向，元少康就在里面，有人在伤他。

火苗已经舔了屋檐，从外往里，很快就会把那几间屋子统统吞噬。

"元少康会被烧死的。"遇到这样的情况，林怀甫再也笑不出来，他与元少康有仇不假，可到底没想过置他于死地。

赵小渔不作声，只愣愣看着那大火，她的眼前，忽然出现了另一幅画面。

就像是她那日梦到过的那样，更真实了。她置身在一场大火中，四周所有东西都在燃烧，烟灰呛人，温度仿佛能把人烤熟。

好多人喊救命，火光中满是身影，刀剑声，求饶声，然后一个个倒下，血腥味弥漫着。

有人从大火内冲出来，火球似的倒在了地上，却还有人追出来在他身上补刀，一个……两个……三个……四个，赵小渔数不过来。

心好痛。

赵小渔死死地捂住心口，她很想从这画面中脱离出去，可却怎么都挣脱不去。她看到燃烧的屋内，敞开的大厅中有个男子倒下，紧接着是个妇人。

一个瘦小的身影往火光冲天的屋内冲去，她听到她在喊"爹爹"。

别去啊，别去！会死的！

赵小渔张口，话却一个字都说不出，她很想冲过去拦住她，眼泪却更早一步掉落下来，她好难过。

"赵小渔！赵小渔！"周围似乎有声音在叫她，可虚无得很，怎么都听不到。

忽然，一双手抱住了她，捂住她的头将她纳入到了一个怀抱中，眼前的火光骤然消失，她沉浸在了黑暗中。

好熟悉的香味。

是不是又做梦了，最近她总想着那愣头青，奇了怪了，有人说这样总想起一个人就是喜欢……

赵小渔下意识伸出手环抱着他："愣头青……"

这一声喃喃，怀里的人就再也没动静了，就那样抱着他。

宋慕青低头看她，满脸是泪，已然晕过去了。

"嗯。"宋慕青低低应了声，轻轻抚了下她的头发，"没事了。"

旁边的林怀甫看着突然出现的宋慕青，衬着背后的漫天火光和他那些冷面护卫们，从来没感觉过如此亲切："冰块脸，难得你这次靠谱！"紧接着就看到了在他怀里昏过去的赵小渔，又连忙心急道，"他怎么了？"

林怀甫正觉着眼前画面碍眼，要把赵小渔接过来，就被宋慕青侧过身子避了开去。他看得分明，这厮绝对是对赵小渔有不轨企图！

宋慕青拧眉，眺向火光处，火舌顺着风势扫着，压塌了门梁、匾额，卷着能烧着的一切，狂舞肆意。这火已经烧得太大，救不下来了。

而前方正厅外廊檐下，宁云霆扶着轮椅，一手牵着铁链，面无表情地将一人从前厅的火堆里拖拽出来。隔着几丈远和宋慕青对视了一眼，嗜血阴鸷，带着几分癫狂。

宁云霆随即收回了视线，目光凉薄地俯视地上疼得打滚的人，姑且还能被称之为人，只是披头散发，身上焦黑，裸露的皮肉烧灼外翻，一块块露出里面的红色血肉，身上没个完好的地儿。

这一打滚碰到滚烫铁链又是无止境的折磨，而宁云霆从头到尾欣赏着，闻着空气里皮肉焦烂的味道，嘴角始终勾着一抹残忍的笑意。

已经烧过的焦黑空阔庭院里，地上七尺高的壮硕男儿蜷缩颤抖着，到最后连痛呼的力气都没了，无比凄惨。

身上岐山书院的学生服饰几乎被烧成焦黑的布片，勉强挂在身上，而呼哧呼哧的微弱响动，表明人还活着。

"让元公子清醒点儿，我想和他说说话。"

随着宁云霆话落，长枫取来一桶水泼向元少康，顿时一阵凄厉长啸响彻庭院，伤处顿时鲜血淋漓，整个人痉挛着昂起身子，激出怒吼："狗娘养的，有本事你杀了我——"

只一下又如耗尽力气重重摔在地上，元少康一声闷哼，疼得五官都扭曲着，可见刚才那一桶盐水的威力，眼下伤口急张，每一个毛孔都充斥着痛苦，生不如死。

"元公子，别来无恙。"宁云霆噙着笑，面色和善地与他招呼道。

在见识过其变态残忍手段之后的元少康不禁打了个颤，那是深入到骨血的恐惧，身子不住蠕动像是想往后躲，从喉咙里发出含糊痛哼声。

"你一定好奇，我是什么人，敢这样对付你元家大少爷？倘若你有命活，定要将我大卸八块可对？"

"不知元公子可听过一句话没有？"

"斩草除根，方能永绝后患。"

"元家五代单传，到了元公子这一辈也不例外。"

一切似乎是宁云霆在自说自话，也不需要元少康给反应，却叫听的人更心生惶恐。

这里是元家祖宅，而宁云霆字里行间，已经透露了他的意图。

林怀甫被隔离在外，远观着这一幕，失语了半刻，良久才沙哑道："这是十八殿的阎罗吧……"亦是不由心底打颤，实在想不通元少康是从哪儿招惹来这般狠的角色，上一回让他这么打颤的人还是那个睿亲王世子，可那个劳什子世子瞧着也没这一位可怕啊。

"冰块脸，咱们要不要救……"

宁云霆却在此时不轻不重地开了口："你想绑了林怀甫和他那小厮，前者能牵制住林家，后者则难逃一死，他得罪了你，又正好为林怀甫和宋慕青所牵挂，除了他令两人不和，你便觉着元家有了机会。"

林怀甫想救人的心思暂停了停，对上元少康一时间甚是微妙。

唯有宋慕青从头到尾未置一词，而他也是令宁云霆始终暗地里警戒留意的人物，双方的人马似乎在一个巧妙平衡上，谁也没有更进一步去打破这层平衡。

宁云霆是不想，而宋慕青则似乎还有别的打算。

火吞没了大半个元家祖宅，百亩的敞阔地儿，烧成断壁残垣，半宿过去，天将要亮了，火势才渐渐小了一些。

幽小的火苗舔着摇摇欲坠的焦黑木梁，在元正业赶到的那刻轰然倒塌。

犹如看着百年家业在眼前坍塌，元正业怔怔，来不及痛心就从马车上踉跄摔了下来，所幸后面赶到的官家搀扶了一把，一道径直往里面闯了进去，随后就看到了庭院地上奄奄一息的儿子，目眦欲裂："康儿！"

宁云霆似乎因为来人，终于提起了一点兴致，眼神玩味且深长地注视着元正业，仿佛盯上猎物的猎人，慢条斯理地拂过自己的轮椅扶手："元老爷果然是爱子心切，就是带来的这么点人怕是不够看的了。"

元正业一把挥开了前面阻拦的人，扑到了元少康身边，看着儿子所受折磨当即"噌"地一下拔刀对上宁云霆，只是连边儿都没摸到，就被长枫划伤了胳膊，长剑当啷落地，整个人被踹倒在元少康身边。

"爹……"元少康一声虚弱叫唤，心底焦急紧张看着他爹带来的援兵，然而下一刻，瞳孔里便映出墙上的弓箭手。

数支长箭齐发，元正业带来的人死的死，伤的伤，顷刻间注定败局。元正业看着长枫劈下来的刀想也没想抓了身边人去挡，恰是跟随自己多年的管家。看着管家不可置信地瞪着眼睛倒下去，元正业一丝愧疚也没有，撑着刀想护在自己儿子面前。

"元当家果然是心狠手辣。"宁云霆说这话的时候，眸中冷酷至极，随即一挥手，再一次射出的三枚箭矢准确射中元正业的膝盖，使得他正跪在了宁云霆面前，钻心蚀骨的痛令他唰地落下冷汗来。

"年轻人，不管是求财抑或是其他，总有的是法子，何必这样刀刃相见，没有退路？"元正业脸色刷白，屈于形势开口道。

"怎么，元老爷想求饶了？"宁云霆居高临下地睥睨着，轻轻"啧"了一声，似乎是寡淡无趣了许多，"比起现在，我可更喜欢元老爷方才神鬼不敬、不择手段的样子。"

元正业中的箭伤折在跪着的膝盖上，随着他说话时长，一阵阵钻心的痛，却不得不与他虚与委蛇："只要你肯放了我们父子两人，尽管提你的要求。"

"什么要求都可？"

"只要元某能办得到，明州城内，任凭差遣。"

"好大的口气。"宁云霆冲他这番自信，笑了笑，下一刻，笑意便悉数敛尽，化作了满眸寒意，"可我就想要你两人的命，怎么办？"

"你！"分明是耍人了！元正业瞪着他，因着那几分相似的轮廓，越看越觉得心惊，却不敢将心中猜测说出口，"年轻人，凡事留三分。"

宁云霆却不给他退缩的机会，笑着开口，一字一句："元伯父可是认出我来了，我是云霆啊。"

纵然刚刚有所猜想，真的知道时，元正业整个人如遭雷击，瘫软在地，仿佛见了鬼一般："不可能，不可能的！"

"是啊，怎么可能呢，那一把火放得可是险些烧光了四周邻里，将宁家百口连同旁支都烧死了，怎么会还有活口呢？"宁云霆神色淡然，说的仿佛是旁人的一桩事，只是眼神幽幽地锁定了元正业，仿佛淬了毒，能将人浸泡在毒液中缓慢而死。

"不、不是我，不是我做的！"元正业此时想起了紧要关键，忙道，"云霆，贤侄，我与你叔父他们关系都不错。宁家被屠满门的缘由，明州城里谁人不晓？冤有头债有主，这可与我无关啊。"

"宁家家业被吞也与你无关？"

"宁家出了事，那些东西总要有人接手，我也只是接手罢了，并未占为己有。你现在若要拿去的话，尽管拿去！"

元正业无法走路，撑着膝盖往前挪了一步，疼到几乎要昏厥，可比起自己和儿子的性命而言，这些都不算什么，只要能保住性命，鹿死谁手还说不准！

宁云霆又如何瞧不出他的老奸巨猾："六月廿一，广华楼宴请京城贵客，同日，私会连淮寨二当家。

"六月廿三，午后，买通宁家管事，放人进府埋伏。

"六月廿三，夜，宁家遭灭。百口人命，老弱妇孺，无论如何哀求，尽数化作刀下亡魂。

"六月廿四，明州内封城缉凶，元家却有一批货物急需运出城外。那些贼首掩藏在运货人之中混出城去，逍遥法外。

"这是当年为你联络连淮寨二当家的亲信元劫证词，这是为你运货的张老头的供词，还有，连淮寨二当家的亲笔。"

元正业的脸随着他一句一句越来越惨白，直到最后一句，仿佛寻到了什么由头，登时厉声反驳："这是假的！都是假的！是你，是你为自己报仇，栽赃的！"

此时他发现了宋慕青的踪影，拼着一个活命的念头，大声驳斥。

宁云霆却始终不乱，慢条斯理，一点一点搓灭他最后一点希冀："你在想，连淮寨的人都被剿灭了，如何能留下证据来？其实若他们不死，今儿个定是比你还要惨的下场，那二当家做梦都没想到因与你多要了一成红利就招来了杀身之祸。你与官府勾结，两头贩卖，踩着那些贼首的尸身令曹大人官升一阶，而你和京城里那位也再无后顾之忧。"

元正业对于他所知悉的内情心惊肉跳，就听他道："那位二当家运气好，躲过了那一劫，也清楚自己成了肉中刺眼中钉，不敢露面，藏在延州充军的地方，我都能将人找出来，你猜，你瞒着的事，可有意义？"

元正业瞬间瞪大了眼睛，即便心底不敢置信，可在看到那封轻飘飘落在他面前的信件时如坠冰窖。

信上是他的笔迹。

脑海里只剩下一个念头，无论自己如何编造都瞒不过这人。只要他想，自己绝无活下去的可能。

宁云霆阖上眼，仍能看到宁家百口冤魂，正是他们日夜督促，丁点儿的蛛丝马迹，只要有一点儿，不论花上多少工夫，不论希望有多渺茫，他都会竭力追查，还原当年凶杀的真相。

"当年京城来的贵客是何人？"

第九章

　　顺州的天，十月末的晨风带着一股霜冷，叫人错觉是不是要入冬，但在元家祖宅内，未燃尽的院舍中，四周的温度如三伏天一样，逼得人热汗直下。

　　赵小渔是被热醒的，整个人觉得昏沉沉的。

　　睁开眼前先是闻到了熟悉的檀香味，之后便是一股浓重的火油炭烧味，她这才惊觉自己的处境，从宋慕青的怀里脱身。

　　"醒了？"宋慕青自然松开手，还搀了她一把，赵小渔腿伤未愈也就这么附着他，掩藏着脸上一闪而过的羞意，将注意力投放在了元正业父子身上，便听到了那句问话。

　　"当年京城来的贵客是何人？"

　　宁云霆重复了一遍，随着话音落下，元少康的痛喊声响起，他抱着自己的身子蜷缩在那儿瑟瑟发抖。他的头顶，长枫面无表情地举着个木桶，里面的水尽数浇在了他身上。

　　"康儿！"元正业想要触碰却又不能，元少康身上没一处是完好的，什么东西落下都是折磨。

　　地上隐隐有着一摊血迹，气味弥漫在空气中，令人作呕。

　　"那是什么？"赵小渔认得元老爷，远远瞧见过，可都是他意气风发时的模样，哪见过这么狼狈的？还有那元少康，若非还认得点他的衣服，她如何都想不到眼前这似人非人的东西是那个嚣张跋扈的家伙。

　　"盐水。"林怀甫的声音从身后传来，"我怀疑他们还准备了辣椒水。"

　　赵小渔想到辣椒水浇到伤口那滋味，自己都忍不住抖了下，随即看了看四周，感叹了句："这烧得可真彻底啊，太可惜了，值好多钱的。"

宋慕青看她面色如常，问了句："你不记得自己昏睡前的事了？"

"我昏睡了？"赵小渔愣了愣，又问，"我怎么会昏睡的，我明明……"

再往前去细想，赵小渔却只记得自己和林少爷到了这边院子，看到屋子都烧起来了，之后的事，她不记得了。

"不知你想什么，还想往火堆里走，冰块脸赶到拦住了你。"林怀甫轻哼了声，"这家伙抱了你起码两个时辰。"

林怀甫意在说宋慕青图谋不轨，可赵小渔却脸颊发烫，她克制着看向宋慕青，声音都不自觉地柔软："我们现在要怎么办？"

宋慕青见她什么都没想起来，淡淡道："等。"

等什么？

等元正业的回话。

宁云霆十分有耐心，他们不回答他就等着，等元正业看不下去自己儿子受折磨。

在元少康终于撑不住晕倒时，元正业看着宁云霆道："你说的贵客，我不认识。"

"不认识他是如何联系的你？你说此事与你无关，总该有无关的样子，你不认识，那宁家的事便是你一人所为。"

元正业脸色瞬时僵硬："他派人前来联系的。"

"何人？"

"曹……曹大人。"

宁云霆冷笑："曹大人让你找连淮寨二当家杀尽宁家人，你就杀了，曹大人允了你什么好处？"

"自然，自然是宁家的家业。"

话音未落，元正业"啊"的一声，整个人瘫软在了地上，他的腿上被狠狠扎入了一刀，疼得直哆嗦。

"你真以为你什么都不交代，我就不会要你性命？"宁云霆手中多了一瓶药，在手中缓缓把玩着，"六月十八，睿亲王来到明州，你夜半拜访，没过几日就宴请了客人，那位京城的贵人许了你什么好处？"

元正业疼得浑身是汗，说不出话来，他紧盯着宁云霆手中的瓶子，自觉活命无望。

于是，元正业也发了狠："这样做对你没有好处，今日府外尽是官员，顺州之地，你以为从这里你能逃得了，知是睿亲王来过明州又能如何？宁家当年那桩'凤眼无珠'的案子，本就该落得满门抄斩，如今要是有人知道宁家还有后人存活，还犯了数条人命，你且看还能活多久？"

提到凤眼无珠案，宁云霆周身淡漠的气质瞬时变化，远比这夜色更沉郁，那双深眸中藏着的暗涌，忽地盯住了元正业，哈哈大笑："你可知我为何选在顺州？"

"明州元家，祖籍顺州，顺州六坊中有一半都是元姓，另外三坊虽挂着别人的姓氏，却是替元家卖命，制的瓷器卖往西域，打着皇瓷之名，卖的却是假货。我宁云霆一条命而已，你看此事会牵连多少人？"

说罢，他有意看向宋慕青，像是在提醒着，你想知道的我替你查了，可该感激？

宋慕青并未回应，顺州这儿他也有线索，如今缺的是元正业的证词，元家再大的本事岂能将假瓷卖到西域之处，其背后之人才是他要网的大鱼。

元正业猛地吐了一口血，呵呵笑着："宁嗣朝可想不到，自己献的一个凤瓷，会让宁家满门被灭。"

纵然宁云霆说得再多，元正业也依旧不肯正面承认自己做了什么。站在宋慕青身旁的赵小渔，在他提及宁嗣朝时，下意识攥紧了手。

她在生气，可又不知为何生气。她就是不想听到这人说宁家的坏话。

察觉到她的异样，宋慕青抬手轻轻按了下她肩膀，直接对宁云霆道："今日之事，在下可当没有看到，不过从今往后，赵公子不可再找他们的麻烦。"

宁云霆觑着他身旁的赵小渔，笑得分外和善："这一回我可是救了他们，若要让元少康的人抓到，可不能像现在这样完好无损地站在这儿。"

宋慕青看着他不语，宁云霆脸上的笑意褪去："好，不过也得请宋大人，替我与外面的几位大人说说好话。"

宋慕青这才转身，带着赵小渔和林怀甫离开了元家祖宅。

在门口，遇上了被元正业从明州"请"来的官员和顺着大火赶过来的顺州官员。

宋慕青没有多言，只出示了自己的令牌，外头的人便候着等他发话。估摸等了有一刻钟，却没等到宋慕青说什么，仿佛是在沉思，沉思过后便离去了。

此时一众官员方闯了进去，那院内早已经空空如也，就剩了地上的一摊血和满目狼藉的元家祖宅。

林怀甫憋了一路，到上马车时忍不住问："我们就这么走了？不是还没问完，八年前宁家被烧的事是元家所为，不是应该送官？还有假瓷不是你在查的，你怎么将人留给那个宁云霆了？还有那什么睿亲王……"

"睿亲王当年是奉太后之名，到宁家下旨意的，本意是在宁家三老爷一力承担所有罪过后，查封宁家一半家业，但不罪及宁家人。但没过几日，宁家就出事了。"

林怀甫张了张嘴："所以，当年那些事不是谣传，真的是太后让睿亲王前来，指使了元家，要让宁家从此在明州地界消失？"

宋慕青没有肯定他的话，只是道："太后的确派了睿亲王前来下旨，但纵火杀人一事，还有待定论。"

"那就更不应该把人交给那个人了，他是个疯子！"

林怀甫这般说着，忽然就对上了赵小渔不悦的眼神，他愣了愣："你瞪我做什么？"

赵小渔这才回神："什……什么？"她在听到说元家买凶杀人时就开始走神了。

"你怎么心不在焉的？"林怀甫晃了晃手，又道，"哎你还没告诉我，为何不抓人？"

"他不会现在就要他们的命。"宋慕青神情冷淡，"若是交给官府，他们或许都活不到明日。"就会被人先下手要了性命。

林怀甫身子不由一抖，看宋慕青的眼神里也有了惧怕："你是不是在计划什么？"

宋慕青没有看他，而是对赵小渔道："你们先回书院，我要离开几日，没什么事不要离开书院，你……"

赵小渔眨巴着眼睛看着他，她听着呢。

宋慕青终是没说什么，只抬手按了下她的额头。

看到这一幕的林怀甫瞬间瞪大了眼，应着自个儿心底的咯噔响儿，好像有什么东西碎了……

而赵小渔迎着宋慕青眸中的温柔，早就晕乎了，他按了她的额头，他为什么要按额头？他是不是想说要她照顾好自己？

赵小渔和林怀甫坐上了宋慕青安排的马车，马车里还贴心垫上了厚厚毛毯，准备好了暖手捂子。

"你的腿伤未愈，别受凉，回了书院找李大夫看看。"

"嗯。"

这就是与他道别了。

宋慕青留在顺州，显然还有事情未处理完。

马车里，赵小渔摸了摸毛茸茸的毯子，披了一半在身上，十分暖和，再想起临别时宋慕青的眼神，不由捧住了微微发烫的脸，心中暗生窃喜。愣头青似乎变得有些不一样，具体是哪儿她说不上来，只是光对上眼神就觉得醉人。

林怀甫就坐在她对面，将她这一反应看在眼里，心突突直跳了两下："赵小渔，宋慕青有些不大对劲。"

　　"嗯？"

　　"宋慕青应该是个断袖。"

　　赵小渔一愣，正想着宋慕青、元家云云，一时有些转不过弯来："你说的不对劲就是这个？"

　　林怀甫一副理所当然这很紧要的模样，在赵小渔的瞪视下又弱了稍许："你不是从人一进书院就看出来了，京城来的花花肠子就是多，你看他管那个宁家的叫赵公子，当没事儿似的，那也是个狠人。"

　　"上回我带他回明州，去花楼吃酒，他连个春娘都没叫。"

　　"那是人家洁身自好。"赵小渔没好气道，"我以前说人断袖，是因为看不惯他那做派，故意说的，做不得真。"

　　林怀甫想说从宋慕青看"他"的眼神里就能看出来，只有赵小渔这个榆木脑袋不开窍，又看"他"小小年纪，万一挑明了说，引了岔子。这一番犹豫后，林怀甫最后还是打算捂死了不说。

　　过了一会儿，赵小渔都困得眯瞪了，又被他拽了起来，听他道："万花楼的蝶儿姑娘你总知道吧。"

　　赵小渔打了个呵欠，一面点了点头，在明州地界传闻里那是连神仙见了都心动的人间尤物，不论是样貌还是才情都万里挑一，艳名远播。

　　可她头还昏着，只想着能趁这工夫睡会儿。

　　"那日宋慕青去花楼，连蝶儿姑娘都出动了。"

　　赵小渔闻言顿时睁了眼，不由得联想那画面，宋慕青翩翩君子和妖娆美人儿……

　　"饶是蝶儿姑娘使出浑身解数，都没让宋慕青多看她一眼。你说稀奇不稀奇！"

　　赵小渔不知怎的，吊起的一颗心又回落到底，踏实许多。

　　"明州人都知道能对蝶儿姑娘还坐怀不乱的，不是断袖，就是……"原本林怀甫是想让她自己意会，怎料她仍是懵懵懂懂，只得自己往下说，"就是那方面不行！"

　　被迫全神贯注听他说的赵小渔顿时脸"唰"的一黑，没好气地推开他凑过来的脸："瞎胡说什么呢？"差点就被他带偏过去。

　　"我说认真的！"林怀甫恨铁不成钢，"他是断袖，就冲着这番来往的，那你，不，那咱们就危险了。"

　　赵小渔躺靠着内壁，一副随时都要睡过去的模样，一面敷衍地应着"是是是"。

"往后咱们都得离他远点儿。"

"嗯，远点儿……"

听着赵小渔那不走心的回应，可把林怀甫愁坏了，这就是个没心眼的，碰上宋慕青那样心眼儿多的，可不等着被拐骗。

不行，他一定得保护好赵小渔！

林怀甫这般想着，看到赵小渔酣睡的模样，眼神一瞬又有些挪不开，这样的感觉由来好一阵了，起初躲了难受，后来不躲也难受，到最后只能把那感觉摁着，随着去了。

该不会自己也……

不不不，林怀甫猛地拍了自己一下，一点不敢往下深想，自己从小到大喜欢的都是软绵绵的姑娘，老林家还得指着他传宗接代。赵小渔那厮也是，看着文弱了点，将来也是要娶妻生子的，绝对不能让宋慕青给祸害了！

正被林怀甫妖魔化的宋慕青此刻又回到了元家祖宅，空气中残留着火油烧过的刺鼻味道，触目所及已是人去楼空、满目疮痍之景。想到宁云霆与元正业的一番交锋，不禁陷入沉思。

宁家当年的案子轰动京城，不管是凤瓷那桩，还是宁家满门的惨案，至今传说纷纭。

而宁云霆最后也将矛头直指向了京城。

此时，宋桉回来禀报："宁云霆带人出了顺州地界后不知所终，最后是往胶州的方向而去。"

宋慕青沉吟："不必跟了。"

宁云霆化名赵谌，行事目的明确，无非是为报宁家之仇。此人心思缜密，计划周全，这么多年忍辱负重又不冒进，而是步步图谋当年真相，是个人物。

但最后能在仇恨中坚守本心之人，少之甚少……

之后，宋慕青率人夜袭顺州六坊，抄出假瓷数十万件，远超过明州码头所查处的货物数量。有人前去通风报信，亦是被宋慕青的人埋伏，连同牵涉在内的市舶司，全部一网打尽。

顺州距离明州不远，不如明州繁华，民风淳朴，大抵是元家后来发迹后在此大兴土木，既修葺扩建了元家祖宅，又置办了窑场，仿效明州制瓷盛行以作补给。不想，掩藏在元家名下的这处就成了假瓷源头。

相比之下，明州城内的小作坊便不值一看。

顺州府衙里的别院，宋慕青坐在书桌前，面前堆着几摞日志账簿，乃是从顺州六坊抄没而来，在宋慕青面前站着一名战战兢兢的老头子，深更半夜仍是穿着官服整齐谨慎。

"不知宋大人前来，有失远迎。"吴道方是顺州府尹，面前是奉圣上之命前来的钦差大人，这么小的地界哪惊动过这么大的菩萨，光这一夜里出的事儿，比他当官以来出得都多，尤其还有那顺州六坊的事。

吴府尹前边只有翻书的沙沙声，宋慕青似乎专注于眼前，完全忽略了当地的父母官。

吴府尹却一点不敢有异议，说起来还更怕宋慕青注意上自己，不等他开口问，便一五一十将自己知道的全部都说了，态度端正，最多也就是被问个治下不严之罪。

"这么说来，吴大人也是被元正业所蒙蔽，没有察觉出他制假，还给了许多便利，让这几家的瓷器顺利销出去。"

"这……这也的确是这么回事，元家缴的税没有问题，瓷器真假，下官也分辨不出啊。"

"六坊中制出的瓷器，最后冠的可都是元家的名，我若没记错，每每出货府衙内都是会派人监看的。"

吴道方被问得冷汗淋淋，干脆也不瞒了："这、这平日里都是师爷，师爷负责。"

他本就是个酒囊饭袋，平日里都靠着董师爷在旁支招，之前招的那些话还是来之前冥思苦想凑的，如今再要回答可说不出了。

吴道方抹了抹汗，赶紧让人把董师爷给带过来。

等董师爷进门，吴道方就看到他身上背着的包袱，显然是作落跑打算，不想被人押着进来："师爷你——"

"公子，这人妄图从后门逃跑，被我们的人抓住。"

董师爷被押着跪在堂下，此刻不敢看吴道方的脸，蔫蔫的，瞥了一眼桌案后的年轻公子，不知怎的，表情有些微妙犹疑："你……"

"大胆，这是圣上亲派的钦差大人，休得无礼！"吴道方怒喝道。

董师爷怔了怔，不知想到什么，表情竟有一丝轻松。只一瞬，宋慕青便从中窥得一二，这人不是怕了自己才逃："想必董师爷知晓的内情更多。让我猜猜，与那凤瓷案有关，可对？"

那原本刚放松了一丝的表情就这样僵在了脸上，董师爷不可置信地盯着宋慕青，犹如看着什么怪物："我、我什么都不知道，大人明鉴！"

宋慕青噙着笑，斜视着他，只是那笑意未达眼底："无妨，你不想在这儿说，到了京城刑部只怕你来不及说。"

董师爷浑身一激灵，瘫软在地，从他得知元家那些人失踪开始，他就隐隐有了预感，八年前曾窥得的秘密与罪孽，再也瞒不住了……

风云暗涌，隐匿于伸手不见五指的浓墨夜色中，如猎人在黎明来临前蛰伏灌木丛，趁着野兽疲软放松之际突袭，厮杀往往从一方的溃败开始。

呜呜的风声呼啸，带来雨讯，不多时，天空飘起了雨丝儿，逐渐演变成一场黄豆大的雹子雨，噼里啪啦打在廊檐上，响了几乎一整夜。

赵小渔和林怀甫回到岐山书院已经是三日后，这一场雨也持续了三天，并没有放晴的趋势。赵小渔看着阴沉沉的天色，不由想着要是这雨下得早一点儿，兴许元家祖宅还能保全些。

但那念头也只是一闪而过，便听着林怀甫抱怨天气突然冷得像十二月里，又喊着她去集寨置办些衣裳，要不然都应付不过去了，扰得不行。

"走，顺便也给你采买两身，成天就一件学生服，你也不嫌磕碜。"林怀甫自个儿折腾得英俊风流，摇着一把扇子，一边说冷，一边还要风度，"正好山长他们还没回来，山门那边松懈着，走走走。"

"我不去。"

"待这儿多没意思，今儿没课，四珍馆那儿你也去不了，等山长回来，保不准就没这么闲了。"

林怀甫话音刚落，外头突然传来哄闹声，学生们都一溜儿跑了出去。林怀甫扶着赵小渔赶热闹，就听到前边有人喊："山长回来了——"

原定还要一阵子才回明州的陆山长提早到书院，令书院上下振奋不少。

虽说书院解禁已有一阵子，学生们也都陆陆续续回来上课，但山长是大家的主心骨，他顺利回到书院还带回丰厚赏赐，便意味着事情终于雨过天晴，告一段落。

赵小渔带着伤，挤不到前面看，只站在外围，看到被簇拥过去的身影，她也是打心眼里高兴，心里想着要是陆姑娘知道山长回来了，不知道会多高兴，陆姑娘之前就一直担心山长，眼下山长回来，却没赶上可惜了。

想到这，赵小渔便又奇怪："你说陆姑娘去胶州做什么？"

"听她之前的想法，想四处当游医，也很正常。"

"游医是没错，可……"赵小渔还是觉得时机不对，她还记得陆姑娘后来是直奔宁家旧窑场去的。

思及此，赵小渔猛地一震，用力抓住了林怀甫的手："那个宁家的人，是叫宁云霆对不对？"

"是啊，你不都听见了？"林怀甫想起那人在元家祖宅那变态行径，全身仍是起了一阵鸡皮疙瘩。

"那天夜里……那天夜里我跟着陆姑娘出去，在宁家窑场内，她喊的就是云霆哥哥，所以她向我打听的人就是他！"

"找的是他又怎么了？"林怀甫并不觉意外，"你想啊，宁家都能把龙瓷寄存在岐山书院，她认识宁家人也不奇怪啊，她不还给了你宁家的制瓷书籍。"

赵小渔本来满腔莫名高涨的情绪，被他这么一说一下熄灭下来，也对，她不过是确认了陆姑娘找的就是那个宁云霆，的确没什么好兴奋的。

才静了片刻，赵小渔又猛地想起了什么，目光追随陆山长离开的方向："还有那个！"

"哪个啊，你一惊一乍的！"林怀甫瞪着她。

赵小渔嘿嘿笑着："少爷，陆山长回来了，集寨那边我就不去了，许多课要提上日程了。您也知道我识字不多，我得回去多看看书，不然会辜负先生给我的机会。"

说罢赵小渔拄着拐杖回去了，将自己关在了屋里。

林怀甫没辙，只能自己一个人去了。

这一待就待到了傍晚，下过雨后到处都湿漉漉的，天也暗得很快，赵小渔吃过夜食后确定林怀甫不会再过来，支着身体从床底下拖出了个木箱子。

小心翼翼地拂去上面的灰尘，赵小渔用贴身的钥匙开了锁，里面几层布袋裹着，是她来书院前，从家里挖出来的龙瓷。

赵小渔蹲在地上轻轻抚着龙瓷，脸上写满了不舍。

"我也很想把你留下啊，若是当做传家宝，那得是多长脸的一件事，可你太重要了……"视财如命的赵小渔原本对龙瓷打的便是要私藏的主意，可经历过这些事后，她知道她必须要把它还回去。

且不说这是宁家人的心血，还有龙瓷背后牵扯的人命，光她见到的就有那么多，还有她看不到的呢？

京城之中太后想要，皇上也想要，那日前来劫持的人还那么多，她真要自己留下，万一走漏个风声，赵家那茅草屋顶还不够人掀的呢。

自然是留在书院内最安全了。

赵小渔不断地给自己做着心理建设来说服自己，快有半个时辰，她不舍地亲了亲龙瓷，用个黑布袋子包裹了龙瓷，离开学生院舍，趁着夜色去往陆山长院子方向。

这时辰众人基本都歇下了，夜色沉沉，赵小渔挑着僻静的路以免被人撞见，很快就到了陆山长的院子前。

门是关着的，院内有灯光，想必山长在院子里。

赵小渔把黑布袋子轻轻地放到门口，敲了敲门，然后飞快到墙边躲起来。

"谁啊？"院内传来喊声，见无人回应，脚步声传来，赵小渔藏得更深了，用夜色做掩饰，只露了半个头，注意门口的动静。

随后，陆夫人从里面走了出来，环顾了四周无人，道了声奇怪，正要关门时发现了地上的黑布袋子。

她伸手将其拎了起来，沉甸甸的，便察觉不对劲，伸手又在外面摸了摸，也没打开，直接将黑布袋子拎了进去，关上了门。

赵小渔松了一口气，这样就行了，龙瓷到了陆山长手里，他一定会好好保管的。

刚从墙角走出来准备离开，赵小渔前面就多了个人。严莛此时正奇怪打量着她："赵小渔，你在这里做什么？"

"严先生！"赵小渔声音一紧，飞快瞥了眼紧闭的门，打算用别的理由搪塞过去时，山长院舍的门忽然被打开，看起来已经歇下、只披了褂子出来的山长脚步匆忙地走出来。

对视无语，场面安静了片刻，赵小渔急忙解释："我，我是想来看看山长，之……之前陆姑娘去胶州前就一直惦记着，既然山长已经歇了我就回去了！"

严莛恍然："回去小心点，这么晚了，路滑。"

赵小渔哪敢再接触陆山长的目光，飞快行了个礼，拄着拐杖往下坡走去，健步如飞。

场面又安静下来，严莛这才看到匆忙出来的山长："老师可是有急事？"

陆山长咳了声，自顾着把衣扣系上，故作沉稳："这么晚了你就不用过来了，我没事。"

"正好有药，就给老师送过来。"严莛取出药瓶，是专门止咳的药丸，递了过去。

陆山长接到手中之后，状若无意道："你来的时候那学生已经在了？"

"是啊，说是来瞧瞧，看老师歇下就没打扰，是个有心人，学得也十分用心。"严莛也是惜才之人，尤其是自己挑的学生，自然欣赏。

陆山长看了眼墙角位置，意味深长道："的确是个好学生，岐山书院立院以来都是以才识为先，他既有这本事，就让他从编外学生转正。"

严莛的确有这样的打算："以画艺为由招了他，老师您看如何？"

"就按你说的办。"陆山长说完后转身要进院，想到了什么，又转身问严莛，

"元家那边怎么样了？"

"元老爷和元公子仍旧下落不明，假瓷案破了，还牵扯出了当年的宁家旧事，如今闹得满城皆知。"

"我知道了。"陆山长扬了扬手，转身进了院子。

回到屋内，陆夫人手里拿了件外套给他披上，嗔怪道："以为自己还是年轻的时候呢，这么冷的天就这么赶出去了。"

陆山长走到书桌前，那儿放着的正是赵小渔留下的黑布袋子，袋口已经解开了，露出了龙瓷的一角。

陆山长抚上去时手都是颤抖的："回来了。"像是在对龙瓷说，又像是在对着什么人。

"你真要接下那件事？"陆夫人取来匣子，小心翼翼把龙瓷放进去，"八年了，若再来一回，又不知谁家要出事。"

"太后要我进京，本意就是如此。我若不应承，她也有办法叫我答应下来，明州数年声誉让元家搅得乌烟瘴气，也是时候好好清一清，让别人有出头之日。"

"你心里就是憋着一口气。"陆夫人还能不了解自己的丈夫，说起元家就想到宁家。这斗瓷原来便是宁家起的头，用意是给做瓷人各展才艺的机会；宁家没了，元家独大，行的是打压刻薄的手段，也使得明州青瓷始终及不上宁家在时那般盛况。

如今太后重提斗瓷，究竟是惜才还是打着什么别的主意，可就让人卯不准了。

"这回我们书院也参加。"陆山长亲手把匣子藏到暗格内，"挑些学生去京城。"

赵小渔带着一身虚汗回了学生院舍，等到躺下歇息时才缓过劲来，想到刚刚的惊险场面，但凡山长多问一句关于黑布袋子的事，她就要露馅了。

"左右都已经还回去了，他们都没看到是我放的，也没证据。"赵小渔这般想着，又安心了些，走了一路累得慌，很快就睡着了。

沉睡时赵小渔做了好几个梦，梦到的都是宋慕青。

梦里的愣头青是从未有过的温柔，不仅教她写字，还煮茶给她喝。

两个人一会儿坐在亭子内赏风景，一会儿又出去游湖了，转瞬又在街上逛着，他还给自己买了一串糖葫芦。

赵小渔做着梦忍不住咯咯笑着，还梦呓，抱着被子喊了宋慕青的名字。

彼时顺州府衙内，宋慕青再次提审了董师爷。

宋慕青说的京城刑部早就把董师爷给吓破胆了，当日就被下放到牢房，不到三日，原本空荡荡的府衙牢房就都关满了人。

这些人里头多数是顺州六坊的，还有元家旁支和牵涉元家案子的官员，利益相关，一层牵着一层，挖出萝卜带出泥，没一个能跑掉。

从顺州六坊抄没的赝品多数是批量产的粗糙劣质的仿瓷，依靠外形与几大窑场出品的相似而充作真品贩卖；还有一种则是做旧，充作上等古瓷售卖，将做好的瓷器放进用阉掉的鸡和其他腐烂的臭肉熬的油腻浓汤里反复烧煮，再埋进淤泥坑道里放满一个多月，出来的瓷器便成了前朝古瓷，成为富豪乡绅和京城名流争相购买的东西。

制作这些赝品的成本并不高，但经由层层剥削，价格参差不齐，假货横行，元家为一己之利，彻底搅乱了明州乃至周遭的市场，有的更远销西夷等地，危及甚广，损的就是一国颜面。

圣上下令彻查，便是有这一层的缘故在。

而韩伯父收藏的那件宁家瓷器便是出自顺州六坊，还有一件同宗同源，牵涉更广，乃至八年后卷土重来的。

"当年、当年宁家要为太后贺寿打造一件瓷器，消息从明州传出来，大家都期待宁家除了十二器以外，还能造出什么来。"董师爷看到对面坐着的宋慕青，不等他问，便老实地直接开了口，若再不说当真怕是没机会了。牵涉过重之人必然会被押送到京城，而到了京城地界，许多事便由不得他了，他这会儿恨不得把知道的都倒出来。

"宁家为太后制寿辰贺礼当是机密。"宋慕青捻着手上的供纸，洋洋洒洒写了四五页，最后落了董师爷的手印。

"世上没有不透风的墙，更防不住钻营此道的有心人。"董师爷说着，脸色有些白，何尝说的不是自己这种人，"在明州地界，瓷器自然是首推宁氏窑场。元正业私下安排人仿制宁瓷，初时只是小作坊，少量试水，待仿造成功后便开始在市面上混入流通。

"宁家为太后制作寿辰贺礼，已经是元正业仿宁瓷的第三个年头。太后对宁瓷本就期待甚高，坊间对此猜测纷纭，而元正业早已买通宁家下人，拓了图纸，几乎是和宁家同时制作。"

宋慕青拧眉，目光深锁："你是如何得知的？"

董师爷讪讪："不瞒大人，当初为元正业仿造宁瓷的工匠里头有小人的亲戚，这人贪酒喝多了便什么都说，在宁家出事没多久后便醉酒失足掉河里淹死了。我听他提过，后来他死了，就怀疑和那件事有关，但到底是如何，死无对证，也绝不是我能去探究的，便一直烂在肚子里。后来元正业回祖宅接收顺州六坊，和吴大人搭上，多是由我出面办一些公文手续，那也是由吴大人首肯，我也是奉命行事，绝对没掺和其他啊！"

"大人，我上有老下有小，全家都指着我，我不能出事啊！求大人饶我一命！"他"扑通"一声跪在了宋慕青跟前，连连讨饶。

"到了太后跟前的既是元家仿的赝品，便是有人李代桃僵，那帮了元正业的京城贵人是何人？"

"这、这我如何知晓！"

"董师爷在顺州地界堪称是只手遮天，没有什么能瞒得过你。"宋慕青莞尔，眼神凉薄得很，"关心这案子结果的人很多，有人更是追寻了八年之久，既然这牢房里的都是些'不知情'的，今夜就无需留人，都撤了吧。"

"大人不可！"董师爷登时又被吓出一身冷汗，明白宋慕青的言下之意，这外头还有位要命的阎罗，咬牙犹豫几许，豁然道，"那人来过顺州一次，便是在凤瓷赝品制成之时，但戴着帷帽，不曾露过脸。"

"能帮元正业做这档子事，定是许到了好处。元正业那人唯利是图，大肆敛财，症结在此。"

宋慕青沿着椅子扶手轻弹着二指，似是思量："你若能将那人身形再仔细描绘出，或许有什么关键线索，我不单保你性命无虞，甚至还能在圣上面前为你言明将功折罪。"

董师爷晦暗浑浊的双眼瞬时惊喜抬起，绽出光亮来，这无疑是一线生机："你……容我再想想！"

隔日，宋慕青便赶回了明州，原先因码头假瓷案被抓的人都被放了出来。

行过元府，看到被贴着封条的大门上被扔了臭鸡蛋和烂菜叶梗子，空气中充斥着一股难闻如臭水沟的恶心味道。

还有不少人围着指指点点。

元家从前行事有多嚣张，如今便有多落魄。墙倒众人推，何况元家曾经造下的孽不少，还有人往元府门口倒粪水，可见对他们恨极。

而和元家但凡沾亲带故点儿的，不是进了牢里头，就是夹紧尾巴做人，恨不得重新投胎过，生怕因此被连累。

从旁门左道得来的财富一夕之间尽数被抄没，就连人都不知所终。

所以老话说得好，不是不报，时候未到，多行不义必自毙。算是给明州人敲了记警钟。

是夜，渠巷的窄胡同里，刘记铺子门前的封条被人揭了去，未久，从牢狱里被放出来的刘老四带着刘老六，一手领着小胖子背着行囊离开。

"爹，我们这是要去哪儿啊，不跟小渔说一声吗？她要是回来找不到我们怎么办？"他还没跟小花告别呢！

"小渔入了岐山书院，以后日子好着呢，不该再和我们牵扯一道。那人吩咐咱们做的，也都做完了，留这儿不安全了。"

刘小胖似懂非懂，恋恋不舍地一步三回头，被带走了。

刘老六最后深深望了铺子一眼，三人没入了浓墨夜色里，很快消失不见了。

等到第二天，天终于放晴，驱散连日来的阴霾。

赵小渔得了学生腰牌，能自由出入四珍馆，甚至有了严莚给的手牌还能进到南楼去。原以为在陆莺莺那儿见到有关宁家的东西已经不少，没想到在南楼里尽是山长珍藏，大大小小，五六十件，从书籍到瓷器，令赵小渔大饱眼福。

她成日泡在里头，心里头鼓胀得厉害，从前就想着成为制瓷大师傅的念头越来越强烈，修得最好的一门课也是制瓷。成天不是在四珍馆，就是在窑炉旁，忙得不亦乐乎。

这日，她做的茶盏终于成形。

青花上釉，饰覆瓣莲花纹，釉面晶莹润泽，颜色青碧犹如湖面，手感极好。赵小渔对自己做成的第一个瓷品爱不释手。

想想前面几个做坏了的，其中一个成形但难看的，前两日还被林怀甫抢了过去当吐核小盆，再瞧瞧这，简直是进步神速。

赵小渔沾沾自喜，又摸了摸茶盏边沿，嘀咕道："我又不爱喝茶，早知道该做个碗啊。"

下一瞬，手上一空，那茶盏就落到了一只骨节分明的手中。

青碧色配那修长十指，娴熟姿态，形色极衬。

"这只茶盏，不错。"宋慕青噙着笑。

约莫有半月没见，赵小渔有些愣愣地瞧着人看，脱口而出："你喜欢便送你。"

此时不是上课的时辰，窑坊内外没有人，屋内赵小渔怔怔瞧着宋慕青，在说完那话后自己都没反应过来。

他在笑啊！

果真是被美色所惑，可这念头也仅仅是闪过罢了，闪过后她便还这么瞧着，越瞧越欢喜。

直到一声低声悦耳的"好"字落到了耳畔，赵小渔这才反应过来，红着脸道："宋公子您终于回来了。"这都有十二天没见到他了，她掰着手指头数日子的。

"嗯，回来了。"宋慕青抬手，轻轻抹了下赵小渔沾在脸颊上的泥灰，后者心中轰然炸开，差点要晕。

最后都不知道自己是怎么跟了人出窑坊的，一路跟着，跟到了学生院舍，进了宋慕青屋子，熟悉的檀香味扑面而来，她才醒过神来，这人当真回来了！

"升作正式学生，南楼的书看了多少？"

"看了好些，没想到南楼里藏着那么多宁家的书籍。"

说了片刻赵小渔放松下来，坐在了桌前，看他在旁沏茶，一面欣赏一面问他假瓷案的事："这些天书院内都在传此事，旧时与元少康关系好的几个学生，一半儿都回家了。"余下的也是夹起尾巴做人。

"等元家父子归案，案子就可结了。"

赵小渔点点头，道理她懂，不过宁云霆带走了元家父子，这还能有还回来的时候吗？

"我还听人说起，八年前宁家献凤瓷获罪的事，也是元家所为……"

话音刚落屋外传来韩邵钰的声音，瞧见赵小渔也在，便大咧咧地坐下来，心情甚好："元家的事上奏后，我爹那事便能翻案了，明州的事现在告一段落，慕青，咱们何时回京？"

赵小渔愣了下，蓦地看向宋慕青，他要回京了？

宋慕青沏了两杯茶，递给他们两人，也没接他的话，只是问："伯父来信了？"

"来信了，虽说官职并不能恢复到以往，但至少能回京。这件事也多亏了你，咱们在明州这儿待了有半年了，你京城的差事都落下了不少。"

韩邵钰是个心直口快的，有什么都往嘴上蹦。他也觉得赵小渔不是外人，可这些话一字字一句句到了赵小渔耳中，原本她期待的宋慕青泡茶，忽然不香了。

他要走了？回京城啊……那是不是以后再也见不到了？

韩邵钰甚至还说起了宋慕青的婚事："哎，去年末，你娘不是为你相看了人家，谁家小姐来着？户部侍郎李大人家的？"

赵小渔原本挂在嘴角的笑意直接耷拉了下来，心里说不出的难受。

她仰头看宋慕青，见他不作声，忍不住问："宋公子，你们要回京了？"

宋慕青点点头："元家一事需押送些犯人回京。"

一旁韩邵钰又道了句："原本就是为了假瓷案来的，结束了自然得回去。"

赵小渔的心里仿佛坠了块大石头，紧握着杯子说不出话来。

正好林怀甫瞧见这边有动静，跟了过来看，赵小渔便找借口窑坊那边还没收拾好，要过去一趟。

这才走进来的林怀甫见赵小渔看都不看自己一眼，直接走了出去，有些蒙："我才来就要走？"

宋慕青瞥了眼桌上纹丝未动的茶，眼神里闪过些温和，邀林怀甫坐下："林公子，我正好有事寻你。"

赵小渔一路回了窑坊，心越来越难受，这是从未有过的，就好像是有什么在她身体里作怪，搅得她无法安宁。

她轻轻捂住心口位置，喃喃道："好难受啊。"

想到愣头青要回京的消息她就难受，想到他往后再也不回来，她就更难受。

赵小渔待在窑坊内发呆，入夜时才回学生宿舍。

可这茶不思饭不想的，连平日里最感兴趣的制瓷她都心不在焉，更别说理会林怀甫了。为了避免看到宋慕青让她更难受，赵小渔干脆一头扎在四珍馆里。

但就是如此，转移注意力的效果也是甚微，她还是会想起愣头青。话本上只说了喜欢一个人会很高兴，一直想见他，没说会这么难受啊。

赵小渔心不在焉地往里侧走，南楼内的书籍之多，纵然她之前天天待着也看不完，不知不觉，她又走到了宁家书籍的放置之处。

这一带半个月里她经常来，不仅仅是因为宁家制瓷相关的书籍是最好的，还因为一种奇异的感觉，赵小渔每次翻开那些书的时候总会有说不出的亲近感。

就好像，她早就已经认识了它们一样，记得快不说，有时候看前面，她就能猜想到后面的内容，就似，她过去曾亲身经历过这些制瓷场面。

时间长了，赵小渔自己都误以为她和宁家是不是有什么渊源，她的生身父母是不是与宁家有关。

这般想着，赵小渔目光所到之处，一本书籍入了眼。因为她之前几乎天天来，对这儿书籍的排序很清楚，所以她即刻就发现这本书原本并不在此处。

"随记……嗣朝？"念到落款时赵小渔的目光猛地睁大，宁嗣朝？！

这两日无精打采的赵小渔，在意识到这是宁家宁三爷的随记手札时，整个人顿时有了精神，小心翼翼地翻开书页。

书中记的都是宁嗣朝制瓷时的随手笔记，不似那些整理过的，显得有些散乱。

赵小渔一页页地往下翻，自己都没察觉到，在触及那些字迹时，手在微微颤抖。

直到看到这本不算厚的书过半,整页书上偌大的两个字——"好看",她直接愣住了。

落款:宁绥绥。

宁绥绥……对赵小渔而言,这是个陌生的名字,她听过宁家许多人的名字,唯独没听过这个。可看着这几个字,她的耳畔却传来叫喊声。

"绥绥。"

"绥儿。"

或轻,或重,男女皆有的。

"爹爹您看我这幅画画得如何?"稚嫩的童声响起,赵小渔抬起头,眼前的书架不见了,赫然是一个陌生又令她觉得熟悉的书房。

一个五六岁模样的姑娘献宝似的捧着一幅画,跑到一个穿着天青绸衫的中年男子面前,要他给自己做评。

男子看她的眼神十分宠溺,直接将她抱了起来,看了眼她手中的画,夸奖道:"绥儿画得真好,你四叔像你这么大的时候可没你画得好。"

小姑娘满脸骄傲,搂着男子的脖子,在他脸上亲了口:"爹爹厉害,爹爹你是最厉害的。"

笑声爽朗传出,男子单手抱着她,将她的画放入自己刚刚写的手札中。

小姑娘坐在他怀里,半趴在桌上,有模有样地在前一页写下"好看"二字。

身子前倾时,一枚坠子从衣襟内落出轻轻晃悠,赫然是瓷葫芦。

赵小渔回了神,颤抖着手往下翻页,一张对折的纸被夹在了那儿。

宣纸看起来有些旧,上了年岁。

赵小渔缓缓地翻开了它,与那书房内看到的一模一样,画上一片芭蕉叶,一个盛着小蝌蚪的大瓷碗,旁边放着一个小网兜……

伴着耳畔小女孩儿童稚的解说声,赵小渔的呼吸都喘不匀了。她用力扶着书架稳住自己,似乎有什么从记忆深处要破土而出,此刻让她难受得连呼吸都十分困难。

本该是多么幸福和乐的画面,可她又是这样难过。

宁家,没了。

一场大火烧毁了宁家的一切。

那她是谁啊?

赵小渔颤抖地抓住挂在胸口的瓷葫芦,老爹说这是她从小就戴在身上的,这么多年从未离身。

老爹说捡到她的时候,她爹娘抛弃了她,是没人要的孩子。

老爹还说,渠巷去不得,尤其是四叔六叔他们少接触为妙,制瓷仿瓷之事更是不允许。

"赵小渔!"

熟悉的声音在耳畔响起,赵小渔抬起头,看着走到面前的宋慕青,已是泪流满面。

宋慕青被她这般反应给吓了一跳,随即就看到了她手里拿着的画纸,目光触及画纸末端的留名,稍愣。

"怎么哭了?"

那语调太温柔了,像是刚好撞破了心底储着的情绪瓮子,赵小渔带着哭腔唤了声"愣头青",下一刻便一头扎进了他怀里。

宋慕青冷不防被那力道撞了下,手下意识护住了她,在感受到胸口的濡湿时,眼神稍是沉暗,另一只手轻轻覆在了她头顶,似是无声地安抚。

直到赵小渔哭够了,才有些难为情地从宋慕青怀里退了出来,瞥见他胸口那一摊,根本不敢接他的眼神。

"你想起了什么?"

"我洗干净还你!"

两人同时开口,又同时怔住。尤其是赵小渔,在这一瞬的思路竟是无比清晰,目光直直地凝视着:"你是不是知道些什么?"

宋慕青点了点头,须臾,又轻轻摇头:"只是一些推测。"

片刻的静谧,赵小渔的声音轻轻响起:"我是被老爹捡回家的,老爹说兴许是家里养不起女娃娃,才把我丢了。明明家里穷得要死,却不允许我跟着六叔学仿瓷的活儿,但凡让他知晓我掺和就要被罚锁小黑柜子里。

"人都要饿死了,为什么还要去争个真假的意气?作假有什么不好,起码它能让我不再饿肚子,还能养活很多像四叔、六叔那样的手艺人。"

赵小渔抬眸,一双泪水湿润过的眼,黑白分明:"我被老爹捡回来那年八岁,发着高烧,是老爹求着拜着让医馆的大夫捡回来的命,等后来清醒过来就什么都不记得了,是老爹一个人既当爹又当娘将我拉扯大的。

"老爹说既是他捡回来,就是他的闺女,姑娘家的应当安稳些,学学女红,平平安安的,就是对生身父母最大的福报了。"

"明明说我是被丢弃的,每次我问在哪儿丢的,怎么丢的,却含含糊糊,问多了便要不高兴,又把我锁柜子里,直到我保证不再问,也不去找,才肯放我出来。"

说完，赵小渔便不说话了，眼前似乎又泛起了雾气，看着宋慕青的方向，雾重重的。良久，才哽咽问："宋慕青，如果我不是老爹的女儿，那我是谁？"在脱口问出的那一瞬，她竟是想逃避答案的。

　　宋慕青早在她唤自己名字时就心软了，伸手将那瘦弱僵硬的人儿揽入怀里，再压不住眼底的心疼："不论是赵小渔，还是宁绥绥，你都是你，这一点不会改变。我在，你无需怕。"

　　赵小渔倏然怔住，略仰起头，便撞进宋慕青深邃的眼眸中，寻求许久，只看到其中充斥着的认真与深情。他说"无需怕"是认真的，赵小渔心头涌上的是不曾体会过的心悸感受。

　　从来都是自己摸爬滚打去感受这个世界的险恶，不曾想有人会伸手为她遮风挡雨，怜她庇护她。哪怕只是说说，她都打心底高兴。

　　"你是如何知道宁绥绥……"赵小渔早在方才就怀疑了，而宋慕青这话无疑给了她确认的答案。

　　宋慕青抓握着她紧张之下捏瓷葫芦的手："宁云霆那日的反应说明了它的来历，若非是它，我也不能断定……赵铁牛将你保护得很好。"若不是这件贴身小物，任谁也想不到宁家还有遗孤，竟是混迹在明州市井的一个小混混。

　　他在明州城里耽搁几日，为的便是查清赵小渔的身世。有了瓷葫芦的疑点，仔细查了赵铁牛此人，从他在临县捡到赵小渔开始，条条线索抽丝剥茧，直到那块粉色旧布佐证，隐藏的真相便跃出水面。

　　赵小渔就是宁家孤女宁绥绥。

　　她是赵铁牛在宁家外捡到。他从一开始就知道她的身份，为了掩人耳目才带她去临县生活了一阵子。

　　当年宁家的事在明州闹那么大，所以他才会百般阻拦她与制瓷接触。

　　不得不说赵小渔也是赵铁牛的福星，因为生得乖巧伶俐，谁都愿意施舍她点，他们的日子才渐渐有了起色。再后来回到明州，在元家眼皮子底下讨生活，又机缘巧合到了书院，或许冥冥之中是有缘分的。

　　知道赵铁牛为保护赵小渔煞费苦心，宋慕青所能查到的蛛丝马迹，在这之后彻底消散，再不会有人能查到什么。

　　四周安静下来，赵小渔看着瓷葫芦，脑海中浮现出一幕幕画面，大多数还是很模糊的，可她总算能看清那些人的样子，父亲、二伯、四叔他们，陌生又熟悉。

　　"你既然已经想起，可有什么想做的？"宋慕青问。

　　赵小渔愣了愣，很快想到了一个人："我想去找哥哥！"她又忽然抓住了宋慕青的袖子,"我听先生说,太后决意重新举行斗瓷赛事,在明州城里,届时不单是能工巧匠,还会专程派人前来!山长有意在学生之中挑选几个代表书院前去,我想参赛。"

宋慕青随即拧眉:"你想借此机会,给宁家翻案。"

赵小渔没作声,翻案谈何容易,但斗瓷大赛不失为一个机会……

宋慕青看了她一会儿,抬手轻抚了下她的头发:"你想让我帮你做什么?"

"我想见哥哥一面。"赵小渔眼露忧色,过去的许多事她还没完全想起来,但宁云霆想做的事她却很清楚。单从他做事来看,只怕这"复仇"二字背后已经搭上了许多,最后还有可能会搭上他自己性命,那是她唯一的亲人了,"他抓了元家父子后定是藏起来了,宋公子,你可有办法联系到他?要不然,你拿我这瓷葫芦去!"

宋慕青看她急着要取下红绳,按住了她的手:"这个时候用这办法,只怕他疑心其他。"

赵小渔的手一顿,随即想到在宁家旧窑场时的事,心陡然一紧,像是整颗心被人捏住了一般,既是心疼紧张哥哥,又掺杂了许多委屈。他一定是以为自己抢了他妹妹的东西才这般凶恶,从小大哥就最疼自己了……可为何自己没有早一点想起来,否则就不会这样白白错过了!

看着赵小渔眼眶里又泛起水光,宋慕青轻轻抚了抚她前额,道:"斗瓷原就是宁家设下的,你若能挣得参赛的资格,获得魁首,或许真能有面圣的机会,你且好生准备。"他顿了一顿,"至于宁云霆,我会派人去找,只不过如今的他未必会是你印象里的人,由我来安排可好?"

赵小渔点了点头,知道他那话里的意思,是小心为上。

说话间,赵小渔的手腕上被套上了一抹冰凉,是只翡翠的玉镯子,正当她诧异之际就听他道:"我母亲说,若是遇到中意的姑娘,便用这个先将她套住,免得跑了。往后才是宋家的三媒六聘,我觉得母亲大人说得甚为有理。"

赵小渔只觉得耳边有什么"轰"的一声炸开,什么都听不真切了,手腕上挂着的镯子似乎有千斤沉,可又满心欢喜。

"宋慕青……"

宋慕青看着呆愣的赵小渔,嘴角莞尔,他做事向来是果决的,包括终身大事,一旦认清了,便不会犹豫。

眼前的人不论是什么身份,不论今后要遇到什么状况,她便是她,那他就不会放手。

"等我回来,小渔。"

宋慕青第二天就走了,和韩邵钰一道回京城复命。赵小渔为此还请了一天假,追到了明州,看着他骑着高头大马出城去,那模样俊朗非凡,不知惹了多少姑娘家春心萌动。

赵小渔挤在人群里,跟着人潮流动,老远的,和宋慕青对视了一眼,便看到他笑了。

"你们看见没,他冲我笑了!"

"别瞎说,明明是冲着我们小姐!"

"你家小姐跟大芝麻面饼磕了墙角似的磕碜,看一眼不得做噩梦呐!"

"你个小贱蹄子说什么呢!"

人群里有姑娘家掐了起来,薅头发的薅头发,挠脸的挠脸,赵小渔拨了拨手腕上的玉镯子,眼珠子骨碌一转,突然朝着宋慕青那方向,大吼一声:"那男人和老子定亲了,你们别想了!"

说完半点儿没敢往城门口那方向看,果断朝着反方向跑了。她可还穿着直裰,妥妥的男儿身。嘿!

接下来两日,赵小渔时不时都要摸一摸那镯子,怕磕到书桌磕坏,又怕烧瓷的时候碰了窑炉碰坏,左右仔细着,放哪儿都不安心。每每想起宋慕青的那句"免得跑了",她能乐出声来。

"你要不拿根绳子穿起来挂脖子上算了。"

"沉。"赵小渔一副显然已经试过了的样子,惹得林怀甫一阵无语,最后拿棉布里里外外包了三四层贴身藏着,才彻底安了心。

成色这样好的东西一看就不是赵小渔能买得起的,八成是宋慕青给送的,一想到两人进展如此迅速,林怀甫就愁得整宿睡不着觉。好在宋慕青回了京城,他打定了主意,要趁着这段时日,把赵小渔那有可能歪了的性子给掰正了回来。

"最近有个诗会,是邱家小姐在广书园办的,我带上书院的同窗,她邀她的闺友,咱们一道品茶论诗,切磋切磋。"

"那咱们不是被切磋吗?"赵小渔听得直皱眉头,简直怀疑林怀甫吃错药了,跟人自比短处?

"那是重点吗?重点是品茶!"

赵小渔顿生鄙夷:"我要争取斗瓷大赛的参赛资格,整个书院就两三个名额,我忙着呢。"

"赵小渔,窈窕淑女君子好逑,你懂不懂?"林怀甫比了个曲线,"不是那些冷冰冰又丑了吧唧的瓷器。"

赵小渔脸一黑:"滚!"

话音刚落下,来人局促僵硬地杵在原地:"小渔。"竟是许久未见的陆莺莺。

第十章

　　距离陆莺莺去胶州，已经过去一个多月了，原本因为山长的事消瘦不少的人，此时更显憔悴。

　　赵小渔上前将人拉进屋，握到手时就感觉冰凉，更是心疼地给她倒上热茶。

　　这鞍前马后的关切模样，看得林怀甫直愣，尤其是赵小渔还几度去握了陆莺莺的手，后者竟然没反应！

　　呔！男女授受不亲，他都没摸过陆莺莺的手！

　　转念一想，赵小渔这是开窍了？没被宋慕青迷惑，到底是喜欢姑娘的。

　　他才筹划好的掰正大计还没实施这就用不上了。

　　林怀甫的心情很是复杂。

　　可无人在意他的情绪，赵小渔想着陆莺莺和宁云霆之间的联系，也猜不透她去胶州做什么，怎么折腾成眼下这副样子，失魂落魄的，莫不是叫人欺负了？

　　赵小渔这一连串的紧张追问，让陆莺莺的眼泪夺眶而出，忽地抱住她哽咽道："小渔，我该怎么办？我该怎么做……"后面的话，她没说，也实在不知该如何说。

　　两人都被吓了一跳，尤其是林怀甫瞪大着眼看着这场面，颤抖地伸出手，这，这，这，都抱上了！

　　赵小渔看她哭得这样伤心，只怕是遇到了难事。她也有许多想问的，看着旁边杵着发愣的林怀甫，便请他去厨房弄些吃食来，把人支走了。

　　等林怀甫出去后，陆莺莺的情绪稍稍平复了些。

　　赵小渔踌躇着开口问道："都说你是去胶州行医，但我觉得你一定还有别的缘由，是不是因为宁……就是之前抓了我们的那个宁云霆？"

　　赵小渔在接受自己是宁绥绥这件事上，仍旧有些不适应，便不在陆莺莺面前提起。

　　陆莺莺因为沉浸在胶州一行的事上,也没察觉到赵小渔的变化,松开了她之后,捧着杯子整个人无助又憔悴。

　　"我爹与宁伯父是旧识,在我很小的时候就认识他。"陆莺莺的声音微哑,多日来的疲乏,就算她是个大夫也料理不好自己的身体。

　　"宁家出事后,他被两个奴仆奋力所救,从大火中活了下来,但双腿却因此废了。上一回见他还是八年前,那时他整个人都沉浸在恨意中,他叫我不必等他,彻底忘了他。"

　　陆莺莺自然不肯听他的,两小无猜,青梅竹马,若非宁家出事,她早就已经嫁给他为妻了。在宁云霆离开明州后,她便开始苦心学医,为的就是将来能够有办法治好他的腿。

　　"这八年来他一直没有消息,直到那日你说起来,我才猜测他回了明州,元家出事的幕后主使便是他。"

　　那日在宁家旧窑,陆莺莺便意识到她印象中过去那个温文尔雅的宁大哥已经变了,变得残忍和极端,为了复仇不计代价不择手段,更不让自己碰他的双腿,最后两人不欢而散。

　　可她放不下,她想救他。

　　于是她去了胶州,想打听他这八年来在做什么,也想知道这八年来,他为了复仇到底做了多少事。

　　可越是接近真相她的心就越慌乱,他那八年内迅速累积起来的财富背后,有无数人的血肉性命。

　　她可以还报钱财,可以替他们治病,可她还不了那些因为他的所作所为丢了性命的人。

　　知道得越多陆莺莺越是无力,那种无力感比当年看到他双腿残疾时还要来得绝望。

　　当年的他至少是活着的,可如今的他,更像是一具活着的躯壳。

　　赵小渔怔怔听她说着关于宁云霆的一桩桩,一件件,仿佛天方夜谭,震惊得说不出话来。

　　"他为了报复元家,牵连了许多无辜的人,做了很多……很多……丧尽天良之事。"陆莺莺泪眼说着那四个字,用这词来形容宁大哥,她比谁都难受。

　　赵小渔下意识握住了胸口的瓷葫芦,她没忘记宁窑的事更记得那日顺州元家祖宅内发生的事。

　　所以……所以宋慕青说要再等等,他会帮她去找大哥,所以他才会说也许找到的人未必是自己记忆里的人，那是因为为了给宁家复仇，大哥已经走火入魔，走了最极端的复仇路。

心一阵阵的疼，赵小渔鼻子发酸，眼泪跟着掉落下来，她才不过是记起来一些宁家旧事而已，就失眠了好几个晚上，那这八年来，大哥是如何撑过来的？

"元家父子此番失踪，他又不知道去了哪里。"陆莺莺抬手抹去眼泪，苦笑，"我只能先回来。"

他总会回来，迟早要回来。

赵小渔心急道："或许，或许可以找山长想想办法，陆姑娘，你不是说你们两家是故交？"

"他听不进去的。"陆莺莺摇摇头，那日她在宁窑求他都无用，父亲的话他更不会听。她太了解他了，过去他便是如此，想做什么事情势必要达成目的才行，筹谋了八年的事他又怎么会轻易放弃？

说完，陆莺莺起身："我先回去看看我爹。"

赵小渔不放心她，扶着她走出屋子，正好遇上拿了食盒回来的林怀甫，看着赵小渔亲昵地搀着陆莺莺，这会儿已经不知如何形容心情。

陆莺莺回来后，赵小渔找宁云霆的心思又重了些，但她答应过宋慕青不会轻举妄动，更希望在那之前大哥能平平安安的。抱着一丝自己能劝动他的侥幸，她想给宁家翻案，想给宁家正名，眼下书院内斗瓷名额的选拔成了她唯一的寄托。

赵小渔埋头恶补之前对制瓷知识的缺失，不是在四珍馆内就是在瓷窑中，回到学生院舍时天色已黑，又早早地出了门。

十一月，明州的天越来越冷，岐山书院这儿，附近的山头布满了红枫。下午，深秋的暖阳照在瓷窑外，一抹身影小心翼翼地开了窑，从里面夹出几个瓷器来，随着热气褪去，瓷器上的青釉渐显，她顾不上打理，脸上还沾着泥灰的笑脸上满是笑意。

一门心思扑在制瓷练习上的赵小渔并未察觉远处走廊里站着的两个人。

"你觉得她如何？"陆山长看到了赵小渔夹出来的莲花纹青瓷盘，此刻眼中闪着欣慰，莲花瓣线条精细修长，盘中刻画圆形莲子，犹如结出果实的莲蓬，生动绚丽。

"学生以为，勤能补拙，何况此人天赋使然。"严莛不掩欣赏，这些日子以来赵小渔的努力他看在眼里，不辜负那份天赋灵气，这才是他最欣赏的地方。

"她代替书院前去，当之无愧。"陆山长一语双关，"再挑选两个人，力保能进前十。"

"老师想要推赵小渔上去？"严莛听出了老师的意思，实力他倒是不担心，就是这年纪……

"宁三爷出名时，也才十五岁，这赵小渔比宁三爷当年还年长个一岁，有何不可？"陆山长就差说青出于蓝而胜于蓝，"元家一倒，今年怕是会很热闹。"

过去由于元家压制，许多人难以出头，如今元家倒下，自然会有很多人前来报名参加。宁家最初举办斗瓷大赛的用意也是如此，想造的是明州青瓷百花齐放之景。

"学生明白了。"严莛点点头，陪着他往回走，"京城那边也派了人来，睿亲王世子也在其中。"

"太后爱瓷，自然重视，至于睿亲王一系。"陆山长眉头微皱，想到京城里种种，这父子俩站的可不是一处，随后道，"他此次会被安排在明州馆内。"

两个人商议着斗瓷大赛的事，渐渐走远。

这厢，赵小渔正因烧出了令自己满意的成品而高兴，她小心翼翼地捧着，端在手中欣赏："用这去报名，定能入选！"

正想着，身后传来学生的喊声，赵小渔回头，住在她隔壁的李书生，手里拿了一封信递给她："京城来的。"

"多谢。"赵小渔擦了擦手接过信，待人走远了后才打开，套了壳的信封，里面的字迹很熟悉，是宋慕青的信。

这阵子，除了斗瓷大赛的事，对宁家、对宋慕青，赵小渔都处在一种半梦半醒的状态，所以她将所有精力放在了参选资格上。

"半个多月了啊。"赵小渔翻开信纸，"小渔"二字跃然纸上，她的脸颊顿时发烫。

信里的大部分内容她都是神游看过去的，只记得了他说回到京城了，还记得他末尾时交代会尽量赶在斗瓷大赛前回来。

"与爹娘提起你的事……"赵小渔默念他写的内容，快速捧住了自己滚烫的脸，他、他、他……竟然已经和他爹娘提了！

可她都没和老爹说起过他。

不远处，怕赵小渔磕死在瓷窑内的林怀甫前来看她，见她一副花痴样抱着什么，心里顿时预感不好。

"赵小渔你在看什么？"

赵小渔倏地把信藏了起来，收到袖口内："少，少爷，你不是应该在上理学课？过来做什么？"

"你入选了，不用烧了。"林怀甫说罢，盯着她藏在身后的手，"什么东西藏这么快，你脸红成这样，怎么，烫伤了？"

赵小渔愣了愣，脸上顿时露了喜色，张开手直接抱住了他："我入选了？我入选了！"

抱了下后她很快松开，朝书堂那边跑过去。

独留了林怀甫站在原地，神情异样。

代表岐山书院参加斗瓷大赛的名额只有三个，除了赵小渔是被山长亲自指定，还有两名比赵小渔高两届、经由层层选拔出来的学生。

对此结果，书院内自然有许多人不服，不明白山长为何会委派个名不见经传、才转正没多久的学生去，甚至还闹出传闻，说赵小渔是林怀甫花了大价钱塞进去的，为的是给林家募个废物对手。

不管书院里怎么传，赵小渔去参加斗瓷大赛是板上钉钉的事儿，陆莺莺则是和她一道去了明州。

初雪过后，骤然降了温度。

然而，此时的明州城里却是热闹非凡，自从斗瓷的布告张贴以来，大大小小的客栈驿馆爆满，往来间多了许多新鲜面孔，熙熙攘攘，冲淡了元家事件带来的低迷气氛。

"上一次见这样热闹，还是孙家二姑娘入选进京的时候，当时那阵仗，似是要把整个明州给包了场。这离斗瓷大赛还有好几日，怎来了这么多人？"赵小渔看着街上这景象，不禁有些咋舌道。

"八年前没赶上的，都想趁着这次机会一睹明州斗瓷风采，不来得早些怎么占得好位置。"林怀甫故意摇着折扇装风雅，踏足入城后心情甚好，"一派欣欣向荣之景，这才对么。"

赵小渔知道他是在说没了元家，明州城里没了乌七八糟的事。这次斗瓷不但能盖过元家那事带来的影响，还能令明州青瓷名声更噪，想来也是明州当地重新操办此事的缘由。

"严先生之前说，安排我们住哪儿——"

话还没说完，和赵小渔一道来的两名学生连招呼也不打一声就走了，显然一副不齿为伍的模样。

"欸，那俩傲气个什么劲儿，不就比你捏的破瓷儿好一点，等真在比试上见了真章，就知道什么才是厉害了，光鼻孔朝天有什么用！"林怀甫一拢折扇，冲着两人背影方向叫嚣，等一回头，就发现赵小渔拉着陆莺莺走远了。

"你俩去哪儿啊？"

林怀甫看着走得过近的两人，硬是从中间挤了进去："还是照上次住我家，我家清净，你要看书还是练习都能有地方使，比窝在客栈里头干耗着好多了。"

赵小渔也正犹豫回家要怎么和老爹说，既然林怀甫提了出来，她就沾陆姑娘的光："那就多谢林少爷安排了。"

"好说好说。"

三日后，拥有名额的参赛者都收到了帖子，注明了参赛的时辰和地点，赵小渔看着后面地图上标出来的红点一时怔住，随后手里的帖子就被陆莺莺拿过去，看着那处，两人脸色倏然变得凝重起来……

翌日，天光刚刚放亮，林家花圃上结了一层薄薄的冰霜，初晨照耀下，折射出淡淡的光，随后两道步伐匆匆的身影很快打破了这片静谧，朝前门走去。

今儿个是比赛的日子，此时距离比试开始还有三个时辰，赵小渔和陆莺莺提早出发赶去比试地点。

城郊荒野，白日里看着远比那日夜里跟踪而至更显得萧条，可再往前走，隐隐能听到人声混杂着其他的响动。两人加快步子，随即入目的是一番热火朝天的景象，一个月前尚废弃着的宁家旧窑此时已是焕然一新。

窑洞重砌，砖房林立，竟是和原来的一样。

"陆姑娘。"赵小渔讷讷唤了一声，仿佛是要叫醒自己的幻觉。

陆莺莺亦是怔怔，不等说话，就被前边来人给打断了："这大清早的干什么来的，告诉你们，今儿有大事，这里可不是你们能私会的地方。"

说话的是个监工模样的中年男子，误将赵小渔和陆莺莺当作了一对儿，前来赶人。

"大哥，我们是来参加斗瓷比试的，太兴奋睡不着，来得早些。"赵小渔连忙递上帖子。

那人随手一翻，核实过她的身份，态度稍稍好转了些："嚄，可够早的，开窑祭祀都没弄呢。"

"开窑啊。"赵小渔往人头攒动的地方看了一眼，"我记得这儿都荒废好久了，这重建的功夫怕是要花费不少吧？"

"这每天花下去的银子可不少，用时不到一个月，起码得是这个数。"监工的被她那乡下土包子没见过世面的模样逗乐，多说了两句。

赵小渔故作吃惊："这么大手笔？那官老爷可下血本了。"

"不是府衙出的钱，是位大财主。"

"那位大财主可是姓赵？他可在这儿？"陆莺莺忽然开口，咬着唇角，面色有些苍白。

这话顿时引来了那位监工的警惕："你打听这个做什么？"

赵小渔忙护在陆莺莺前面："大哥，我这姐姐自从在胶州远远见过赵公子一面，就跟丢了魂儿似的，没想到碰巧了，又在明州城碰上了，你说可不是缘分么，这就上心多问一句。"说罢，便偷偷塞了一两碎银子，"您若是见着了，跟我说一声如何？"

"那赵公子岂是你们这等说见就能见的。"监工把银钱塞进袖袋里，神情讥诮，"这人呐，果真是有钱好，有了钱，还真是要什么有什么，巴巴地上赶着往前凑。"

赵小渔又偷摸塞了点儿，来都来了不能空手而归。

监工见他们识相，便指了一个方向，让他们候在那儿一块儿等开窑。

等到热茶碰了手，陆莺莺回过神，已经将情绪收拾好："你说，他会不会来参加斗瓷？"

赵小渔默了声，参不参加不好说，明州那么多现成的窑场不用，如此大费周章地重建宁窑，用意怕是不简单。但看陆莺莺慌神的模样，她反而先镇定下来，宽慰道："他行事缜密周到，筹谋甚多，这儿是他弄的，他必然会出现。"

陆莺莺轻抿着唇角，遥看着外头窑场，山中的空气还笼着淡淡水雾，依山坡而建的宁窑，像是一条倾斜的栈道，拱顶成弧形，形似卧龙："青瓷最初盛于刘田，去县六十里，次则金村，外则白雁、梧桐、绿绕等处皆有。然而泥油精细端巧者当属宁窑，油取诸山中蓄木叶烧炼成灰，并白石末澄取细者，道道工序，精诚所制。"

她神情有些许缅怀："宁家的窑场有百年之久，一代一代传承，能烧制出晶莹如玉的粉青釉和梅子青釉，和这窑床、瓷土、配釉技法都有关联。宁家的窑场还能让匠人们观摩学习，但学到多少全凭个人本事，饶是如此，也没有第二个人能有宁三爷那样的匠心与造诣。"

赵小渔听着失了神，随着陆莺莺的讲述，她想起许多事来：她母亲走得早，小的时候最常待的地方就是窑场，师傅们制瓷，她在旁边玩土，第一次烧出东西来时才五岁。

记忆里，父亲说得最多的，便是："我们绥绥将来啊，定能与你大哥一起，将这瓷艺发扬光大。"

不是将宁家发扬光大，而是将瓷艺。

宁家从不吝于教导，所以底下的师傅们手艺都很好，往年的斗瓷能挖掘出不少有天赋的人，然这样的宁家，最终也逃不过……

不远处忽然传来喊声，赵小渔回了神，窑场外面敬了两尊大神：土山大王司土之神，金火圣母司火之神。而众人净手、上香、饮酒……伴随一声"开窑"，窑门缓缓拉开，一个个形状不一的匣钵被捧了出来。

最终被放在了一人面前。

镂金骨扇，寒光熠熠，状似无意地点了几个，又将前面烧制出来的青瓷一个一个推了下去。

清脆的碎裂声接连响起。

而后和投过来目光的赵小渔对了个正着，睿亲王世子一点不意外，仿佛早就知道了她在这儿，轻轻笑了笑："我听说你们这儿有位金火圣母的传说，以身祭窑方烧出千古一绝的宝瓶，不若拿人试一试，不就知道到底是如何不同了。"

旁边监工的顿时冷汗淋漓，拿活人生祭如此凶残的话语，竟然说得这样云淡风轻："这……"

"喏，就用他吧。"骨扇所指，正是赵小渔的方向。

赵小渔下意识将陆莺莺拉到自己身后，警惕地看着睿亲王世子："我们是来参加斗瓷大赛的。"

李叡抚着他的骨扇，脸上笑盈盈："有些天赋的人祭下去，效果应该更好。"

赵小渔额头冒了冷汗，没有想到会碰上这变态，面上还得呵呵赔笑道："睿亲王世子说笑了，传闻只是传闻，做不得数。"

"是么，我听闻宁家十二器入窑时，是用了一对童男童女作祭的。"

赵小渔顿时面色微沉，身旁的陆莺莺直接叱道："子虚乌有的事，休要污蔑宁家！"

"是不是子虚乌有的事，也就宁家人知道罢了。都说宁家瓷窑烧出来的瓷器品质极佳，都是在明州地界之内，又有何特殊之处？不过用了童男童女也无妨，宁家十二器的确烧得成功。"

赵小渔终于忍不住："制瓷乃学问，从窑场选址到窑床漆制都有一定的讲究，窑洞的设计也是极富有说法，更别说这瓷土和烧制手法。宁家制瓷百年之久，祖辈积累下来的经验不是三言两语道得清的，宁瓷有此地位是宁家人的心血和努力，世子如此说，便是在侮辱宁家！"

李叡轻笑，语调上扬："侮辱？宁家如今剩下的也就是个旧名，何须我侮辱？"

"你！"赵小渔气得不行，被陆莺莺拉住。

李叡身后的侍卫见此纷纷拔了剑，作势要拿人。

"既然你对宁家瓷窑如此有自信，试上一试也无妨，把他拿下，送进去试试。"

"世子要把谁送进去试试？"

睿亲王世子刚说完，他们身后就传来了敦厚的笑声。陆莺莺眼眸微亮，陆山长带着几个人朝他们走来，脸上笑呵呵的，格外慈和。

李叡收了骨扇，在手心里敲了敲，嘴角充满了玩味儿："我说笑的。"

"选在宁氏瓷窑，也是为了大家做出来的瓷器更好。"陆山长乐呵呵说着，视线从赵小渔这儿扫过，也没多停留，而是环顾着四周，"宁窑的位置得天独厚，虽说都是在明州，也有不少差别，世子您看是不是这道理？"

当初闯入岐山书院要龙瓷时，睿亲王世子阵仗不小，还在书院内杀了人，后又押着陆山长去京城，如今两人打上照面，却都是笑盈盈的。睿亲王世子把玩着骨扇，话说得也很中听："太后娘娘将斗瓷比赛交给陆山长负责，自是信任你。"

"陆某定不负太后娘娘的期望。"陆山长朝天拱了拱手，对身后几位老者恭敬道，"几位先生里边请，我先带你们看看。"这些都是请来做评委的老匠人和明州城德高望重的老人。

这行人往里走去，睿亲王世子还若有似无地多看了他们几眼，陆莺莺拉住赵小渔低声道："比试下午才开始，如今尚早，我们先回城，你还得与书院学生一道集合了再过来。"

被人那般盯着的确不舒服，赵小渔点点头，两个人离开宁家窑场回到了城内，此时快中午，街上很热闹，酒馆茶坊内几乎都是客满的，涌入城的人比前几日她们进城时又多了不少。

"在那边。"赵小渔指着前面的酒楼，林怀甫昨日说在醉仙楼里订了包厢，让她们今天直接过来。

林怀甫比她们晚一步到，进包厢时嘴里还在念叨："得亏小爷我昨个就订下了，楼下全是人，这是要把明州城给挤瘫不成。"看到赵小渔和陆莺莺后又埋怨，"你们一早去了哪里？都不见人。"

"我们去宁窑看了看。"赵小渔给他倒茶，"今天下午你可一道去？"

"去！本少爷代表的可是林家。"林怀甫本事不大气势却很足，他其实就是个走过场的，父亲找了三个窑场内的老师傅，估摸到时都轮不到他上手。

在赵小渔眼里，林怀甫就是林家的吉祥物，摆着看罢了，指望不上："那少爷与林师傅他们一道，我和陆姑娘到时去同福客栈集合。"

说着伙计进来上菜了，虽然客人多，但也不耽搁上菜的速度，短短一刻钟桌上就布满了菜，赵小渔忙着给陆莺莺夹菜，心疼她一趟胶州行瘦了许多："陆姑娘你多吃点。"

看到赵小渔这么献殷勤，林怀甫很是欣慰，再过段时间赵小渔肯定忘了宋慕青那厮了。

忽而，窗外传来一声吟唱，是从对面的戏园里传来的，开腔惊艳，赵小渔下意识地抬眼望过去，从旁边的窗子正好能看到戏院内一排敞开了窗的雅座，客人的欢呼声也在时不时地传出来。

"你们想要听戏的话，我带你们去梨园，这儿的不算好……"

林怀甫的声音还在继续，赵小渔的神情却从开始时的漫不经心，转了愣神，她盯着从窗户那儿经过的几个人，筷子夹着的鸡爪掉到了盘中。

"是宁……是赵谌！"赵小渔回过神来，蓦地站了起来。

很快，她和陆莺莺一前一后站到了窗边，目光追随着为首坐在轮椅上的身影，俱是又惊又喜。随即在林怀甫还没反应过来前，又一道跑出了包厢。

转眼，人就出了醉仙楼，直奔对面的戏园。

赵小渔进了戏园后便问刚刚上去的人订的是哪个包间，想订在他们隔壁，可这几日生意都很好，哪有空的包间给她们，就剩间在天字号隔壁的。

而能订得起这些包间的，自然也不差钱，赵小渔想使银子让人空出来的办法便行不通。

"有了！"赵小渔瞥了眼从自己身边经过的伙计，从怀里拿出银子摆到柜台上，"包厢没有，雅座总有吧。"

掌柜的即刻喊人来带她们上去，赵小渔对陆莺莺道："陆姑娘你上去看着，我去去就来。"

片刻后，穿着伙计衣服的赵小渔，手里拎着一壶茶，来到了戏园的二楼。

和陆莺莺打过照面后，她拎着茶壶往天字一号的包间走去，到了门口深吸一口气，轻轻敲了敲门。

得了应声后，推开门走了进去。

包间内有四个人，两个人对坐着，其中一个便是宁云霆，对面的人是谁赵小渔不认得，宝蓝蝠纹的软缎袍子，腰系白玉，通身贵气非凡，但细看又总觉得生得有几分精明霸道，尤其是打量人时那眼神，倨傲睥睨。

长枫站在宁云霆身后，另一个大约也是护卫身份，腰间别着剑，煞气凛然。

赵小渔仅飘忽扫过一眼，便清楚了包间里的形势，微垂着头给他们倒茶，时刻留意着他们的谈话。

"你要六成？"坐在宁云霆对面的中年男子开口，语气不屑，"敢与本侯谈条件的，当今世上你是第一个。"

宁云霆不紧不慢地端起茶杯喝了口，视线在赵小渔身上掠过，笑盈盈道："侯爷别看六成听起来有点儿过，可这六成里，包括了造价成本，这其中人力物力可得不少银子，到我手里也只有一二成，您那四成可是纯盈收。"

"我六，你四。"男子像是没听到他说的那一二成，直接将分成调了个，"以往元家可只拿三成。"

"侯爷想必也知道，宋大人来这一趟，明州制假瓷的几个地方都已经被清剿，当初元家能做的，如今只会难上加难。您若一定要六成，亏本生意赵某可不能做，底下还养着不少人，都得吃饭。"

赵小渔握着茶壶柄，不让自己手颤，元家，假瓷，分成……这中年男子到底是什么身份？！

包厢内的气氛因为宁云霆的话，霎时变得有些紧张。

那人冷冷地说了四个字："不识抬举。"

宁云霆笑意更甚："相信有很多人愿意为侯爷卖命，但这天底下，没有人能比我赵谌更能让侯爷你赚钱。"

仿佛一场博弈，你来我往，厮杀激烈，端看谁棋高一着。

赵小渔屏息倒茶之际，忽然被那拍桌的一记重响给惊了魂儿，撒出了一点儿茶水在桌面上，连忙拿着抹布擦，还没擦两下就被人一把挥开，传来男人气急败坏的声儿："滚开！"

"对、对不住、对不住！"赵小渔粗着嗓音道歉，眼看着那人身后护卫直接拔剑，立时就被人凶恶推搡着赶了出去。

在那扇门阖上之前，她听到宁云霆道："侯爷若是考虑清楚了，可以派人来扶风馆找我。"

赵小渔被赶出来后，看着动手的护卫留在了门口看守，不敢在附近逗留，快步回到了陆莺莺处。

"看得如何？和他一道的是什么人，怎行事这般蛮横？！"陆莺莺看到了赵小渔被驱赶出来的一幕，给她倒了杯茶压压惊。

赵小渔咕咚喝完，神情复杂："总之都是不好惹的。"至于侯爷、分成那些个，又不方便在这地儿说。

"只听到他说住什么扶风馆，也不算没有收获。"

陆莺莺点了点头，知道了住处便想去那儿守着去，后被赵小渔拉住："你去扶风馆等他，见了他，可还是劝他？"若是能劝得住，又何必跑一趟胶州？

陆莺莺明白她话里的意思，脸上血色倏然褪了几分，良久，才沉声似是作出决定道："这一次，我会留在他身边。"

"你去，若说服不了他，莫陪着他犯险。"赵小渔凝着她，没有道理要让一个人为另一个人去赔上性命，哪怕那人是她的亲哥哥，她想了想又道，"他上次问我瓷葫芦的由来。"

陆莺莺的目光随之落在她胸前那只小瓷葫芦上。

"你同他说，我好像想起来一点，是个小女孩给我的，当时一块儿行乞，看她头发有一茬儿被烧卷了，也不吭声，就盯着我手上捡来的半个馒头，我拿着换的。"赵小渔吸了吸鼻子，"后来怎么样，我想不起来，再给我些时间，兴许能有线索。"

"小渔……"陆莺莺定定地看着她，似乎想到了些什么，神情隐隐带着一丝不可置信，就被赵小渔带出了戏园子……

陆莺莺前去扶风馆等宁云霆，赵小渔则往同福客栈走去，时辰差不多，他们该出发去宁家瓷窑了。

但在外敲了半天房门才知道和她一道参赛的两人已经先行离开。

她在客栈门口闷着气站了会儿，索性跑去四方斋买了一大包烤栗子，才慢吞吞地往宁窑去。省了搭车的钱，掐着点儿似的在比试进场开始前走到了宁窑。

果不其然在入口不远处看到两个焦急的身影。

"高兄，应兄，原来你们已经来了啊，我还专程等你们去了。"赵小渔先一句堵了两人，就是知道要一块儿进场的缘由，才故意晾了两人一回。

高明宇和应武两人脸上都有些讪讪，前者更是不耐："若岐山书院因你错过比试，成了明州笑话，看你如何担待得起。"

"放心，我晓得规则的。"赵小渔笑眯眯应了话，面无惧色。

"好了，都别说了，赶紧进去吧。"应武出来打圆场，赶紧找管事的领了牌子进场。

此时宁窑又和早上开窑时有些不同，收拾规整后，左右两处设了看台，正前方则是评审等人所在，帐篷底下遮去了直射的日头，打量着前方的参赛者们。

整个窑场内分布了近三十个手作台子，或单人或以分组的形式，赵小渔和高明宇、应武一组，而左前方不远就是冲着自己挤眉弄眼打招呼的林怀甫和林家的师傅。

管事的一个一个报了名号过来，数了数明州城里的小窑坊十来家，余下不少是周边城镇的匠人，而岐山书院的加入，亦是令众人纷纷侧目。

帐篷底下，李叡百无聊赖地仰靠在太师椅上，目光扫过一众人等，在划过赵小渔时锁定了视线，俨然一副看好戏的姿态。

赵小渔不经意与他的目光对了个正着，就想到早上这人想拿自己祭窑的打算，打了个寒颤，避了过去。

这一轮的初试，百来号人乌泱泱的，只取前二十名，几日后第二轮，二十取十，最后月末角逐三甲。

制瓷本就是三分靠人，七分靠天。各家都有各家所长，但在陌生环境里未必能趁手如意，何况旁边还有人计时围观，增加了比试的紧张感，就这已经淘汰了几个心志不坚定、慌了手脚的。

赵小渔有一个优点：制瓷时能心无旁骛，无论周遭环境多吵闹，一门心思只专注于眼前，淘泥、练泥、拉坯，一步一步按部就班，就像平时练习时一般，身上透露出沉稳的气息。

父亲说，做事做人要心诚，心诚则灵，心诚则有回报。烧瓷也一样，它是有生命的，层层工序不可有半点懈怠，只有认真对待它，精心呵护它，它才会在你手中变成你想要的形状。

她跟严莚学画人物、动物造型，这时便有了成效。

刻花、跳刀好不利索，一只梅花双耳瓶在她手里逐渐成形。

在赵小渔专心上釉期间，日头已经渐渐落了下去。此时已经陆续有人将做好的瓷坯装入匣钵里拿去烧，其中就有林家的老师傅，有人胸有成竹，也有人神情紧张。

随后又去了七八个，赵小渔周边渐渐空了出来，就剩她还没完成了。

"那是岐山书院出来的，手脚慢也属正常。"

"年纪还小，怕是哪家的小公子出来长见识的吧？"

"怎么还在刻，这都是最后了？"

赵小渔仿佛和周遭的声音隔绝了，一点都不见紧张，反而是对着梅花的纹路精雕细琢，投入了全部心神。

"可借我下小刀。"赵小渔伸手，朝拿走她刻刀的应武道。

只是尚在观摩细节，未注意到应武是捏着刀把递过来，赵小渔一抓便直接抓了刀刃，锋利的刀口立时划开了手心，滴落在瓷坯子上："小心！"

然为时已晚。殷红的血滴落在了瓷坯上，沿着纹路滑了下来。

"这、这怎么办？"应武看着她的瓶子十分无措，"对不住啊小渔。"

高明宇扫过来一眼，目光在应武身上停了停，什么也没说："都这时候了，再换也来不及了，一起烧吧。"

赵小渔飞快擦去还要往下的血珠，随后另外补了釉，终于雕出令自己满意的纹路，才和高明宇、应武一块儿捧了瓷坯去烧。

等瓷坯装进匣钵，进了窑洞，赵小渔才开始担心起来，窑洞、火候这些条件大家都是一样的，决胜点便是在于手制过程，成分稍有不同，所得出的结果也不同。

她捏了捏手心，这会儿有针尖似的刺痛，不错眼地盯着窑洞。

用作比赛之处的这个宁家瓷窑一共有六个窑洞，赵小渔的梅花双耳瓶是第三批进去的，等到烧成开窑还得五六个时辰。

此时已经是深夜。

每个烧窑内都有火光，窑场四周立满了火把，如同白昼。

睿亲王世子早就等困了，若非他奉命到此，一定要待在这儿，此时早就回了行馆休息。

几位评委师傅精神奕奕地说着些什么，附近参加的一些人不敢放松警惕，其中部分人所制的瓷器烧制时间不需要这么长，天亮时便可开窑。

赵小渔站在烧窑附近，看了有一会儿，她很紧张，虽说最后补救过，将沾的那一点点血迹覆盖，但最终烧出来的成效如何她心里也没底。

这般想着，手心里又泛了一阵疼，她微微张开，险些冒冷汗。

"你怎么不去休息？"

背后忽然传来林怀甫的声音，赵小渔怔了下，赶忙握紧拳头，但还是被林怀甫给发现了："你手怎么了？"

"没什么。"赵小渔将手藏到身后，冲着林怀甫笑，"少爷，您那边怎么样了？"

"有几位师傅在，我有什么可担心的，倒是你，怎么还出汗了？"林怀甫见她藏手，飞快抓了她手臂。

"就是热的，这边太热……"

"这伤怎么来的！"

林怀甫掰开她的手心，只听她痛呼了声，原本已经止了血的伤口又冒出鲜血来，染了满手心。

就在边上的应武不自觉往后退了步，高明宇则是事不关己。

林怀甫看赵小渔一脸难色，顿时想到了什么，倏地瞪向那两个人，神情凶得很："是不是你们做的！"

高明宇傲气得很："和我无关。"

林怀甫瞥着应武，见他下意识去摸桌上的小刀，直接越过去拿起来一看，果然沾有血迹。

"我……我不是故意的，刚刚太心急，忘了递给小渔时是刀锋，他……"应武一脸抱歉地解释，又冲赵小渔道歉，"真是不好意思。"

"你也不是刚进书院，制瓷时该如何拿刀你会不清楚？"林怀甫可不信他的说辞，早前名额定下时就知道他们不满，没成想在比赛里给赵小渔使绊子。要知道他们是代表书院来参加比赛的，一荣俱荣的道理都不懂。

"少爷！"赵小渔忙拉住他，看了眼四周，"还在比试，别让人看了笑话。"

"这里有人看着，我先带你去包扎一下。"林怀甫瞪了应武一眼，算他运气好，随后拉了赵小渔往不远处的屋子走去，那里配了两位大夫坐镇以防万一。

看他们走远，应武将小刀又放回到了桌上，像是习惯，刀把朝着自己，刀尖朝着别处。

高明宇瞥了眼，语气里有几分不屑："你以为这样他就比不了了？"

应武一愣，嗫嚅着解释："我真不是故意的，我没这么想。"

"不管你怎么想的，其中一个出了问题，书院胜出的可能性就低上一分。"高明宇语气清冷，虽看不上赵小渔那样靠着关系成为参赛选手的人，更看不惯这样给人使绊子的。

"我们不靠他也可以胜出。"应武的声音还是很轻，一如他在这几日内充当和事佬的模样，"难道高兄所制还不如他？"

高明宇看了他一眼："胜之不武，有何值得高兴？"

"不过是意外罢了。"应武强调着，神情自若，并无愧色。

两人不再说什么，都看着烧窑的方向，夜幕下，群山包围之下，唯有宁家瓷窑这儿，如白昼般热闹。

此番忙碌的情景不禁让人想到当年的宁家瓷窑。忙的时候，瓷窑内几乎是日夜不休，夜里的宁家瓷窑如明州城的万千灯火，实乃一大盛景。

屋内大夫替赵小渔包扎好了伤口，所幸伤的是左手，伤口也不深，否则她接下来几日想要刻画就难很多。

林怀甫在旁骂骂咧咧，赵小渔从窗外收回了视线，缓缓活动着手："还好，不是很严重，过两日应该就好了。"

"他们就是心怀不轨，你多提防些，指不定他们还会做点什么。"

"嗯。"赵小渔低低应着，反问他，"陆姑娘没有来吗？"

"没过来，她不是与你一道？"

"她临时有事，就没跟过来……"赵小渔摇了摇头，心中还是记挂她的花瓶，出了屋子又回到烧窑边上等候。

天将亮，有两个窑已经开了，出来的作品中有好有坏，赵小渔看着那些个烧裂的，心悬在那儿。

边上的应武找她询问了伤口的事,赵小渔心中记挂的事太多,也无心搭理他。

天光越来越亮,已是早晨了,随着开窑,比赛现场渐渐开始热闹。此时的评委席前的台子上已经摆了一部分参赛者的作品,只剩下还有两个在烧。这时辰,宁家瓷窑外还多了许多前来观看的百姓,有的直接在外头开了赌局,猜哪些人能进前二十。

等待的时间着实漫长,赵小渔和高明宇他们的瓷坯是最后一批进窑烧的,这一等就等到了正午,最后两个窑开了。

赵小渔往前一步,紧张地看着被师傅取出来的瓷器,忽然目光微怔。

烧出的双耳瓶造型沉稳古朴,质地滋润细腻,瓶颈修长,自腹下渐收敛,釉色呈湖水般的青绿色,精细透彻,釉薄处显白,色泽细腻温润,淡雅匀净,像极了书画中亭亭玉立、挺拔颀长的美人儿。

细看之下,就能看到瓶身梅花纹处一点杂质凝结成的暗红,正巧在花蕊上,好比寒梅初绽枝头,恰显姿色、风情。

原以为沾上的血会毁了瓷器,却不想有这样意外的效果。

最后两批烧制出来的瓷器被摆上了桌,陆山长与几位老师傅走上前,对着这百来件的瓷器做评断。

"色亦素,土善腻,质薄,佳者莹白如玉,上上品。"

"做工精巧,既无粗劣毛病,又无陶器声响,若能在造型上多下些功夫,兴许还能更好。"

"缺少些经验,灵气倒是有,假以时日能有所成。"

耳边传来陆山长与几位评委讨论的声音,没说谁不好,倒是挑了他们中意的夸了几个。

所有参赛者都提着一颗心,有人因为点评而欣喜、失落。赵小渔的目光随着那几人移动,看着毫无意外入选的林家瓷器,心中也甚是为林怀甫高兴,直到几位评委站在了自己的双耳瓶面前。

她下意识就屏住了呼吸。

在这些个能工巧匠里头,赵小渔算是资历最浅的,但好在脑子活络,打从一开始就不在于花式技巧,怎么稳妥怎么来,中间还险些出了差错。

"这双耳瓶……胎质坚致细密,釉水光洁莹润,花叶阴阳向背分明,刀锋犀利,线条流畅,妙哉。"

"梅花瓶看着也甚是寻常,明州各大瓷铺子里哪个没囤着几个,刀工还成,但要说它妙,未免牵强。"

"可不觉得这梅间一点，甚是精妙？"

几人对着双耳瓶有了分歧，各花入各眼，总有挑得出来的喜爱与不喜之处，最后乃是陆山长提醒此次斗瓷的用意，以表决的形式裁断是否能进入复试。双耳瓶刚好比半数多一票，险险过关。

赵小渔憋出了一脑门汗，拿出帕子擦了擦，终于一颗心回落。

陆山长不掩对梅花双耳瓶的喜欢，便是别人觉得他有心护着自己的学生都无所谓，问及赵小渔："它可有名字？"

赵小渔点点头："它叫青梅。"

"青梅……"陆山长念叨着她取的名，低头看花瓶中看似突兀、又融合得恰到好处的那一点，"可有寓意？"

寓意吗？赵小渔的手轻轻抚了下自己的腰间，那儿藏着个用帕子小心包裹的玉镯，是她这次特意带来的。

"慕六月青梅的意思。"赵小渔说得有些不好意思，"我才疏学浅，让山长见笑了，没有很深的寓意。"

陆山长呵呵笑着，这副对自己学生格外关注的模样，落到别人眼中，也不过是自己人护着自己人的架势，不会想到其他。

而余下几位评委也都是公正之人，是否能在接下来的比试中脱颖而出，可不仅仅凭着回护的架势就够了。

意外的是，应武落选了，许是过于自信，瓷器在出窑时就有了裂缝，尚来不及等评委评价，就碎了一堆。而高明宇与赵小渔算是顺利地过了初赛。

回去歇息过两日后，便是复赛。

累了一天一夜，回到明州城，到林府后，林怀甫先行回了屋。

赵小渔想着回屋后换一身衣裳再去找陆莺莺问问大哥的事，推开门时，敞开着的窗户迎来一阵风。

一股熟悉的浅淡冷檀香味飘了过来，赵小渔怔了下，盯着站在窗边的人，原本困顿的眼睛顿时瞪圆。

赵小渔直勾勾地盯着眼前人，怀疑自己是一宿没睡，出现幻觉了，随后捧住自己的脸一阵搓揉："完了，日有所思夜有所梦，青天白日的都出现幻影了，赵小渔，你出息呢！"

然而，幻觉并没有消失。那人眼中的笑意更明显了。

赵小渔愣愣："宋慕青？"

"日思夜想？"宋慕青一向清冷的声音似乎染上了丝丝缕缕的笑意，双目凝视，尽展情深，看着赵小渔如燕雀归巢扑进了他怀里。

切实的拥抱，填补了分别的距离和相思，他将怀里的人儿拥紧了些。

"我也甚是想你。"宋慕青声音呢喃中透着温存。

赵小渔简直要化掉了，心底着实高兴他回来，好一会儿才后知后觉想起自己这番不矜持的扑人举动，从他怀里退了出来，小脸红扑扑的。

"你、你京城的事儿办好了？"

"办好了。"

"破了那么大的案子，应该会有很多赏赐吧。"赵小渔纯粹是脑子混沌，顺着说。

宋慕青笑："嗯，不少，都是你的。"

赵小渔一抬眸，堪堪对上那双深邃眼眸，心口一颤，嘴上仍是倔强："那也见过什么王家姑娘，李家姑娘了？"

宋慕青这下是彻底笑出声来了，赵小渔觉得脸上热热的，有些害臊，但事关紧要，秀气的眉头紧紧蹙着，大有一副让人交代清楚的架势。

宋慕青越看她越可爱，直把人再次搂进了怀里头："回府见了爹娘，就同他们说我已有了中意的姑娘，等这边的事情处理完，就带她回去见他们。"

赵小渔只听得"中意的姑娘"那几个字，烧得耳朵根子都一阵滚烫，埋首在他臂弯里瓮声瓮气："你都还没问过那姑娘的意思呢！"

宋慕青挑了挑眉："那姑娘敢在大庭广众之下喊定亲，不就已经是我的人了。"

赵小渔圈住他的腰身，想到城门口送别那遭，无声咧嘴笑了。

她赵小渔行走江湖，可没什么怕的，给自己寻个夫婿怎么了，那还有比武招亲的呢，她才不臊！

"人是我的，赏赐也是我的！"

赵小渔把宋慕青盼了回来，掩不住高兴地和他说起最近发生的事，事无巨细，尤其是她今儿个烧瓷进初试，如何如何惊险，说得眉飞色舞。

宋慕青看到了她包着的手，抓了手皱眉问道："这是怎么回事？"

"一点小伤，没什么大事，幸好不影响。"赵小渔没说应武，他都道歉好几回了，无心也好，有意也罢，这次初试就他被刷了，估摸这会儿还得找地儿哭呢。

"等我一会儿。"宋慕青说完就出门去了，没过一会儿手里拿了些瓶瓶罐罐回来，摆在了桌上，"把手给我。"

赵小渔正好奇着，听话地把左手递过去，就看宋慕青重新拆了纱布，那仔细谨慎的模样比他在书院听学写字儿时都认真。

"窑场那儿有大夫在，弄伤的时候就给包了，不要紧的。"赵小渔另一只手托着下巴，打量宋慕青的侧脸，啧，真好看！

"这些是太医院调配的伤药，效果要好得多。"

赵小渔扫了过去，忽然嘴角笑意咧得更多："你专程给我拿的呀？"

宋慕青垂眸，看着她晶亮眸子，就知道她在想什么，轻轻"嗯"了一声，就听她道："我用不了那么多，这要是卖能卖不少钱吧？"

赵小渔迎着他的目光："我就是随便问问，不卖，怎么能卖！"愣头青送的，吃糠咽菜都不卖！

宋慕青伸手，刚好抓住了赵小渔的胳膊，赵小渔正疑惑着，就看他卷起了自己的袖子，才看到胳膊上一块已经紫了的乌青："这什么时候磕的？"自己怎么一点印象都没有。

宋慕青拿了药给她涂抹上："见了血的口子都怕疼，磕着碰着的倒不管，你但凡能仔细多顾着点自己，我就能少操点心。"

赵小渔点了点头，看着变得唠叨的宋慕青，嘴角掩不住的笑意。

"假瓷的案子结束了，你如今回来，可是还要继续留在岐山书院上学？"

宋慕青思忖："案子远比想的要复杂，中间涉及许多，一时也难以说清楚。"说罢他沉吟启口道，"回京路上碰到拦路上诉的，告人霸占田地，顺查下去，查到了辽城侯头上，而今辽城侯就在明州，是以才回来得快些。"

"辽城侯……那不是太后娘娘的胞弟吗？"赵小渔默念这名字，忽地灵光一现，想到那日在戏园子里，大哥一口一个的侯爷，该不会就是他吧？

赵小渔随即把这件事与宋慕青说了："听着不像是要做正经买卖。"

"宁云霆这些年来涉及之事，比较复杂。"宋慕青看着她，还是收敛些话语，"辽城侯此番来明州，知道的人不多，你大哥与他一起，怕是不妥。"

辽城侯在京城里是个出了名的闲散侯爷，沾了太后母家那边的光，仗着太后宠爱，也是个说一不二的主。

他又极其附庸风雅，古玩字画瓷器听说堆满了侯府，若非那日拦路状告扯出了一丝头绪，不成想这位侯爷如今可是……富可敌国。

"你不说我也知道。"赵小渔心里很清楚大哥在胶州那些年做的买卖上不了台面，而他与侯爷所谓四六成的分法，肯定又是不见光的生意。

宋慕青看了她片刻，轻轻揉了揉她的头发："最近如何？"

"看的越多，想起来的就越多，比试的地方是宁家瓷窑，记起了很多在瓷窑的日子。"赵小渔垂眸，抬头时已掩过了那些许失落，"对了，老爹还不知道我参加了斗瓷比试，我想着，我想着等这些事结束了，再告诉他，免得他担心。"

"到时候我陪你去，总是要上门拜访的……"

宋慕青没有接着往下说，但话中的意思，像是女婿上门一样，赵小渔微红着脸："明日我想去一趟扶风馆。"

"我也有此意。"

休息过一日，第二天宋慕青带着赵小渔去扶风馆，刚到附近，就正好碰到长枫推着宁云霆走出来，身后另外随了两名随从，一看就是有功夫底子的人，一行人朝着街上去。

赵小渔没在他身边看到陆莺莺，不掩担心："他不会把陆姑娘赶走吧？"

宋慕青则从宁云霆身上收回了视线，宽慰她道："想来不会。"见赵小渔神色狐疑，解释道，"宁云霆出门身上所别香囊、袖子底下缝补，皆是出自姑娘家之手，应当是陆姑娘，她应该是留在了扶风馆里。"

赵小渔只粗粗瞥见香囊，不想他连缝补痕迹都看得那样仔细，闻言心底稍定，压低了声音问道："他带这些人，会不会是去和辽城侯碰面？"

"去看看就知道了。"

此时时辰尚早，不到用午食的时候，加上初试淘汰了一批，如今街上人多归多，总不像一开始那般拥挤。

赵小渔两人尾随宁云霆进了醉仙楼，宋慕青出手便是一锭银元宝，要了宁云霆旁边的那间包间，掌柜当即就给安排妥当了。

事情感觉出乎意料地顺利，但赵小渔心中隐隐又觉得，大哥已经发现了他们。

早前托宋慕青找人时如何都寻不到，如今从扶风馆出来却这般张扬，透了些古怪。但不论如何，他与辽城侯的事势必要探听清楚。

包间隔着一道墙，赵小渔贴在墙面上听，根本听不到什么响动。

宋慕青与她做了个手势，取下柜子上摆设的《四风》，墙面靠近架子挡住的地方露出一圆形小孔来，声音传了过来。

赵小渔微张了张嘴，还有这般玄机！

宋慕青无声笑着，在旁坐下，看着她站在圆孔前，倒下两杯茶。

"侯爷差人约我到此，可是考虑好了？"

熟悉的声音传来，赵小渔透过圆孔看到了坐在宁云霆对面的中年男子，正是那日在戏园所见的人，她忙招手让宋慕青过来一道瞧，用气声儿问："那就是辽城侯？"

宋慕青看过，点了点头。

赵小渔蹙起眉头，就听到对面忽然传来瓷盏碎裂的声响，紧接着是双方齐刷刷拔剑的动静。

再看，两边不知怎的突然就剑拔弩张地对上了。

"赵谌，我当你挖空心思是想从本侯手里讨得便宜，不想，原来你想对付的人是本侯。若非私下查了，真让你蒙骗过去了。元家的事，是你一手策划，引我来此，怎的，想对付本侯？"

宁云霆的手轻轻按在轮椅扶手上，神情处变不惊地叹声道："看来侯爷那日未醉得糊涂啊……"

辽城侯冷笑："你和宁家有何干系？是为宁家？设局套我的话，就算让你知道宁家当年的事是我做的如何，只怕你这状纸就算递到了京城都无人敢接！上一个犯蠢与我作对的如今早埋进了黄土里，他宁嗣朝就是个迂腐蠢货，当初要是识相点，乖乖拿出明州窑场与本侯合作，也不至于葬送整个宁家。"

厢房内，赵小渔整个人忽地僵住，浑身的血液仿佛被冻住了一般，彻骨的寒意浸入骨髓，让她久久无法回过神来。

此时耳畔一直回荡着辽城侯说的那句话："宁家的事是我做的又能如何！"

赵小渔被嘴唇上咬破般的痛楚惊醒了神，要冲出去的那一刻，被宋慕青拉住，她喘着气看着他，眼泪在眼眶中打转，张了张嘴无声："是他……"是他害死了宁家百来条人命，是他害死了爹爹！

宋慕青紧紧握住她的手，轻声道："我知道。"

赵小渔咬着嘴唇，转过身看向洞口，看着那个态度轻狂、视人命犹如蝼蚁的辽城侯，身子止不住地微微颤抖。

须臾，宁云霆的笑声传来，他抬手，让长枫他们放下剑："侯爷何必紧张，我今日可不是替宁家来抱不平的。"

辽城侯觑着他："不是为了给宁家抱不平，你为何对元家出手？"

"侯爷不觉得，元正业此人，过于蠢笨了些吗？"宁云霆抬手，将桌上的杯盏拂去，让长枫重新倒茶，执在手中轻轻转着，似笑非笑，"他与侯爷合作这么多年，给您赚了多少银子？八年来他霸着明州的瓷市，也未见他做得有多好，得天独厚的条件都不会用，他这样的人，怎么配与侯爷合作？若非当年他帮侯爷制了假凤瓷，侯爷恐怕还看不上他。"

辽城侯的面色猛地一沉："你知道的还真不少。"

"我所知的，远比侯爷想得多，但赵某既今日能说出口，就必定不会对侯爷有异心。"宁云霆随后拿出两张纸放在桌上，纸上还有画押的痕迹，血迹斑斑的，"宋慕青奉旨前来明州调查假瓷案，查到了元家，在顺州他还追查到了当年元家仿造凤瓷的事，若他继续追查下去，迟早会查到侯爷这里。"

辽城侯拿起纸，这是认罪书，说的是当年如何受托仿造宁家的凤瓷，又是如何送到京城，虽然没有提及背后指使之人是辽城侯，但这东西只要到了刑部，就能凭着认罪书上提及的人名查到他的头上。

"这也是我之后带走元家父子的原因，没有我，元家迟早也要出事，我插手其中除了想要抢元家生意的私心外，最重要的是，想卖侯爷一个面子。"宁云霆脸上是满满的诚意，不掩饰自己对元家出手这个事实，也不掩饰自己的目的。他能为谁抱不平呢，他做一切可都是为了赚钱，为了银子。

"不是为了宁家？"

"侯爷说笑了，我姓赵，宁家的事与我有什么关系？说起来，我那儿倒还有一件东西，侯爷见了定会喜欢。"

长枫随即取来一幅画，赵小渔透过洞口看到画像，整个人蒙怔着，十二器——羊瓷。

果不其然，辽城侯在看到那幅画时，整个人的态度就变了，谁都知道他对十二器的钟爱，若非那龙瓷是太后所要，他早派人到岐山书院来抢了。

也因为这个，他对宁云霆的怀疑也减了几分，宁家人什么做派他很清楚，就是死都不会愿意这样献出十二器，能这么爽快把东西拿出来的，肯定不是宁家人。

至于真假，还没人敢在他面前做这种把戏。

这边包厢内，赵小渔泣不成声。

宋慕青把她揽在了怀里，轻轻安抚着："当年并非宁家进献的凤瓷出事，而是被人中途掉包，用的是元家的假瓷。"

他在顺州时已查到了些线索，知道是在京中出的问题，但没想到背后指使之人是辽城侯。

人人俱以为是太后所为，太后因为凤瓷一事丢了颜面，所以要让宁家从此消失，谁也没想到，辽城侯才是背后指使之人，而起因仅仅是因为宁嗣朝没有配合他制假。

"你告诉我，这件事，是不是即便知道是他，都不会有结果？"赵小渔抬头看他，泪痕犹在，双眼如被洗过一般的清润，也直击人心。太后的胞弟——辽城侯，在京城的权势那么大，就算是真的知道了是他，他会因此付出代价吗？

宋慕青轻轻擦了她的眼泪："会有结果的，宁家的冤屈，一定会有人做主的。"

"谁做主？"

话音刚落，隔壁忽然传来一阵重响，有什么破窗而入，紧接着是刀剑的声音。

"保护侯爷！"

"公子！"

此时圆孔对面的包厢内忽然闯入了七八个黑衣人，杀气腾腾，直取性命，顿时显得包厢里无比拥挤。

刀剑无眼，再厉害的护卫在腾不开的空间里也难全力施展，辽城侯被逼到了门旁，只见窗外一支箭射进来，眼看着要落到辽城侯身上，不等侍卫护驾，宁云霆猛地一推轮椅撞开了辽城侯，那支箭倏然射中了他的肩膀，顿时晕开了鲜血。

"保护公子！"

"咣当"一声，长枫一刀横砍向黑衣人，将人直逼向门，后者重重压在门上。并不牢靠的包厢门应声倒下，大堂内的人都不知道发生了什么，就已经随着溃逃出来的人四散奔逃。

赵小渔听闻大哥受伤，再也忍不住，直接冲了出去。

打斗已经到了走廊里，这时一群官兵冲了上来，宋慕青拉住赵小渔将她推回包厢内，嘱咐她不要出去。随后从走廊边上翻到楼梯上，跟着官兵一同围在了走廊内。

见有官兵，宁云霆忍痛折断了箭尾，向辽城侯颔首致意："侯爷，赵某先走一步！"

话音刚落，长枫就带着他从包厢内离开，但时间已经不够了，两头都围着官兵，黑衣人与这些侍卫混杂一起，打得难舍难分。宁云霆目光扫过，随即指了下旁边的包厢，长枫直接推开门背着宁云霆进去，打算从隔壁的窗户离开。

一进屋便对上了赵小渔。

长枫剑指着赵小渔："让开！"

站在那儿的赵小渔却似没听到他的话，就怔怔看着宁云霆，看着他此刻狼狈的模样，忽地眼泪汹涌落下。

宁云霆恍惚一怔，就想起了莺莺与他说的那番话，自然也知道了赵小渔女扮男装的身份，此刻再看赵小渔无声痛哭着，仿佛触到了他心底最深的地方，良久，他哑然开口："赵姑娘，我听闻你八年前曾遇到过一个小姑娘。"

赵小渔泣不成声，点了点头。

宁云霆看着她："她年岁和你相近，以乞讨为生。"他喉咙里痒得厉害，说出的话带了些微的颤意，那些过往忽然在脑海中串联成线。

赵小渔点了点头，朝他走近一步。

长枫呵斥："站住！"

宁云霆抬手示意长枫放下剑,看着一步步走过来的赵小渔,晦暗眼神中陡然似燃起了亮光,只是转瞬即逝,又恢复如初,温润且疏离。

"还未恭喜赵姑娘,在斗瓷中顺利过了初试。"宁云霆笑着说,这一声恭贺真心实意,连长枫的催促都不顾,仿佛视线所及便是全部。

赵小渔的眼泪落得更汹涌。

她终于走到他面前,他一口一个"赵姑娘",已经令她没有勇气开口唤一声"哥哥",只伸手将瓷葫芦从脖子上解了下来,哽咽道:"当时……她说这是她哥哥给她的,能保平安,我,我今日把它还给你。她一定希望你平安,也一定在等你去找她。"所以,千万不要做傻事,千万要平平安安的。

赵小渔的手轻轻绕过了宁云霆的脖子,红绳系着的瓷葫芦挂到了他的身上。

赵小渔看着他,耳畔是幼年时自己稚嫩的声音:"哥哥,这个好漂亮,绥绥好喜欢。"

"这是哥哥特意为你烧制的,能保绥绥平安,你可要记住了,千万不能将它摘下来,要一直戴着,今后不论走到哪里,都有哥哥在,哥哥会保护你一辈子。"

宁云霆垂眸看瓷葫芦,骨节分明的手悄然藏于袖下,掩住了情绪起伏之下难以克制的异样颤动,如一摊死水的心境重新被唤醒。八年来身负层层枷锁压迫,忽然得了一丝喘息机会。他就那样看着她,仿佛是要将人看个仔细,又似不舍一下贪看了,存着各种念想,终究化作了眼角一抹带笑的水光。

"赵姑娘可知她现在过得如何?"

赵小渔嘴角牵出一抹笑来,看着他:"她现在过得挺好。"

"那就好。"

赵小渔抹了抹眼泪,定定地看着他直白道:"她说,要是能有亲人送她出嫁,就更好了。"

宁云霆闻言似乎有一瞬错愕,随即便朝着她笑了起来,眼神里是前所未有的温柔缱绻:"她有心上人了啊,看来长大了。"

赵小渔一面笑着,一面流泪,轻轻"嗯"了声。

彼时,屋外传来宋慕青的声音:"宋某见过侯爷,不知侯爷到明州所为何事,竟还引来了刺客?"

长枫提醒:"少爷,再不走就来不及了。"

宁云霆轻轻抚摸着瓷葫芦,与赵小渔道别:"今日仓促,没为你准备谢礼,东西我先收下了。"

说罢,长枫背着宁云霆从窗户翻了出去。

不多时，官兵便查到了赵小渔这屋。

官兵大力推门进去，就看到像是要找地儿藏起来的赵小渔，一副以为是刺客要杀进来的模样。赵小渔眼还红着，此时装得厌怕："官爷救命呐！"

包间那么大点地方，藏没藏人一眼看得清楚，那些官兵也没理会她，撇开了往别处搜查。

赵小渔等人出去后，往里边敞着的内窗看过去，那儿连接着过道，早已不见宁云霆两人的身影。

赵小渔松了一口气，伸手下意识摸向胸口，那儿空落落的，然而心底里却鼓胀得厉害。

外头打斗的动静没了，一时之间只剩下掌柜的哭嚎声回荡。

"哎呀我的花梨木！"

"这才买来的嵌螺钿贝雕花鸟屏风！碎了碎了！"

"作孽啊！"

赵小渔走出包间就看到隔壁的惨况，一地狼藉，可以想象刚才的战况有多激烈。

大哥为何要救辽城侯？

赵小渔想到大哥肩膀的伤，脑海中不断闪过这个疑惑……

不，不对！那不是救！

大哥做那么多事为的就是复仇，追查宁家纵火案的背后真凶，元家是棋子，亦是复仇的引子。

真凶就在眼前，然而身份斐然，若不能一击即中必会带来无尽麻烦。

所以那不是救，大哥还有别的安排！

"太后娘娘喜瓷天下尽知，这明州斗瓷大赛是她属意办的，本侯来充作一双眼睛，回去也好和她说说是如何的盛况使然，也好带几个能入眼的回去给掌掌眼。"辽城侯逃过一劫，又恢复了那颐指气使、高高在上的姿态，"刺杀本侯的事，便由宋大人负责吧。本侯信得过宋大人的能力，相信不出几日便能给本侯一个交代。至于这些尸体……丢在这儿晦气得很，拉到城外扔了去。"

赵小渔的心突然怦怦跳动剧烈，一眨不眨地盯着宋慕青身边的男人，他脸上的残忍暴戾与漫天火光连在了一起，仿佛被血色蒙上了眼。

忽地捡起地上一片碎瓷捏在了手里，赵小渔瞪着辽城侯。只要她快一些，机灵些，划破他咽喉那儿，便能手刃仇人结束这一切……

"我送侯爷回别馆。"宋慕青请道。

"也好。"

辽城侯此时转身带着侍卫们朝门口走去，数人护卫着辽城侯，只怕赵小渔未出手就被夺了性命。她猛地一激灵，僵在了原地，随即对上了回过视线的宋慕青，那眼神深邃晦暗，透着洞悉一切的明了与忧色，让她心尖发颤。

她松开指尖，垂眸看着手心，方才攥着的力道使得伤口再度崩裂，顷刻间浸透了纱布，将瓷片染红。

自己那样沉不住气，大哥又是如何做到的……

小寒近腊月，天空飘起了雪花，洋洋洒洒，落了树梢和肩头。天色临近傍晚，路上行人渐少。

赵小渔在雪地里走了一会儿，等醒过神来时发现自己走到了宁府旧宅前，石墙青瓦，大门前烧过的焦黑痕迹犹在，风吹日蚀，房屋破旧不堪。

巷子里的后门掉落下来就再没安上过，可以看到里面石砖缝隙里长出的荒芜杂草和黑洞洞的屋舍，仿佛藏着一只巨型黑兽。从前孩子嬉闹，都会避着这个地方，说这儿栖息着宁家亡灵，不得惊扰。

赵小渔抚过光秃秃的门框，踏了进去，地上的枯叶堆积多了，踩上去发出咔嚓咔嚓的轻响，她突然就停了下来。

在庭院中央，她仰头看着黑漆漆的天空，无声泪流："爹，娘，绥绥回来了……"

风声呜咽，仿佛是有什么在回应她的悲泣。

宋慕青是在那下弦月冲破云层跃然而出的那刻找到她的，彼时，她正蹲在花坛边几乎和黑暗融为一体，瘦弱的肩膀一耸一耸地，无比可怜。

宋慕青解下自己身上的氅衣披在了她身上，惊得后者抬首，两只眼哭肿得跟核桃似的，鼻子冻得红通通的，也不知在这儿蹲了多久。

她抽了抽鼻子，看着自己的左手被他握在手心里，伤口处凝了黑色的血块，忽地瓮声问："若你是宁云霆，看到仇人在面前，你会如何做？"

宋慕青对上她偏执脆弱的眼神，沉吟一瞬，回道："我不会让他这么轻易就死了。"他顿了顿又道，"累积财富，囤养兵力，取信于他，等他一步一步踩进自己设好的圈套里，我无需他忏悔，我只要他一生都活在求生不得、求死不能的痛苦中。"

赵小渔心里一记咯噔，不知是想到了什么，脸色又白了少许，良久才道："我们回去吧。"

"好。"

接连两日，赵小渔都提不起精神，一来是知道宁家纵火案的真凶——辽城侯就在明州城，却无可奈何；二来则是忧心大哥，依着宋慕青那晚言语揣测，她心中清楚，大哥所为只会有过之而无不及。

以羊瓷为诱，还为他挡了箭，做这一切，怕只是为了取信于他。

很快，复赛到来。

林怀甫和赵小渔一道去的复赛，见她情绪低落，以为她忧心名次的事，宽慰她道："百进二十，这剩下的都是在明州或是别的儿有名的大师傅，但你也别太担心，你有他们没有的运气呀！"

赵小渔扭过头去，懒得搭理他。

等入了场，她在人群里搜寻了一阵，直到看到一抹熟悉青衫，心思稍定。可再寻，没看到心底想见又怕他当真出现的那人。

斗瓷复赛便是二十进十，只要入了前十，名声便不可同日而语。

没出头的想出头，出了头的想立名，元家落败后，这些人个个都削尖了脑袋想要扬名天下，气氛暗潮涌动，不可谓不激烈。

忽然，人群里爆出一阵小小惊呼，赵小渔往源头看了过去，就看到看台主位上睿亲王世子亲自给来人让了位置，恭敬相迎。

"还真是辽城侯啊，这两日风闻明州城里来了大贵人，若是叫他看上，可就不等于是入了太后的眼，前途无量。"林怀甫在旁边的台子，咂舌道。

赵小渔显得沉默，看着他辽城侯坐在了主座上，管事的才宣布比试正式开始。

复试与初试不同，不再是由参赛者随性发挥，而是定下了题目，以"禽"为题，限定时辰，加大了比试的难度。

一声哨响，意味着比试开始，几乎所有人都动了起来，抓紧时刻，唯独一人没动。

不仅没动，还大方地盯着辽城侯的方向看。

果然，辽城侯那边察觉到了这边异样，似是指了她同旁人问着些什么。

赵小渔看清楚周边把守的侍卫，又看了不远处杉木林间空野，总觉得有些暴风雨前的宁静，搅得人心神不宁。

大哥今天会出现吗？

"别愣着，这题不是你擅长的么，之前还练习过许多飞鸟走兽的，什么兔儿小鱼儿的都成，可别磨蹭了。"林怀甫本来就是看着人做，这会儿看赵小渔还未动手，差点就想来给她帮忙了。

赵小渔闻言，这才收回了目光，心念一动，已然有了主意。

参赛之人各自专注眼前，观赛的则看个热闹，指着没成形的猜起要做的是哪种禽类。

"你看窑口出来的就是有大家风范，仙鹤瑞兽，活灵活现的。"

"看那是刻鱼儿，竟然是浮雕，出彩讨巧是没错，可这也太冒险了，万一……"

"你可知道那上头坐着的是何人，那是当今太后的亲弟弟，都一样好瓷，但凡入了眼将来可不得了，那不得拼了一身本事么。"

"那小兄弟捏的，是个大公鸡瓶？"

余下二十来人参加复赛，台子不到十张，周遭看客却越来越多，声音传到了赵小渔耳朵里，手上停了停，随后才继续。

她做得心无旁骛，而随之，看台上的人也渐渐被那作品吸引。辽城侯已然坐直了身子，目光直直射向赵小渔处，连身边来人都没有察觉。

"这不是公鸡瓶，这、这是凤瓷？"人群里不知谁喊了一声，顿时掀起哗然一片。

这瓷坯一看圆肚尾羽，决然不是寻常能见到的凤瓷。

八年前的事还历历在目，宁家之后，再无人敢做凤瓷。说是避讳也好，能力不及也罢，如今看着一个年纪轻轻的少年郎着手做凤瓷，众人都惊掉了下巴。

这到底是年少轻狂，还是不要命了？！

人群之中，宋慕青见到赵小渔手中逐渐成型的坯子，眉头略微皱起。这凤瓷怕是赵小渔临时起意。

宋慕青了解她，倘若早就心中有数，昨日她就会与自己提起，然而从辽城侯出现开始，她的神情便不太对，凤瓷是当下才决定做的。

而选做凤瓷，怕是已经决定要在辽城侯面前暴露自己宁家后人的身份。

大庭广众下，睿亲王世子不会做什么，宁家的事传言与太后有关，若在这关口上出现一个宁家后人，便是为了颜面，太后也得保住小渔。

就是那辽城侯，猜忌之后，怕是要暗中动手。

宋慕青的视线落到高台上，果不其然，辽城侯整个人站了起来，目光死死地盯着赵小渔方向，盯着她手中的凤瓷。

"这是！"辽城侯看着赵小渔，接连看了几回，脱口而出，"宁家还有人活着？"

"侯爷，宁家只有一位少爷。"辽城侯身后传来清冷的声音，不知何时出现在他身后的宁云霆，微微笑着朝他行礼，又与边上的睿亲王世子打了招呼。

长枫推动轮椅，宁云霆往前了些，看着场上的赵小渔："宁家那位少爷若还活在这世上，孩子都很大了。"

　　辽城侯生性多疑，但因着之前宁云霆为自己挡了一箭，敷衍地问候了一句："伤势如何？"

　　"伤了些筋骨，近些日子不便动手，别的没有大碍。"

　　辽城侯见他手臂用布兜挂起来垂在胸前，的确不能动，便收了视线，继续看着赵小渔："他识得宁家后人？"否则怎么可能做得出凤瓷来？要知道当年宁家出事，关于凤瓷的一些稿纸全部都销毁了，就连元家造假的那些也都毁得一干二净，怎么还能有留下的？

　　宁云霆目光越过人群眺向赵小渔，似是观赏打量。而赵小渔此时亦是有所感应般抬起头，两人视线于空中交汇，两人都是一愣。宁云霆轻抿起嘴角，已然清楚她的打算。

　　边上的睿亲王世子颇是意味深长地看着这一幕，手中的骨扇一晃一晃："那位是岐山书院选送过来的，叫赵小渔，今年应当是……十六岁，宁家后人之中，的确没有他这样年纪的男儿，但我听说，宁嗣朝有个女儿，宁家出事的时候她多大？"

　　这番话让辽城侯将目光重新聚焦到了赵小渔身上，宁嗣朝的女儿，当年的凤瓷也是宁嗣朝所制……

　　宁云霆瞳孔一缩，很快敛了下去，脸上还是那笑盈盈的模样："要是宁家真有后人，可就有趣了。"

　　睿亲王世子看了他一眼，视线在附近那些侍卫身上定了定："的确有趣。"今日这些侍卫，看着都脸生得很。

　　此时场上部分选手已经要进入最后工序，烧窑开启，赵小渔将上釉过后的凤瓷捧入了台子，就等全部推齐了后一道送入。

　　她目光熠熠地看着凤瓷，等烧成后，她就要用这凤瓷告诉世人，这才是宁家真正的凤瓷，而非元家烧出来的赝品。

　　她要阻止大哥……

　　就在这时，只听见"轰"的一声，赵小渔面前的烧窑后边发出震天的爆破响声。

　　转瞬乱石飞溅，烟尘滚滚，伴随着惊叫声，原本这座烧窑后边的另外一座大烧窑，被炸毁了一半，伤及许多附近的人。

　　赵小渔在爆破的一瞬被声音震得听不到响儿，好在只是被爆炸的气浪掀得踉跄两步，没有大碍，随后那些慌乱的声音如潮水般涌入耳里。

　　"快，去救人！"

　　"怎么回事！"

"保护世子，保护侯爷！"

突如其来的爆炸，连着台上都跟着乱了，侍卫们纷纷上前来保护睿亲王世子和辽城侯，等睿亲王世子反应过来，他与辽城侯已经被侍卫分隔开来。

不对劲！

李叡蓦地看向辽城侯方向，刚才出现的那个赵姓公子此时与侯爷一同，已经被拥下了台子。

"来人！"李叡越发觉得这变故来得奇怪。

"世子！"

李叡的贴身侍卫很快出现在他身边，李叡下令："你带几个人现在就去侯爷那边，不要让那几个人靠近他，快！"

说时迟那时快，在窑场内大部分兵力都被调去爆炸那处时，辽城侯那儿混乱突起，十来个侍卫忽然刀剑相向打了起来。

紧接着，还没看端坐在轮椅上的人和辽城侯说了什么，怎么出的手，就看到辽城侯如同一个木头桩子一般突然僵住不动，脸上神情既是震怒又掺杂了一丝罕见的惊惧，惊声叫着"休要胡来！"

然而，没人会听就是了，会听的赶不过去，被窑场内突然冒出来的刺客制住。

刚刚还在宁云霆身后的长枫，此刻挟持住了辽城侯，在那些侍卫的护送下，来到了烧窑旁。

等候瓷器进窑烧制的选手纷纷退开去，赵小渔看到辽城侯身旁的大哥，迅速拿了桌上的小刀要冲过去，被赶过来的宋慕青一把拉住。

"别去！"

赵小渔扭头看他，眼底满是焦急："不行，这样下去大哥就没活路了！"

宋慕青紧握住她的手，视线在半空中与宁云霆打了个照面，声音沉沉："小渔，他本就没打算有活路。"

赵小渔猛地怔住，心底里预料到了他这答案，却如何都不肯信："不会的，还是有办法的。等我将凤瓷做出来，太后势必要过问，届时能以宁家后人的身份到京城去面见太后，讨个公道！"

宁家当年惨案，问问太后可能睡得安稳，又如何能纵容胞弟……哪怕最后豁出性命，她定不能让宁家这桩冤案埋在了过往尘土里，要让天下尽知，却不该是大哥如此手段！

此时她心底只剩下一个信念，大哥得活着！只要大哥能活下来，就算是失去一切她都愿意！

她浑身发冷得厉害，思绪却是清明："宋慕青，别拦我。"

"小渔。"宋慕青低声喊着她，看着烧窑，一些话却不忍说出口，只以行动默默护在她身侧，护着她朝宁云霆所在的方向去。

烧窑前，滚滚热浪从里面冒出来，靠得近一些就会被烫伤。

半刻钟前还意气风发的辽城侯，此时头发凌乱，被长枫压制在烧窑前，只一步就能将人送进去。

"你要做什么，赵谌！"辽城侯此时也慌了，那一阵阵的热气滚上来，跌进去后绝无生还的可能，到这一刻，再富可敌国、身份尊贵，也只剩下保住性命这一样本能而已。

宁云霆将一幅画抛入了烧窑中，火势瞬间将其吞噬，泛着异样好看的红艳，他淡淡提醒辽城侯："我姓宁。"

辽城侯瞪着他："是你——"

"同样用的是宁家的瓷窑，烧制出来的东西却不同，看看如今这些……宁家没落，明州青瓷却也没落了，可这都是拜一人所赐。"宁云霆拿起刀子直接在辽城侯的手中划了一刀，强行将他的血与一壶酒混合在一起，泼在了烧窑前，"宁家烧瓷百年，你将成为第一个以身祭瓷的人，宁家的冤魂都在天上看着。这批烧出来的瓷器，将是明州最好的一批瓷器，这也算全了辽城侯你的爱瓷之心。"

"你敢！"辽城侯唤人，才发现已经没有人能为他所用，整个窑场就是一场精心布置引他入局的瓮。意识到这点的辽城侯悔不当初，眼下猩红的火苗跳动着，直觉要将自己脸上的皮都烤焦了，"放了我、放了我！"

他突然剧烈挣扎起来，然而都是无用功，他的身子不知中了什么邪，挪动不了半寸。

"本来我也不屑用你这肮脏之人的血，可宁家百来条人命的血债得有人偿，他们的魂得你来安。当年你命人屠我宁家满门，如今以你来祭他们，也好让他们早日上路投胎。"

"你、你想要什么，我都能给你，只要你放了我！"辽城侯此时贴着窑洞的半张脸皮肉焦烂，痛不欲生地哀求着，再没了往日气焰。

宁云霆冷冷看着他："你能给我什么？"

"我去向皇上认罪，宁家的人是我杀的，宁嗣朝是我害的，凤瓷、还有凤瓷！"随着人被推得越来越近，辽城侯几近疯狂，"凤瓷是我让元家造假，偷天换日进贡给太后，还有我多年积累下的财富，山西的金矿，陇南的蚕业……所有东西都可以给你！"

"侯爷似乎忘了还有一处屯兵之地——郧州。"

此言一出，辽城侯脸上霎时褪尽了血色："住口！"

"身为侯爷有名无权，为了钱权，你可以无所不为。宁家不齿与你合作，你便转而找了元家，因宁家的'不识趣'轻易就取了百来口人的性命，心安理得坐拥这些人骨堆砌出来的财富，你该死。"

辽城侯求饶无用，整个人被扑面烧灼的热意激得气血上涌，眸中一片猩红狰狞："这天下本就该是我周家的天下，小儿昏庸，我何错之有！便是你，只要你肯，我予你个宰辅做做又如何！"

这等大逆不道的言论，引得围观人群倒抽冷气，随即便明了，一切正如那名年轻男子所言，辽城侯竟是要谋反的！

被人挟持着的睿亲王世子看着近乎癫狂的辽城侯，眼神沉暗，阴沉沉笑叹自己也成了此人的一枚棋子，解除了性命之忧，却因为这后面的事而分外头痛。

不同于睿亲王世子想到了此事之后，陆山长直直看着自己从前欣赏的后辈，方从他未死的真相中回神，就意识到他为了复仇的所作所为……

"霆儿，霆儿！"陆山长声声唤着要制止他做错事。

"大哥，他已经认罪了，宋慕青在这儿，还有、还有世子都听到了，他罪该万死，把他交给衙门审判。大哥，你收手吧！"赵小渔被人拦在一尺外，不住劝着，眼眶泛红，透着哀求，"你还有我，你别再丢下我……"

宋慕青抱扶着她，目光和宁云霆相接，忽然攫住了他眸中一丝笑意，暗忖不好。

就看宁云霆轻叹了一声："真好。"也不知说的是辽城侯开出的条件，还是眼下妹妹有人照顾的画面。

宁云霆扬手，长枫将人拉了回来，脱离了那热度，辽城侯松了一口气："是，你要什么我都可以给你，我可以认罪，亦可以你我合作，只要一声令下，即可从明州起——"

"但我只要你死。"

说罢，在辽城侯的惊恐神色中，宁云霆伸手将他直接推下了烧窑。

窑洞里的火霎时扑了出来，瞬间将人影吞没其中，随后窑门一关，只"咚"的一声响，凄厉的惨叫声回荡在整个宁家窑场，令所有人都毛骨悚然。

整整一刻钟的功夫，没人开口说话。周遭那些排兵布阵、训练有素的刺客个个满面阴沉，手持刀刃，寒光烁影，空气里弥漫着一股焦灼且带着几许森然的恐怖气息。

赵小渔哑然半晌，才从眼前这骇然景象中回过神，到了这时，再多的打算都已无用。她直勾勾地看着那轮椅上的人，何等决绝，便是证明他从一开始就没想过要回头，哪怕是为了自己。

赵小渔往后退了一步就退到了一个温厚的怀抱里，那从始至终都护着她的愣头青正一脸担忧地看着自己，她抬手一抹才发觉自己脸上都是眼泪，好半天开口，嗓音都是哑的："我好不容易有了个哥哥，愣头青，我，我不想失去他……"

宋慕青摸了摸她脑袋，眼底因着怀中女子的脆弱神色而显了心疼，方道："他亦舍不得你。"

方才那一阵混乱，早叫赵小渔扎的发髻松了，这会儿一碰，风卷走发带，一头乌黑海藻似的长发扬起，笼住了她的面庞，也拂过宋慕青的下颌。后者一伸手，便将那缕发丝轻轻别在了她耳后，再自然不过。

"你、你、你——"不远处的林怀甫瞧见，倏然瞪大了眼睛，瞪着瞪着眼眶一圈竟然红了。

只是赵小渔没空顾得上他罢了，她的眼里只有大哥宁云霆，就连那位林家的老师傅问话都听了个模糊半苍，直到他问了第二遍，才目光坚定地扫向宁云霆："是，我是宁嗣朝之女宁绥绥。"显然也不打算将自己置身事外。

"难怪，难怪能造得如此相像。"林老师傅感叹道。

彼时这边的动静分散了一些注意，有小声议论从人群中传了过来："这斗瓷还比不比了？"这话恰也是众人心底想的。

出了这样大的事，大家伙儿还被人团团围着，一个个凶神恶煞，怎么看都不像是能善了的样子。

"比，自然是接着比。"这话是从宁云霆口中说出来的，声音不大不小，正好被风扬了出去。

所有人的目光聚集在了他身上。

"宁家后生，你与、与人的恩怨已了，咱们乡里乡邻的，何必舞刀动剑这般！"

"是啊，冤有头债有主，放我们回去吧！"

话音刚落，被宁云霆朝那眼神一扫，那儿就没了声响，最终，他将目光放在了评委老师傅身上："比试的人可有触犯规则？"

"并、并无。"老师傅回道。

"那是斗瓷遭了天灾不能继续？"

"非也。"老师傅被他的一番歪理说得无力去争辩。

就听宁云霆道："那就继续。"

生杀大权都在他手里，自然是他怎么说就怎么做，何况他后面说的也恰是实情，死了辽城侯兹事体大，然而却不影响斗瓷决出个名次。八年未有的斗瓷大赛，寄予了多少人的厚望。

"你们且记着，宁家的瓷窑，永远对制瓷的匠人敞开。"宁云霆的话掷地有声。

然而所有人都惧怕他，分外难熬地战战兢兢候着，将那些坯子摆了进去。

一个个瓷坯装了匣钵进窑洞，一个时辰过去，两个时辰过去……

天色渐渐黑了下去，周遭亮起了火把，几处点了火堆供人抱团取暖。斗转星移，有些人单纯地等着开窑，有些人则等着援兵来临。

赵小渔隔着把守的刺客往宁云霆那处看，随后起身走了过去，随着天色转暗，轮椅上的男子稍稍阖着眼，仿佛是在闭目小憩。

她走向宁云霆，刺客立时亮了大刀举刀拦住，不等出声喝退，就被长枫按住了肩膀制止，示意放人。赵小渔瞥了他一眼，依然朝着宁云霆的方向走去，擦身而过之际，却听他叹声道："这八年来，我从未见过他如此放松的时候，他知道你的存在之后，是他最高兴的时候。"

赵小渔的脚步一顿，顷刻间心就像被针尖儿扎了数个孔洞，冷风呼呼地往里头灌，再看向宁云霆脸上毫不遮掩的疲惫，攥紧了手心。她随后一步步地靠近过去。

"我的腿在大火里烧烂了，怕把你吓着。"宁云霆未睁开眼，语意轻松，仿佛寻常的聊天，"偏有人总想着能治好它，若见到她，你帮我同她说，是我辜负了她的好意。"

"要说你自己说去，她等了你八年，手里的绣花针成了银针，寻不到旁人便拿自己下手一点一点学出来的……"

"我知。"

可注定是辜负。

"倘若可以，我宁愿她当我八年前就死了。"如若不是意外撞见了赵小渔，再和她有了牵扯，他未必会在她面前现身。

赵小渔眼前再度泪意模糊："她是我嫂子，我认定是她，你也不许不认！"这话说得胡搅蛮缠，可再闻却满是哭腔。

"绥绥，我负了她十年八年，可往后余生还长……"

"我不要听！"赵小渔捂住了耳朵，双眼通红，"我赵小渔这辈子懂的唯一道理就是好死不如赖活，人死如灯灭，一捧黄土什么都没了，可只要活着就有希望，大哥你从小疼我，你看看我，看看陆姐姐，你怎舍得让我们俩为你伤心难过！"

宁云霆目光微动，划过痛意，嘴角浮起的笑意却更甚："能找到你，已然是我此生最大的幸运，总算老天还怜悯我。"

"大哥……"

"乖。"宁云霆遥看夜空，繁星点点，神情里满是眷念与悲戚，"你看，爹娘都在天上看着我们呢。"

赵小渔跪在他的轮椅前不住摇头，豆大的眼泪一颗一颗滚了下来，沾湿衣襟，忽地被一方帕子轻轻擦拭去。

"……我累了，绥绥。"

"跟陆姑娘说，就当做了一场梦。"

"你承袭了三叔的天分，不可浪费，爹和三叔早年就想将青瓷之美传世，你万不可辜负。"

"我想歇歇了。"这么多年，为了宁家，他的双手早已沾满了鲜血，他活着是为了报仇，死，便是赎罪。

赵小渔不知自己是何时被带离宁云霆身边的，只觉得哭得整个脑袋闹哄哄的，胸口像是被人生生撕扯一般。饶是如此，她都不肯松了宁云霆的外衫袍子，以至于堪堪恢复过来时，她手上多了一件外袍，而长枫的氅衣披在了宁云霆身上，面色惨白得很。

她心底委实有个不好的预感。哪怕她后来一遍一遍同大哥说，不论是个什么结果，自己都愿意陪他一道承担，坐牢她陪，黄泉她亦是。

只是她看不到大哥眼中有丝毫回应，这番冷静中又带着几分不寻常。

时光悄然流逝。

天将将放亮之时，僻静的道上忽然传来马蹄声响，起初只是一两声嘶鸣，接着越来越多的马蹄声汇聚。

不同于观赛百姓的惶惶不安，被囚禁着的睿亲王世子眼眸微微眯起，眺向了声音来源处，待瞧见顶上扬起的幡子时，顿时愣住。

那不是明州当地的官兵。

忽然涌现的士兵身披铠甲，数以千计，乌泱泱的一大片，前方为首之人看清楚瓷窑里的情景时勒住战马，神情警戒，随即拎出一名身材瘦弱的男子："何人命你传的虎符？"

男子就地一滚躲开了红缨枪尖头："自然是奉辽城侯之命！救侯爷于危难！"

后者狐疑，居高临下扫视过，显然以百姓居多，局势诡异："侯爷呢？"

这些人全副武装，以虎符调遣，却又非明州驻守将士，军威凛然，却又裹挟着几分煞气，透着诡异。

宁云霆此时才懒懒地睁开眸子，指了指封起的窑洞："这儿。"

此举无疑挑衅至极。

果然那来人怒目圆睁，如受到极大冒犯："尔等何人，竟敢如此无礼！"然而下一刻，在看到宁云霆从怀里摸出的另外半块虎符时，神情又霎时惊疑不定。

"来得正好。"随着话音落下，宁云霆目光里精光毕露，身后长枫与数名手下拉响了引线，几乎是同时，爆炸声从叛军脚下接连响起，不多时就炸了一片。

饶是如此，叛军仍是数量可观。

那些躲过爆炸险情的叛军已被激怒，灰头土脸冲向窑场，窑场内的百姓早在宁云霆手下的帮助下逃向山林。

叛军与宁云霆的人厮杀成一团，往来之间全是夺命的架势。赵小渔紧紧抓着刻刀，但凡有靠近的便往他腿上扎窟窿眼儿，在腥风血雨中朝着宁云霆那边靠过去。

大哥……

起初，宁云霆的人还占据着上风，但架不住对方人多势众，战局被渐渐扭转。叛军未必信了宁云霆的说辞，不过既然有人引他们前来，那今日在场的必然不能留存活口。叛军大开杀戒之下，宁云霆分出人手保护手无寸铁的百姓，而自己身边的人越来越少，负隅顽抗，他的手下却没一个叫屈投降，各个都拼死护着宁云霆，用尸身血海替宁云霆杀出一条生路。

"公子，走！"

"公子，长阑不能陪你，先走一步！"

"公子保重！"

宁云霆扶着轮椅的手不受控制地颤抖，这是自己预料到的结局，却不想有这么多的兄弟愿意为自己舍命，而此时赵小渔的靠近，更是令他一颤，陡然双目暴突怒喝："快走！——"

赵小渔怎会丢下他离开："要走一起走，你休想再撇下我！"

另一边，宋慕青一剑划开七八人的围攻，替她挣出一片安全天地："都往山上去！"

长枫二话不说背起宁云霆，沿着宋慕青指的方向，立时往前冲，赵小渔亦是搭扶着手环顾四周引路。

倏然一支箭破空射来，得亏宁云霆机警，喊了声"小心"，赵小渔才弯腰堪堪避过，一摸后背，衣裳被划破了口子。

紧接着数十支弓箭齐飞。

赵小渔回眸看着宋慕青惊险地挡开了大半，为他们断后。

"你们先走！"宋慕青冲着她喊，赵小渔心知自己留下也是累赘，跟着长枫飞快往上走去。

上山的路比赵小渔想的要好走很多，但她心系着宋慕青，并未察觉这其中的异样之处，直到三个人到了山顶，光秃秃的坡上，月光静静流泻着，照得此处通亮。

不远处还有刀光剑影，宁云霆喊了声"绥绥"，赵小渔连忙跑过去把他从长枫肩膀上扶下来，未等反应，长枫已经朝着她身后奔了过去，从地上捡起一物来。

直到长枫把那东西竖起来，赵小渔才知道那是幡子。

"大哥，你要做什么？！"赵小渔心中顿生出不好的预感，宁云霆紧紧抓住了她的手，"绥绥，辽东侯与虎豹骑联合，要从明州起谋反。"

"大哥，窑场内那么多人听到他亲口承认谋反一事，他罪无可恕，这件事就算是到了京城，你杀他也是有功！"

说话间，坡下的林子内骤然出现了许多人，是追上山的叛军，而听那动静，窑场内的那些叛军全都被长枫手中的旗子所吸引，朝山上围攻而来。

"抓住他们！"

"就是他杀了侯爷！"

"用他的血来祭侯爷在天之灵！"

这些叛军朝他们围过来，早已是杀红了眼的人，要拿宁云霆的性命来立威。

"长枫！"

宁云霆忽然低吼了声，身后的长枫将旗子用力插在了地上，飞跃过来，把赵小渔直接从他怀里拎了出去。

"不要，不！"赵小渔想要抓住大哥，手却只在虚空抓了下，连衣角都不曾摸到，就被长枫带去了更高处。

"长枫，快把大哥带回来，长枫！"赵小渔已经能预料到会发生的事，哭着求他，长枫却无动于衷，他牵制着赵小渔，任她看着宁云霆的方向，眼神中满是哀求与绝望，不住挣扎着。

轰鸣声骤然响起。身下的地面跟着猛烈晃动，赵小渔终于挣脱开长枫的钳制，却重重摔在了树上，眼前被额角淌下的鲜血盖住了，一片猩红。

那一阵阵哀叫声响彻山谷，尘土在她眼前炸开，半座山顷刻间被削了一半。飞石迸裂，尸体遍地。

"大哥！"赵小渔张了张嘴，失声许久才痛喊了声，手脚并用地朝尸堆爬去。

爆炸一处引着一处，几乎是沿着他们来路，一路上都是被炸飞的残肢断腿，她仿佛什么都顾不了，拼命往宁云霆方才所在的位置爬去，抖着手拨开那些"遮挡"，心中既期待着大哥完好无损地平安出现，又极度害怕下一刻挖出来的是一具尸体……

"不会的，不会的。"赵小渔用力推开一个士兵的尸体，身侧一道寒光袭来，转过头时那刀剑就已经在她眼前。

仅仅是半寸的距离。

赵小渔看着那名偷袭的士兵不可置信地歪身倒下，胸膛插着的刀柄握在宋慕青手中，忽然眼泪纵横。

"宋慕青，大哥，快帮我救大哥！"赵小渔奋力搬开那些尸首，却因为起身时的晕眩和悲痛，整个人往后跌去，恰好跟跄倒在往前伸手的宋慕青怀里，心痛得不能自已。

还有叛军活着，他们再度被包围。

宁云霆制造的爆炸令叛军死伤过半，元气大伤。他们便要将所有的愤怒发泄在仍然活着的几个人身上。

余下的宁云霆手下算上长枫不足五人，何况还有受了伤的赵小渔，抱着她的宋慕青处处受制。

赵小渔努力稳住了身形，脚踩着山地，对上围上来的那些叛军，拾起了地上的刀，顷刻间有了决断："你们不要管我，去、去搬救兵！不能都死在这儿！"

宋慕青抓着她手，回眸带着几分凶狠，然是冲着赵小渔那一刻退缩放弃的心思："你休想！"

随即挥手斩开攻上前来的一名叛军，血溅当场，染了面颊，堪比十八层阎罗殿之主，遇神杀神，逢魔斩魔，锐不可当……

受他那般煞气影响，余下几人浴血奋战，竟是各个以一敌百的破军之势，杀退了数十人。说时迟那时快，从林间忽然冒出数支弓箭，却全是冲着叛军而去，近乎扫射，叛军纷纷倒地。

黑衣劲装、背着箭匣的数十人随即出现在视野，对以一己之力护众人周全的宋慕青抱拳高声道："山下叛贼已清，大人，属下迎救来迟！"

与此同时，山脚下传来一阵号角声，逼近的叛军残余开始出现混乱，援兵到了……

天光放亮，驻守明州的官兵及时赶到，将叛军反贼一网打尽。而宁家窑场的尸山血海，瓢泼大雨冲刷，都冲不散充斥着的浓重血腥气。远望而去，原本高耸的山头如今被炸毁了一半，堆满了叛军的尸体。

从另一座山上回来的明州百姓，还有斗瓷的师傅们，看着这一幕俱是面露不忍。唯独睿亲王世子，褪去了被人钳制时的落魄，此时一脸微妙地看向身后方向。

身负重伤的长枫推着轮椅走了出来，轮椅上的年轻公子阖着眼，仿佛只是睡着了一般，然而仔细看还是能看见深色衣袍上，破了洞的地方布满了尘土混杂着血迹。

他拉了引线，在爆炸的一瞬被掩埋进了山坳处，没了生息。

真是个疯子。睿亲王世子心中暗忖，若说自己所为，和面前的这人相比起来，简直不足挂齿。而他最后的结局，竟然让他生出一股遗憾。这样的人物……可惜了。

老远的，一抹天青色裙衫的身影飞奔而来，云鬟散乱，脚上的鞋掉了一只都顾不得，直冲向宁云霆，手上、身上可见磕碰过的脏污和伤口，尤其是手腕上被红绳绑过的痕迹赫然入目。

陆莺莺跑到了宁云霆面前，倏然停住。良久，她噙着眼泪，狠狠扇了他一巴掌，像是用尽全身力气一般怒斥道："骗子！"而后崩溃地抱住了他失声痛哭。

哭声回荡四野。

在这凄凉景象之中，甚是惹人心恸。

宁云霆已死，谁也无法对着一个死人去指责那赌徒般冒险拼命的事迹，那些为保护众人而死的手下，那个原本打算以明州城为祭南征北上的真相，一切的一切尘埃落定。

宋慕青抱着昏迷中的赵小渔，看向宁云霆，一声"妹夫"言犹在耳，仿佛掺着笑音："这是我送你的最后一份礼，帮我照顾好绥绥。"

正当万籁俱静，缅怀之时，不知谁起的头，几人开了窑洞，有些瓷器时间长了取出来已经裂了。

直到一只体形硕大的匣钵出来，连宋慕青的目光都被吸引过去，他亲眼看着赵小渔放入其中——

一只栩栩如生的凤瓷被小心翼翼地捧了出来。如浴火重生，美轮美奂。

建丰十二年，春雷滚滚。

一场又一场的春雨细润之后，大好的晴日里，天空如被洗净般澄亮透彻。

那日凤瓷烧成，承了宁绥绥身份的赵小渔便和回京复命的宋慕青一道，去了京城。走的是二伯当年献瓷之路，求的是宁家的公道。

辽城侯的事呈递上去，谋反之罪证据确凿，少年天子震怒。而辽城侯命丧明州，周家被牵连问罪，一夕溃散。太后娘娘亲自到了殿前为弟弟请罪，此后，她把宫中事务全数交给了皇后，从此在坤宁宫中闭门不出。

她还听说太后在听闻辽城侯的事后一夕之间白了头，余生与青灯古佛相伴，只为赎罪。

这些传闻入了耳，赵小渔都没什么情绪波动。自从宁云霆去世后，她的性子再不复从前跳脱，常常深锁眉头，又或是暗暗垂泪。

她坐在檐下听着雨珠顺着屋檐滴答滴答落在瓦缸里的声音，惊得里头养着的红鲤鱼儿绕着睡莲叶子打了两转，随着来人脚步悄然沉了水底。

一件薄绒的披风披在了她身上，宋慕青一身官服，挺拔俊秀，眉宇间透露几分忧心："这两日倒春寒，正是冷的时候。"

从宁云霆入殓，宁绥绥不吃不喝不言语了好一阵子，就被他带来了京城。直到皇上做主翻案，她才捧着宁云霆的牌位，哭着喊了声"哥哥"，将万般的心绪发泄了出来。

这儿是宋府，她到京城后，宋慕青回家禀明后便将她带来了此处，那时她尚沉浸在再度失去亲人的悲痛中，是宋夫人怜她宠她，悉心照顾。

待了约莫有三四个月，从寒冬腊月到初春尽显，赵小渔望着院子里枝头上刚刚绽放的嫣粉花蕊："我想回明州了。"

宋慕青握住了她的手："我陪你去。"

一个月后，宋慕青和赵小渔回到了明州城，赵小渔才知道宋慕青向皇上讨的赏便是来明州为官。

剿灭辽城侯余党，牵连出许多明州贪官污吏，消除假瓷案带来的影响。明州城内百废待兴，有宋慕青这样的父母官，一切正朝着好的方向发展。

他道："我在，你尽管去做你想做的事。"

赵小渔捏着长枫送过来的信，信是宁云霆亲笔写的，那些来不及说且无法面对面说的，尽写在了信中，字字恳切，句句眷恋。他留给她的不止是宁家仅存的十二器和丰厚嫁妆，还有他的厚望。

后来，赵小渔在府衙不远处开了一家瓷馆，门面宽敞，有五间屋子，足以容纳百人同学，名为宁氏瓷馆，教授烧瓷。不论是贩夫走卒，还是富豪乡绅，但凡是有心想学的，都可来学。

而当初赵小渔的一件凤瓷，惊为天人，留在了宫中，得了天子御赐的"天下第一瓷"的匾就悬挂在瓷馆的正厅中央，光这就吸引来不少前来求学的。

她想做的，便是宁家一直以来都在做的。

瓷器传世，贵在匠心。

今日正逢瓷馆里休沐，赵小渔留着门等宋慕青回来，不想听到馆子里传出叮当的响声，走过去，看到个六七岁的孩童正忙活着一堆瓷土，只是手忙脚乱多差错，总是聚不成形。

"三分靠手力，七分靠天助，你得心里想好了要捏个什么样的，悄悄地和金火圣母娘娘说，才能让你的瓷土成你想要的形状。"赵小渔看着他懊恼的模样，笑盈盈地开了口。

小男孩儿冷不丁被吓了一跳,看到赵小渔当即一下就认了出来,眼神湛亮:"我、我想给我妹妹捏个桃儿,做她的生辰贺礼,我妹妹最喜欢桃儿了!"说罢,又压低了些声音,"阿娘说我妹妹的八字轻,我想给她捏个桃儿,避邪祈福!"

赵小渔倏然有些恍惚,竟仿佛回到了童年时——

"哥哥,为什么这是个葫芦的样子?"

"葫芦的寓意是福禄寿,我希望我妹妹以后都能平安喜乐,添福添寿。"

回神时,赵小渔对上了男孩澄亮的眼,她笑着向他伸手:"来,我教你。"

小男孩儿得她教导,学得格外用心,一大一小两道身影围坐在台子前做得十分认真,画面静谧而美好。

一阵风吹入,将院内落下的梨花送进了馆内,赵小渔心念一动,抬起头,便看到一道颀长俊逸的身影从梨花树下穿过,朝着她走来。

宋慕青手里拎了一壶酒,走入馆内,赵小渔迎了上去,替他掸了衣襟上落的梨花:"又给老爹买酒了?"

"陈记的梨花酿,岳丈大人爱喝。"

赵小渔瘪了瘪嘴:"他如今瞧见你可比瞧见我高兴。"

宋慕青抬手替她捋了下发,看到身后一直盯着他们的男孩:"今日不是休沐?"

"我新收的小弟子。"赵小渔眨了眨眼,将他按坐在门口,"你且等我,好了一道去老爹那儿。"

赵小渔回去继续教小男孩儿制瓷,偶尔抬起头,总能与宋慕青对上视线。后者就那样静静瞧着她,等着她,自在惬意,却存在感十足。

风送着梨花香飘入馆内,赵小渔轻笑着。

(全文完)